U0090841

古典文學研究輯刊

三 十 編

第1冊

〈三十編〉總 目

編 輯 部 編

中國古代小說欲望美學

康 建 強 著

國家圖書館出版品預行編目資料

中國古代小說欲望美學／康建強 著 -- 初版 -- 新北市：花木蘭文化事業有限公司，2024〔民 113〕
序 2+ 目 4+240 面；19×26 公分
（古典文學研究輯刊 三十編；第 1 冊）
ISBN 978-626-344-900-8（精裝）
1.CST：欲望 2.CST：小說美學 3.CST：中國小說
4.CST：文學評論
820.8 113009658

古典文學研究輯刊
三十編 第一冊 ISBN：978-626-344-900-8

中國古代小說欲望美學

作　　者　康建強
總 編 輯　杜潔祥
副總編輯　楊嘉樂
編輯主任　許郁翎
編　　輯　潘玟靜、蔡正宣　美術編輯　陳逸婷
出　　版　花木蘭文化事業有限公司
發 行 人　高小娟
聯絡地址　235 新北市中和區中安街七二號十三樓
　　　　　電話：02-2923-1455 ／傳真：02-2923-1452
網　　址　http://www.huamulan.tw 信箱 service@huamulans.com
印　　刷　普羅文化出版廣告事業
初　　版　2024 年 9 月
定　　價　三十編 20 冊（精裝）新台幣 50,000 元

〈三十編〉總目

編輯部　編

《古典文學研究輯刊》三十編　書目

古典小說研究專輯

第 一 冊　康建強　中國古代小說欲望美學

第 二 冊　周錫山　《水滸傳》縱橫新論（上）

第 三 冊　周錫山　《水滸傳》縱橫新論（中）

第 四 冊　周錫山　《水滸傳》縱橫新論（下）

第 五 冊　木　齋　金瓶梅與西遊記作者研究

文學思想研究專輯

第 六 冊　周　嬈　雅之為正——先秦兩漢魏晉南北朝雅俗觀的演生

神話研究專輯

第 七 冊　李　川　傳統政教與古典神話

文學史研究專輯

第 八 冊　詹皓宇　家樂・政治・園林——晚明文人與文化研究

文學家研究專輯

第 九 冊　郭　強　《荀子》文學研究

第 十 冊　木　齋　曹植甄后研究（上）

第十一冊　木　齋　曹植甄后研究（下）

第十二冊　楊朝閎　孫覿詩文研究

第十三冊　林治明　姚鼐《惜抱軒尺牘》文學研究（上）

第十四冊　林治明　姚鼐《惜抱軒尺牘》文學研究（下）

專題研究專輯

第十五冊　王慧娟　中國古代隱語研究

佛教文學研究專輯

第十六冊　孫宏哲　金代詩文與佛禪研究
第十七冊　趙　偉　明代佛教文學研究（第一冊）
第十八冊　趙　偉　明代佛教文學研究（第二冊）
第十九冊　趙　偉　明代佛教文學研究（第三冊）
第二十冊　趙　偉　明代佛教文學研究（第四冊）

《古典文學研究輯刊》三十編
各書作者簡介・提要・目次

第一冊　中國古代小說欲望美學

作者簡介

康建強，1976 年生，山東單縣人。文學博士（後），教授，碩士生導師，吉林省第七批拔尖創新人才，現任白城師範學院副院長。主要從事中國古代小說和欲望美學研究，在《甘肅社會科學》《明清小說研究》《紅樓夢學刊》《寧夏社會科學》《青海社會科學》《文藝評論》等期刊發表學術論文 30 餘篇，著作有《中國古典小說意境論》（臺灣花木蘭文化出版社，2015 年）。

提　要

欲望是人類內在的核心質素與天然屬性，就此意義而言，欲望不僅是人類存在與發展演進的內在根據與原發性驅動力，而且亦為造就社會現實狀態的根源性要素。基於人、欲望與世界的這一內在邏輯考量，文學實為人類欲望與現實社會二元碰觸而致欲望阻滯且試圖突圍的審美言語結晶。小說文體因其敘事、寫人與繪景的天然優長，對人類欲望以及社會存在狀態作了全息形象書寫，中國古代小說於此方面尤具卓異表現。然而，學界目前尚無關於中國古代小說欲望審美的專門著述。本書基於「文學是人類欲望的審美言語圖式」這一立場，立足中國傳統文化原點，並參鑒西方文學理論，以中國古代小說欲望書寫的實際表現為觀照對象，對諸多經典文本與篇章進行深度解構與重構，從社會表徵與審美演進、圖景類型、思維邏輯運演與操控方式、動力結構與心理圖式生成、審美維度、核心要義與進階之境六個方面，對中國古代小說欲望書寫的宏觀創設動機、構建思維與方式、審美生成機理及其表現、本質特徵作了歷時與共時有機複合的系統與深度闡釋。藉此，既可助益中國古代小說欲望審美研究體系的建立，亦可為中國特色慾望美學話語體系的建設提供文體範疇的經驗支持。

目 次

第二、三、四冊　《水滸傳》縱橫新論

作者簡介

周錫山，上海藝術研究中心研究員。中國《水滸》學會學術委員會副主任、會刊《水滸爭鳴》編委。中國古代文學理論學會監事。上海比較文學研究會名譽理事。福建省老子研究會顧問、鎮江市賽珍珠研究會顧問、撫州市湯顯祖國際研究中心學術委員會委員。

在《水滸》學研究方面，已經出版《金聖歎全集》（4 冊 220 萬字，江蘇古籍出版社，1985 年；文化部首屆香港「中國書展」重點書，全國古籍整理出版（首批）1978～1987 優秀著作二等獎、江蘇省出版特別獎（首屆）；16 開法式精裝增訂釋讀本，6 卷 7 冊，萬卷出版公司，2009 年）和《貫華堂第五才子書水滸傳》釋評本（萬卷出版公司，2009 年）；《水滸記評注》（《六十種曲評注》本，吉林人民出版社，2001 年，獲中國圖書獎）；《金聖歎文藝美學研究》（上海高校高峰高原學科建設資助項目，上海人民出版社，2016 年）。在上海《新民晚報》連載《水滸新說》（66 篇），多家著名網站連續轉載。中國《水滸》學會「水滸國際網絡」專設「周錫山說《水滸》」專欄，刊發和轉載大量文章。

周錫山的首屆首批成果 5 個：

（1）1985 年，文化部舉辦香港・首屆「中國書展」重點書。

（2）1987 年，國務院古籍整理出版領導小組頒發（首批）1978～1987 優秀著作二等獎。

（3）1999 年，文化部首屆（1979～1999）文化藝術科學優秀著作獎。

（4）2004 年，國家新聞出版總局和上海市人民政府主辦・首屆「上海書展」作者簽名重點書。

（5）2017 年，中國社會科學院「創新工程」資助項目、中國社會科學院

和中國社會科學出版社「國家級戰略出版項目」——《當代中國學者代表作文庫》首批（10 種）出版項目。

（1）（2）《金聖歎全集》（編校，4 冊 220 萬字），（3）（5）《王國維美學思想研究》，（4）《漢匈四千年之戰》（《漢匈戰爭全史》）

提　要

本書是《水滸傳》研究和中國古代文學研究的國內外領先之作，彙集作者自 1981 年至 2024 年有關《水滸傳》的全部論文和文章。

本書的多篇論文，總體評論《水滸傳》的高度成就：首次論述《水滸傳》在中國和世界文學史上的重要地位和意義，並在思想價值和社會意義、偉大藝術成就和《水滸傳》蘊含的人生智慧諸方面提出系列性的新觀點。本書從多個角度評論《水滸傳》的藝術特色：首次論述《水滸傳》的神秘主義描寫、首次結合《水滸傳》反腐描寫的藝術性探討其真實性，分析和評論《水滸傳》非理智型「推車撞壁」式激烈爭執的精彩描寫。作者是最早運用比較文學方式研究《水滸傳》的學者之一，《〈水滸傳〉在中國和世界文學史上的重要地位和意義論綱》《〈水滸傳〉和〈艾凡赫〉》是最早的著名研究成果。本書分析和評論《水滸傳》的全部重要人物和重要的次要人物，觀點新穎。作為金聖歎研究的權威學者，《金聖歎評批〈水滸傳〉的偉大成果和重大深遠意義》和金批《水滸》的全書評論是其金聖歎研究的重要成果之一。

《〈雙典批判〉批判》一文，在國內外學術界首次給《雙典批判》以全面的評論和批判。全文遍及寫作方法、概念掌握、書名和章節標題等，全面分析和批評此書違反基本學術規範的嚴重錯誤；更在中國文化史和世界文化史的寬廣領域，從《三國演義》《水滸傳》深受中國和東亞漢字文化圈日本等國讀者極度欣賞、極受教益的極高思想、文化和藝術成就，結合女性的地位等具體問題，全面論述此書否定偉大的中國傳統文化、偉大的中華民族的嚴重錯誤。

目　次

上　冊

第五冊　金瓶梅與西遊記作者研究

作者簡介

木齋，揚州大學特聘教授。歷任吉林大學文學院教授，博士生導師，世界漢學研究會（澳門註冊）會長，世界漢學書局總編輯，中國蘇軾研究會副會長，中國陶淵明研究會副會長，東北蘇軾研究會會長，中國詞學會常務理事，中國歐陽修研究會常務理事，中國作家協會會員，中央電視臺百家講壇主講人，香港大學榮譽研究員，美國休斯頓大學亞美文化中心高級研究員，新加坡南洋理工大學研究員，加拿大多倫多大學訪問教授，韓國全南大學邀請教授，臺灣中山大學客座教授，重慶大學高等研究院客座教授。

提　要

《金瓶梅》是明代四大奇書之一，也被稱之為中國第一大「淫書」，然而其作者為誰、寫作宗旨、早期傳播等問題卻始終眾說紛紜，成為了中國文學史的重大學術公案。木齋著《金瓶梅與西遊記作者研究》，成功破譯了此書的作者為明代最偉大思想家、文學家李贄。耿定向為萬曆時代理學思想的代表人物，兩者之間就情慾問題發生激烈爭論。李贄在完成《西遊記》寫作基礎之上，以耿定向作為西門慶原型而寫作《金瓶梅》。《金瓶梅》正是李贄人學思想的小說表達。李贄號溫陵，濟寧府的蘭陵在漢代也被稱之為溫陵，遂以「蘭陵笑笑生」作為此書之專有筆名。《金瓶梅》書稿由其傳人袁宏道、馮夢龍、袁無涯等編輯付梓，從而完成了此書的早期傳播歷程。

目　次

第六冊　雅之為正——先秦兩漢魏晉南北朝雅俗觀的演生

作者簡介

周嬈，1990 年生，湖北潛江人，文學博士。現為高校副教授，碩士研究生導師，主要從事中國文化與詩學、文學理論教學及評價的研究。

提　要

「雅」本為鳥名，雅夏「韻同紐近」，由於周人以夏自居，遂以「雅」來命名王畿地區的音樂。「雅」進而成為一種樂器名，代表了西周禮樂文化的興盛，也具有了諸多引申義。在這些引申義中雅之訓為「正」是最重要的引申義，作為標準規則的「雅」包含文化雅俗觀與文學雅俗觀兩個層面。

以人格為核心的文化雅俗觀的確立與春秋戰國士階層自身文化話語權的建構密切相關。先秦諸子的人格類型都以對比的形態出現，特別是荀子「雅儒」「俗儒」的對比，標誌著「雅」、「俗」作為士階層重要的價值語彙，不僅用在士階層與其他社會階層相互對待之時，也施諸於士階層內部。

文學雅俗觀萌芽於東漢中期，到了漢末曹丕明確以「雅」作為文學批評的範疇。陸機、劉勰、鍾嶸等人的理論主張和文學批評，使得以審美為核心的文學雅俗觀在魏晉南朝得到了極大發展。魏晉南朝雅俗觀的突出特點是以崇「雅」為主流，形成了以正為雅的文學品格，以古為雅的文學發展觀和以淡為雅的審美情感論。伴隨著士族與庶族在文學場中權力的消長和士大夫與文人在審美趣味上的矛盾，作為典雅對立面的俚俗、古雅對立面的新奇、淡雅對立面的險俗，成為了文論家批評的對象。

目　次

第七冊　傳統政教與古典神話

作者簡介

李川，1979 年生，河北衡水人，文學博士，現就職於中國社會科學院外國文學研究所，主要從事神話學、古典學、思想史等方面研究。主持、參加國家社科基金項目多項。曾在《文學遺產》、《外國文學評論》、《民族藝術》等刊物發表論文 50 餘篇，出版專著有《論譜屬詩：〈天問〉〈神譜〉比較研究》、《華夏書學源始邏輯論》等；參編有《中國民間文學作品選》（神話卷）等；譯文若干篇。《「論譜屬詩」——〈天問〉〈神譜〉比較研究》曾獲「外國文學研究所 2021 年科研成果一等獎」、「中國社會科學院 2022 年科研成果優秀獎」。

提　要

本書基於實踐論、價值論立場反思現代「神話」觀念，並從對上古文化構造的理解回溯古典政教傳統的開端，嘗試重新建立「神話」與古典政教傳統之間的聯繫。從這一根本的邏輯起點出發，可觀察到進化論神話學在重構中國神話體系的學術實踐中，常常為了迎合這個理論而肆意消解第一位的、本源性的價值敘事，從而造成對本土文化實踐主體價值的割裂和顛倒。

儒家關於「語怪」「不語怪」的爭論乃理解政教傳統的鈐鍵。現代神話研究蘊含有建構現代性與反現代性的內在矛盾，這種矛盾即「語怪」與「不語怪」的實踐論之現代知識轉化問題。實踐論的立場也就是古典政教的傳統立場，探討諸如「神話歷史化」、古典政教傳統、「語怪」及譜系敘事（以《天問》《山海經》為例）等理論問題，主要在於進化論神話觀長期以來所造成的對中國神話的歪曲認識進行糾偏。

本書深入剖析了諸如「神話歷史化」的成因及其弊端，並嘗試給出其不同的思考路徑；具體討論了《天問》、《山海經》的「語怪」問題、敘事次序問題、《焦氏易林》「象教」、「神道設教」問題，進而對圖譜、譜系敘事從神話立場予以解讀。要之，從古典政教觀不同的文化實踐取徑，對於廓清文化二元論立場、重新思考當下學術不無理論和實踐參考價值。

目　次

第八冊　家樂・政治・園林——晚明文人與文化研究

作者簡介

詹皓宇，臺灣臺中市人。中央大學中文系碩士，撰《明末清初私人養優蓄樂之探討——以李漁家班為例》，師從孫玫教授；彰化師範大學國文學系博士，撰《家樂・政治・園林——晚明文人與文化研究》，師從丘慧瑩教授，研究領域為明清戲曲、明清女性文學、晚明文人生活等等。榮獲 112 年【斐陶斐榮譽學會】國立彰化師範大學分會會員，期間發表學術期刊十餘篇，具 THCI 等級者有〈從文學批評觀點論李白「擣衣詩」的敘事美學〉、〈閨怨與相思——論蕭衍、庾信「擣衣詩」的同題擬作與敘事美學〉、〈期待視野、多重異讀、身體欲望——論明清時期《牡丹亭》女性閱讀〉、〈李漁家班與園林聲伎之涉趣〉等論文。

提　要

從明中晚期至明末清初，這樣一個特殊的時代裡，家庭戲班的萌芽、茁壯與發展，形成晚明戲曲活動一個重要的文化現象。在中國歷史發展分期中，「明末清初」有著不可分割的歷史思想界域與文化藝術特性。生活在這一時期的易代文人，有著心境的轉折與適應、文學的創作與詮釋、文化的斷裂與接續等；也面臨著政治上的仕與隱、思想上的破與立，其內心的苦痛與矛盾情結，同樣牽動著文化現象與歷史現實間的錯綜複雜關係。

文人士大夫以其身分結構和文藝修養，涉足通俗文化表演，使得家庭戲班成為晚明社會重要的戲曲組織團體。作為上層精英的文人文化與俗世社會的市民文化，兩個階層的人在文化場域裡產生了碰撞、激起火花，文人走進市民的日常，耽溺於奢靡的物質生活，卻不與之合流。他們的文化活動頻繁，經常觀劇聽曲，文人之間也藉由雅集宴飲，發展出複雜的人際網絡，以及新的社交文化，並且建立自己特有的文人生活樣貌。

從研究論題《家樂・政治・園林——晚明文人與文化研究》來看，筆者意欲從政治與經濟層面來探討家庭戲班的社會文化關係。尤其，在經營家庭戲班上，文人如何與社會產生文化上的交流和互動，進而在戲曲活動上實踐自己的表演藝術與生活美學，開展出晚明文人的生活樣貌。

目　次

第九冊　《荀子》文學研究

作者簡介

郭強，山東淄博人，文學博士，山東理工大學齊文化研究院講師，主要從事先秦諸子文學與文化研究。參與國家社科重大項目 2 項，國家社科一般項目 1 項，教育部項目 1 項，古籍整理重點研究項目 1 項，發表論文 10 餘篇。

提　要

《荀子》是先秦說理散文的集大成者。相對於哲學思想的研究，《荀子》

整體性的文學研究較為薄弱。基於此，本文從「文學是一種刻意書寫以及對這種書寫的『回顧』」的視角，嘗試對《荀子》的文學特色進行探討。

第一章考察《荀子》文本的生成問題，此為《荀子》文學的存在基礎，是考察《荀子》文學特徵的起點。從主體層面和文本構建層面對《荀子》文本的生成作了考察。

第二章從論辯體、雜言詩以及隱體三個方面對《荀子》的文體形態作了論述。議、論、非、解是《荀子》論辯體的四種重要文體。《成相》作為詩歌，體現了先秦詩、樂、舞不分的特點。通過隱的本義及界定，考察《賦篇》五隱的特徵，可知隱體對漢賦的形成以及詩歌的隱晦用典、意境的塑造有一定的影響，具有重要的文體學意義。

第三章是對《荀子》文本結構的分析。語言層、形象層和審美意蘊層，共同構成了文學文本的結構層次。《荀子》的篇章結構主要分為單一和多重結構模式。《荀子》全書結構為修身、明分、王霸、人論、明分、人論六部分，總體呈現為一種遞進且呼應的結構模式。

第四章考察《荀子》中的文學形象。《荀子》中的人物形象，探討了聖王、霸主、大臣、技藝者、隱士與普通民眾形象。動物形象可分為蟲、魚、鳥、獸。「走不若馬」體現了荀子的積「學」思想，「樸馬」「良馬」「逃逸的馬」蘊含著「禮」的內涵。植物形象可分為草類植物和木類植物。「葦苕」「射干」「蓬」「蘭槐」體現了君子的「假物」;《論語》中「松柏」語境的「缺失」到《荀子》語境的「在場」，賦予了「松柏」君子之志的內涵。

第五章從選本接受和創作接受探討了《荀子》的文學影響。《荀子》選本大體呈現三種類型：散文選本、詩選本、賦選本。《荀子》評點本的文學接受體現在文法、說理、情感、風格、語言、敘述、文體等方面。創作接受主要以唐宋以來的文章為對象，重點考察了文本接續、文體接受、文法接受三種不同形式的創作接受。

《荀子》作為先秦說理散文的典範不遑多讓。學界頗多論述的《成相》與《賦》，在各自的文體中扮演著舉足輕重的角色。《荀子》呈現了多種文學樣式的燦爛綻放。後世讀者突破「歷史距離」，不斷地對《荀子》的文學作出理解與創作。

目　次

第十、十一冊　曹植甄后研究

作者簡介

木齋，揚州大學特聘教授。歷任吉林大學文學院教授，博士生導師，世界漢學研究會（澳門註冊）會長，世界漢學書局總編輯，中國蘇軾研究會副會長，中國陶淵明研究會副會長，東北蘇軾研究會會長，中國詞學會常務理事，中國歐陽修研究會常務理事，中國作家協會會員，中央電視臺百家講壇主講人，香港大學榮譽研究員，美國休斯頓大學亞美文化中心高級研究員，新加坡南洋理工大學研究員，加拿大多倫多大學訪問教授，韓國全南大學邀請教授，臺灣中山大學客座教授，重慶大學高等研究院客座教授。

提 要

本書在學術研究的基礎之上，成功破譯了一向所說的古詩十九首代表的漢魏失去作者姓名的優秀古詩作品，基本都是曹植甄后之間戀情的產物，其中包括十九首本身、《陌上桑》《孔雀東南飛》等優秀的漢魏詩歌作品。在學術界產生轟動性影響，被學者評價為「木齋讓文學史不得不重思重寫」。本書以編年形式，將這些作品編入曹植洛神之戀的悲慘故事之中，讀之令人千載之下為之動容。

目 次

上 冊

下　冊

第十二冊　孫覿詩文研究

作者簡介

楊朝閎，國立臺灣師範大學國文學系學士、國立臺灣大學中國文學系碩士畢業，現就讀國立臺灣師範大學國文學系博士班，主要研究領域為宋代詩文及歷史，曾發表〈興託高遠與忿世疾邪之間：論黃庭堅不怨之怨的詩學實踐〉、〈無畏黨爭——論晁說之墓誌碑銘的「元祐意識」〉等若干論文。

提　要

本論文旨在掘發孫覿（1081～1169）的文學成就，分從詩、四六文、記體文、墓誌銘四個面向闡釋。研究發現，在歐陽脩、蘇軾、黃庭堅等北宋詩文大家相繼逝世後，詩文漸有「形式化」的弊病，如：詩歌創作特別講究句律，忽略性情；四六文流行謹守法度，記體文和墓誌銘也逐漸形成套式，但孫覿卻能有所突破。首先，孫覿詩以「清麗曠達」為主調，又長於營造「新奇宏肆」的詩境，並常有「波瀾跌宕」的詩意轉折，凡此皆與蘇軾類近，對比宗法黃庭堅身為詩壇主流的江西詩派，孫覿選擇了另一條創作徑路。其次，孫覿四六文除能實踐「精工」的屬對外，又能寫出具「雄博」風格的篇章，並不時有「奇傑」的造語，繼承蘇軾「雄深浩博」的文風，有別於當時多學王安石「謹守法度」之四六文作家。再者，孫覿記體文好使「駢語」、好用「成語」，迥異於歐陽脩以來記體文多用散語書寫的傳統，另孫覿記體文有記錄「奇事」的偏好，亦罕見於其他作家。最後，孫覿墓誌銘常將角色置諸「大背景」下定位，擅形塑人物「懷奇負氣」的個性，又多強調墓主「突兀神奇」的死亡，亦不同於當時許多平板的墓誌銘書寫。如將孫覿詩文置諸兩宋之際的文壇脈絡中檢視，可發現孫覿詩文「雄奇」的創作風格，避免了彼時「形式化」和「冗弱」的弊病，在宋代文學史上具一定意義。

目　次

第十三、十四冊　姚鼐《惜抱軒尺牘》文學研究

作者簡介

林治明，臺南人，____年代生，左撇子，____座，還沒有貓，討厭咖啡，不用蘋果手機，筆電只用 Windows，不擅創作，只會一點文學批評的皮毛。不相信抒情傳統，很多書買來只是放著。喜歡詞大於詩，喜歡小說大於文。在縱谷讀完書後又在縱谷誤人子弟。妄想有一天可以看完《紅樓夢》。非常會流汗，希望冬天趕快來。

提　要

《惜抱軒尺牘》為清代姚鼐中晚年的書信集，內容蘊含文學理論、經學思想與生活瑣事等多層面，其敘述方式與觀點均是姚鼐的詩文集中難以見得的，故為姚鼐研究不可或缺的一大重點。但一般研究者多將此書視為詩文集的補充資料，只擷取部分內容，較少涉及整體的探討。因此本文以《惜抱軒尺牘》本身的內容出發，從通信人物、生活題材、文學理論、經學思想、文學理論、文章藝術五個面向來探究其中的精奧。

本文依所列舉的五個面向，分為七章：首章說明研究動機與目的、回顧研究文獻、確立研究範圍與版本、擬定研究方法與步驟、規劃研究架構；第二章「《惜抱軒尺牘》的重要交流對象與其關係」，將對象主要分為師長、親戚同族、同輩友人、姚門四傑與學生四類，檢視其中的關係與情感，作為瞭解《惜抱軒尺牘》的第一步；第三章「《惜抱軒尺牘》的生活書寫與題材」，歸納為個人生活、家國關懷、經驗傳承以及風水營葬四種書寫，從中探究生活中的面向與情感；第四章「《惜抱軒尺牘》中的學術觀點與取向」，分析書中表述的經學立場、學術態度的建立以及讀書方法；第五章「《惜抱軒尺牘》中的文學觀點與取向」，依文學總論、創作論與批評論三種取向來探究書中的文學觀點；第六章「《惜抱軒尺牘》的寫作藝術」，呈現《惜抱軒尺牘》的寫作風格、篇章藝術以及常用的修辭手法；第七章「《惜抱軒尺牘》的價值與影響」，則是由內在擴及至外緣，彰顯《惜抱軒尺牘》本身具有的主題研究與補充詩文集之缺的價值，以及兼具學者與文人尺牘的獨特面向，另從影響層面探討如何深化姚門弟子的學養與浸染後期桐城派；第八章為結論。

本文依序由外延而至內在，再由內在擴至影響的路徑，期能從中完整呈現《尺牘》的面貌，進而對姚鼐與桐城派研究有更深一層的掌握。

目 次

上 冊

下 冊

第十五冊　中國古代隱語研究

作者簡介

王慧娟，女，1985 年 3 月生，河北滄州人。文學博士，戲曲學博士後。求學期間，先後師從中國龍學研究權威戚良德教授和中國古代思想史研究專家周群教授，研習古典文論、《文心雕龍》學、文藝美學等，學術興趣廣泛，治學嚴謹，發表學術論文若干。畢業後主要從事媒體傳播和文藝研究工作，曾任《巴士的報》《香港文聯網》記者、主編，熱衷文學創作和文化交流。現為中國文化和旅遊部所屬梅蘭芳紀念館和北京語言大學聯合培養博士後，紫荊雜誌社記者、編輯，香港作家聯會會員，香港女作家協會副秘書長，香港中外文化藝術交流學會會長。

提　要

本文嘗試採用修辭學、文體學、詩學、哲學等學科資源及其方式方法，對中國古代隱語開展跨學科多元綜合研究，力求為讀者勾勒出一幅相對全面、系統且多維立體的中國古代隱語發展圖景。

緒論部分為中國古代隱語概說，包括中國古代隱語釋名、中國古代隱語的功能和中國古代隱語研究的歷史、現狀及本文的研究方法三部分，分別對隱語的本體內涵與外延、外部功能和發展研究史及本文的研究方法與特色做一番系統梳理與界定。

第一章為中國古代隱語的修辭學研究。詩有「比興」，史有「春秋筆法」，二者共同孕育了中國古代文學抒情與敘事的雙峰，本章前兩節著重聚焦隱語與詩之「比興」和文之「春秋筆法」這兩種文學修辭的內在關聯。第三節為隱語與古代諧隱之風，著重分析諧、隱兩種文學修辭的時代成因以及彼此之間的獨立與會通。第四節為隱語與古漢語修辭格，基於親疏遠近程度，筆者擇取與隱語關係較為密切的三組辭格，即隱語與譬喻、隱語與雙關、隱語與諷喻詳為分述。

第二章為中國古代隱語的文體學研究。文體學研究，或探其源、析其義，或考其流、明其變，或歸其類、辨其用。由此出發，本章以古代隱語與民間謠諺、古代雜體詩、賦體、謎語等諸文體之間的關係作為研究對象，從文體溯源、文體功能、文體流變等三個角度逐一展開分析，旨在從以上諸文體間相互映照、相互影響的關係中，進一步確證古代隱語的文體學內涵、淵源、流變、特質、功能及其在古代文體演進過程中的重要作用與價值。

第三章為中國古代隱語的詩學研究。主要從古代隱語的生成機制——隱喻化思維與中國詩、「詩言志」觀念的時代更迭與古代隱語發展的相關性以及中國古代隱語對趣、味、境、象等中國古典詩學審美藝術追求的影響三個角度切入，從內在特質和外部功能與關係等方面展開與古代隱語之間的互動研究。

第四章為中國古代隱語的哲學研究。從哲學層面來看，隱語並不僅僅是一種簡單的語言表達手段、一種文體或某種語義關係，它已經上升為一種中華民族的思維認知方式，並最終影響到國人審美習慣和文化接受心理的養成。其中第一節著重研究古代隱語作為一種認知思維方式的實質在於類比式思維。第二節側重探尋《易經》開創的隱語哲學體系對中國古代隱語發展的影響及其意義。第三節從中國思想界的主流——儒、道、釋的態度闡明「隱」在其思維與言說方式中佔據的重要地位。

餘論部分梳理、總結各章節的論述，指出隱語研究不僅存在共時性與歷時性之多維度的特點，而且應注重屬地性、民族性和秉持中國特色。

目　次

第十六冊 金代詩文與佛禪研究

作者簡介

孫宏哲，1973 年生，蒙古族，遼寧省建平市人。現任職於內蒙古民族大學文學與新聞傳播學院。文學博士，教授，碩士生導師，科爾沁學者。主要從事文化詩學、禪學與詩學、遼金元文學與文化研究。發表核心期刊論文十餘篇，著作三部。主持或參與國家社科項目三項、省部級項目六項。獲得內蒙古自治區高等教育學會優秀論文獎一等獎（自治區教育廳，2018 年），智慧教學之星（教育部在線教育研究中心，2018 年），優秀青年骨幹教師（2015 年），優秀教學獎、優秀碩士學位論文指導教師（內蒙古民族大學，2019 年）等獎項。

提 要

金源一代文學植根於漢文化與北方民族文化的交叉點，金代作家染佛習禪，其文學創作受佛禪浸淫的程度，並不遜於兩晉以來任何一個朝代。不研究金代文學與佛禪的關係就不能正確認識和評價金代文學。深深浸染佛禪的金代文學已經不僅僅是佛教中國化的一個表現方面，更是中國北方各民族文化互相交流融合，並最終成為中華文化組成部分的重要表徵。

《金代詩文與佛禪研究》從文化、社會的角度，運用文學的外部規律與內部文本細讀相結合的方法全面研究金代詩文與佛禪之間的關係，將共時性與歷時性相結合，按作家身份將其放置在世俗與宗教兩個不同的社會，分別分析上至皇室貴族下至文人士大夫，再到詩僧、道士的涉佛詩文創作，全面考察不同時期的金代作家、作品，深入細緻地分析金代作家的佛禪情結以及作品的佛禪意蘊，展現佛禪對金代作家心靈的浸潤，金代作家對佛禪的獨特解讀及其現實性期待，從而揭示出佛教禪宗影響了金代作家的思想，豐富了金代文學表現的內容和方式，催發了金代重要的文學批評觀念，對金代文學乃至整個中國文學以及文學思想的建構與發展具有重要意義。著作將為佛禪與金代詩文的進一步研究提供助益。

目 次

第十七、十八、十九、二十冊　明代佛教文學研究

作者簡介

趙偉，文學博士，教授。研究方向為中國古代宗教與文學、佛道教與宋明思想史。主持國家社科重點項目「明代佛教與儒家思想互動關係研究」，完成國家社科一般項目「明代佛教文學研究」。出版《晚明狂禪思潮與文學思想研究》《宋明心學與禪學研究》《北宋文人與佛教》等專著 8 部，合著 4 部，其中合著《中印佛教文學比較研究》入選「國家社會科學文庫」。發表論文 80 餘篇。

提　要

本書是第一部系統地對明代僧徒文學進行研究，對明代佛教文學進行系統性的探索，對整個明代的佛教文學進行較為全面的論述。

本書由前言和主體兩大部分構成。「前言」有兩部分內容，第一是關於敘述對明代佛教文學研究成果的綜述，第二是對明代佛教文學創作情況進行概述說明。

主體由四大部分構成。第一部分是明代佛教文學研究的政治生態背景與思想背景。第二大部分是按照內容的類型，對明代的佛教文學進行整體上的敘述，梳理了明代佛教文獻及作者，並從佛禪義理詩、淨土詩、景致詩、別離詩、生活詩、思念詩、社會政治詩、道教化詩八個方面進行具體論述。第三部分是專題與具體僧徒的創作的研究，對明代重點的僧徒創作者進行專題論述。第四部分以明末僧徒密藏道開為例，闡論中國文學對佛教的影響。歷來學者都是從佛教對文學的影響方面進行深入的研究，本部分從文學對佛教的影響進行了闡述，亦是學術上的創新及對文學與佛教關係研究上的重要補充。

本書以整體論述與專題研究相結合的方式，不僅能在整體上對明代佛教

文學創作有全面的印象；專題研究更能對明代佛教文學進行深入的探討，更能看到明代佛教文學的深度。本書打破常規，不僅針對明代佛教文學本身進行探討，更在部分專題中將僧徒置於明清至近代的大背景之下，敘述其形象演變，從而由此反觀其佛教文學創作，以新視角新的敘述方式更深透瞭解明代佛教文學。

目　次

第一冊

第二冊

第三冊

第四冊

中國古代小說欲望美學

康建強 著

作者簡介

康建強，1976 年生，山東單縣人。文學博士（後），教授，碩士生導師，吉林省第七批拔尖創新人才，現任白城師範學院副院長。主要從事中國古代小說和欲望美學研究，在《甘肅社會科學》《明清小說研究》《紅樓夢學刊》《寧夏社會科學》《青海社會科學》《文藝評論》等期刊發表學術論文 30 餘篇，著作有《中國古典小說意境論》（臺灣花木蘭文化出版社，2015 年）。

提　要

欲望是人類內在的核心質素與天然屬性，就此意義而言，欲望不僅是人類存在與發展演進的內在根據與原發性驅動力，而且亦為造就社會現實狀態的根源性要素。基於人、欲望與世界的這一內在邏輯考量，文學實為人類欲望與現實社會二元碰觸而致欲望阻滯且試圖突圍的審美言語結晶。小說文體因其敘事、寫人與繪景的天然優長，對人類欲望以及社會存在狀態作了全息形象書寫，中國古代小說於此方面尤具卓異表現。然而，學界目前尚無關於中國古代小說欲望審美的專門著述。本書基於「文學是人類欲望的審美言語圖式」這一立場，立足中國傳統文化原點，並參鑒西方文學理論，以中國古代小說欲望書寫的實際表現為觀照對象，對諸多經典文本與篇章進行深度解構與重構，從社會表徵與審美演進、圖景類型、思維邏輯運演與操控方式、動力結構與心理圖式生成、審美維度、核心要義與進階之境六個方面，對中國古代小說欲望書寫的宏觀創設動機、構建思維與方式、審美生成機理及其表現、本質特徵作了歷時與共時有機複合的系統與深度闡釋。藉此，既可助益中國古代小說欲望審美研究體系的建立，亦可為中國特色慾望美學話語體系的建設提供文體範疇的經驗支持。

序

曾繁仁

康建強教授的新著《中國古代小說欲望美學》的書稿已經交到我手上近一個月了，他囑我為之作序，但因病住院一直無法執筆。近期出院後，覺得無論怎麼樣也得將這件事完成，不能耽擱出版。談及這部書稿，讓我回想起建強在山大文藝美學研究中心從事博士後研究工作期間的過往。建強於 2014 年 5 月到山東大學博士後科研流動站開展研究工作，當時確定的選題就是《中國古代小說欲望美學》，我曾與他就這個選題作過充分深入的交流。建強因學校的教學任務以及行政管理工作繁忙不能長期駐站，但他每學期都會抽出一個月的時間來山大來進行學術交流，雖然辛苦但是建強很勤奮，發表了 4 篇 CSSCI 期刊論文，在 2018 年 5 月以優秀成績出站。之後建強對博士後出站報告進行修訂完善，最終形成了這部書稿。

毋庸諱言，這部著作具有較強的創新性，尤其是建強將作為語言文學的小說歸之於「欲望美學」，的確是突破了傳統認識。傳統的觀點認為，文學是語言藝術，是理念的感性顯現，是無目的的合目的的形式，是經驗的完善，是實踐中自然的人化等等。建強提出「文學是人類欲望的審美言語圖式」這一命題，的確突破以往。審美中的欲望因素，古已有之。因為在《易傳》中就有「一陰一陽之謂道也」，「天地氤氳，萬物化醇；男女構精，萬物化生」。誠如建強所言，「欲望」一詞並非外來，而是具有本土化的充分根據。《詩經》之「風」乃仲春之月，令會男女，相親相愛之歌。《文賦》也言「詩緣情而綺靡，賦體物而瀏亮」，「欲望」也是中國古代文學之必要因素。建強在本書中對「文學是人類欲望的審美言語圖式」這一命題，從欲望是文學書寫的核心內容與原初驅動力、文學與功利性以及審美的內在關係、文學言語與欲望書寫的內在生成邏輯及其表現三個方面作了較為充分深入的闡釋，言之有物、論證有力，令人信服。

小說文體因其敘事寫人的優長，於人類欲望的審美書寫方面尤具卓異表現，本書已有大量文獻證實了這一點。對於中國古代小說欲望書寫的審美，建強還堅實立足中國傳統文化原點，以鮮明的「道本體論」思維，通過對大量文本的深刻解構，從社會表徵與審美演進、圖景類型、思維邏輯運演與操控方式、動力結構與心理審美圖式生成、審美維度、核心要義與進階之境等六個維度對此論題作了較為全面深入的論述。就內容而言，本書可以說是國內首部對中國古代小說欲望審美進行系統闡釋的著作。尤其可貴的是，本書關於潔淨欲望、欲望溫度的闡釋，明確體現了建強之於中國古代小說欲望書寫審美的敏銳之思。此外，關於中國古代小說欲望書寫之於欲望現實與心性理想的審美教化、心理審美圖式生成、敘述姿態與操控方式等問題的闡釋，亦不乏新穎之思以及對文本進行深細解構的表現。

當然，本書還存在一些需要改進完善之處。理論的深入還有待加強，因為本書立論：文學是人類欲望的審美語言圖式，乃是將欲望強調到為文學唯一因素的地位，而排除了真善美之中另外兩個同樣極為重要的要素。與這樣大膽的理論相比，後面的理論闡釋還稍顯單薄。當然，建強自己也是留有餘地，他聲稱力圖「建設科學的欲望節制型文化」，並有「入乎內出乎外」「邏輯抽繹」與「潔度審美」等等對於「欲望」的限制。我想，建強會在之後的研究中將其加強。

建強人品敦厚，治學勤謹，而且思維敏銳善於發現問題，惜其行政事務纏身而缺乏足夠的時間聚焦於學術研究，但他仍然能夠在行政工作之餘不廢治學，實在也是難能可貴了。在此特地祝賀建強在學術領域的收穫，也附帶了我的美好期望，希望建強能夠克服現實的困難最終實現自己的學術理想。

曾繁仁 2024.3.6 於濟南寓所

目次

緒　論

文學是人類欲望的審美語言圖式。就此意義而言，「中國古代小說欲望美學」意指中國古代小說因書寫人類欲望而具有的哲學意蘊與美學表徵。對於這一具有重要理論價值的範疇，學者雖多具一定程度的認知，然而卻較少有人對其進行系統與深度研究。因此，在系統梳理文獻與宏觀把握的基礎上，廓清中國古代小說欲望美學研究的現實態勢，並進而準確釐定這一研究確立的要義，是開展此項研究必須首先完成的基礎工作。

一、「中國古代小說欲望美學」研究的歷史與現狀

在中國古代，「小說」是一個寬泛的文化學範疇，並非現今純文學意義上的文體樣式。綜合中國古代小說書寫欲望以及歷代學者對其欲望書寫進行研究的實際表現，中國古代小說欲望美學研究大致可分為三個階段，並表現出鮮明的內在演進特徵。

（一）宋代至清中葉：萌發發展期

之所以將宋代至清中葉定為中國古代小說欲望美學研究的萌發發展期，原因有三。第一，中國古代小說欲望美學研究自宋代始有明顯之言論；第二，直至清中葉，小說欲望美學研究之成果，無論是外在表現形式還是內在思維特徵，均表現出鮮明的一致性；第三，雖然時間跨度較長，但是成果並不多。儘管如此，中國古代小說欲望美學研究仍然實現了簡單的初步建構。

自漢代有小說研究之明顯事實發生以來，直至五代末期，據筆者不完全統計，尚未發現關於小說欲望美學研究之明顯言論。宋代洪邁始開風氣之先，於

《容齋隨筆》中曰：「唐人小說，小小情事，淒惋欲絕，洵有神遇而不自知者，與詩律可稱一代之奇。」〔註1〕對唐代小說因男女情事的藝術化書寫而生發的審美效果作了宏觀點示，雖非有意就其欲望審美立論，然實具欲望美學之意蘊。終有宋一代，類似言論並不多見，亦未有超洪邁言論之畛域者。元代非小說創作之擅場，且時間短暫，言論寥寥，又無新見。因此，宋代可謂中國古代小說欲望美學研究的萌發期。

明清時期，小說評點大暢其道，小說欲望美學研究也正式拉開了發展的帷幕。明代李贄較早對作者的欲望審美與文本的欲望書寫之審美的關係進行了探討，其人於《忠義水滸傳序》中曰：「太史公曰：『《說難》、《孤憤》，聖賢發憤之所作也。』由此觀之，古之聖賢，不憤則不作矣。不憤而作，譬如不寒而顫，不病而呻吟也，雖作何觀乎？《水滸傳》者，發憤之所作也。」〔註2〕認為《水滸傳》是作者發憤著書的審美結晶。清代蒲松齡則直接現身說法，「獨是子夜熒熒，燈昏欲蕊；蕭齋瑟瑟，案冷疑冰。集腋為裘，妄續《幽冥》之錄；浮白載筆，僅成《孤憤》之書；寄託如此，亦足悲矣！嗟乎！驚霜寒雀，抱樹無溫；弔月秋蟲，偎闌自熱。知我者，其在青林黑塞間乎！」〔註3〕對自己精神世界的審美性欲望在文本中的傾注作了明確說明。不止如此，研究者還在文本細讀的基礎上，對作家經由文體要素的藝術化表現而創造出的欲望審美及其效果進行了明確揭示。如清代周克達於《〈唐人說薈〉序》中曰：「此其人皆意有所託，借他事以導其憂幽之懷，遣其慷慨鬱伊無聊之況，語淵麗而情淒婉，一唱三歎有其遺音者矣。」〔註4〕對作者審美性欲望經由敘事、語言的詩性表現而達至韻外之致的審美效果作了簡要點示。佚名在《讀〈西遊補〉雜記》中亦曰：「此則即借其意，從本文引入情魔，由情入妄，妄極歸空，為一切世間癡情人說無量法。十六回書中，人情世故，瑣屑必備，雖空中樓閣，而句句入人心脾，是真具八萬四千廣長舌者。」〔註5〕認為《西遊補》因欲望、書寫方式、書寫內容、結構、語言等要素的審美性表現而具備了欲望美學的藝術效果。而蒲立德之於《〈聊齋誌異〉跋》中所言尤為詳切：「其事多涉於神怪；其體仿

〔註1〕（清）陳世熙：《〈唐人說薈〉凡例》，侯忠義編：《中國文言小說參考資料》，北京大學出版社，1985年，第21頁。

〔註2〕（明）李贄：《焚書・續焚書》，中華書局，2009年，第109頁。

〔註3〕（清）蒲松齡：《蒲松齡集》，中華書局，1962年，第58頁。

〔註4〕（清）陳世熙：《唐人說薈》，掃葉山房石印本，宣統三年。

〔註5〕（明）董說：《西遊補》，上海古典文學出版社，1957年，第7頁。

歷代志傳；其論贊或觸時感事，而以勸以懲；其文往往刻鏤物情，曲盡世態，冥會幽探，思入風雲；其義足以動天地、泣鬼神，俾畸人滯魄，山魈野魅，各出其情狀，而無所遁隱。此《山經》、《博物》之遺，《遠遊》、《天問》之意，非第如干寶《搜神》已也。」〔註6〕結合實際考量，讀者自有體會，茲不贅述。

總體而言，此一時期中國古代小說欲望美學研究的特徵有三。第一，成果數量不多。究其根源，是因為古人慎於袒露個體的欲望心態而導致缺乏以明確的欲望審美意識研究小說。第二，圍繞「生活—作家—文本—接受者」的雙向運動軌跡實現了簡單的研究建構。儘管缺乏明確的欲望審美意識，但是仍然在關於創作動機、文本鑒賞的表述中有意無意之間涉及到了小說的欲望審美。第三，表現出從簡單萌發到逐漸發展的動態趨勢。研究於宋代萌芽，明清時期步入發展階段；相對於明代，清代的研究成果數量增多，研究內容也趨於拓展。因此，這一時期還只是中國古代小說欲望美學研究的萌發與初步發展階段。

（二）1840年至1948年：轉型深化衰落期

1840 年之後，西方列強的堅船利炮漸次敲開了中國的國門，中國開始進入半殖民地半封建社會。直至1912年之前，中國社會一直處於緩慢轉型的階段。這一時期，西學東漸，西方小說理論逐漸傳入，翻譯小說也開始盛行，因而研究者的思維逐漸拓展深化，中國古代小說欲望美學研究亦開始在轉型中趨於深化：開始以叢話與專篇論文中局部論述的形式出現；開始出現一般規律的探討與理論分析的傾向。如覺我於《余之小說觀》中曰：「社會之前途無他，一為勢力之發展，一為欲望之膨脹。小說者，適用此二者之目的，以人生之起居動作，離合悲歡，鋪張其形式，而其精神湛結處，決不能越乎此二者之範。」〔註7〕對欲望、小說文體與審美書寫的關係作了較為深刻簡潔的說明。伯耀的闡釋則更為具體深刻，其人於《小說之支配於世界上純以情理之真趣為觀感》中曰：「情者感人最深者也，理者曉人最切者也。以感人之深，曉人之切，而演以圓密之格局，證以顯淺之事蹟，導以超妙之想象，舒以清新之藻彩，小說家之能事，綽乎其有餘裕矣。」〔註8〕結合文學核心要素與小說文體要素，對小說通過欲望書寫與審美表現實現欲望審美的建構作了深刻揭示。此時期，王

〔註6〕（清）蒲松齡：《聊齋誌異》（會校會注會評本），上海古籍出版社，1978年，卷首。

〔註7〕《小說林》，1908年，第九期。

〔註8〕《中外小說林》，1907年，第十五期。

國維的《〈紅樓夢〉評論》尤為經典之作。該文立足人類存在之現實，首先對人、欲望與生活的關係作了深刻總結，「故欲與生活與苦痛，三者一而已矣」〔註 9〕，並進而點明美術範疇之小說「以其目的在描寫人生」〔註 10〕。在此基礎上，通過對文本的具體分析，王國維認為《紅樓夢》不但提出了「男女之愛之形而上學」〔註 11〕問題，而且解決了這一問題，「《紅樓夢》一書，實示此生活此苦痛之由於自造，又示其解脫之道不可不由自己求之者也」〔註 12〕。而後，又結合對《紅樓夢》的精神與美學價值的深刻解讀，最終得出「《紅樓夢》一書，與一切喜劇相反，徹頭徹尾之悲劇也」「《紅樓夢》，哲學的也，宇宙的也，文學的也」〔註 13〕的結論。由此可見，其人以西方悲觀哲學反觀中國傳統文化，以《紅樓夢》為介質，通過對文本的具體分析與宏觀的理論闡釋，對中國古代小說欲望審美發生的根源、具體表現與核心本質均作出了精湛之論，表現出鮮明的深化趨勢。

1912 年，中華民國成立，社會轉型，中國步入現代階段。民國初期的前幾年，中國古代小說欲望美學研究尚延續此前的深化態勢。然而，這一良好態勢於新文化運動開始前後，在二十世紀一零年代末期迅速衰落，且出現了「被轉向」的跡象。「研究中國小說的方向，不外『史』的探討與『內容』的考索。」〔註 14〕在這一思潮的影響下，中國古代小說欲望美學研究急劇衰落。直至 1949 年中華人民共和國成立之前，幾無相關之言論，且乏新見，因而此時期可謂中國古代小說欲望美學研究的衰落期。

（三）1949 年至今：停滯復蘇期

1949 年至 1978 年期間，受國內特殊政治氛圍以及各種政治運動的影響，中國古代小說欲望美學研究基本處於停滯狀態。據筆者的檢索，沒有發現相關論文與論著。因此，這一時期可以說是中國古代小說欲望美學研究的停滯期。

十一屆三中全會以後，國家撥亂反正，改革開放，逐漸開創了政治穩定、經濟文化發展的新局面。與此同時，學術文化研究鬆綁，獲得了較為獨立自由的空間，開始了繁榮發展的良好態勢。這一時期，中國古代小說欲望美學研究

〔註 9〕王國維：《王國維全集》（第一卷），浙江教育出版社，2009 年，第 55 頁。
〔註 10〕王國維：《王國維全集》（第一卷），浙江教育出版社，2009 年，第 59 頁。
〔註 11〕王國維：《王國維全集》（第一卷），浙江教育出版社，2009 年，第 60 頁。
〔註 12〕王國維：《王國維全集》（第一卷），浙江教育出版社，2009 年，第 62 頁。
〔註 13〕王國維：《王國維全集》（第一卷），浙江教育出版社，2009 年，第 65 頁。
〔註 14〕鄭振鐸：《鄭振鐸書話》，北京出版社，1996 年，第 194 頁。

也開始復蘇。據筆者的不完全統計，40 多年來，共有 37 位學者，發表了 46 篇關於中國古代小說欲望美學研究的學術論文；共有 4 部小說研究著作提到了中國古代小說的欲望美學；就內容而論，日益拓展深化，表現出良好的復蘇態勢。與之前的中國古代小說欲望美學研究相比，此時期的開拓主要體現在兩個方面。

1. 從敘事學的角度介入對中國古代小說欲望美學的研究

二十世紀八十年代初期，國家改革開放，向西方發達國家學習的熱潮再度高漲。學術研究領域亦有同樣表現，一時間西方文學研究的新思潮、新方法湧入中國。運用西方敘事學的思維與方法對中國古代小說欲望美學進行研究，成為這一時期比較突出的現象。

（1）經由對敘事類型的闡釋深入中國古代小說欲望美學研究

馮文樓較早從身體敘事角度對《金瓶梅》的欲望審美進行了有效解讀，他認為文本中「細密的性行為描寫」源於「精神的懸隔和對身體之實體性的直觀把握」，這種身體的「還原性敞開」不但因「男性中心主義的敘事立場」「隱藏著對女性性別的改造與重構」，而且「展示出晚明時期人之感覺性的生存情狀和多元性、無根性的快適追求」。〔註 15〕齊林華則將四大名著中的身體敘事分為三種形態，「女性身體突出地表現為對女性身體想象的色情欲望化、女性身體宰制的政治媒介化、以及女性身體書寫的主體建構化」，「男性身體則是血性身體，主要是在政治化與去政治化的張力場域內抗爭與馴服」，神性身體是「凡性身體對其超驗維度的想象」，不但對身體敘事進行了更為宏觀的分析，而且對其內涵也進行了深刻闡釋。〔註 16〕李桂奎率先提出了「物慾敘事」的命題，其《「物慾敘事」：中國古代小說研究的新視角》一文認為，「現實社會中的『食貨』等物慾世態常常與小說文本的敘事形態達成一種同謀共構關係，發生結構層面的置換」，因而應通過對這種關係的研究「全面探討以『食貨』為重心的『物慾化』敘事形態及其結構意義」。〔註 17〕此外，臧國書《論「三言」女性形象死亡敘事的審美意蘊》、宋建華《論中國文學「魂奔」敘事的古今異同》

〔註 15〕馮文樓：《身體的敞開與性別的改造——〈金瓶梅〉身體敘事的釋讀》，《陝西師範大學學報》，2003 年第 1 期，第 32 頁。

〔註 16〕齊林華：《「四大名著」身體敘事的三種形態》，《中國文學研究》，2012 年第 4 期，第 72～75 頁。

〔註 17〕李桂奎：《「物慾」敘事：中國古代小說研究的新視角》，《復旦學報》，2008 年第 3 期，第 106 頁。

還分別對女性死亡敘事的審美蘊含、魂奔敘事的文化內因進行了較為詳盡的分析。

（2）通過對欲望敘事方式、視角的具體分析深入闡釋中國古代小說的欲望審美建構

此方面研究有三篇文章堪為代表。王宏圖《欲望的凸現與調控——對「三言」「二拍」的一種讀解》一文，對「三言」「二拍」通過敘述者角色以及敘事方式的巧妙運用實現欲望審美構建進行了細緻而深刻的分析。該文認為敘述者一方面「在故事的開頭或結尾不時地對人物、事件作出明確的倫理評判」，另一方面又「對欲望有時也帶著一種超脫的姿態」，並且通過「善惡各有報」「天命難違」等調控方式，與聽眾或讀者達成「共謀」關係，既讓聽眾或讀者「沉醉於對貪欲富有同情心的描繪中」，又不時「加以干預、約束並試圖馴服這些欲望」。〔註 18〕呂逸新的《論「三言」的反諷敘事》一文對「三言」反諷敘事進行了具體分析，「反諷敘事主要體現在兩大方面：敘事文本因內容自身的悖謬而生成的反諷和因本真情感與因果報應的結構形式之間的不協調而生成的反諷」，進而對「三言」的欲望審美進行了深層闡釋，認為文本體現了「晚明獨特的社會背景」下「作者非常矛盾的文化態度和價值觀念」。〔註 19〕祖國頌《唐傳奇敘事視角形態的文化表徵》一文則通過對唐傳奇敘事視角的具體分析，對其欲望書寫的內在美學蘊含作了較為深刻的闡釋，「唐傳奇的敘事視角，不但表現出唐傳奇敘事藝術的獨特品格，使其具有了文體獨立的意義；而且也是一種典型的文化表徵形式，形象地折射出了唐代社會現實下人們的情感欲望和價值取向。」〔註 20〕

（3）結合敘事學與其他理論研究中國古代小說欲望美學

陳建憲結合母題書寫與敘事模式對中國古代小說欲望審美進行了綜合闡釋，其《〈白水素女〉「偷窺」母題發微》一文認為，「『白水素女』整個故事的敘事模式，建立在『禁忌—破禁—後果』基礎之上」「以『白水素女』為代表的螺女型故事，……暗合了人類集體無意識中窺視異性的欲望」，因而在

〔註 18〕王宏圖：《欲望的凸現與調控——對「三言」「二拍」的一種讀解》，《中州學刊》，1998 年第 2 期，第 93～98 頁。

〔註 19〕呂逸新：《論「三言」的反諷敘事》，《社會科學家》，2007 年第 2 期，第 189 頁。

〔註 20〕祖國頌：《唐傳奇敘事視角形態的文化表徵》，《漳州師範學院學報》，2010 年第 3 期，第 87 頁。

中國古典文學中是一個普遍存在的深層結構。〔註 21〕姚玳玫則結合女性主義批評理論與敘事方式對《海上花列傳》的欲望審美進行了深刻解讀，認為文本採用「女主男次、敘事主體移位、女性角色的多重虛擬、女性欲望的多元表達和世俗日常化的情境定位等」，表達了「對傳統人倫與道德價值的顛覆，對低鄙的世俗品質的認同，對男女輕重位置的重擺，對個人價值規則的初步引入」。〔註 22〕

客觀而論，此類研究對中國古代小說欲望美學進行了較為深刻的闡釋，因而成為中國古代小說欲望美學研究的一個重要範疇。但其缺陷也顯而易見，因為沒有嚴格立足中國文化原點，所以不能從中國敘事學的角度對古代小說欲望美學進行更為有效的闡釋。

2. 基於創作論角度進行中國古代小說欲望美學研究

（1）結合小說創作方式方法研究中國古代小說欲望美學

劉衍青《〈金瓶梅〉身體書寫的文學價值》一文通過對文本的具體分析，認為作者「一方面將身體欲望與深刻的社會內涵完美融合，另一方面，它深入到人的潛意識層面」「暴露了人之好色、貪吃、偷窺等劣根性」。〔註 23〕竇苗的《〈金瓶梅〉諷刺筆法中的冷熱對書》一文認為，作者採用諷刺筆法，「嘗試通過『冷』與『熱』的對比，揭露人世間的『真』與『假』」，其目的是為了揭示「欲望的無可救贖」。〔註 24〕李舜華《「說鐵騎兒」與興起時的章回小說》一文，通過對「說鐵騎兒」與章回小說內在關係的研究，認為「這些小說將歷史秩序的變遷與宇宙秩序的變遷聯繫起來，在富貴聲色的角逐中重新書寫了市民主體對自我存在的思考。」〔註 25〕汪注、秦曉梅《「三言」情愛故事的書寫原則及明代市民的社會心理》一文，通過對「三言」情愛故事的具體分析，認為作者使用「形象對稱、倫理優先與完美」的書寫原則進行欲望審美構建，達

〔註 21〕陳建憲：《〈白水素女〉「偷窺」母題發微》，《華中師範大學學報》，1999 年第 2 期，第 93 頁。

〔註 22〕姚玳玫：《〈海上花列傳〉敘事的近代轉型》，《學術研究》，2003 年第 12 期，第 139～143 頁。

〔註 23〕劉衍青：《〈金瓶梅〉身體書寫的文學價值》，《名作欣賞》，2012 年第 2 期，第 36 頁。

〔註 24〕竇苗：《〈金瓶梅〉諷刺筆法中的冷熱對書——透視李瓶兒、西門慶、潘金蓮的死亡悲劇》，《黑河學刊》，2013 年第 12 期，第 34 頁。

〔註 25〕李舜華：《「說鐵騎兒」與興起時的章回小說》，《明清小說研究》，2008 年第 4 期，第 123 頁。

到「滿足市民追求身份提升的欲望，呼應市民崇尚家族倫理，投合市民審美情趣」的目的。〔註 26〕

（2）通過對中國古代小說中符號、結構等要素的解讀挖掘其欲望審美的內在蘊含

曾禮軍對中國古代小說中「離恨天」這一符號的象徵蘊涵進行了深刻解讀，認為古代小說通過「給予縱慾者以生命的終結」「於因果報應的循環中給來生帶來苦難和不幸」的方式懲罰縱慾者，因而「離恨天」「一方面表現出較強宗教意蘊，另一方面也遭遇到世俗化的蛻變」，「一是指對欲望徹悟後的人生超脫，一是指生死超越後的生命延續」，其終極目標「都是在追求一種超越現實的理想中的人生境界」。〔註 27〕高小康則通過對中國古代敘事文學深層結構的解讀，對古代小說欲望美學的深層意蘊進行了深刻闡釋。其於《論中國古代敘事文學的深層結構》中指出，《水滸傳》具有「『怪誕現實主義』的狂歡性質，它的敘述意圖更多地是在滿足生命活力的自發宣洩」，因而「作為文化精英的士大夫們之所以會欣賞那些粗俗猥褻、充滿暴力的故事，正在於它們具有生命力宣洩的意味」。〔註 28〕龔玉蘭則對中國古代小說中「人狐戀」的文化心理內蘊進行了深刻闡釋，認為「人狐戀」的本質特徵是「人狐合一」，「既滿足了宗教勸人行善的教義，又通過狐精的種種結局，滿足了人類於仙、人之間的某種幻想，而狐精的真性情，更多是人類情感的投射與情感缺失的補充。」〔註 29〕

（3）從文學與時代及社會的關係角度去探究中國古代小說欲望審美的蘊含

張鵬飛《論市井文學〈金瓶梅〉敘事範式中女性典型形象的生命意蘊》一文認為，「《金瓶梅》小說敘事摹寫的眾多女性典型形象建構中，凸顯著明代社會情慾聲色的熾烈、欲望描述的露骨和女權意識的膨脹，事實是在舊的社會規範日趨衰弱而新的社會準則尚未健全的情況下的刻意彰顯，並在某種程度上體認著世人以極端的方式弘揚人性、蕩滌束縛、追逐功利的精神文化

〔註 26〕汪注、秦曉梅：《「三言」情愛故事的書寫原則及明代市民的社會心理》，《安徽商貿職業技術學院學報》，2012 年 4 期，第 48 頁。

〔註 27〕曾禮軍：《中國古代小說中「離恨天」釋意》，《中華文史論叢》，2010 年第 1 期，第 209～225 頁。

〔註 28〕高小康：《論中國古代敘事文學的深層結構》，《中山大學學報》，2005 年第 2 期，第 29 頁。

〔註 29〕龔玉蘭：《中國古代小說「人狐戀」情節的文化透視》，《學術論壇》，2013 年第 3 期，第 108～111 頁。

旨歸。可以說，明末社會所追求的奢侈淫靡之風與思想文化領域的離經叛道契合融通，並張揚著女性生命主體抗爭意識的日趨覺醒。」〔註30〕李安民的碩士論文《論晚明小說對生命意識的思考》，不但對晚明小說生命意識的覺醒及其表現進行了具體分析，而且對導致這一生命意識覺醒的道德拯救與宗教關懷進行了較為深刻的闡釋，並進而對其所展示的生命意識的新變做了相應的分析與反思。〔註31〕

除上述兩大研究範疇之外，還有研究者通過中外小說欲望書寫的比較研究對中國古代小說欲望審美建構進行了全面而深刻的闡釋。如孔建平《書寫欲望緣何會畫蛇添足——〈賣油郎獨佔花魁〉與〈魯濱遜漂流記〉對讀札記》一文認為，二者在書寫方式及思維上「都在書寫欲望，又必須屈從於正統文化的壓力，努力彌合欲望美學與意識形態的差異」，因而採用「用喜劇或鬧劇情節來沖淡『意猶未盡』的尷尬」「老生常談的倫理道德」這一畫蛇添足的慣用手法，其實質是由於「小說實質上是流行文化與超文化的欲望表達的混合體，文化的強制力量使得畫蛇添足成為一個共通現象」，這一美學斷裂「實際上並不意味著膨脹的欲望對正統意識形態的屈從和認同，而意味著欲望力圖在舊文化容忍的範圍內尋求突破。就文化功能而言，欲望的展現有益於推動『勢力之發展』，小說的美學價值也就是衝擊舊道德、舊倫理、舊宗教的文化價值」。〔註32〕

綜上所述，中國古代小說欲望美學研究已經取得了一定成績，其表現有二。第一，產出了一定數量的成果，雖然不多，但是客觀上實現了研究內容的基本建構；第二，呈現出動態發展的良性趨勢。儘管如此，這一研究仍然存在諸多問題。第一，系統深入的研究建構依然缺失。古代研究成果多為簡要點示，現代研究成果多為以單一文本為觀照目標的個性揭示，因此並沒有實現對於中國古代小說欲望美學的外在表現、內在規律與本質特徵的系統與深度闡釋。第二，缺乏中國文化品格。改革開放以來取得的諸多成果表現出較強的西方思維與方法論色彩，中國傳統文化的因子缺乏。因此，應立足中國傳統文化原點，以中國古代小說的實際表現為觀照目標，對其欲望書的審美表徵進行「以我為

〔註30〕張鵬飛：《論市井文學〈金瓶梅〉敘事範式中女性經典形象的生命意蘊》，《中華女子學院學報》，2011年第1期，第89頁。

〔註31〕李安民：《論晚明小說對生命意識的思考》，湖北大學，2006年。

〔註32〕孔建平：《書寫欲望緣何會畫蛇添足——〈賣油郎獨佔花魁〉與〈魯濱遜漂流記〉對讀札記》，《名作欣賞》，2009年第4期，第138～13頁。

主以外為參」式的科學研究。總之，中國古代小說欲望美學研究仍然存在巨大的拓展空間，是一個具有較強學術價值的研究課題。

二、「中國古代小說欲望美學」研究確立的要義

欲望是人類存在與發展演進的內在根據與原發性驅動力。作為人類實踐範疇的文學，其發生、表現以及效果發揮的完整過程，亦是人類欲望的藝術化演繹與語言圖式構建的現實結果。小說因其文體特徵及其優長，能夠對現實世界作更為全面深入的書寫。就此意義而言，小說是人類欲望及其現實表徵的全息鏡像。因此，基於欲望審美的視角對小說進行綜合與深度研究，不僅可以窺見作家啟動創作的動機與目的，亦可解構其演繹欲望的理念、方式方法及其審美表現，更可深入洞明因欲望驅動而致的現實社會狀態以及人類因之而生發的理想追求，從而實現對小說審美教化效能的整體觀照。據此考量，小說的欲望審美研究具有較強的理論價值與現實意義。在此背景下，「中國古代小說欲望美學」研究之所以能夠確立，還另具特殊價值。

第一，首次對中國古代小說的欲望書寫進行系統與深度的美學闡釋。本課題立足中國文化原點，運用闡釋學、美學與解構主義等理論，以中國古代小說的欲望書寫為觀照目標，在對文學、欲望書寫與審美的關係進行深入闡釋的基礎上，進而對中國古代小說欲望書寫的社會表徵與審美演進、圖景類型、思維邏輯運演與操控方式、動力結構與心理圖式生成、審美維度、審美的核心要義與進階之境六個方面作深度探究，以期實現對中國古代小說欲望美學的系統與深度闡釋。

第二，為構建系統的中國文學欲望美學研究以及欲望美學研究提供一定的研究基礎。無論是中國文學欲望美學還是欲望美學研究，目前均處於初起階段，還沒有實現系統的研究格局構建。中國古代小說欲望美學的研究成果，能夠為中國文學欲望美學、欲望美學的系統研究格局的構建，提供可資借鑒的思路，並奠定較為紮實的成果基礎。

第三，為建設科學的欲望節制型文化提供智力支持。當今中國，自然環境惡化、社會關係緊張、個體心靈愈加痛苦，究其根源是由於個體與社會私欲日益膨脹所致。因此，建設科學的欲望節制型文化是時代與社會健康發展的必然要求。文學是人類欲望及其現實表徵的藝術化表現，通過對中國古代小說欲望書寫的系統研究，抽繹人類欲望膨脹的原因、表現與解決方法，能夠為新時代

建設科學的欲望節制型文化提供智力支持。

綜上所述，「中國古代小說欲望美學」研究內容的創新性以及因之而具有的重要理論價值與現實意義，複合起來共同奠定了該研究確立的必要性及其核心要義。同時，切入課題研究的新穎視角，以及文本解構的深度與契中度，不僅是「中國古代小說欲望美學」研究的應有之義，而且為其高質量完成提供了有效的技術支撐。

第一章　文學：人類欲望的審美言語

文學是什麼？關於這個問題，可謂是眾說紛紜歧見迭出。眾說及其立論之所本，雖各有其合理性，但卻均未擊中文學的核心與要害之所在。文學作為一個特定之名，其本質根源於其名所代表的存在之實。基於這一邏輯前提，對文學概念的科學界定，應首先釐清文學實踐的主體即人啟動創作的根源性動機、文學書寫的核心內容、文學書寫的工具三者之間的關係及其複合性實際表現。

第一節　欲望審美界釋

人作為高級類存在物，欲望不僅是其內在固有之要素，亦且是其存在與發展演進的原初驅動力；而美，則是人類對於生命體驗的精神認知。因此，欲望與美實為與人類存在密切相關的兩個觀念範疇。欲望審美作為一個複合性觀念系統，不但是連接人、欲望與美的關鍵樞紐，而且是關於人類存在的核心觀念體系。

一、欲望內涵界定

對於欲望概念的界定，各種觀點同中有異。如《現代漢語詞典》對「欲望」的解釋是「想得到某種東西或達到某種目的的要求」〔註1〕，馬克思主義哲學則認為欲望是「社會的人基於一定的需要而產生對一定的物質或精神事物的

〔註 1〕中國社會科學院語言研究所詞典編輯室：《現代漢語詞典》，商務印書館，2012年，第 1443 頁。

渴求」〔註2〕。儘管兩種解釋都涉及到了欲望的核心要素，但是卻不周全。《現代漢語詞典》缺乏對主體的界定，而馬克思主義哲學的觀點則忽視了人的生物屬性與欲望的內在關係。若根據欲望的實際表現進行邏輯判斷，其概念要素主要有三。第一，人作為主體；第二，因異己性需要而產生；第三，是一種意識或心理活動。據此，其概念可界定為「人因異己性需要而產生的關於物質與精神客體的意識或心理活動」。儘管概念較為簡單，然而因為與人的天然密切關係，欲望其實是一個內涵極為複雜的範疇。

恩格斯認為：「人來源於動物界這一事實已經決定人永遠不能完全擺脫獸性。」〔註3〕馬克思亦說：「人作為自然存在物，……是肉體的、有自然力的、有生命的、現實的、感性的、對象性的存在物。」〔註4〕因此，人首先作為生物性個體而存在，生物性是其基本特徵。然而，「人的本質並不是單個人所固有的抽象物，實際上，它是一切社會關係的總和。」〔註5〕因此，人又是社會性存在，而且其社會性是一種更為重要的特徵。據此，可將欲望大致分為兩類。第一種是本源性欲望，即因人的生物本源性需要而產生的欲望，所謂「食色，性也」即屬此類。第二種是外觸性欲望，即人在與外界環境的接觸過程中而產生的欲望，如「人無羽毛，不衣則不犯寒。……以腸胃為根本，不食則不能活」〔註6〕而產生的欲利之心。在生活實踐中，人的欲望以本源性欲望為基礎，經由外觸性欲望的化合與膨脹作用，其整體性表現趨於複雜。

首先，欲望是感性情緒與理性認知兩種元素的有機融合。感性情緒是人類在心物雙向運動過程中形成的情緒體驗，追求的是情緒的滿足。理性認知是人類由於生存需要而產生的對於客觀事物的求真思維，它通過具象分析與抽象思維力圖實現對客觀事物的本質、全部聯繫以及規律的綜合判斷。就指向而言，理性認知是側重於外傾型的認知行為與結果，感性情緒則是側重於內傾型的行為與結果，二者共同構成了人類體驗世界認識世界的全部。其次，欲望以「內外循環式」模式運行。其中，本源性欲望沿著由內→外→內的軌跡運行，

〔註2〕金炳華：《哲學大辭典》，上海辭書出版社，2001年，第1874頁。

〔註3〕（德）弗·恩格斯：《反杜林論》，《馬克思恩格斯全集》（第二十卷），人民出版社，1971年，第110頁。

〔註4〕（德）卡·馬克思：《1844年經濟學哲學手稿》，《馬克思恩格斯全集》（第四十二卷），人民出版社，1979年，第167～168頁。

〔註5〕（德）卡·馬克思：《關於費爾巴哈的提綱》，《馬克思恩格斯全集》（第三卷），人民出版社，1960年，第5頁。

〔註6〕邵增樺：《韓非子今注今譯》，臺北商務印書館，1983年，第921頁。

表現為由內在之欲率先發動、進而指向外在然後返歸內在的運行機制；而外觸性欲望則沿著由外→內→外→內式軌跡運行，表現為外在客體率先給予主體刺激而使其產生內在之欲，內在之欲進而指向外在又最終返歸內在的運行機制。因此，本源性欲望的運行模式是一種基本且特殊的運行方式，而外觸性欲望的運行方式業已演進為更為複雜高級的運行方式。再次，人的欲望表現出無限擴展之傾向與發展趨勢。「動物只是在直接的肉體需要的支配下生產」〔註7〕，它們本能地遵從自然賦予它們的天性，為了繁殖進行規律性交配，為了實現基本的存活需要而順從食物鏈的內在邏輯獲取食物。然而，「人甚至不受肉體需要的支配也進行生產」〔註8〕。在保障生存的基本口腹需要之外，人類還創造了各種美食以滿足食欲的快感；在完成種的繁殖之外，還可以自由地享受性的愉悅。因此，荀子經由對人在現實生活中之表現的細緻觀察，對人的欲望作了深刻總結，「人之情，食欲有芻豢，衣欲有文繡，行欲有輿馬，又欲夫餘財蓄積之富也，然而窮年累世不知不足，是人之情也」〔註9〕。對此，馬斯洛亦有深刻認知，「人的一生實際上都在不斷追求之中，他是一個不斷有所需求的動物。幾乎很少達到完全滿足的狀態。一個欲望得到了滿足之後，另一個欲望就立刻產生了」〔註10〕。最後，就性質而言，欲望本身並無善惡之別。「自然的本能和衝動由於不是人自己有意識地確立起來的，而是大自然預先賦予他的，它們就不能在道德的意義上被稱為善的或惡的。」〔註11〕也就是說，人的本源性欲望並無先在的善惡之別。即使是更為複雜的外觸性欲望，如果它並沒有轉化為具體的行為實踐而只是仍然處於純粹的意識或心理狀態，那麼仍然不能給予它善惡的判定，因為它還沒有對外在的環境產生影響，「凡可稱為道德者，都與社會有關底，即都是公底，純粹只關係一個人的私底事，都是非道德底，即無所謂是道德底或是不道德底」〔註12〕。

〔註7〕（德）卡・馬克思：《1844年經濟學哲學手稿》，《馬克思恩格斯全集》（第四十二卷），人民出版社，1979年，第97頁。

〔註8〕（德）卡・馬克思：《1844年經濟學哲學手稿》，《馬克思恩格斯全集》（第四十二卷），人民出版社，1979年，第97頁。

〔註9〕熊公哲：《荀子今注今譯》，臺北商務印書館，1975年，第58頁。

〔註10〕（美）弗蘭克・戈布爾：《第三思潮：馬斯洛心理學》，呂明、陳紅雯譯，上海譯文出版社，1987年，第42頁。

〔註11〕舒遠招：《直指人心的人性善惡論》，《哲學研究》，2008年第4期，第61頁。

〔註12〕馮友蘭：《贊中華》，《三松堂全集》（第四卷），河南人民出版社，1986年，第108頁。

二、美：欲望之花

「天下皆知美之為美，斯惡已。皆知善之為善，斯不善已。有無相生，難易相成，長短相形，高下相盈，音聲相和，前後相隨，恒也。」〔註13〕世間萬物均以相對待的方式而存在，故美與醜是一對相反相成的價值觀念範疇。美是一個仁者見仁智者見智的問題，如黑格爾認為「美是理念的感性顯現」〔註14〕，而海德格爾認為「美乃是作為無蔽的真理的現身方式」〔註15〕，鮑桑葵則認為「美就是一切作用於感官知覺或想象力，具有特徵的、具備個性表現力的事物，同時又通過同一媒介，具備一般的、抽象表現力的事物」〔註16〕。眾說紛紜亦均有其理，故仍需對美進行基本界定。

「美，甘也，從羊從大。」〔註17〕從字源學的角度來看，在中國古人的觀念世界裏，美是建立在物質獲取基礎上的官能享受體驗。儘管隨著人類生活實踐與認知能力的日益拓展與深化，美的適用範圍日益拓寬，但是其內涵要素仍基本一致。第一，人作為主體；第二，因需要而產生的結果；第三，發生於主客體之間的雙向運動過程；第四，是一種價值判斷。據此，可以對其進行基本界定：美是一種根源於人的異己性需要、經由主客體之間的雙向運動過程在人的主觀世界形成的正向精神體驗。欲望既無先在的善惡之別，就無關於先在的價值判斷，而美卻是具有正向價值的精神體驗，因此欲望由純粹的觀念狀態向實踐轉化並且經由審的過程判斷是聯繫欲望與美的必要橋樑。

「人生而有欲，欲而不得，則不能無求，求而無度量分界，則不能不爭。爭則亂，亂則窮。」〔註18〕人各有其欲望，然而客觀世界卻又不能為其實現提供完全充分之支持，當欲望驅進於實踐時，衝突就成為其現實之常態。所有人均持對美好生活之嚮往，且出於維持社會穩定之需要，於是集多數人之欲望上升為公共之標準。遵守此公共標準者，為善的欲望，反之則為惡的欲望。欲望之善惡由此而分矣，美醜之分際亦於此生矣。對於公共欲望而言，如符合多數人理想之嚮往，則為美，反之則為醜。個人欲望之美醜卻與其多

〔註13〕陳鼓應：《老子今注今譯》，商務印書館，2006年，第80頁。

〔註14〕（德）G·W·F·黑格爾：《美學》，朱光潛譯，商務印書館，1996年，第142頁。

〔註15〕（德）馬丁·海德格爾：《林中路》，孫周興譯，上海譯文出版社，1997年，第40頁。

〔註16〕（英）B·鮑桑葵：《美學史》，彭盛譯，當代世界出版社，2008年，第4頁。

〔註17〕（漢）許慎：《說文解字》，中華書局，1978年，第78頁。

〔註18〕熊公哲：《荀子今注今譯》，臺北商務印書館，1975年，第368頁。

有不同。正常狀態下，個人欲望符合社會欲望之美醜標準，則為美的，反之則為醜。然而個體還各有其特殊性，不同的人或者同一個人在不同情況下，其美醜標準並不固定。宏觀而言，任何一己欲望之充分實現，對於任一個體都是美的。因此，差異性是美的首要特徵。其次，美是感性情緒與理性認知綜合作用的結果。作為個體的人，以追求欲望的充分滿足獲得美的享受為人生幸福的旨歸。「他們清楚地知道，無論利己主義還是自我犧牲，都是一定條件下個人自我實現的一種必要形式。」〔註19〕因此，人類需要考慮欲望實施的可能性結果，儘量避免失敗的命運。於是，在個人欲望的主觀需要與客觀條件之間進行冷靜嚴密的研判，此即為理性認知之要素。如實現可能性弱而消解欲望，則為理性認知抑制感性情緒之體現。如不顧其客觀之條件而僅憑感性衝動去追求，則為感性情緒壓倒理性認知之體現。若基於感性情緒的驅動，而又經理性認知之判斷，則為感性理性之有機融合。這三種形式，可使人或正向或反向得到美的體驗。再次，美是基於實用目的的精神昇華。「凡人有所一同：饑而欲食，寒而欲暖，勞而欲息，好利而惡害，是人之所生而有也，是無待而然者也，是禹、桀之所同也。」〔註20〕生存需要不但是人類自誕生之初就必須考慮的現實問題，而且是其意識與行為目的性的發生基礎。因此，「從歷史上說，以有意識的實用觀點來看待事物，往往是先於以審美的觀點來看待事物的。」〔註21〕然而，「人是精神。什麼是精神？精神是自我。」〔註22〕人不僅僅只滿足於基本的生存需要，還有更為豐富的精神追求。對於人的這一特徵，馬爾薩斯作了形象表述，「我發覺聲色口腹之樂是毫無意義，轉瞬即逝的，總是讓人感到乏味和噁心；而理智上的快樂卻似乎有一股清新之氣，總使我感到年輕，使我無時不感到滿足，給我的生命注入新的活力，使我的心靈長久地澄明和安寧。」〔註23〕也就是說，人類不僅首先基於實用目的而看待事物，而且在此基礎上生發精神追求。對於美的這一內在特徵，魯迅先生有經典之論，「享

〔註19〕（德）卡·馬克思、（德）弗·恩格斯：《德意志意識形態》，《馬克思恩格斯全集》（第三卷），人民出版社，1960年，第275頁。

〔註20〕熊公哲：《荀子今注今譯》，臺北商務印書館，1975年，第54頁。

〔註21〕（俄）格·瓦·普列漢諾夫：《沒有地址的信，藝術與社會生活》，曹葆華等譯，人民文學出版社，1962年，第125頁。

〔註22〕（丹麥）索倫·克爾凱郭爾：《致死的疾病》，張祥龍、王建軍譯，中國工人出版社，1997年，第10頁。

〔註23〕（英）托馬斯·羅伯特·馬爾薩斯：《人口原理》，朱泱等譯，商務印書館，1996年，第100頁。

樂著美的時候，雖然幾乎並不想到功利，但可由科學底分析而被發現，所以，美底享樂的特殊性，即在那直接性，然而美的愉悅的根抵裏，倘不伏著功用，那事物就不見得美。」〔註 24〕

至此，可以對欲望審美作一基本界定：人的欲望從純粹意識或心理狀態向行為實踐轉化的過程之中及其之後，經由審的判斷而達成的具有正向價值的觀念範疇。

三、欲望審美的層級

如上所述，欲望之美是發源於人的生物屬性並延伸於社會屬性的必然結果，是基於實用目的的精神昇華，是產生於主客體之間雙向運動的正向價值判斷。據此，可將欲望審美大致分為三個層級。

（一）感官需要的滿足

「人的需要中最基本、最強烈、最明顯的一種，就是對生存的需求。」〔註 25〕對於人類存在而言，首先面對的是生存問題。「第一，食物為人類生存所必需。第二，兩性間的情慾是必然的，且幾乎會保持現狀。」〔註 26〕生理需要作為人類生存的基本需求，直接體現為肉體感官的需要，即所謂「耳之於聲也，目之於色也，鼻之於臭也，口之於味也，四肢之於安佚也，性也」〔註 27〕。更為重要的是，肉體感官的需要對於美的產生極具重要作用，「審美狀態僅僅出現在那些使肉體的活力橫溢的天性之中，第一推動力永遠是在肉體的活力裏面」〔註 28〕。因此，肉體感官需要的滿足不但是人類欲望天然而基本的要求，而且是美產生的必要物質基礎。「生殖欲望如果限於某種限度以內，顯然是一種令人愉快的欲望並且與一切愉快的情緒有一種很強的聯繫。」〔註 29〕其實，不止生殖感官需要，其他如飲食、聲色等感官需要亦是如此。也就是說，

〔註 24〕 魯迅：《〈藝術論〉譯本序》，《魯迅全集》（第 4 卷），人民文學出版社，1981 年，第 263 頁。

〔註 25〕 （美）弗蘭克．戈布爾：《第三思潮：馬斯洛心理學》，呂明、陳紅雯譯，上海譯文出版社，1987 年，第 42 頁。

〔註 26〕 （英）托馬斯．羅伯特．馬爾薩斯：《人口原理》，朱泱等譯，商務印書館，1996 年，第 6 頁。

〔註 27〕 （宋）陳亮：《龍川文集》，中華書局，1995 年，第 41 頁。

〔註 28〕 （德）弗．威．尼采：《悲劇的誕生》，周國平譯，三聯書店，1986 年，第 351 頁。

〔註 29〕 （英）大衛．休謨：《人性論》，關文運譯，商務印書館，1980 年，第 432 頁。

「凡是精神必有屬於它的實質的肉體成分」〔註 30〕。因此，感官需要的滿足不但是美產生的必要基礎，而且是美的重要形式。生命活動是高度個性化的活動，正如徐岱所言，「對於主體最為真實親近的還不是視覺和聽覺，而是觸、嗅、味覺。這些是最內在、最個人化因而也最為具體、真切的感受，是這些感受構成了人類生活的基礎。因此，如果我們將這些感受排除在美感世界之外，那就不啻是剝離美同人生的那種密切聯繫」〔註 31〕。就此意義而言，「適合生理要求的引起快感的東西，對於美是起作用的，它們正屬於我所說的『美的條件』，唯物主義美學絕不能忽視美的生理基礎。」〔註 32〕雖然人類還有更高形式的精神追求，但是由於受基本生物屬性的制約，感官需要的滿足必然是人類欲望審美的天然要求與基本內涵，亦為人類欲望審美的基本形式與第一層級。

（二）精神世界的超拔

人猿揖別，社會屬性成為人類更為重要的特徵。隨著社會生活範圍的日益拓展，社會分工趨於細化。在更為複雜的社會生活的刺激下，人類的認知能力趨於發達，故而其精神世界亦趨於豐富。在這一背景下，人的精神需要以感官需要為基礎，感觸著紛繁複雜的社會生活，二者互相生發，呈現出無限發展的趨勢。雖然精神需要並不能脫離感官需要而存在，但是其儼然已成為一個相對獨立的欲望系統，並且被寫進人類的基因序列。

對於人的類特性，馬克思有深刻認知。「生產生活本來就是類生活。這是產生生命的生活。一個種的全部特徵、種的類特性就在於生命活動的性質，而人的類特性恰恰就是自由的自覺的活動。」〔註 33〕與動物相比，人類擁有更為發達的意識系統，意識與行為也更為自由。在這一前提下，與動物主要滿足於官能需要不同，人類不但更為重視精神需要的滿足，而且其內容也非常繁富。馬斯洛認為，人「至少有五種目標，我們稱之為基本需要，簡要地說，這就是生理、安全、愛、尊重和自我實現。此外，我們還有達成或維護這些基本滿足賴以存在的各種條件的願望所引起的動機，以及為某些智慧更高的願望所引

〔註 30〕（西班牙）米蓋爾·德·烏納穆諾：《生命的悲劇意識》，蔡英俊譯，北方文藝出版社，1987 年，第 52 頁。

〔註 31〕徐岱：《欲望的復活》，《學術月刊》，1996 年第 9 期，第 78 頁。

〔註 32〕朱光潛：《朱光潛全集》，安徽教育出版社，1983 年，第 83 頁。

〔註 33〕（德）卡·馬克思：《1844 年經濟學哲學手稿》，《馬克思恩格斯全集》（第四十二卷），人民出版社，1979 年，第 96 頁。

起的動機」〔註34〕。也就是說，對於人類而言，肉體感官的滿足只是簡單而且基本的需要，精神世界是人類更為重要的追求。對此，本尼迪克特曾有激切之言：「精神就是一切，是永存的。物質當然也是不可缺少的，但那卻是次要的，瞬間的。」〔註35〕就此意義而言，隨著社會生活日趨豐富複雜，人類基於生物屬性的根源性欲望愈加隱沒於欲望的底層。與動物簡單地適應環境滿足於官能需要不同，人類在認識世界、認識自我並進而掌握世界、完善自我的道路上愈加深入，求知、理性已然伴隨著感性的驅動向縱深發展，感性與理性互相交合促進的精神性追求已然成為推動人類進化的驅動力。因此，精神世界的超拔不但是人區別於動物的重要欲望形式，而且是人類欲望審美鏈條上的重要層級。

（三）欲望與美的自然和諧

感官需要的滿足與精神世界的超拔意味著人類的欲望審美還處於有意識追求狀態，此時人類對美的追求受制於欲望的牽引而存在異化現象，就此意義而言，人類還身處必然王國並沒有進入自由狀態。在此狀態下，欲望之美主要體現為主體欲望與外在條件二元矛盾衝突的正向結果，並非欲望本身自然自為的結果。同時，美的發生意味著醜與痛苦的存在。「五色令人目盲；五音令人耳聾；五味令人口爽；馳騁畋獵，令人心發狂；難得之貨，令人行妨。」〔註36〕外界事物會擾亂人的意識與行為。「名也者，相軋也；知也者，爭之器也。」〔註37〕追求名利會導致紛爭。因此，欲望實踐的紛爭會導致社會的混亂與人類心靈的痛苦，使得美成為人類生活中暫時而偶然的現象存在。「人慾肆而天理滅矣。」〔註38〕「滅私欲，則天理明矣。」〔註39〕程顥之所以對人慾與天理的關係進行不遺餘力的解說，其實正是為了探求欲望之美的究竟。

「希望永遠在人的胸中湧現。幸福的降臨永遠是在未來，而決不是現

〔註34〕（美）亞伯拉罕·馬斯洛等著，林方主編：《人的潛能和價值》，華夏出版社，1987年，第176頁。

〔註35〕（美）魯思·本尼迪克特：《菊與刀》，呂萬和等譯，商務印書館，1990年，第17頁。

〔註36〕陳鼓應：《老子今注今譯》，商務印書館，2006年，第118頁。

〔註37〕陳鼓應：《莊子今注今譯》，商務印書館，2007年，第129頁。

〔註38〕（元）脫脫：《宋史》，吉林人民出版社，1995年，第8829頁。

〔註39〕（宋）程顥、程頤：《二程集》（第三冊），王孝魚點校，中華書局，1981年，第312頁。

在。」〔註 40〕儘管人類一直身處欲望的矛盾、鬥爭與調和之中，但是由於「美感，本質上是一種生命感，表現為對生命奧秘的體驗和關注」〔註 41〕，因此從未放棄對欲望之美的終極追求。欲望審美，終究是一種發生於心靈世界的精神體驗。故而，欲尋求欲望審美的至境，最終還須返歸心靈世界。「人法地，地法天，天法道，道法自然。」〔註 42〕自然而然，是世界萬物的本真存在狀態，人亦不能例外。「清靜為天下正」〔註 43〕，人的心靈亦須遵守「自然無為」法則的要求，以「墮肢體，黜聰明，離形去知，同於大道」〔註 44〕的方式而臻於「致虛極，守靜篤」〔註 45〕的境界。只有這樣，「在絕對心靈的一切範圍裏，心靈都解脫了它的客觀存在的窄狹局限，拋開它的塵世存在的偶然關係和它的目的與旨趣的有限意蘊，以便轉到省察和實現它的自在自為的存在。」〔註 46〕人的心靈才能避免有為之害，處於清澈靈明的境界，真正與自然融而為一。在這一狀態下，欲望就是美，美就是欲望，欲望與美自然和諧地融生共存。此為人類於非自由狀態中對欲望之美的終極理想追求，亦為欲望審美的最高層級。

綜上所述，欲望審美是人類應對客觀世界的心理與行為表現，是與人類存在天然而又密切相關的精神存在。它不但與人類存在相始終，而且對於瞭解人類存在現實狀態與未來發展趨勢具有重要價值。就此意義而言，欲望美學實為一個以人類存在為具體尺度，以人類欲望審美的發生機制、表現形式與規律及其本質為核心內容，以探求人類精神運動形式與深刻意涵為根本任務的重要科學體系。

第二節　文學、欲望書寫與審美

文學是人類欲望的審美言語圖式，欲望書寫是人類在世的行為方式，審美是人類心靈的價值判斷，三者內具密切聯繫。然而，三者發生聯繫的關鍵節點、

〔註 40〕（英）托馬斯·羅伯特·馬爾薩斯：《人口原理》，朱泱等譯，商務印書館，1996 年，第 151 頁。
〔註 41〕徐岱：《論神秘》，《文學評論》，1997 年第 3 期，第 134 頁。
〔註 42〕陳鼓應：《老子今注今譯》，商務印書館，2006 年，第 169 頁。
〔註 43〕陳鼓應：《老子今注今譯》，商務印書館，2006 年，第 243 頁。
〔註 44〕陳鼓應：《莊子今注今譯》，商務印書館，2007 年，第 240 頁。
〔註 45〕陳鼓應：《老子今注今譯》，商務印書館，2006 年，第 134 頁。
〔註 46〕（德）G·W·F·黑格爾：《美學》，朱光潛譯，商務印書館，1996 年，第 121 頁。

原因與方式及其內在關係與表現卻是一個較為複雜微妙的問題。對此問題進行深度探究，亦是揭示文學與欲望美學內在關係的重要途徑。

一、人類欲望是文學書寫的核心內容與原初驅動力

文學是人類存在的現實產物，欲望是人類存在與發展的內在根據與本質原因。就此意義而言，文學發生與存在的根源實乃欲望。因此，欲望不但是文學書寫的原初驅動力，而且是文學存在的必然書寫任務。

（一）文學書寫的核心內容是人類欲望

文學是一個動態發展的範疇，在不同時期與不同區域其內涵與外延並不一致。就目前文學的實際表現而觀，無論何種體裁，其要素主要有三：形象塑造、敘事與繪景。結合三者的實際表現考察，其最終均指向欲望書寫。形象塑造如《三國志通俗演義》中的諸葛亮，這一融智慧與道德為一體的象徵性符號，是通過過程描寫與結局點化得以構建的審美結晶。在過程描寫中，諸葛亮的才華橫溢與鞠躬盡瘁死而後已的精神，是以他安邦定國的人生理想以及對劉備知遇之恩的回報為深層動機並通過系列敘事得以呈現的；就結局點化而論，秋風五丈原的淒涼結局所營造出的濃厚悲劇氛圍，不但是對諸葛亮欲望書寫的深刻總結，而且激發了讀者的深沉共鳴。此外，作者還通過「臥龍」「六出祁山」等稱謂不但預設了諸葛亮逆時必敗的宏觀命意，且進而彰顯了他知其不可為而為之的奮爭精神。綜合這些內容，全面深刻地凸顯了諸葛亮形象深蘊的欲望書寫內涵。與形象塑造相類似，敘事如「秋風五丈原」、繪景如劉備檀溪躍馬後看到的優美自然風光，均有指向欲望書寫的鮮明表現。客觀而言，文學範疇的形象塑造、敘事與繪景實因人而內具密切聯繫，並不可作截然區分。因此，欲望書寫是統攝形象塑造、敘事與繪景的樞紐。究其原因，在創作環節，文學文本是作家的宏觀命意啟動與漸次呈現的產物；在接受環節，文本內容要實現與讀者之意的對接。因此，欲望書寫實為文學創作的核心內容與必要元素。

關於欲望，可謂見仁見智。如德勒茲與加塔利堅持形而上學的立場，認為欲望是不受控制與抑制、具有創造性與生產性因而在本質上是革命性的本性、本質或傾向；而中國的朱熹則認為「飲食者，天理也；要求美味，人慾也」〔註47〕。其實，對欲望進行形而上與形而下的截然區分並不確當。「形而

〔註47〕（宋）朱熹：《朱子語類》，中華書局，1986年，第224頁。

上者謂之道，形而下者謂之器。」〔註 48〕在形而上與形而下之間，還有形而中者謂之人的連接樞紐。結合這一因素考察，欲望實為人因異己性需要而產生的關於物質與精神客體的心理活動。因此，從要素層面分析，欲望實為感性情緒與理性認知的融合。理性認知是人類在感性認識的基礎上，借助抽象思維對於事物本質、全部聯繫及其規律的理解和判斷，是人類根源於生存需要而產生的對於客觀事物的求真行為。感性情緒是人的主觀之意與客觀存在於雙向觸發運動過程中形成的情緒體驗，追求的是情緒的滿足。就指向而言，理性認知是側重於外傾型的認知行為與結果，感性情緒則是側重於內傾型的行為與結果，二者共同構成了人類體驗世界認識世界的全部。在文學書寫範疇，二者在交融性表現中又體現出區別性特徵。如蘇軾《題西林壁》一詩，既描寫了廬山之遊的觀感，又寄寓了對於人生以及主客關係的深刻認知，於顯明的理性認知下潛伏細微的情感脈動。另如李白《行路難三首・其一》，整首詩感情跌宕起伏，不但抒發了作者強烈的苦悶情緒以及對理想的執著追求，而且以濃鬱情感包裹了對人才屈抑之社會現實的認知與慨歎。也就是說，文學要麼以抒發感性情緒為主而含納理性認知，要麼以表達理性認知為主而沉潛感性情緒。綜而言之，欲望書寫是文學的核心內容與必然任務。

（二）書寫欲望的發生是欲望與實踐二元碰觸的結晶

欲望書寫作為文學的核心內容與必然任務，不但其發動與完成由作家全程執行，而且其內容亦是作家欲望的外化與表現。對於作家的書寫欲望，司馬遷的「發憤著書說」可謂一語中的。其人於《太史公自序》中曰：「夫《詩》、《書》隱約者，欲遂其志之思也。昔西伯拘羑里，演《周易》；孔子戹陳、蔡，作《春秋》；屈原放逐，著《離騷》；左丘失明，厥有《國語》；孫子臏腳，而論兵法；不韋遷蜀，世傳《呂覽》；韓非囚秦，《說難》、《孤憤》；《詩》三百篇，大抵賢聖發憤之所為作也。此人皆意有所鬱結，不得通其道也，故述往事，思來者。」〔註 49〕著述者因欲望的鬱結而產生缺失性體驗，故通過著述立說實現欲望的補償。亦有因豐富性體驗而進行文學創作的例證，如杜甫《聞官軍收河南河北》：「劍外忽傳收薊北，初聞涕淚滿衣裳。卻看妻子愁何在，漫捲詩書喜欲狂。白日放歌須縱酒，青春作伴好還鄉。即從巴峽穿巫峽，便

〔註 48〕（魏）王弼注，（唐）孔穎達疏：《周易正義》，北京大學出版社，1999 年，第 292 頁。

〔註 49〕（漢）司馬遷：《史記》，中華書局，1959 年，第 3300 頁。

下襄陽向洛陽。」〔註 50〕雖因欲望的滿足而產生豐富性體驗，進而啟動文學創作以達到情感宣洩的目的，但究其根源，這一豐富性體驗實為因欲望鬱結而形成的缺失性體驗得到補償之後的結果。因此，因欲望的阻滯而產生的書寫欲望實為文學創作啟動的直接驅動力。

欲望不但是人的內在生物性屬性，而且具有社會性特徵。「若夫目好色，耳好聲，口好味，心好利，骨體膚理好愉佚，是皆生於人之情性者也；感而自然，不待事而後生者也。」〔註 51〕人類因感官需要而天然內具利欲之心。對於欲望的特徵，荀子還有深入之論：「好利而惡害，是人之所生而有也，是無待而然者也。」〔註 52〕王夫之亦曰：「天下之物，人欲之。」「天地之大，山海之富，未有能厭鞠人之欲者。」〔註 53〕故而可知，「好利而惡害」且「不知滿足」是欲望自人類誕生之初就已既定的內在本質。因此，從生物屬性角度而言，人是欲望的存在物，實現欲望是人類存在與發展的必然要求。同時，「人的本質並不是單個人所固有的抽象物，實際上，它是一切社會關係的總和」〔註 54〕，人還是社會性類存在物。從這一角度而言，因為社會環境諸多因素的制約，人之欲望的阻滯就成為常態現象。第一，因個體之間的欲望不能得到徹底調和而導致部分個體欲望的阻滯；第二，個體欲望因難以與社會系統的既成規則抗衡而導致阻滯；第三，個體欲望因自然環境因素的制約而導致阻滯；第四，個體內部不同欲望因衝突導致阻滯。因此，欲望的阻滯實為伴隨人類存在始終的永恆狀語。

從發生學角度而言，欲望的阻滯是人類欲望與社會實踐矛盾的產物，而書寫欲望的發生則是欲望阻滯的可能結果。結合文學的起源與人類的發展階段進行邏輯推斷，書寫欲望的發生與初次實現應在人類具有了初步的思維能力並創制了簡單文字的階段。此時期，生產力水平還極為低下，原始先民的思維能力尚處於混沌未判的階段。「在不發達社會中，沒有什麼東西是脫離開神秘性質和神秘屬性來被感知的。」〔註 55〕對於原始先民而言，其「周圍的實在本

〔註 50〕（清）黃生：《杜詩說》，徐定祥點校，黃山書社，1994 年，第 356 頁。
〔註 51〕熊公哲：《荀子今注今譯》，臺北商務印書館，1977 年，第 480 頁。
〔註 52〕熊公哲：《荀子今注今譯》，臺北商務印書館，1977 年，第 68 頁。
〔註 53〕（清）王夫子：《詩廣傳》，中華書局，1981 年，第 77 頁。
〔註 54〕（德）卡·馬克思：《關於費爾巴哈的提綱》，《馬克思恩格斯全集》（第三卷），人民出版社，1960 年，第 5 頁。
〔註 55〕（法）列維·布留爾：《原始思維》，丁由譯，商務印書館，1981 年，第 47 頁。

身就是神秘的」〔註 56〕，當他們「感知這個或那個客體時，他是從來不把這客體與這些神秘屬性分開來的」〔註 57〕。因此，「原始人的思維本質上是神秘的」〔註 58〕。神秘不但會導致情緒體驗，而且會促進理性認知的發生。如「癸卯卜，今日雨。其自西來雨？其自東來雨？其自北來雨？其自南來雨？」〔註 59〕不但喜悅和盼望的心情躍然可感，而且表現出了對於下雨規律的探知動機。但是，我們並不能將文字的出現作為界定文學起源的明確界限，因為在文字產生之前，文學還存在一個口耳相傳的歷時性過程。因此，欲望的聲音式言語表達實為文學發生的起源，它同樣是欲望阻滯實現突圍的結果。就此意義而言，文學不但是欲望存在的必然結果，而且進行欲望書寫實為其天然使命。

二、文學是功利與審美二元渾融的化合物

美是客體屬性、功能與人的意識二元化生的主觀感受，審是人們對客體存在的美醜作出評判的行為。因而，審美是人基於前置視域對於客體存在的評判，是理智與情感、主觀與客觀的具體統一。然而對於人類而言，其行為的唯一目的是求得幸福，所以對幸福的促進就成為判斷人的一切行為的標準。因此，功利性與審美實內具天然聯繫：功利實為審美的前提與基礎，審美是功利的特殊形式與重要實施方式。就此意義而言，功利性、審美與文學的欲望書寫在內容與本質方面具有內在一致性，功利性與審美實為文學書寫的重要特徵。

目前主流觀點認為，功利與審美是文學的雙重功能與屬性。如白居易的《賣炭翁》一詩，塑造了一位以伐薪燒炭為生貧困可憐的老者形象，講述了其辛苦勞動成果被宮使淩勢掠奪的悲慘故事，表達了對於「宮市」現象以及統治者壓榨下層勞動人民的強烈批判。另外，作者創作這類諷喻詩時普遍使用了「首章標其目，卒章顯其志」〔註 60〕的方法，且為了達到更廣泛的傳播效果而使「其辭質而徑」「其言直而切」〔註 61〕，與其「文章合為時而著，歌詩合為事而作」〔註 62〕的理論主張表現出明顯的一致性，因而長期以來被認為是為現實政治服務具有強烈功利目的的代表作品。而王維後期的《鳥鳴澗》《山居秋

〔註 56〕（法）列維·布留爾：《原始思維》，丁由譯，商務印書館，1981 年，第 28 頁。
〔註 57〕（法）列維·布留爾：《原始思維》，丁由譯，商務印書館，1981 年，第 34 頁。
〔註 58〕（法）列維·布留爾：《原始思維》，丁由譯，商務印書館，1981 年，第 412 頁。
〔註 59〕郭沫若：《卜辭通纂》，科學出版社，1983 年，第 368 頁。
〔註 60〕（唐）白居易：《白居易集》，顧學頡校點，中華書局，1979 年，第 52 頁。
〔註 61〕（唐）白居易：《白居易集》，顧學頡校點，中華書局，1979 年，第 52 頁。
〔註 62〕（唐）白居易：《白居易集》，顧學頡校點，中華書局，1979 年，第 962 頁。

暝》《鹿柴》等詩歌，由於作者以清秀靈潔之筆描繪了優美靈動的意境氛圍，「味摩詰之詩，詩中有畫」〔註63〕，具有很高的審美價值，因而長期以來被視作文學審美的鮮明代表。若僅就個案的功利目的與審美分析而論，上述認識並無不當之處。但是，如若進而抽象為「文學具有功利與審美兩種功能與屬性」的普遍結論，其實並不確當。因為這種將功利與審美明確區分開來的做法實為不科學運用辯證法的結果，如上述所舉白居易的諷喻詩同樣具有很強的審美價值，而王維的山水詩亦另具排遣世俗縈繞追求佛境禪心的現實目的。因此，就文學而言，功利與審美從來都是融合共行的，硬性將其明確區分開來會使其各自的全部內涵受到損害，並進而導致對文學的不當認識。

文學實踐是功利與審美綜合運施的過程。就文學創作的啟動而言，作家創作動機的產生是其欲望阻滯並進而試圖突圍的結果，無論這一動機是主要指向外在的客觀世界還是主體的精神世界，其根本目的都是為了尋找出口解決問題。因此，就此意義而言，文學實踐啟動的根本目的是功利性的，同時又糅合著審美質素。文學創作是作家創作動機的貫徹與運演，因而感性情緒與理性認知成為這一過程的核心要素。在創作過程中，作家將情感與理性融入形象塑造、敘事與繪景，功利目的沉潛，審美因素升騰。因此就實施過程而言，審美實為必要因素並具鮮明表現。其實，這也是文學藝術區別於哲學、心理學等其他人文社會科學的重要標誌。文學創作的實際完成還有賴於讀者的接受與再度創造。無論是對於作者還是作品，其創作動機與欲望書寫必須要與讀者的接受實現有效對接，文本才能完成最終意義上的創作過程，並且通過讀者實現其根本目的。而這一有效對接的充分實現，其充要條件則是讀者通過對作品的深度閱讀，「以意逆志」，達成與欲望書寫和創作動機的深度共鳴。也就是說，審美是實現共鳴的觸媒與催化劑，是文學實踐根本目的最終實現的必要憑藉。

其實，在文學誕生之初，文學、功利與審美的這一內在聯繫就已孕育胚胎。「風謠是原始文學的頭胎兒。」〔註64〕雖然中國早期的單音詞歌謠與一言詩已難窺全貌，但是現存的二言詩已能提供充分證明。如《彈歌》：「斷竹，續竹；飛土，逐肉。」〔註65〕簡短的八個漢字描繪出四幅生動形象的畫面，並且在急促的節奏中完成對製造工具打獵場景的動態敘述，簡單的審美質素與明確的

〔註63〕（宋）蘇軾：《蘇軾文集》，孔凡禮點校，中華書局，1986年，第2209頁。
〔註64〕劉經庵：《中國純文學史》，東方出版社，1996年，第4頁。
〔註65〕（東漢）趙曄：《吳越春秋》，時代文藝出版社，2008年，第118頁。

現實目的並存。遠古時期的神話故事能提供更為有效的說明。如《盤古開天地》：

> 天地混沌如雞子，盤古生其中。萬八千歲，天地開闢，陽清為天，陰濁為地。盤古在其中，一日九變，神於天，聖於地。天日高一丈，地日厚一丈，盤古日長一丈，如此萬八千歲。天數極高，地數極深，盤古極長。後乃有三皇。數起於一，立於三，成於五，盛於七，處於九，故天去地九萬里。
>
> 首生盤古，垂死化身；氣成風雲，聲為雷霆，左眼為日，右眼為月，四肢五體為四極五嶽，血液為江河，筋脈為地裏，肌膚為田土，髮髭為星辰，皮毛為草木，齒骨為金石，精髓為金玉，汗流為雨澤，身之諸蟲，因風所感，化為黎甿。〔註66〕

這則神話故事可能經過後人的潤色，但是我們仍能從中一窺其原始面貌。面對所置身的世界，原始先民試圖去尋求其產生的本源。由於「原始人的知覺根本上是神秘的」〔註67〕，以至於「他們的智力活動的可分析性是太少了，以至要獨立地觀察客體的映象或心象而不依賴於引起它們或由它們所引起的情感、情緒、熱情，是不可能的」〔註68〕。因此，他們以卵生現象、盤古的身體器官來比附世界以及自然萬物的誕生，既表現出奇幻神異的想象，又體現出原始人以我觀物、物我不分的思維特徵。由此可見，在初起時期，文學的發生思維實根源於原始先民探求未知的動機與實用目的，同時又由於其思維特徵而孕生出鮮明的審美質素。因此，源於欲望的天然牽絆，文學自其誕生之初就與審美具有了密切的內在關聯。

三、文學言語：欲望書寫的個性化表述與詩性創造

語言是實施文學書寫的唯一工具，這是文學區別於音樂、繪畫等藝術樣式的獨特表徵。然而，文學並非語言的簡單構建，而是作家言說的個性化表述與詩性創造，這是文學進行欲望書寫實現其根本目的以及審美生成的必要方式。

（一）言語的個性化表述

沒有人能夠脫離公共語言環境而存在，人們必須採用現有的詞語，且要尊

〔註66〕劉城淮：《中國上古神話》，上海文藝出版社，1988年，第199頁。
〔註67〕（法）列維·布留爾：《原始思維》，丁由譯，商務印書館，1981年，第35頁。
〔註68〕（法）列維·布留爾：《原始思維》，丁由譯，商務印書館，1981年，第26頁。

重現有的語言基本規則。然而，「詩者，志之所之也，在心為志，發言為詩。情動於中而形於言」〔註69〕，文學是作家對於世界與生命的個體體悟與表達。因此，作家既要尊重公共語言環境的現有規則，又要突破這一規則的束縛，進行私人體悟的個性化表述。如同是悼念亡妻的詞，蘇軾與納蘭性德的言語表述就各具特徵。

《江城子・乙卯正月二十日夜記夢》 蘇軾

十年生死兩茫茫，不思量，自難忘。千里孤墳，無處話淒涼。縱使相逢應不識，塵滿面，鬢如霜。夜來幽夢忽還鄉，小軒窗，正梳妝。相顧無言，惟有淚千行。料得年年斷腸處，明月夜，短松崗。〔註70〕

《浣溪沙》 納蘭性德

誰念西風獨自涼，蕭蕭黃葉閉疏窗，沉思往事立殘陽。被酒莫驚春睡重，賭書消得潑茶香，當時只道是尋常。〔註71〕

蘇詞不但運用白描手法，直抒胸臆，以沉摯的情感表達對於亡妻的感念，而且運用虛實結合的手法在分合頓挫中揉入自己的人生困頓淒涼之感，語言潔淨素煉，氣脈流暢，格調沉重哀傷。因此唐圭璋評曰：「此首為公悼亡之作。真情鬱勃，句句沉痛，而音響淒厲，陳後山所謂『有聲當徹天，有淚當徹泉』也。」〔註72〕納蘭之詞，景與情互相映襯生發，一層緊接一層，雖是平常之景之事，卻生動地表達了作者沉重的哀傷。與蘇詞相比，氣脈、手法等方面雖多有異曲同工之妙處，然語言、格調卻較為溫雅，藝術感染力亦相對柔和。正如況周頤於《蕙風詞話》中所評：「黃東甫……《眼兒媚》云：『當時不道春無價，幽夢費重尋。』此等語非深於詞不能道，所謂詞心也。……納蘭容若浣溪沙云：『被酒莫驚春睡重，賭書消得潑茶香。當時只道是尋常。』即東甫眼兒媚句意。酒中茶半、前事伶俜，皆夢痕耳。」〔註73〕

「文以氣為主，氣之清濁有體，不可力強而致。譬諸音樂，曲度雖均，節奏同檢，至於引氣不齊，巧拙有素，雖在父兄，不能以移子弟。」〔註74〕人各

〔註69〕（漢）毛亨傳，（漢）鄭玄箋，（唐）孔穎達疏：《毛詩正義》，北京大學出版社，1999年，第6頁。

〔註70〕鄒同慶、王宗堂：《蘇軾詞編年校注》，中華書局，2002年，第141頁。

〔註71〕蘇纓：《納蘭詞全編箋注》，湖南文藝出版社，2011年，第60頁。

〔註72〕唐圭璋：《唐宋詞簡釋》，人民文學出版社，2010年，第112頁。

〔註73〕（清）況周頤：《蕙風詞話》，人民文學出版社，1960年，第51頁。

〔註74〕霍松林：《古代文論名篇詳注》，上海古籍出版社，2002年，第82頁。

有不同的稟賦與氣質，這是形成作家個性化言說方式與言語風格的先在因素。另外，作家亦各有其後天生活經歷，不同的遭遇導致不同的選擇與生活視野。因此，作家是作為獨特的個體來體悟世界並敘述一己之欲望，「憑藉內心的視力來看所描繪的對象，來創作作品」〔註 75〕。然而，「小說寫來寫去，事件是不變量的，固定的」〔註 76〕且「藝術是這樣一項活動：一個人用某種外在的標誌有意識地把自己體驗過的感情傳達給別人，而別人為這些感情所感染，也體驗到這些感情」〔註 77〕，因此「對於作家最重要的仍是表達他自身與世界的關係，並找到他個人的形式，這個形式本身就是內容」〔註 78〕。所以，李白與王維的詩歌言說方式與風格絕不相同，《紅樓夢》與《水滸傳》的言語亦各有其個性特徵。這正如卡西爾所說：「偉大的詩人從來不重複同樣的語言。莎士比亞說著一種以前從未聽說過的語言，每個莎士比亞筆下的人物都說著他自己的獨一無二的不會弄錯的語言。它是一面反映個人靈魂的鏡子。」〔註 79〕

（二）言語的詩性創造

小說「是關於存在的詩意的深思」〔註 80〕，其實任何一種文學樣式均適用這一判斷。「若乃春風春鳥，秋月秋蟬，夏雲暑雨，冬月祁寒，斯四候之感諸詩者也。嘉會寄詩以親，離群託詩以怨。至於楚臣去境，漢妾辭宮；或骨橫朔野，或魂逐飛蓬；或負戈外戍，殺氣雄邊；塞客衣單，孀閨淚盡；或士有解佩出朝，一去忘返；女有揚蛾入寵，再盼傾國。凡斯種種，感蕩心靈，非陳詩何以展其義？非長歌何以騁其情？」〔註 81〕所謂「詩意的深思」，其實就是作家內在之意與外在之境在雙向運動中生發形成的融感性情緒與理性認知於一體的審美判斷。「言，心聲也。」〔註 82〕因此，審美與詩性是文學言語先天預定

〔註 75〕（俄）阿．托爾斯泰：《論文學》，程代熙譯，人民文學出版社，1980 年，第 211～212 頁。

〔註 76〕孔範今：《蘇童研究資料》，山東文藝出版社，2006 年，第 25 頁。

〔註 77〕（俄）列夫．托爾斯泰：《藝術論》，豐陳寶譯，人民文學出版社，1958 年，第 47 頁。

〔註 78〕（英）特倫斯．霍克斯：《結構主義和符號學》，瞿鐵鵬譯，上海譯文出版社，1987 年，第 102 頁。

〔註 79〕（德）恩斯特．卡希爾：《人論》，甘陽譯，上海譯文出版社，1985 年，第 286 頁。

〔註 80〕（捷克）米蘭．昆德拉：《小說的藝術》，孟湄譯，北京三聯書店，1992 年，第 34 頁。

〔註 81〕（南朝．梁）鍾嶸：《詩品》（歷代詩話本），中華書局，1981 年，第 3 頁。

〔註 82〕（東漢）揚雄：《法言》，韓敬注，中華書局，1992 年，第 110 頁。

的內在本質。第一，文學言語是作家審美精神的語言表達形式；第二，文學言語是作家的個性化表述。因此，文學言語是以日常言語為基礎而又超越日常言語的特殊言語形式，這一推斷可通過文學創作的分析得到證明。如蘇軾的《水調歌頭》一詞：

（余去歲在東武，作《水調歌頭》以寄子由。今年，子由相從彭城百餘日，過中秋而去，作此曲以別余。以其語過悲，乃為和之。其意以不早退為戒，以退而相從之樂為慰云爾。）

安石在東海，從事鬢驚秋。中年親友難別，絲竹緩離愁。一旦功成名遂，準擬東還海道，扶病入西州。雅志困軒冕，遺恨寄滄洲。歲雲暮，須早計，要褐裘。故鄉歸去千里，佳處輒遲留。我醉歌時君和，醉倒須君扶我，惟酒可忘憂。一任劉玄德，相對臥高樓。〔註83〕

該詞詞序敘述了與弟弟相約早退的願望，詞作正文表達了自己因宦海奔波之苦而產生的離去之願望，二者內容大致相同。但是，詞序只是作了簡單的說明，而詞作正文卻作了詩性的創造。上闋以謝安之事點出不及時早退的鑒戒，用比擬手法寄寓性情懷抱；下闋以想象之筆寫退而相從之樂，用直抒胸臆的語調寬慰弟弟。全詞以真摯情感運化歷史典故，抒發了兄弟早日聚合歸臥故山的人生雅志，以素雅之言語創疏淡之格調，詩性創造之跡顯然。

作為作家個體對於世界與人生審美體悟的文學書寫，其詩性價值與作家精神結晶以及言語的詩性創造呈正向遞陞關係。上舉蘇軾一詞尚屬一般證明，現述另例以為深證。如李商隱《錦瑟》一詩：

錦瑟無端五十弦，一弦一柱思華年。莊生曉夢迷蝴蝶，望帝春心託杜鵑。

滄海月明珠有淚，藍田日暖玉生煙。此情可待成追憶，只是當時已惘然。〔註84〕

「玉谿生一生經歷，有難言之痛，至苦之情，鬱結中懷。」〔註85〕因此，《唐詩鼓吹評注》曰：「此義山有託而詠也……顧其意言所指，或憶少年之豔冶，而傷美人之遲暮，或感身世之閱歷，而悼壯夫之畹晚，則未可以一辭定也。」〔註86〕

〔註83〕鄒同慶、王宗堂：《蘇軾詞編年校注》，中華書局，2002年，第211頁。

〔註84〕（唐）李商隱：《李商隱詩集》，葉蔥奇疏注，人民文學出版社，1985年，第1頁。

〔註85〕周汝昌、蕭滌非：《唐詩鑒賞辭典》，上海辭書出版社，1982年，第1128頁。

〔註86〕（清）錢牧齋、何義門：《唐詩鼓吹評注》，河北大學出版社，2000年，第348頁。

其人以隱喻象徵之筆，巧妙貫穿多種多義性意象，「展現了迷惘變幻，哀然淒苦，清寥寂寞，虛渺飄忽諸境，超越一切具體情事，又涵蓋一切具體情事」，營造出迷離恍惚的意境氛圍，「憂傷要眇，往復低徊，感染於人者至深。」〔註87〕無論是言語思維、言說方式，還是言語技巧，均臻於詩性創造之極致。

綜上所述，欲望書寫是文學創作的原初驅動力與核心內容，審美是文學書寫的必要手段，言語是欲望書寫的個性化表述與詩性創造。因而，文學是人類欲望的審美言語圖式，功利性是其根本目的，同時又糅合著審美質素。就此意義而言，文學、欲望書寫與審美實為人類欲望的天然互融產物。

第三節　文學文本的欲望書寫範型及其審美效應生成

文學是人類欲望與社會實踐二元碰觸而產生的審美言語，其發生根源於創作者因欲望阻滯而產生的突圍意識與行為實踐。因而，書寫欲望不但是文學創作的原初驅動力，而且是文學的核心內容。在具體的文學創作實踐層面，由於個性思維以及特定創作背景刺激下反應的差異，作家對所書寫的欲望內涵的思考與處理方式多有不同。同時，人類因統一的種屬共性而又具有趨同性的心理與行為類型。人的「性格中存在兩種普遍的基本的傾向……兩種明顯的性格類型（還有第三種，那是一種中間的類型）……」〔註88〕結合作家的心理機制與文本的實際表現，文學的欲望書寫大致具象為直陳型、反寓型與繪飾型三種範型，並因之而化生出三種審美效應。

一、直陳型

直陳型欲望書寫是指作家以無遮蔽姿態觀照並運施直書式方法展示自我欲望的書寫範型。如傳說中夏禹時期的《候人歌》：「候人兮猗！」此歌亦稱《塗山氏妾歌》，據《呂氏春秋．季夏篇．音初篇》記載：「禹行功，見塗山之女，禹未之遇，而巡省南土。塗山氏之女，乃令其妾，候禹於塗山之陽。女乃作歌，歌曰：『候人兮猗！』實始作為『南音』。」〔註89〕「候人」二字實義，直接而簡單地敘述了等人的事實；「兮猗」二字為語氣詞，是因「候人」感情激蕩而

〔註87〕周汝昌、蕭滌非：《唐詩鑒賞辭典》，上海辭書出版社，1982年，第1128～1129頁。

〔註88〕（英）弗尼奧克斯．喬丹：《從軀體與出身中看人類性格》，倫敦出版社，1896年，第5頁。

〔註89〕（戰國）呂不韋：《呂氏春秋》，上海書店出版社，1986年，第58頁。

發出的聲音；二者自然承續，簡潔而又生動地展示了候人不至的焦慮與渴盼情懷。在中國文學範疇，直陳型書寫是在文學發生初期業已產生的具有簡單樸素質性的欲望書寫範型。史前社會自無須贅言，即使在人類步入文明時代的初期，受社會生產力與人類自身進化等多種因素的制約，先民的理性認知水平與感性體驗程度尚處於低級階段。因此，由於缺乏鮮明的繪飾意識，他們多以直觀可感的方式表達欲望，魯迅先生所云「杭育杭育派」即為鮮明例證。即使在文學日趨自覺的後期，直陳型書寫依然是一種常見的欲望書寫範型，如自《詩經》「六義」之一的「賦」、漢樂府民歌的「感於哀樂緣事而發」以至白居易的「諷喻詩」創作這一發展歷程中，其現實表現猶明晰可見。因而，直陳型欲望書寫不但淵源有自內具歷史發展承續的脈絡，而且是欲望表達的基本常態範型。

據實而論，直陳型欲望書寫的要義主要有二。第一，創作觸媒及其所引發的心理反應具有簡單明確的質性；第二，對於上一要素，作家採取了直接表現的創作方式。社會生活雖然複雜，但是置身其中的個體在特定的時空中面對的卻是具體的生活。因而，文學書寫內容首先是生活具體性的反映。如《詩經・伐檀》、杜甫的《聞官軍收河南河北》、艾青的《大堰河——我的保姆》，雖然情感向度各異，但是所表現的事件與心理反應均簡單明確，創作者無需採用更為複雜的方式予以表現。與此相較，作家的個性氣質與思維方式之於直陳型欲望書寫的形成尤為重要因素。根據作家與生活的互動關係，王國維曾有「主觀之詩人」與「客觀之詩人」的大致分別。「氣質是每一個個別人的最一般的特徵，是他的神經系統的最基本的特徵，而這種特徵在每一個人的一切活動上都打上了一定的烙印。」〔註90〕相對於「客觀之詩人」，「主觀之詩人」的心理與思維機制有三個突出特徵。第一，心理的內傾性表現更為鮮明，更為注重自我；第二，長於想象與幻想，對客觀外在現實的判定更為自我化；第三，個體的興奮視域具有更強的敏感性，當其與外在碰觸時更為缺乏克制力。故而，「主觀之詩人」更傾向於以直陳型方式表現個體欲望。如李白，本是「天縱逸才」的詩人，卻渴望成為名顯後世的政治家。因此，人生定位與自身特徵的偏離，導致其一生處於無所適從的狀態。得意之時高唱「仰天大笑出門去，我輩豈是蓬蒿人」，苦悶之時痛吟「安能摧眉折腰事權貴，

〔註90〕（蘇聯）伊・彼・巴甫洛夫：《巴甫洛夫全集》，馮小川譯，人民衛生出版社，1962年，第85頁。

使我不得開心顏」，失意之時亦宣稱「人生在世不稱意，明朝散發弄扁舟」。再加之性格的孤傲狂放，使其個性與詩歌均表現出鮮明的主觀性色彩。

直陳型欲望書寫為文學文本的審美效應生成提供了率直鮮明的情感基調。「向來寫情感的，多半是以含蓄蘊藉為原則，像彈琴的弦外之音，像吃橄欖的那點回甘味兒，是我們中國文學家所最樂道的，但是有一類的情感，是要忽然奔迸一瀉無餘的，我們可以給這類文字起一個名，叫做『奔迸的表情法』。例如碰著意外的過度的刺激，大叫一聲，或大哭一場，或大跳一陣，在這種時候，含蓄蘊藉，是一點用不著。」〔註 91〕現實生活給予作家強烈的精神撞擊，他們無暇體味「沉靜中回味過來的情緒」〔註 92〕，直抒胸臆以宣洩內心情志，因而具象為率直鮮明的情感格調。如《上邪》：「上邪！我欲與君相知，長命無絕衰。山無陵，江水為竭，冬雷震震，夏雨雪，天地合，乃敢與君絕。」〔註 93〕清人王先謙評曰：「五者皆必無之事，則我之不能絕君明矣。」〔註 94〕女主人公以誓言的方式剖白內心，以不可能實現的自然現象反證自己對愛情的忠貞，表達直白決絕，感情激越，生發出極具情感撞擊力的審美效應，正如胡應麟所評：「上邪言情，……短章中神品！」〔註 95〕

直陳型欲望書寫，就創作者而言，是對自身欲望的主觀性昇華；就表現方式而言，在於對自身欲望的直接發抒。因而，源於欲望發抒的主觀、直接與開放質性，直陳型欲望書寫更易於形成對讀者的心理衝擊，更易於生發直截強烈的審美效應。當然，審美效應的強弱則不可一概而論，因為它是由情感發抒的強度、藝術表現形式等因素綜合作用的結果。總之，作為文學書寫欲望的基本型態之一，直陳型方式是人類心理機制演進狀態在文學創作領域的具體表現。

二、反寓型

反寓型欲望書寫是指作家以藝術化方式隱藏並反向展示自身欲望的書寫範型。如蘇童小說《罌粟之家》中劉老俠被鬥這一故事情節。當地主劉老俠被

〔註 91〕梁啟超：《梁啟超古典文學論著》，上海書店出版社，2013 年，第 188 頁。
〔註 92〕朱光潛：《朱光潛美學文集》，上海文藝出版社，1982 年，第 353 頁。
〔註 93〕余冠英：《漢魏六朝詩選》，人民文學出版社，2012 年，第 36 頁。
〔註 94〕北京大學中國文學史教研室：《兩漢文學史參考資料》，中華書局，1990 年，第 636 頁。
〔註 95〕（明）胡應麟：《詩藪》，中華書局，1962 年，第 18 頁。

鬥時，不但其本人毫無懼色，而且於臺下觀望的三千群眾亦無一人上臺揭發他。不止如此，人們還向土改工作隊隊長盧方講述劉老俠的輝煌創業歷史。因此，盧方自始至終都沒能實現通過階級教育激起農民對地主劉老俠仇恨的目的。文本這一描寫頗富深長意味，蘇童不但有意通過農民的反向表現抽空了政治意識形態賦予革命歷史敘事的激情，而且使農民意氣風發自覺鬧革命的歷史想象於此刻瞬間土崩瓦解。與直陳型欲望書寫相較，反寓型欲望書寫是相對後起的書寫範型，它是人類思維機制趨於複雜、認識能力日益提高於文學範疇的現實反映，其核心在於理性的進步及其對感性的滲透與複合。據今見文獻，反向思維機制在先秦時期已非常成熟。如《老子》一書，其於宇宙運動變化層面曰「反者道之動」，於社會人生層面曰「玄德與物反」，於邏輯思維層面曰「正言若反」，三者均是關於反向思維的深刻表述。作為中國文化思想的重要範疇，道家反向思維對於國人思維模式的顯著影響已無需贅言。

在具體的文學實踐層面，作家以反寓式姿態進行欲望書寫，其原因主要有三。第一，特定環境或者創作觸媒迫使作家隱藏自己的真實意圖。如阮籍《詠懷詩》八十二首「厥旨淵放，歸趣難求」〔註96〕，其原因在於「嗣宗身仕亂朝，常恐罹謗遇禍，因茲發詠，故每有憂生之嗟，雖志在譏刺，而文多隱蔽，百代之下，難以情測也」〔註97〕。第二，作家有意掩飾自我的真實心跡。如柳永，其人熱衷仕宦功名之心頗重，這於其「學，則庶人之子為公卿；不學，則公卿之子為庶人」〔註98〕的人生宣言、中進士後所作之詞《柳初新》對於「高志須酬」既得之喜悅的形象展示中可得確鑿之證。然而，其人所創諸多詞作，中進士前之詞如《鶴衝天》「且恁偎紅翠，風流事，平生暢。青春都一餉。忍把浮名，換了淺斟低唱」，做官後之詞如《思歸樂・天幕清和》「這巧宦、不須多取。共君把酒聽杜宇。解再三、勸人歸去」，其意看似不甚重視功名或者意欲遠離官場，其實是風流才子失意之時的情緒宣洩與仕宦理想實現之後的有意裝飾，均非其內心世界的真實表達。第三，將其作為以理性制約感性的表述方式。如宋代詩人林升的《題臨安邸》：「山外青山樓外樓，西湖歌舞幾時休。暖風薰得遊人醉，直把杭州作汴州。」〔註99〕「紹興

〔註96〕（南朝・梁）鍾嶸：《詩品》（歷代詩話本），中華書局，1981年，第8頁。

〔註97〕（南朝・梁）蕭統：《文選》，李善注，中華書局，1977年，第332頁。

〔註98〕（宋）柳永：《勸學文》，建寧府志，卷三三。

〔註99〕（清）陶元藻：《全浙詩話》（外一種）第二冊，浙江古籍出版社，2017年，第369頁。

和議」與「隆興議和」之後，南宋朝廷對於中原失地再無嚴肅認真的恢復措施，有志恢復的愛國志士對此極為憤慨。然而，林升並未直陳內心的憤慨，而是以潛在的理性思考牽引顯性的主觀情緒，通過對「銷金鍋兒」的環境與人物直寫反向表達對南宋主和派君臣的不滿，正言若反，言辭犀利，發人深省。

反寓型欲望書寫因作家理性與感性因素的有機複合以及作家的有意建構而化生出出人意表的審美效應。如張愛玲的小說《色．戒》，就以獨特的「陰性敘事」顛覆了中國傳統的「色戒敘事」。在傳統的「色戒敘事」中，男性多是「色戒」的主體，而女性往往處於陪襯的地位是被「戒除」的對象，體現出鮮明的父權話語意識。在《色．戒》這部小說中，女主角王佳芝出於刺殺漢奸的革命目的而奉命色誘易先生。然而，文本卻以細膩的筆觸詳細描寫了王佳芝的欲望陷落及其心理歷程，「事實上，每次跟老易在一起都像洗了個熱水澡，把鬱積都沖掉了，因為一切都有了個目的。」「熱水澡」式的舒暢體驗，使得王佳芝覺得「這個人真愛我的，她突然想，心轟然一聲，若有所失」。瞬間的憐惜之情讓她忘掉了自己的重大政治使命，在誘殺的最後關頭放走了老易，並最終導致自己與革命同志的悲劇命運結局。在革命敘事的表層情節之下，文本細緻地描繪了女性在命運與情感陷阱之前的陷落，於是「色戒敘事」順利地實現主體轉向。這一「陰性敘事」不但深刻體現了張愛玲對女性命運的深沉之思，而且以逆反敘事的方式質疑了延續已久的父系話語權威，生發出深重的思想意蘊，並進而融生濃鬱的心理效應。

直陳型欲望書寫與反寓型欲望書寫，實為人類正向與反向思維機制分別於文學領域的投射。「反者道之動」〔註 100〕，反寓型欲望書寫不止是直陳型欲望書寫的反向表現，「一陰一陽之謂道」〔註 101〕，而且二者相反相成，共同構成了文學欲望書寫的基本型態。

三、繪飾型

「道生一，一生二，二生三，三生萬物。」〔註 102〕道具有生生不息運化無窮的內在質性。直陳型與反寓型不僅是文學欲望書寫一元化生的陰陽兩儀，

〔註 100〕陳鼓應：《老子今注今譯》，商務印書館，2006 年，第 226 頁。

〔註 101〕（魏）王弼注，（唐）孔穎達疏：《周易正義》，北京大學出版社，1999 年，第 268 頁。

〔註 102〕陳鼓應：《老子今注今譯》，商務印書館，2006 年，第 233 頁。

而且是「道」於文學領域化生鏈條上的重要一環。在二極共構的基礎上，「二生三」，直陳型與反寓型相反相成又融生出繪飾型書寫型態。這一欲望書寫範型，不僅繼承了直陳型與反寓型欲望書寫的基因內核，而且在二者基礎上又化生出新的特質。

所謂繪飾型欲望書寫是指作家以多樣化方式修飾並運施多元化藝術方式表現自我欲望的書寫範型。究其產生的根源，客觀因素在於社會生活的複雜多樣質性，而主觀因素則在於作家創作思維及其表現意圖的複雜性與深刻性，其中尤以後者為主要因素。與直陳型與反寓型相比，繪飾型是更為複雜的欲望書寫方式，據其實際表現，又可細分為三種類型。

（一）具象式

「古者包犧氏之王天下也，仰則觀象於天，俯則觀法於地，觀鳥獸之文，與地之宜，近取諸身，遠取諸物，於是始作八卦，以通神明之德，以類萬物之情。」〔註 103〕「象」是人類認識世界的工具與結果，作為符號其蘊含著人類的理性認知與情感體驗。孔穎達對於「象」有更為細緻的區分，「萬物之體，自然各有形象，聖人設卦以寫萬物之象。……或有實象，或有假象。實象者，若『地上有水，比』也，『地中生木，升』也，皆非虛，故言實也。假象者，若『天在山中』、『風自火出』，如此之類，實無此象，假而為義，故謂之假也。」〔註 104〕「《正義》『實象』、『假象』之辨，殊適談藝之用。」〔註 105〕所謂繪飾型欲望的具象式書寫意指作家將自我欲望寄寓於客觀之象進而創設意中之象並施以繁複正向表現的書寫方式。這一書寫方式是人類意象思維成熟於文學領域的體現，意味著作家「寄興於象」創作思維的發動，是作家感性情緒與理性認知充分融合且向客觀之象有效投射的形象體現。

意的深邃詩性及其正向繁複描摹，是文本生發濃鬱渾融意境的根本因素，中國古代詩詞於此有鮮明表現。如蘇軾的《水調歌頭》（丙辰中秋，歡飲達旦，大醉，作此篇，兼懷子由。）

> 明月幾時有，把酒問青天。不知天上宮闕，今夕是何年？我欲乘風歸去，又恐瓊樓玉宇，高處不勝寒。起舞弄清影，何似在人間！轉

〔註 103〕（魏）王弼注，（唐）孔穎達疏：《周易正義》，北京大學出版社，1999 年，第 298 頁。

〔註 104〕（魏）王弼注，（唐）孔穎達疏：《周易正義》，北京大學出版社，1999 年，第 10 頁。

〔註 105〕錢鍾書：《管錐編》，中華書局，1979 年，第 15 頁。

朱閣，低綺戶，照無眠。不應有恨，何事長向別時圓！人有悲歡離合，

月有陰晴圓缺，此事古難全。但願人長久，千里共嬋娟。〔註106〕

宋神宗熙寧九年，蘇軾時年41歲，為新黨所迫到密州任太守，其時蘇轍於齊州任職，兄弟已六七年未曾謀面。中秋之際，蘇軾睹圓月而心生感慨，遂作此詞以抒心臆。詞作以中秋「圓月」為貫穿全篇的意象符號，輔以對「天上宮闕」「瓊樓玉宇」的「高處不勝寒」「在人間」的「照無眠」之心理感覺描寫，並將自我仕途坎坷人生失意的落寞與苦悶情懷充分融入，創設出孤獨、纏綿悱惻而又低沉的情感格調；作者雖於下闋多次排解，其實正所謂「纏綿惋惻之思，愈轉愈曲，愈曲愈深，忠愛之思，令人玩味不盡」〔註107〕。通觀全詞，意象奇絕、手法妙絕、格調高絕、蘊意深絕，故而胡仔給予高評：「中秋詞自東坡《水調歌頭》一出，餘詞盡廢」。〔註108〕

（二）變形式

「人稟七情，應物斯感，感物吟志，莫非自然。」〔註109〕然而，客觀外在的景、物、事之象與作家的主觀之意並不存在絕對的充分對應關係，因而在感物——寫物——吟志的創作過程中，作家還需對客觀之象進行裁剪，即如艾略特所說「表情達意的唯一藝術方式，便是找出意之象」〔註110〕。對於「意之象」的處理，司空圖曾有形象之論：「絕佇靈素，少回清真，如覓水影，如寫陽春。風雲變態，花草精神，海之波瀾，山之嶙峋。俱似大道，妙契同塵，離形得似，庶幾斯人。」〔註111〕其「離形得似」之說，即認為文學創作的宗旨在於傳達宇宙人生的內在精神與本質規律，不必拘泥於客觀之象的外在之真，當客觀之象不能充分承載主體之意時，作家應根據傳情達意的需要，採取誇張、變形的方法，以取得「象外之象」效果。現代派作家追求自我欲望的主觀敘述，對於文學的變形書寫有更為深入的認識。余華曾說：「我覺得我所有的創作，都是在努力更加接近真實。……我覺得生活實際上是不真實的。生活

〔註106〕鄒同慶、王宗堂：《蘇軾詞編年校注》，中華書局，2002年，第173頁。
〔註107〕（清）黃蘇：《蓼園詞選》（詞話叢編本），中華書局，1986年，第3069頁。
〔註108〕（宋）胡仔：《苕溪漁隱叢話》（萬有文庫本），上海商務印書館，1937年，第732頁。
〔註109〕（南朝·梁）劉勰：《文心雕龍》，范文瀾注，人民文學出版社，1962年，第65頁。
〔註110〕黃維梁：《中國詩學縱橫談》，臺灣洪範書店，1977年，第140頁。
〔註111〕（唐）司空圖：《二十四詩品》（歷代詩話本），中華書局，1981年，第43頁。

是一種真假摻半的、魚目混珠的事物。我覺得真實是對個人而言的。」〔註112〕格非亦認為:「現代小說的發展(尤其是福樓拜以來的一系列敘事革命),為故事的敘述結構提供了一個開放的空間,作家在講述故事時,不再依賴時間上的延續和因果承接關係,它所依據的完全是一種心理邏輯。」〔註113〕故而,現代派作家強調以非理性表現自我欲望,普遍使用隱喻、反諷、象徵等技法,通過對現實世界的變形與陌生化處理,以揭示其異化的本質。

根源於作家的變異性思維與表現方式,繪飾型欲望的變形式書寫極易生成新奇的陌生化審美效應。李賀的諸多詩歌可堪為證。如「骨重神寒天廟器,一雙瞳仁剪秋水。」(《唐兒歌》),將兒童的靈動目光擬作剪刀;「憶君清淚如鉛水」(《金銅仙人辭漢歌》),以鉛水喻淚之顏色;此外如「鬼燈如漆點松花」(《南山田中行》)、「羲和敲日玻璃聲」(《秦王飲酒》),以通感思維寫自我的視覺與聲音感受,均想象奇特,造語奇異,生發出陌生而新奇的詩意氛圍。誠如葉燮所評:「李賀鬼才,其造語入險,正如倉頡造字,可使鬼夜哭。」〔註114〕另如中國現代派作家殘雪的小說創作。其《蒼老的浮雲》,以夢作為現實的變形物,運用誇張、扭曲的手法,展示了對生存危機、醜惡人際關係以及病態人性的恐懼和焦慮。比如虛汝華發現自己腹腔裏排列著纖細而乾枯的蘆杆幹的冒煙即將燃燒,這其實是她焦慮的變形表現。其他文本如《曠野裏》《山上的小屋》等文本中也都充滿著夢囈般的語言,展示了生活的灰暗與陰冷。在殘雪的小說中,夢是生活的變形,它作為一種隱喻,深刻揭示了現實生活的殘酷扭曲與人的極度壓抑。因而,殘雪對欲望的變形式敘述,不但實現了對現實世界的寓言式書寫,而且生發出鮮明的荒誕化審美效應。

(三)抽象式

欲望是感性情緒與理性認知的二元共構,因而文學欲望書寫是寓抽象思維於形象塑造的創造過程。關於抽象思維之於文學書寫的實際功用,張賢亮曾說:「只有通過抽象——邏輯思維才會使大千世界通過我的視聽器官傳到我的腦子裏的種種形象信息更為清晰和生動。而這種形象信息一旦在我腦子裏抽象成了某種觀念,在觀念的支配下,種種形象信息還會生發、串連,以至衍變成一段情節。並且,也只有通過抽象——邏輯思維才能把這種種形象信息變為

〔註112〕余華:《我的真實》,《人民文學》,1989年3期,第107頁。
〔註113〕格非:《小說敘事研究》,清華大學出版社,2002年,第48頁。
〔註114〕(清)丁福保:《清詩話》,中華書局,1963年,第604頁。

穩固持久的形象記憶。」〔註115〕如若進之於抽象式繪飾型欲望書寫，抽象思維還存在更為深刻的創作心理與審美效應的功用與價值。

就作家角度而言，當其意欲表達較為複雜深刻的人生體驗而又難以或不能以確指的載體實現書寫意圖時，抽象式書寫便成為極具優勢的表現方式。在文本層面，則因其思想與表現方式的抽象性而生發出空靈深邃的審美效應。這在中國現代詩人覃子豪的象徵主義詩歌創作中可以得到明確印證。覃子豪認為「最理想的詩，是知性和抒情的混合物」，詩歌應該表現「詩人對世界的一切事物的主觀的意念」。〔註116〕因而，當具體的物象不能充分承載其主觀意趣時，他便竭力「在物象的背後搜尋出以匯總似有似無、經驗世界中從未出現過的、感官所不及的另外的存在，一種人類現有的科學知識所無法探索到的本質」〔註117〕，並運用比喻、聯想、象徵、暗示等手法「把平凡化為不平凡，把貧乏化為豐富，把單調化為生動」〔註118〕。如《瓶之存在》，堪為其抽象式繪飾型欲望書寫的代表性作品。

> 淨化官能的熱情，昇華為靈，而靈於感應／吸納萬有的呼吸與音籟在體中，化為律動／……禪之寂然的靜坐，佛之莊嚴的肅立／……清醒於假寐，假寐於清醒／自我的靜中之動，無我的無動無靜／存在於肯定中，亦存在於否定中／……一澈悟之後的靜止／一大覺之後的存在／自在自如的／挺圓圓的腹／宇宙包容你／你腹中卻孕育著一個宇宙／宇宙因你而存在。〔註119〕

抒情主體的自我與「瓶」的物象相對而又互融，在靜與動、清醒與假寐、肯定與否定的對立統一中，空靈而抽象，以深刻的哲理與純美的詩思共同構設了一個物我兩忘的禪的境界。正如洛夫所評，這首詩歌是覃子豪「思想最深刻，技巧最圓熟的一座『智之雕刻』」〔註120〕。

綜上所論，在欲望表現的指向與效果方面，與直陳型、反寓型欲望書寫相比，繪飾型欲望書寫雖既無前者的直截明快，亦無後者的諱莫如深，而是表

〔註115〕張賢亮：《張賢亮選集》（三），百花文藝出版社，1995年，第665頁。
〔註116〕覃子豪：《新詩向何處去》，《藍星詩選》，1957年8月20日獅子星座號。
〔註117〕洛夫：《從〈金色面具〉到〈瓶之存在〉——論覃子豪的詩》，葉維廉編：《中國現代作家論》，臺北聯經出版事業公司，1979年，第38頁。
〔註118〕覃子豪：《新詩向何處去》，《藍星詩選》，1957年8月20日獅子星座號。
〔註119〕覃子豪：《覃子豪詩選》，中國友誼出版公司，1984年，第38頁。
〔註120〕洛夫：《從〈金色面具〉到〈瓶之存在〉——論覃子豪的詩》，葉維廉編：《中國現代作家論》，臺北聯經出版事業公司，1979年，第49頁。

現為複雜深刻的多維呈現，這其實是二者交合化生的狀態體現，是欲望書寫思維進化的結果。因此，繪飾型欲望書寫既是複雜生活與作家深刻思維有機交合的產物，亦是人類文學創作思維進步的現實反映。「道生一，一生二，二生三，三生萬物。」「三」不但具成數之義，且至「三」萬物而始生成。董仲舒亦曰：「三而一成，天之大經也。」〔註121〕直陳型、反寓型與繪飾型作為三種基本型態，不但構建了文學欲望書寫的基本格局，而且仍可繼續交合生發出更為繁複的書寫範型，以反映社會生活與作家思維愈加趨於複雜深刻的發展態勢。

小結

欲望是人類存在與發展演進的原初驅動力，美是欲望實踐化而生成的價值體驗，欲望審美是基於實用目的昇華的精神結晶。基於這一先在的內在邏輯關係，文學創作作為人類實踐的重要形式，對人類欲望作了富於審美質性的言語表述，且因作家應對世界的姿態、心理反應機制以及敘述方式的類型不同，而形成相應的書寫範型並因此生發風格各異的審美效應。於此，不僅可以明瞭人、欲望、文學書寫、審美的內在關係，亦可藉此得出重要結論：文學是人類欲望的審美言語圖式。

〔註121〕（漢）董仲舒：《春秋繁露》，中華書局，1991年，第119頁。

第二章　中國古代小說欲望書寫的社會表徵與審美質性演進

根源於欲望與人以及社會的內在關聯，欲望書寫之於小說創作與研究，歷來具有既寬泛而又缺乏深度聚焦的實際表現。中國古代小說因其特具的非純文學內涵及特徵，尤不例外。時至明清，小說雖仍未確立明晰的文體概念，但是卻在事實上具備並呈現出完備的文體特徵與表現。鑒於歷史的這一邏輯性錯位，中國古代小說欲望書寫的社會表徵與審美質性演進頗具闡釋之必要。

第一節　小說文體明晰過程中作家創作欲望的強化

在中國古代，「小說」是一個寬泛的文化學範疇，其於兩千餘年的歷史演進過程中並未確立明確的文體概念並釐定清晰的文體界限，古人亦未將其視為純文學文體。根源於此而形成的與現代意義上的小說在文體概念以及範疇邊界的非對等性，成為中國古代小說諸多研究問題徹底廓清的天然障礙。現代意義的小說文體，其核心要素有四：敘事、形象塑造、環境描寫、審美言語。因此，小說作為作家之於人類存在圖景的言語圖式，其核心要義在於對人類欲望進行審美書寫。基於這一理路邏輯，中國古代小說文體的形成與發展其實存在著一個由隱至顯的歷史過程。

一、「小說」觀念演進與早期「小說」編創者之意的融入

今見文獻中，「小說」一詞於《莊子》「外物」篇中首次出現。「飾小說以

干縣令，其於大達亦遠矣。」〔註1〕「小說」與「大達」對舉，如再結合此語之前所述任公子釣大魚與「揭竿累，趣灌瀆，守鯢鮒」的形象比附，可知莊子所謂「小說」意指與高言宏論相對、無關於大道或至道的言論。「說」指言及其內容，並無範圍的具體限定；「小」指向其價值與功能，即「說」之小者。先秦時期，與「小說」之意涵或者用法相近的例子並不少見，如「小家珍說」「小言」「小智」「奸說」「邪說」等詞語均可作類似之觀。而其中「飾」之一字，則說明此時期已然存在粉飾「小說」以作特別用途的普遍現象，如《韓非子》中就列有「說林」「內儲說」「外儲說」。另外，先秦諸子各立己說以求世用，亦存在視他家學說為小道不經之說的客觀現象。因此，在先秦時期，「小說」一詞實指小道不經之說，此為其廣義的概念內涵。

時至東漢，「小說」又衍生出文類學意義的概念內涵。《漢書・藝文志》曰：「小說家者流，蓋出於稗官。街談巷語，道聽途說者之所造也。孔子曰：『雖小道，必有可觀者焉，致遠恐泥。是以君子弗為也。』然亦弗滅也。閭里小知者之所及，亦使綴而不忘。如或一言可採，此亦芻蕘狂夫之議也。」〔註2〕文中所引「孔子曰」之語實為子夏所言，認為「小說」為小道，君子不為，仍為廣義「小說」觀念的延續與發展。如若綜合觀照《漢書・藝文志》對「小說」與「小說家」的闡述，有兩點值得注意。第一，王者可以據「小說」觀風俗、正得失，首次正面肯定了「小說」的價值與功能。第二，通過設立「小說家」之目，首次確立了「小說」作為文類之一的存在地位。從此，「小說」不再只是一個普通詞語，而同時具有了目錄學意義上的特殊含義，亦因此而具有了狹義的概念內涵。自《漢書・藝文志》之後，歷代官私所修書籍目錄，多為「小說家」留有一席之地，雖然不同時期「小說」的所指並不相同，但是其作為文類的狹義概念內涵卻得以延續固定。而且自唐宋以後，「小說」便長期於二者各自獨立或複雜混合的語境中反覆使用。

無論是廣義範疇內小道不經之說的「飾」，還是狹義的文類學概念內涵中的「如或一言可採」，抑或受二者綜合作用的影響，均客觀導致了「小說」尤其是早期「小說」因採錄編撰而生成的客觀事實。雖然先秦時期的各類「飾小說」「小家珍說」「小言」等已難細究其實，《漢書・藝文志》所列「右小說十

〔註1〕陳鼓應：《莊子今注今譯》，商務印書館，2007年，第812頁。

〔註2〕（漢）班固撰，（唐）顏師古注：《漢書》，中華書局，1999年，第1377～1378頁。

五家，千三百八十篇」亦因佚失而難以確考其實，但據桓譚「若其小說家合叢殘小語，近取譬喻，以作短書，治身理家，有可觀之辭」〔註3〕之言可以確知，早期「小說」具備三個特點：第一，體制短小；第二，因採錄編撰方式形成而融入了小說家之意；第三，具有正向的功能與價值。其中第二個特徵，自先秦以至魏晉南北朝時期自毋庸多言，即使在唐代及其以後仍不乏突出表現。如唐代劉知幾在論及「偏記小說」時曰：「蓋珍裘以眾腋成溫，廣廈以群材合構。自古探穴藏山之士，懷鉛握槧之客，何嘗不徵求異說，採摭群言，然後能成一家，傳諸不朽。」〔註4〕明代瞿佑亦曰：「余既編輯古今怪奇之事，以為《剪燈錄》，凡四十卷矣。好事者每以近事相聞，遠不出百年，近止在數載，襞積於中，日新月盛，習氣所溺，欲罷不能，乃援筆為文以紀之。」〔註5〕無論是基於特定目的抑或受其他因素的影響，編撰者在小說中均不同程度地融入了一己之意。

中國古代早期「小說」的實際表現於此亦可顯明印證。現以《穆天子傳》〔註6〕為例作簡要說明。「舂山之澤，清水出泉，溫和無風，飛鳥百獸之所飲食，先王所謂懸圃。」隱約之間稍顯著意於環境描寫的淺顯痕跡。「西王毋為天子謠曰：『白雲在天，山陵自出。道里悠遠，山川間之。將子無死，尚復能來。』天子答之曰：『予歸東土，和治諸夏。萬民平均，吾願見汝。比及三年，將復而野。』」以韻散結合的方式對環境、故事與藝術形象作了簡潔的敘述和描寫。「日中大寒，北風雨雪，有凍人，天子作詩三章以哀民。曰：『我徂黃竹，□員閟寒，帝收九行。嗟我公侯，百辟冢卿，皇我萬民，旦夕勿忘。我徂黃竹，□員閟寒，帝收九行。嗟我公侯，百辟冢卿，皇我萬民，旦夕勿窮。有皎者（鴼），翩翩其飛，嗟我公侯，□勿則遷。居樂甚寡，不如遷土，禮樂其民。』」起首對氣候和事件的描寫稍露輕微的低沉感傷色彩，這一感傷情緒基調作為貫穿故事敘述的內在線索持續發展，經由穆天子更為低沉感傷的三首哀民詩而愈加濃重。文本以情感貫穿背景、人物與事件，描寫緊湊且富有節奏感，創設了低沉感傷的心理場，生成了能夠激發讀者共鳴的審美質性。如若進一步對整篇文本作綜合觀照，雖然各要素以及整體多有疏漏之處，但於文本結構的整體

〔註3〕（南朝・梁）蕭統：《文選》（卷三一），中華書局，1977年，第444頁。

〔註4〕（清）浦起龍：《史通通釋》，上海古籍出版社，1978年，第115頁。

〔註5〕（明）瞿佑：《剪燈新話》（外二種），周愣伽校注，上海古籍出版社，1981年，第4頁。

〔註6〕（晉）郭璞注，（清）洪頤煊校：《穆天子傳》，商務印書館，1937年。

性、故事敘述的意涵、形象塑造的傾向性以及環境描寫的詩性表現等方面，均可窺見編撰者的著意之跡。

至漢魏時期，以敘事或者寫人為主要目的的小說，編撰者主觀之意的融入之跡愈加顯明，《西京雜記》《異苑》《世說新語》等小說集中的文本於此均有顯明確證。茲舉一例以作印證：

> 武帝欲殺乳母，乳母告急於東方朔。朔曰：「帝忍而愎，旁人言之，益死之速耳。汝臨去，但屢顧我，我當設計以激之。」乳母如言，朔在帝側曰：「汝宜速去，帝今已大，豈念汝乳哺時恩耶？」帝愴然，遂捨之。〔註7〕

當然，魏晉時期及其之前的「小說」，就其整體表現作綜合考量，編撰者主觀之意的融入並不充分，茲不贅言。另外，非以敘事寫人為主要內容的其他類別小說，採錄編撰者的主觀之意更為稀薄。如《海內十洲記・玄洲》：

> 玄洲在北海之中，戌亥之地，方七千二百里，去南岸三十六萬里。上有太玄都，仙伯真公所治。多丘山，又有風山，聲響如雷電。對天西北門，上多太玄仙官宮室。宮室各異，饒金芝玉草。乃是三天君下治之處，甚肅肅也。〔註8〕

總之，中國早期「小說」因「採」「飾」等形成方式及其內在動機的影響而融入了編撰者的主觀之意，且就整體而言具有普遍性表現，儘管這一主觀之意的融入在事實上並不充分，但是卻為小說之後的文體建設埋下了待時萌發的種子。

二、文言小說的文學文體演進與作家創作意識的明確

基於現代小說的文體質性與要素作綜合考量，古人的廣義「小說」觀念雖然輕視「小說」的價值與功能，但是其「飾」的形成方式卻對「小說」文學質性的生發具有積極的催化作用；狹義的文類概念雖然正面肯定了「小說」的價值與功能，並為其延續與發展確立了目錄學的類別共識，但是卻又賦予其「觀風俗，正得失」的實用質性與功能，並因此而基於各種實用目的廣泛採錄編撰，分散了對於敘事寫人的聚焦，從而稀釋了「小說」文學質性與要素的涵育與發展效能。也就是說，傳統「小說」觀念在助益中國古代小說外延建設的同時，

〔註7〕（晉）葛洪：《西京雜記》，中華書局，1985年，第9頁。

〔註8〕（漢）東方朔：《海內十洲記》，《漢魏六朝筆記小說大觀》，上海古籍出版社，1999年，第65頁。

亦在較大程度上制約了其文學文體的建設與發展。就此意義而言，歷代各種小說目錄中所收錄的文言小說，並未靶嚮明確地聚焦中國古代小說的文學質性與文體要素建設。各種被納入「小說」範疇的「郡書」「都邑簿」「地理書」「雜記」自毋庸多言，即使前文所析之《穆天子傳》、秦漢及其之前各種「虛誕依託」的「小說」、魏晉南北朝之「發明神道之不誣」「若為賞心而作」的諸多志怪志人「小說」，雖然具備單一或多樣的現代小說質性與要素，其實均非真正文學意義上的小說。另一方面，如果我們只是簡單地依據古人的「小說」觀念將這些作品納入小說範疇，那麼先秦諸子中的部分篇章以及《史記》等諸多歷史著作中的大量人物傳記與史實敘述，其實亦可視為小說。也就是說，基本的文體意識及其前提下的創作目的，是衡量中國古代「小說」是否步入文學文體建設合理軌道的必要條件。因此，必須基於現代小說的文體質性與要素，對中國古代小說的文學文體的核心要素的形成與發展作全面深入的考察。

現代小說的文體要素主要有四：敘事、形象塑造、環境描寫、審美言語，於中國古代小說而言，敘述故事與形象塑造尤為核心要素。魯迅在論及小說的起源時說：「至於小說，我以為倒是起於休息的。人在勞動時，既用歌吟以自娛，借它忘卻勞苦了，則到休息時，亦必要尋一種事情以消遣閑暇。這種事情，就是彼此談論故事，而這談論故事，正就是小說的起源。」〔註 9〕此語誠為切中肯綮之言。談論故事，是小說產生的起源；而包含敘事、形象塑造以及二者生發環境描寫的故事，則是小說的核心內容。也就是說，有意識地敘述故事既是小說的根本任務，又是判定小說作為文學文體的核心標識，亦是衡量其發展演進的內在標誌。據此考量，先秦時期的「小說」及其之「飾」、秦漢時期「街談巷語，道聽途說」及其「之所造」、「合叢殘小語……以作短書」及其之「近取譬喻」等，均內具涵育小說文學質性與文體要素的基因。魏晉南北朝時期的志怪小說，雖然部分文本已「粗陳」現代小說的「梗概」，少數篇章甚至表現出較為完善的現代小說的質性與樣態，但是卻又因「發明神道之不誣」等因素的影響刻意強調故事的真實性，而畫蛇添足式地加入所謂的紀實要素，進而影響了其文學文體的發展方向與建設的規範性。「若為賞心而作」的志人小說，雖因「遠實用而近娛樂」的創作特徵而貼近了文學文體建設的內在要求，卻又大多「粗陳梗概」而發育不足，未能充分發揮之於小說文學文體建設的突出效

〔註 9〕魯迅：《中國小說的歷史的變遷》，《魯迅全集》（第 9 卷），人民文學出版社，1981 年，第 302～303 頁。

能。總體而言，在文言小說範疇，唐代之前「小說」的文本表現，其實對於小說文學文體建設的價值與意義並不突出。

時至唐代，部分傳奇文才正式啟動了中國古代小說文學文體意識趨於明確的積極嘗試，其作為文學文體的邊界標識亦因此而開始趨於顯明。魯迅在論及唐傳奇文時指出：「小說亦如詩，至唐代而一變，雖尚不離於搜奇記逸，然敘述宛轉，文辭華豔，與六朝之粗陳梗概者較，演進之跡甚明，而尤顯者乃在是時則始有意為小說。」〔註10〕謹以《任氏傳》為例作簡要說明。作者沈既濟在篇末所曰「著文章之美，傳要妙之情」，可為傳奇文作家基於明確意識進行文本創作的顯明印證。作家在此鮮明創作意識的驅動下，不僅以簡靜優美的語言敘述了曲折動人的故事，而且塑造了鮮明生動的藝術形象，並進而創設了濃鬱的審美意境。如若再廣而驗之《枕中記》《長恨歌傳》《李娃傳》《鶯鶯傳》《南柯太守傳》《謝小娥傳》等傳奇文的文本書寫表現，亦莫不如是。魯迅對於唐傳奇文還另有深入之言曰：「傳奇者流，源蓋出於志怪，然施之藻繪，擴其波瀾，故所成就乃特異，其間雖亦或託諷喻以紓牢愁，談禍福以寓懲勸，而大歸則究在文采與意想，與昔之傳鬼神明因果而外無他意者，甚異其趣矣。」〔註11〕總之，唐人因創作意識的明確，故而多基於現實的真實而展開合理的藝術想象，並以詩人之筆敘事寫人繪景，從而切中了文學的核心要義，並因此而實現了其文學文體建設的體制性建構。然而亦稍存遺憾之處，傳奇文雖具「文備眾體，可以見史才、詩筆、議論」之優長，但於唐代卻並未受到文人群體的足夠重視。

唐代以後，傳奇小說未能更進一步，宋元明清時期的傳奇小說，臻至唐人之成就者幾稀。至於蒲松齡之《聊齋誌異》，「用傳奇法，而以志怪」〔註12〕，雖堪為中國古代文言小說的典型傑作，亦僅為個案而已，且其於小說的文學文體建設並未稍作拓展。

三、說話藝術與小說表現意圖的顯著增強

「談說故事」作為中國小說起源及其之後發展演進的內核，其屬性雖在秦漢之前部分「小說」的實際樣態中得以較為完全的承續，亦因文人的識別與處理而具有了文類屬性，但是卻因「以干縣令」、採錄編撰以「觀風俗，正得失」

〔註10〕魯迅：《中國小說史略》，上海古籍出版社，2006年，第44頁。
〔註11〕魯迅：《中國小說史略》，上海古籍出版社，2006年，第44～45頁。
〔註12〕魯迅：《中國小說史略》，上海古籍出版社，2006年，第147頁。

等因素的影響，在一定程度上偏離了其核心屬性的發展正途。相較於文人對「小說」的規範，民間性質的消遣談說以及說話藝術雖然相對隱沒，但是卻在更大程度上延續了「談說故事」的核心屬性。鑒於中國古代與說話藝術聯繫密切的文藝樣式繁多，謹擇其要者為例作簡要說明。據《三國志・魏書・王粲傳》所載：「會臨淄侯植亦求淳，太祖遣淳詣植。植初得淳甚喜……遂科頭拍袒，胡舞五椎鍛，跳丸擊劍，誦俳優小說千言訖。」〔註 13〕曹植接待邯鄲淳時所「誦俳優小說」，儘管其內容與形式難以確知，但大體是融表演、講說與唱於一體的藝術形式。再如《太平廣記》引隋代侯白《啟顏錄》曰：「白在散官，隸屬楊素，愛其能劇談。每上番日，即令談戲弄，或從旦至晚始得歸。才出省門，即逢素子玄感，乃云：『侯秀才可以（與）玄感說一個好話。』白被留連，不獲已，乃云：『有一大蟲，欲向野中覓食，……。』」〔註 14〕於此「好話」一詞及其老虎覓食的具體故事，可知在隋代亦有講說故事的日常娛樂形式。時至唐代，俗講及其他說話藝術等通俗文藝樣式，為中國古代小說文體的日益明晰提供了多樣亦且豐富的藝術經驗。俗講的內容、具體要求與發展演變及其與僧講、尼講的區別均無需贅言，就其需要獲得良好的宣傳與經濟效果而言，講經僧人必須具備高超的講說技巧。「如為出家五眾，則須切語無常，苦陳懺悔；若為君王長者，則須兼引俗典，綺綜成辭；若為悠悠凡庶，則須指事造形，直談聞見；若為山民野處，則須近局言辭，陳斥罪目：凡此變態，與事而興。可謂知時眾，又能善說。雖然，故以懇切感人，傾誠動物，此其上也。」〔註 15〕講經人應因人而異，運用不同的方式講解不同的內容，才能達到需要的宣傳效果。「談無常則令心形戰慄，語地獄則使怖淚交零，徵昔因則如見往業，核當果則已示來報，談怡樂則情抱暢悅，敘哀感則灑情含酸。於是闔眾傾心，舉堂惻愴。五體輸席，碎首陳哀，各各彈指，人人唱佛。」〔註 16〕其「與事而興」「知時眾」「善說」「以懇切感人」「傾誠動物」等講說唱導要素均擊中了小說文體的核心要義，而於此對講說效果的形象描述中亦可洞見其表現意圖的顯著增強。

〔註 13〕（晉）陳壽撰，（南朝・宋）裴松之注：《三國志》（卷二十一），中華書局，1997年，第 603 頁。

〔註 14〕（宋）李昉等編：《太平廣記》，中華書局，1961 年，第 1919～1920 頁。

〔註 15〕（南朝・梁）釋慧皎：《唱導論》，《高僧傳》（卷十三），中華書局，1992 年，第 249 頁。

〔註 16〕（南朝・梁）釋慧皎：《唱導論》，《高僧傳》（卷十三），中華書局，1992 年，第 249 頁。

俗講之外，唐代亦有「轉變」「說話」等通俗文藝樣式。據《高力士外傳》載：「上元元年七月，太上皇移仗西內安置，……每日上皇與高公親看掃除庭院，芟薙草木。或講經論議，轉變說話，雖不近文律，終冀悅聖情。」〔註17〕轉變，「唐代說唱藝術的一種。一般認為『轉』是說唱，『變』是奇異，『轉變』為說唱奇異故事之意。一說『變』即變異文體之意。以配唱故事為主，其說唱之底本稱為『變文』、『變』，內容多為歷史傳說、民間故事和宗教故事。多數散韻交織，有說有唱，說唱時輔以圖畫。同後世之詞話、鼓詞、彈詞等關係密切。」〔註18〕至於說話，應是講說故事。另有兩則資料可為印證。「予太和末，因弟生日觀雜戲。有市人小說，呼扁鵲作褊鵲，字上聲。」〔註19〕「元和十年，……韋綬罷侍讀。綬好諧戲，兼通人間小說。」〔註20〕所謂「市人小說」，就是民間藝人在市場上演說小說故事的藝術形式。至於「人間小說」，其實即「民間小說」，與「市人小說」在本質上無異。同樣作為表演藝術，二者對演出效果與經濟回報的追求以及因之而需要具有的高超講說技巧、強烈表現意圖，自然與俗講並無二致。

時至宋代，經濟發展、城市繁榮、市民階層壯大，客觀上推動了各種文化藝術的繁榮，說話藝術在此環境中逐漸成熟且日益趨於繁榮。說話藝術的繁多家數與演出盛況茲不贅言，關於說話藝人的高超講說技巧以及演出效果，《小說開闢》有明確記載：

> 舉斷模按，師表規模，靠敷演令看官清耳。只憑三寸舌，褒貶是非；略萬餘言，講論古今。說收拾尋常有百萬套，談話頭動輒是數千回。
>
> 說國賊懷奸從佞，遣愚夫等輩生嗔；說忠臣負屈銜冤，鐵心腸也須下淚。講鬼怪令羽士心寒膽戰，論閨怨遣佳人綠慘紅愁。說人頭廝挺，令羽士快心；言兩陣對圓，使雄夫壯志。談呂相青雲得路，遣才人著意群書；演霜林白日昇天，教隱士如初學道。嗆發跡話，使寒士發憤；講負心底，令奸漢包羞。講論處不滯搭，不絮煩；敷演處有規模，有收拾。冷淡處提掇得有家數，熱鬧處敷演得越久長。

〔註17〕李時人編校：《全唐五代小說》，陝西人民出版社，1998年，第2975～2976頁。
〔註18〕羅竹鳳主編：《漢語大詞典》（縮印本下卷），漢語大詞典出版社，1997年，第5865頁。
〔註19〕（唐）段成式：《酉陽雜俎・續集》（卷四），中華書局，1981年，第201頁。
〔註20〕（宋）王溥：《唐會要》（卷四），中華書局，1955年，第47頁。

曰得詞，念得詩，說得話，使得徽。言無訛舛，遣高士善口讚揚；

事有源流，使才人怡神嗟訝。〔註21〕

為爭取聽眾增加收入，說話藝人竭盡全力巧妙運用各種技巧講述故事，以期強化講說效果。總之，說話藝術所具之講說故事的強烈欲望、有意且生動的故事敷演、鮮活的藝術形象表現以及多樣技法的巧妙運用等藝術要素，明顯有效地提升了「談說故事」的表現意圖，為白話小說文體建設提供了豐富的藝術滋養。

四、白話小說文體演進與作家創作欲望的強化

就中國古代小說的文學文體建設而言，與文言小說相較，白話小說的發展演進尤為正途，貢獻亦更突出且重要。因此，探求文學意義上小說文體的確立與演進軌跡，主要應從白話小說的發展演變入手。前文已從說話藝術對小說顯著增強表現意圖的角度作了闡釋，現另從說話藝術的文本角度進而深析之。魯迅先生在論及宋之話本時說：

宋一代文人之為志怪，既平實而乏文采，其傳奇，又多託往事而避近聞，擬古且遠不逮，更無獨創之可言矣。然在市井間，則別有藝文興起。即以俚語著書，敘述故事，謂之『平話』，即今所謂『白話小說』者是也。

然用白話作書者，實不始於宋。……敦煌千佛洞之藏經始顯露，……書為宋初所藏，多佛經，而內有俗文體之故事數種，蓋唐末五代人鈔，如《唐太宗入冥記》，《孝子董永傳》，《秋胡小說》則在倫敦博物館，《伍員入吳故事》則在中國某氏，惜未能目睹，無以知其與後來小說之關係。以意度之，則俗文之興，當由二端，一為娛心，二為勸善，而尤以勸善為大宗，故上列諸書，多關懲勸，京師圖書館所藏，亦尚有《維摩》《法華》等經及《釋迦八相成道記》《目連入地獄故事》也。〔註22〕

說話藝術的歷史淵源久遠，先秦以訖隋代之前各種與「說」有關的事實行為和文藝樣式與其多有程度不同的關聯，且均對其產生重要影響。相對而言，隋代侯白《啟顏錄》所載侯白為楊玄感講說的故事及其為代表的「說話」才是後世白話小說發展演進的正途。唐代是白話小說的重要發展階段，這一時期的俗

〔註21〕（宋）羅燁：《醉翁談錄》（甲集卷一），上海古典文學出版社，1957年，第5頁。

〔註22〕魯迅：《中國小說史略》，上海古籍出版社，2006年，第71頁。

講、轉變等文藝樣式雖多間以韻文，其實對後世「說話」藝術助益良多，其底本可謂其後白話小說文本的適度變體，之後以平話命名的話本小說亦大致如是，只不過其更接近白話小說的核心屬性。兩宋時期尤為白話小說文學文體建設的重要轉捩階段：體制與要素基本完備，故事大多生動、形象較為鮮明、環境描寫與敘事寫人亦能夠相互映襯，尤其「有意為小說」的創作質性及其文本意涵的表現更為規範，此於《五代史平話》《京本通俗小說》之文本實際表現可得大體印證。至此，中國古代小說具備了較為明晰的體制與機制要素，小說文本的文體形態及其邊界亦因此而得以大致明確。

當然，因話本現存數量、書寫質量以及後人加工改編等綜合因素的影響，客觀導致並不能夠據以對文體的整體表現，尤其是對作家編創欲望實現全面亦且充分的考量。小說發展至明清時期，這一問題得以徹底改觀。與宋元話本相較，明清時期的白話通俗小說文本，其文體要素、形態及其邊界的現實表現業已明晰。尤其白話通俗小說領域內章回體的出現，其價值不僅在於顯性的小說容量擴大與體制拓展，更為重要亦且隱性的意義在於其意味著作家創作視野的寬廣度與創作野心的強度均顯著加強。如《三國志通俗演義》，其書「陳敘百年，該括萬事」〔註 23〕，如若再參照明人王圻所曰「如宗秀羅貫中、國初葛可久，皆有志圖王者；乃遇真主，而葛寄神醫工，羅傳神稗史」〔註 24〕，以及邱煒萱的「《三國志》以振漢聲著」〔註 25〕之評論，即可窺見一斑。其後，這一特徵的表現愈加鮮明，如「發憤之所作」〔註 26〕的《水滸傳》、「寄意於時俗，蓋有謂也」〔註 27〕之《金瓶梅》、「以公心諷世」〔註 28〕的《儒林外史》等大量小說文本均可作如是之觀。作家創作欲望的強化，其功用有三。第一，創作動機更為強烈；第二，創作的意圖指向更為鮮明；第三，更為廣泛深刻的意蘊沉潛。如《水滸後傳》，作者陳忱明確宣示其「為洩憤之書」〔註 29〕。在山

〔註 23〕（明）高儒：《百川書志》，朱一玄、劉毓忱編：《三國演義資料彙編》，南開大學出版社，2003 年，第 202 頁。

〔註 24〕朱一玄、劉毓忱：《三國演義資料彙編》，南開大學出版社，2003 年，第 204 頁。

〔註 25〕朱一玄、劉毓忱：《三國演義資料彙編》，南開大學出版社，2003 年，第 436 頁。

〔註 26〕（明）李贄：《忠義水滸傳序》，朱一玄、劉毓忱編：《水滸傳資料彙編》，南開大學出版社，2002 年，第 171 頁。

〔註 27〕（明）欣欣子：《金瓶梅詞話序》，朱一玄編：《金瓶梅資料彙編》，南開大學出版社，2002 年，第 159 頁。

〔註 28〕魯迅：《中國小說史略》，上海古籍出版社，2006 年，第 160 頁。

〔註 29〕（明）陳忱：《水滸後傳論略》，朱一玄、劉毓忱編：《水滸傳資料彙編》，南開大學出版社，2002 年，第 489 頁。

河破碎的現實環境下，作家「窮愁潦倒，滿眼牢騷，胸中塊壘，無酒可澆」〔註30〕，於是通過生動的故事建構與鮮明的人物塑造，抒發了深沉的故國之思與亡國之痛。作為典型的文人之作，該書「反映了一個正直儒者的理想意願，一個愛國知識分子的熾熱情感，一種對國土淪喪的悲憤情緒」〔註31〕。

綜上所述，作家創作欲望的強化，與小說語體發展變化的關係最為密切。第一，文言小說多為短篇，因體制的天然制約而難以進行宏大敘事，不利於作家沉潛濃鬱深沉的創作命意。第二，中國古代文人大多既不重視小說，又缺乏對小說文學文體的明確意識，即使表達自我之於世界與人生的深刻認識與強烈感慨，幾乎少以小說作為首要選擇。第三，就有為而作這一因素而言，白話小說較之文言小說的投入程度更高。早期小說的形成多因「採」而「錄」「編撰」，雖然魏晉時期的志人小說開始出現「賞心而作」的因素，但是多數仍為或因「粗取」而成「微說」、或為「姑存之以俟博覽者觀焉」〔註32〕、或為「徵求異說，採摭群言」〔註33〕等各種多為基於實用目的而形成的小說樣態。採錄編撰意味著「言皆瑣碎，事必叢殘」〔註34〕以及作家主觀之意的相對稀薄，客觀導致缺乏作家的意識創造與審美創設。唐人「有意為小說」，傳奇文於此方面取得卓越成績，清代蒲松齡的《聊齋誌異》亦臻高峰之境，然相較於蔚為大觀的白話小說，整體而言其實亦相形見絀。據此可以確知，小說語體及其形成方式的發展變化，不但推動了作家創作欲望的強化，而且進而強化了小說的文體特徵並提升了其審美表現。

總之，唐前之「小說」，以語體論均屬文言，就形成方式而言多為採錄編撰，創作的成分與程度較少且弱，其文體意識並未自覺，故而此時期「小說」的文體形態及其邊界亦未明確。當然不能否認唐傳奇文之於中國古代小說文體確立以及演進的重要意義，但相對於白話通俗小說的重大貢獻而言，委實不屬大端。宋元時期的文言小說相對於唐代而言，雖有點滴突出或單一進展，但其整體實無需深論。明清時期，小說雖仍於詞語概念與文類概念的複雜交合語

〔註30〕（明）陳忱：《水滸後傳序》，朱一玄、劉毓忱編：《水滸傳資料彙編》，南開大學出版社，2002年，第488頁。

〔註31〕蕭相愷：《〈水滸後傳〉雜議》，《明清小說研究》第一輯，中國文聯出版公司，1985年，第302頁。

〔註32〕（明）毛晉：《異苑跋》，丁錫根編著：《中國歷代小說序跋集》，人民文學出版社，1996年，第60頁。

〔註33〕（唐）劉知幾：《史通》，遼寧教育出版社，1997年，第35頁。

〔註34〕（唐）劉知幾：《史通》，遼寧教育出版社，1997年，第83頁。

境中繁複使用，但是其文體建設已經在事實上逐漸臻於完善之境：文體意識明確，文體要素完備，文體邊界清晰，文體的書寫表現成熟。這於文言小說領域的實際表現即可得到明確印證，如《剪燈新話》《聊齋誌異》，至於以《紅樓夢》為典型代表的白話小說更毋庸贅言。綜而言之，白話小說的發展與小說形成方式重心的轉移推進了小說文體的發展演進，在這一歷史進程中，作家的創作欲望趨於強化，並因此進而推動作家的創作意識趨於明確、創作思維以及技法趨於完善，從而為小說文體進行欲望書寫奠定了堅實的主體要素。

第二節　時移世變與欲望書寫的內容拓展

「凡世界所有之事，小說中無不備有之；即世界所無事，小說中亦無不包有之。」〔註35〕小說是世界人生圖景的審美言語圖式，敘事作為文體核心要素與作家表現創作命意的重要介質，是人類欲望的沉潛性凝聚。「文變染乎世情，興廢繫乎時序。」〔註36〕雖然人類欲望的核心要素與主要內涵大體固定，但其具體指向與展示介質卻因時代與社會的變化而具有了區別性表現。具體於中國古代小說的欲望書寫，其時代與社會的階段性演變極具鮮明特徵。

一、先唐小說欲望書寫的點滴生發與簡單拓展

戰國秦漢時期是中國古代小說的形成階段。戰國時期，在史書分流的過程中產生了最初的幾部小說和準小說，並相繼形成了中國古代小說的各種類型。儘管這些小說在文體上還很不成熟，其年代亦難以確考，但是其欲望書寫的表現卻簡明可陳。出現較早的《穆天子傳》，取材於歷史傳說，寫穆王四方遊行遊歷，文本對其「和治諸夏」的心理動機、愛民情懷、悲悼思念盛姬的心理與情緒作了較為細緻鮮明的描述，「文極贍縟，有法可觀，三代前敘事之詳，無若此者，然頗為小說濫觴矣」〔註37〕，可為雜傳小說的萌芽。被稱為「古今紀異之祖」的《汲冢瑣語》〔註38〕，是最早的雜史體志怪小說，主要記述卜筮、占夢與察妖祥吉凶故事，所述故事短小精悍，描寫亦生動，尤其善於通過敘事表現人物意欲瞭解吉凶禍福的情緒變化，具有濃鬱的小說意味，亦堪為「古今

〔註35〕《〈新世界小說社報〉發刊辭》，《新世界小說社報》第一期，1906年。
〔註36〕（南朝·梁）劉勰：《文心雕龍》，范文瀾注，人民文學出版社，1962年，第675頁。
〔註37〕（明）胡應麟：《少室山房筆叢》，中華書局，1958年，第456頁。
〔註38〕（明）胡應麟：《少室山房筆叢》，中華書局，1958年，第377頁。

小說之祖」〔註 39〕。《山海經》為「古今語怪之祖」〔註 40〕，主要記錄四方八荒的山川神靈、草木禽獸、遠國異民，「閎誕迂誇，多奇怪俶儻之言」〔註 41〕，其富於瑰麗幻想的神話傳說雖略備敘述要素，然因多黏著於山水主體而缺乏獨立的敘事品格，於欲望書寫雖欲現其跡卻又幾無觸及。其他如《伊尹說》《師曠》《黃帝說》《禹本紀》或具一定的小說性質，卻因久已散逸而難窺其貌，茲不述。時至秦漢，小說文體雖無明顯進展，其欲望書寫卻稍有進益。出於秦漢之間的《燕丹子》，「長於敘事，嫻於辭令」〔註 42〕，敘述太子丹復仇失敗的故事，尤其對燕丹子強烈急切的復仇欲望以及因之而逃秦、養士、問計鞠武和田光、優禮荊軻、荊軻入秦等故事情節作了細緻生動的描述，並與荊軻刺秦失敗的強烈對比中凸顯反差，創設了濃鬱的悲劇氛圍。兩漢時期，受《山海經》的巨大影響，地理博物志怪體小說興盛，如《神異經》《洞冥記》《十洲記》等雖各具特徵，然其並未著意於欲望書寫。漢末的《漢武故事》，敘述了漢武帝「滯情不遷，欲心尚多」的求仙故事，並對漢武帝的塵欲之心作了巧妙批判，語言平易雅潔，對話生動傳神。此後的《漢武內傳》，敷演《漢武故事》中王母降武帝的故事，較之前作踵事增華，但其欲望書寫卻無進益。大約出於東漢末年的《趙飛燕外傳》，以雜傳之體詳述宮闈香豔之事，對趙飛燕姊妹與漢成帝的物慾情慾均作了生動細緻傳神的描述，其於中國古代小說欲望書寫的價值較高，亦因其題材具有較強的開創性而被稱為後世「傳奇之首」〔註 43〕。以《列仙傳》為代表的雜傳體志怪小說，對古老傳說人物的描寫於欲望書寫方面雖較少著墨，然其《江妃二女》《蕭史》《園客》等篇章關於人和神仙的愛情書寫，具有較大的題材開創性，對後世影響亦甚大，值得注目。此外，作為今存第一部雜事小說集多雜記西漢遺事的《西京雜記》、標誌雜記體志怪小說產生的《異聞記》亦雜記各種怪異之事，然而二者並未顯現欲望書寫的著意之跡。總之，戰國秦漢時期的小說與準小說，其欲望書寫還處於點滴發生的初起階段，除《趙飛燕外傳》《燕丹子》特具突出表現之外，大多呈簡單淺顯之貌。

〔註 39〕（明）胡應麟：《少室山房筆叢》，中華書局，1958 年，第 474 頁。
〔註 40〕（明）胡應麟：《少室山房筆叢》，中華書局，1958 年，第 412 頁。
〔註 41〕（晉）郭璞：《注〈山海經〉敘》，袁珂：《山海經校注》（附錄），巴蜀書社，1993 年，第 541 頁。
〔註 42〕（清）孫星衍：《燕丹子序》，《燕丹子》，程毅中點校，中華書局，1985 年，第 1 頁。
〔註 43〕（明）胡應麟：《少室山房筆叢》，中華書局，1958 年，第 375 頁。

魏晉南北朝時期，小說步入初步發展階段。作品數量眾多，僅可考者就不下百種，「《搜神》、《列異》，浩浩雜書，若長河之水，流而不息」〔註 44〕；作者眾多且成分廣泛，帝王顯宦以至文人僧道，均有造作；題材廣泛豐富，歷史逸聞、名人言行、人間細事、鬼怪宗教等各種內容均有，對現實生活與玄幻想象的覆蓋業已非常全面；藝術表現力逐漸提高，尤其是少數作品的敘事、形象塑造等核心要素開始比較完備。這一時期小說的欲望書寫，因時代與社會以及文體進益等因素的綜合影響，亦隨之漸次拓展。魯迅先生在論及六朝之鬼神志怪書時曰：

> 中國本信巫，秦漢以來，神仙之說盛行，漢末又大暢巫風，而鬼道愈熾；會小乘佛教亦入中土，漸見流傳。凡此，皆張皇神異，稱道靈異，故自晉訖隋，特多鬼神志怪之書。其書有出於文人者，有出於教徒者。文人之作，雖非如釋道二家，意在自神其教，然亦非有意為小說，蓋當時以為幽明雖殊途，而人鬼乃皆實有，故其敘述異事，與記人間常事，自視固無誠妄之別矣。〔註 45〕

志怪小說雖作品眾多，然可見其全貌或經考證窺其大體者已不甚多。其中，雜記體志怪小說堪為大宗，代表性作品有《列異傳》《搜神記》《搜神後記》《幽明錄》《異苑》等；其他如《博物志》為地理博物體志怪小說的代表性作品，《拾遺記》為雜史體志怪小說的代表性作品，《冥祥記》為「釋氏輔教之書」的代表性作品。諸作多為叢集，雖題材廣泛，然多數作品卻又敘述簡略，著意於欲望書寫之作尤少，可言述者不過數篇而已；故自晉訖隋的時間跨度雖大，其欲望書寫內容的演進之跡卻缺乏顯明規律，即使於類別言之亦如此。謹擇其要者作簡要介紹。《列異傳》之「三王冢」「韓馮夫婦」「談生」等個別篇章或寫復仇之欲、或寫堅貞愛情，與前代作品相比進益不大。《搜神記》亦寫同類題材，如「干將莫邪」「紫珪」「韓馮妻」等作品，較之它作更為生動傳神，無論是揭露黑暗批判壓迫，還是歌頌愛情與復仇，其內涵都更為豐富深刻。較之眾作，梁陳時期的《續齊諧記》堪為「小說之表表者」〔註 46〕，其欲望書寫表現亦頗堪注目，體現出魏晉小說向唐傳奇過渡的痕跡。「趙文韶」寫趙文韶與

〔註 44〕（唐）李瀚：《蒙求》，轉引自李劍國：《唐前志怪小說史》，南開大學出版社，1984 年，第 220 頁。

〔註 45〕魯迅：《中國小說史略》，上海古籍出版社，2006 年，第 24 頁。

〔註 46〕（清）永瑢等撰：《四庫全書總目提要》（下冊），中華書局，1965 年，第 1208 頁。

清溪廟女神的戀愛故事，「騷豔多風」〔註47〕。「王敬伯」寫晉王敬伯與女鬼劉妙容之戀，委曲曼長；尤其於二者的對話與情緒描寫細膩，加之文采斐然，創設了濃鬱的意境氛圍，即使置於唐傳奇中亦毫不遜色。「陽羨書生」亦頗佳，寫男女互相隱瞞的情事，奇幻恢詭。

志人小說亦為魏晉南北朝小說的重要類別。魯迅先生在《中國小說史略》中論及《世說新語》及其類別之小說的發生淵源與產生原因時指出：

> 漢末士流，已重品目，聲名成毀，決於片言，魏晉以來，乃彌以標格語言相尚，惟吐屬則流於玄虛，舉止則故為疏放，與漢之惟俊偉堅卓為重者，甚不侔矣。蓋其時釋教廣被，頗揚脫俗之風，而老莊之說亦大盛，其因佛而崇老為反動，而厭離於世間則一致，相據而實相扇，終乃汗漫而為清談。渡江以後，此風彌甚，有違言者，惟一二梟雄而已。世之所尚，因有撰集，或者掇拾舊聞，或者記述近事，雖不過叢殘小語，而俱為人間言動，遂脫志怪之牢籠也。
>
> 記人間事者已甚古，列禦寇韓非皆有錄載，惟其所以錄載者，列在用以喻道，韓在儲以論政。若為賞心而作，則實萌芽於魏而大盛於晉，雖不免追隨俗尚，或供揣摩，然要為遠實用而近娛樂矣。〔註48〕

雖尚未明確以志人小說標示，然此後於《中國小說的歷史的變遷》第二講《六朝時之志怪與志人》中創「志人」之名稱，以與志怪相對應。魏晉時期，先有《語林》《郭子》等志人小說，開南朝《世說新語》之先聲；《世說新語》之後，又繼有《談藪》之作；至於笑話書《笑林》，專記詼諧幽默故事，開後世《啟顏錄》之類小說之先河。諸作亦均為叢集，記事寫人較之志怪小說更為簡略，多為「斷片的談柄」〔註49〕，於欲望書寫並無進益。其中，《語林》記石崇豪奢之欲，《郭子》寫張憑自負才氣，《笑林》諷刺漢世年老之人的吝嗇之欲，《世說新語》寫桓公等過江諸人的家國之悲、王丞相的復國之志等極少數篇章，稍顯欲望之跡而已。志怪與志人小說之外，亦有單篇的雜傳小說如《神女傳》《杜蘭香傳》《曹著傳》《趙泰傳》，雜記遺聞軼事的雜事小說如《小說》《俗說》，然其欲望書寫較之前作並無拓展之處。

〔註47〕（明）湯顯祖：《〈清溪廟神〉評語》，《虞初志》（卷一），上海書店，1986年，第12頁。

〔註48〕魯迅：《中國小說史略》，上海古籍出版社，2006年，第37頁。

〔註49〕魯迅：《六朝小說和唐代傳奇文有怎樣的區別？》，《魯迅全集》（第6卷），人民文學出版社，1981年，第323頁。

整體而言，唐代之前小說因時代與社會的影響而題材廣泛，諸多作品雖敘事寫人，表現現實生活與虛幻想象，但其欲望書寫卻還處於初起階段。具體表現為：第一，因缺乏明確的欲望書寫意識而致小說的欲望書寫呈點滴式偶發狀態；第二，於人類自然屬性中最為核心的情慾、愛情、情感方面首先發生，並有較佳表現；第三，觸及欲望書寫的小說，多數因敘事寫人的簡單而失之淺顯。

二、唐宋元小說欲望書寫的顯著拓展與深化

時至唐代，小說正式步入大張其途的發展軌道。文言小說歷經戰國以訖南北朝千餘年的醞釀，於唐代終於成熟：傳奇文崛起興盛，志怪小說與雜事小說亦不乏其作；作家作品眾多，其題材至少涵蓋性愛、歷史、倫理、政治、夢幻、英雄、神仙、宿命、報應、興趣等十個方面；藝術表現力顯著提高，優秀作品數量眾多。魯迅先生在論及唐人小說時曰：「小說亦如詩，至唐代而一變，雖尚不離於搜奇記逸，然敘述宛轉，文辭華豔，與六朝之粗陳梗概者較，演進之跡甚明，而尤顯者乃在是時則始有意為小說。」〔註 50〕胡應麟亦曰：「至唐人乃作意好奇，假小說以寄筆端。」〔註 51〕唐代文言小說作家以鮮明的創作意識幻設為文，其欲望書寫表現進益明顯。另一方面，受俗講、轉變等說唱藝術以及「市人小說」流行的影響，說話藝術於中晚唐時期趨於發展的正途，並產生了一些話本；時至宋代，說話藝術家數繁多，題材廣泛，產生了許多話本小說，於欲望書寫作了進一步拓展。

（一）唐傳奇欲望書寫的拓展與豐富

唐代志怪小說與雜事小說雖不乏其作，較之前代亦有新變，然其題材、藝術表現尤其是欲望書寫方面，傳奇小說足以對其覆蓋，故唐代文言小說之於欲望書寫內容的拓展與深化，謹以唐傳奇為代表作簡要說明。

從唐初到大曆末，一批傳奇文以相當成熟的面貌陸續問世，是唐傳奇的初興階段。隋末唐初王度的《古鏡記》是標誌傳奇形成的第一篇傳奇文，文本以古鏡為符號寄寓王朝興衰更替、個人禍福生死的憂患意識和深重歷史感，「荒寒峭遠，黯然古色。」〔註 52〕高宗朝時期的《遊仙窟》盡意渲染色情，甚至借

〔註 50〕魯迅：《中國小說史略》，上海古籍出版社，2006 年，第 44 頁。
〔註 51〕（明）胡應麟：《少室山房筆叢》，中華書局，1958 年，第 486 頁。
〔註 52〕（明）湯顯祖：《〈古鏡記〉評語》，《虞初志》（卷六），上海書店，1986 年，第 24 頁。

詠物詩描寫性交，墮入色情小說的泥淖，「浮豔少理致」〔註53〕，開唐代小說描寫色情之先聲。張說的《傳書燕》寫人鳥之情與夫妻之情，綿婉動人；《梁公四記》《鏡龍圖記》《綠衣使者傳》頌美當世，亦可觀覽；四篇小說貼近生活，現實色彩與人情化色彩突出，開創了唐傳奇創作新的趨勢。開元年間的《唐晅手記》，作者假託人鬼冥遇寄託思悼亡妻的深切情感，委曲細緻，淒婉動人。《高力士外傳》總結歷史教訓，發明治亂之道，是唐傳奇中第一篇以真人真事為描寫對象的傳類傳奇文。其他如牛肅傳奇小說集《紀聞》中的《吳保安》《裴伷先》作為紀實性傳奇，描寫吳保安和郭仲翔的生死友誼、裴伷先的生命經歷，亦均生動感人。

中晚唐時期是唐傳奇的興盛階段，優秀的單篇傳奇文與傳奇小說集次第問世，其欲望書寫表現出顯著的拓展與深化。德宗到文宗太和初是單篇傳奇文創作的興盛期，出現了大批優秀作家和作品。陳玄祐的《離魂記》首開其端，文本通過奇妙的離魂結合，表現青年男女對愛情的執著追求，極具自由精神之色彩，「萬斛相思，味之無盡」〔註54〕。之後沈既濟的《任氏傳》寫人狐戀愛故事，通過對狐女任氏「異物之情也有人焉」的描寫表現要眇的人性與人情之美，「似謔似莊，愈嚼愈覺有味」〔註55〕；《枕中記》寫功名富貴的夢幻和虛無，既為諷世之作，又開唐傳奇夢幻主題與表現理性思致之先聲。成於貞元中李朝威的《柳毅傳》，以柳毅的仁、義、情表現情與理的合理統一，意蘊深厚且「風華悲壯」〔註56〕。元稹的《鶯鶯傳》亦寫愛情故事，文本描寫情與理的交戰以及女主人公性格中的深層悲劇內容，實堪矚目。此外，李景亮的《李章武傳》寫婚外戀，「敘述婉曲，淒豔動人」〔註57〕，亦不乏欲望書寫的拓展之功。李公佐的《南柯太守傳》雖自出機樞匠心獨運，然其與沈既濟的《枕中記》立意相同，茲不贅述；其《謝小娥傳》寫女主人公復仇的決心和毅力以及勇敢機智

〔註53〕（宋）歐陽修、宋祁等撰：《新唐書・列傳第八十六》（卷一六一），嶽麓書社，1997年，第3097頁。

〔註54〕（明）鍾人傑：《〈離魂記〉評語》，《虞初志》（卷一），上海書店，1986年，第30頁。

〔註55〕（明）屠隆：《〈任氏傳〉評語》，《虞初志》（卷七），上海書店，1986年，第1頁。

〔註56〕（明）湯顯祖：《〈柳毅傳〉評語》，《虞初志》（卷二），上海書店，1986年，第10頁。

〔註57〕汪辟疆：《〈李章武傳〉敘錄》，《唐人小說》，上海古籍出版社，1978年，第70頁。

的品質，亦頗動人。其他如柳宗元的《河間傳》雖寫蕩婦宣淫，其實意在諷刺現實，另外韓愈的《石鼎聯句詩序》亦有異曲同工之妙。時至元和年間，傳奇小說的欲望書寫持續展開。陳鴻的《長恨歌傳》寫李楊愛情，屬「風情之作」；陳鴻祖的《東城父老傳》，以賈昌的人生際遇表達對歷史與現實政治的批判，內蘊較為深厚。白行簡的《李娃傳》寫貴族青年與妓女由欲轉情的故事，生動別致。沈亞之的《異夢錄》《秦夢記》《湘中怨解》《感異記》均致力於書寫情和美，通過創設淒迷豔麗的意境寄寓失落和迷惘、幻滅和痛苦，「尤與同時文人異趣」〔註 58〕。蔣防的《霍小玉傳》尤為中唐傳奇文的壓卷之作。文本敘寫長安妓霍小玉與貴家書生李益的愛情故事，霍小玉才貌兼具、溫柔癡情，雖執著於愛情卻又清醒剛烈，終因李益性格軟弱以及傳統禮教的巨大壓力而被拋棄；尤其通過霍李二人愛情態度的對比細緻描摹情與禮的巨大矛盾，淒怨悲涼，悲劇意蘊深厚濃鬱。此階段，傳奇小說集亦漸次造作，數量雖不多，然亦有較佳者如張薦的《靈怪集》、戴孚的《廣異記》、陳劭的《通幽錄》、柳宗元的《龍城錄》、薛用弱的《集異記》等各具特徵，惜其欲望書寫並無特異之處，茲不贅述。

文宗太和至僖宗乾符年間（827～879），單篇傳奇文的數量與質量均不如之前，標誌著單篇傳奇文創作盛期的結束；小說集則不斷出現且多用傳奇體，標誌著傳奇集興盛期的到來。時至晚唐，唐帝國在宦官專權、黨爭不斷、藩鎮割據、外族入侵等內憂外患的打擊剝蝕之下，漸趨沒落衰亡。部分文人才士身處殘局而產生危機感、失落感，並因此深化對歷史與政治的思考與認識，寄之於小說創作，出現了一批著眼於歷史的傳奇小說，其中《大業拾遺記》和《梅妃傳》堪為代表。《大業拾遺記》寫隋煬帝逸事行跡，借其宮闈風流之事探求隋朝滅亡根源，然諷刺之意甚微；《梅妃傳》借梅妃的榮辱巨變與紅顏薄命寫玄宗的風流多情與荒疏失政，則飽紓傷國傷己之意。薛調的《無雙傳》寫王仙客與劉無雙的愛情故事，於不情之中細緻描摹真摯之情，是此時期最為優秀的傳奇文。牛僧孺的《玄怪錄》是本時期傳奇志怪集的絕佳之作，其寫戀愛婚姻、行俠仗義等內容雖無新異之處，然而表現物情哲理藉以懲勸世人的傳奇文如《王煌》《掠剩使》《來君綽》等篇均意涵深沉。「造傳奇之文，會萃為一集者，在唐代多有，而煊赫莫如牛僧孺之《玄怪錄》。」〔註 59〕其問世之後，仿作、

〔註 58〕魯迅：《中國小說史略》，上海古籍出版社，2006 年，第 48 頁。
〔註 59〕魯迅：《中國小說史略》，上海古籍出版社，2006 年，第 58 頁。

續作成風。薛漁思的《河東記》借異常之事折射現實，李復言的《續玄怪錄》著意抒寫現實感受與人生況味，均情致俱佳。武宗會昌年間，皇甫氏的《原化記》記載玄宗開元以降的故事，主要涵蓋神仙、豪俠、虎異三種類型，其中豪俠劍客小說寫義寫情細緻入微，具有一定的意味；《會昌解頤》所記均為唐代奇怪幻誕之事，勸懲意味較為突出；《博異志》借神靈、仙人、精怪、鬼魅、報應、命定等內容書寫社會現實與人性，「非徒但資談笑，抑亦粗顯箴規」〔註60〕。懿宗咸通年間，張讀的《宣室志》亦為類似之作，實為晚唐優秀小說集；李玫《纂異記》假借牛鬼蛇神揭露抨擊社會弊端，抒寫鬱憤，是晚唐時期優秀的政治小說；袁郊的《甘澤謠》現存八篇作品，主要描寫有唐一代奇人奇事，既見唐朝人文之盛，亦深寓黍離之感與板蕩之憂，均屬唐人小說中的一流作品；裴鉶《傳奇》三十多篇傳奇作品，主要借遇合、豪俠、神仙道術故事寫人物情緒，尤其《虯髯客傳》《聶隱娘傳》《崑崙奴傳》《裴航傳》等作品寫情寫義，成就突出。

僖宗廣明年間，傳奇小說創作步入低落期，至唐末三十年間，只有傳奇文六七種和小說集十餘種。其中，柳祥的《瀟湘錄》寫政治與社會不良風氣，藉以展示人性與欲望的缺陷，是唐末不可多得的作品。《三水小牘》中的《飛煙》《綠翹》《卻要》等篇較為出色，尤其《飛煙》寫飛煙為爭取個人幸福藐視禮教而終被奪去生命的悲劇，情調淒婉，實為傳奇佳製。另外，《隋煬三記》借歷史舊事寫現實感受，憤激冷峻中繚繞淒涼之音，其欲望書寫亦不乏可觀之處。從後梁初至後蜀末即五代十國的六十年間，傳奇小說創作繼續衰落，雖有單篇和小說集近三十種，但其質量更為低下，其欲望書寫亦乏善可陳，唐傳奇欲望書寫的歷史使命至此終結。

綜而言之，唐傳奇承繼魏晉南北朝志怪小說寫奇記怪的傳統思緒而著意於傳寫奇人奇事，較之前代其視野深入現實人間，於情愛書寫進一步拓展豐富，趨於關注現實政治與歷史題材並融入深沉思考，基於現實的幻想表達深刻理致，精心構設豪俠形象摹寫人生情義，於生活的細緻描摹中表現人生興味，即使是情色之作亦於淫的維度上更趨其極，其欲望書寫業已覆蓋人之自然屬性與社會屬性的各個方面，並且因其「敘述宛轉，文辭華豔」的創作特徵而明顯強化了欲望書寫的表現力。然而，在取得顯著成就的同時，唐傳奇又因其創

〔註60〕（唐）鄭還古：《博異志序》，李劍國：《唐五代志怪傳奇敘錄》，南開大學出版社，1993年，第668頁。

作高度文人化因素的影響，客觀導致其欲望書寫的現實缺陷：呈現出普泛性、高度的共性思考與描寫，受時代與社會因素影響而應致的階段性特徵雖稍具脈絡但卻不夠鮮明，也就是說唐傳奇的欲望書寫與社會生活還未實現充分的聲同氣應。

（二）宋元話本欲望書寫的進一步拓展

「宋一代文人之為志怪，既平實而乏文采，其傳奇，又多託往事而避近聞，擬古且遠不逮，更無獨創之可言矣。」〔註61〕文言小說於晚唐業已衰落，至宋元時期亦未再復振。之前在民間漸趨發展的說話藝術，至兩宋時期終於發展繁榮。

> 說話有四家：一者小說，謂之銀字兒，如煙粉、靈怪、傳奇；說公案，皆是搏刀趕棒及發跡變泰之事；說鐵騎兒，謂士馬金鼓之事。說經，謂演說佛書；說參請，謂賓主參禪悟道等事。講史書，講說前代史書文傳、興廢爭戰之事。最畏小說人，蓋小說者能以一朝一代故事，頃刻間提破。合生，……。商謎……〔註62〕
>
> 演史：喬萬卷、許貢士、張解元、周八官人、檀溪子、陳進士、……說經諢經：長嘯和尚、彭道（名法和）、陸妙慧（女流）、余信庵、周太辯（和尚）……小說：蔡和、李公佐、張小四郎、朱修（德壽宮）、孫奇（德壽宮）、任辯（御前）……說渾話：蠻張四郎。〔註63〕

不僅說書人群體眾多，說話的內容也極為廣泛。「說話之事，雖在說話人各運匠心，隨時生發，而仍有底本以作憑依，是為『話本』。」〔註64〕「然在市井間，則別有藝文興起。即以俚語著書，敘述故事，謂之『平話』，即今所謂『白話小說』者是也。」〔註65〕在時代與社會生活以及說話藝術自身演進等綜合因素的影響下，話本遂登堂入室成為宋元小說的代表性體式。

基於宋元時期說話藝術的實際情況，話本小說大體可以分為四類。小說，即銀字兒，主要包括煙粉、靈怪、傳奇、說公案等，皆是樸刀杆棒及發跡變泰

〔註61〕魯迅：《中國小說史略》，上海古籍出版社，2006年，第71頁。
〔註62〕（南宋）灌圃耐得翁：《都城紀勝》，《東京夢華錄（外四種）》，古典文學出版社，1956年，第98頁。
〔註63〕（南宋）周密：《武林舊事》（卷六），《東京夢華錄（外四種）》，古典文學出版社，1956年，第454頁。
〔註64〕魯迅：《中國小說史略》，上海古籍出版社，2006年，第73頁。
〔註65〕魯迅：《中國小說史略》，上海古籍出版社，2006年，第71頁。

之事。說鐵騎兒，主要是士馬金鼓之事。說經，講說佛書；說參請講賓主參禪悟道之事；說諢經。講史書，講說前代書史文傳興廢爭戰之事。由於宋元話本存世數量不多，現存者亦已非其原貌，故謹據其大致狀貌對其欲望書寫作簡要說明。在講史話本領域，《全相平話五種》中的《武王伐紂平話》敘寫紂王的無道與暴行，《秦並六國平話》「只是一部寫人與人之間的鬥爭」〔註66〕，均表達了人們反對暴政渴盼仁政的願望；《大宋宣和遺事》是一部拼湊起來的講史話本，「節錄成書，未加融會」〔註67〕，其寫君王縱慾失政以及宋江聚義梁山等事，稍可觀覽。小說話本領域，煙粉類的《碾玉觀音》寫青年男女在婚戀問題上的理想和不屈精神，傳奇類的《鬧樊樓多情周勝仙》敘寫多情女子周勝仙與范二郎的愛情悲劇，公案類的《三現身》寫押司娘子與小孫押司因私通而合謀殺害孫押司故事，至於樸刀杆棒類、神仙妖術靈怪類並無出奇之處，茲不贅述。

整體而言，宋元話本小說無論是內容還是欲望書寫，即使結合宋人關於勾欄瓦市講說故事盛況及其動人效果的描述作綜合考量，較之唐傳奇其實相去不遠。至於其有所進益者，大體有三。其一，欲望書寫更為通俗化；其二，市民趣味突出；第三，更為注重道德說教。究其根源，乃是因為宋元話本作為說書藝人的底本，其目的在於「為市井細民寫心」，故而其視野能夠全方位且更為深入地黏著於現實人間。

三、明清小說欲望書寫的全面拓展與深化

戰國至明代之前，文言小說的題材持續拓展，尤其是唐傳奇的文章化創作正式打開了小說文體建設的大門；民間說話藝術以及話本於小說語體及其敘述通俗化等方面的有效進展，使得小說與現實社會生活的內在關聯更為密切。時至明清，中國古代小說終於步入繁榮期。作家作品眾多，佳作更多，此三者均為歷代之最；小說內容全方位覆蓋現實社會生活以及基於現實的世界想象，其欲望書寫亦因此而得以全面的拓展與深化。

元末風雷激蕩，反元大起義雖然導致社會動亂，但也使得人們容易突破傳統儒家思想的束縛而突顯時代的現實精神，這為《三國志通俗演義》《水滸傳》兩部章回體白話通俗長篇小說的創作打下了堅實基礎。《三國志通俗演義》作

〔註66〕鄭振鐸：《插圖本中國文學史》，《鄭振鐸全集》第九冊，花山文藝出版社，1998年，第222頁。

〔註67〕魯迅：《中國小說史略》，上海古籍出版社，2006年，第82頁。

為章回體與歷史演義的開山之作，對百年歷史時空中的社會動亂、諸侯爭霸與割據作了生動書寫，各色人物的或挾天子以令諸侯、或匡扶漢室、抑或擁兵自重等現實行為，其深層的原發性驅動力莫不根源於個體對於權力、名望、利益或者生命價值的追求。《水滸傳》「以慕自由著」〔註68〕，儘管文本構設了顯性的奸逼民反的因由與起義造反的敘述框架，其實著意描寫的是宋江之於生命價值、山野草莽之於自由欲望的快感性實現。二者的欲望書寫，可謂創造了令人側目的突出表現。明朝定鼎之後，統治者極度加強皇權，施行文化高壓政策，強化思想統治，甚至以法律詔令的形式直接干預文藝創作。在此時代與社會背景下，明初的近百年間，白話短篇小說的創作幾乎一片空白；文言小說作品數量亦不多，只有《剪燈新話》《剪燈餘話》《效顰集》三部作品集，但是於欲望書寫方面卻良有進益。「然此特以泄其暫爾之憤懣，一吐其胸中之新奇，而遊戲翰墨爾。」〔註69〕無論是書寫現實生活的沉鬱，還是表現理想的寄寓，與之前的文言小說相比，更大程度地著意自我欲望書寫，表現出更為明顯的心緒內轉的特徵。

明代中葉的弘治、正德時期，時代與社會狀況發生了顯著變化。政治領域，朝政腐敗，階級矛盾、民族矛盾以及統治階級內部矛盾加劇，國家統治開始鬆弛；經濟領域，農業、工商業發展，資本主義萌芽，城市繁榮，市民階層壯大；思想文化領域，王守仁完成了陽明心學思想體系的構建，動搖了程朱理學對人性的束縛。到了嘉靖、萬曆年間，泰州學派進一步發展了陽明心學中的反道學因素，富於叛逆精神，而李贄及其「童心說」的倡導，更是深度觸發了人們的欲望覺醒。各種因素綜合作用而產生的現實結果就是人們之於欲望追求的顯性化，「靡然向奢，以儉為鄙」〔註70〕，渴望感性慾求的滿足，社會上彌漫著縱情聲色、及時享樂的氛圍。這於小說領域有鮮明反映，即世態人情與心性描寫特具突出表現。如「假託宋朝，實寫明事」〔註71〕的《金瓶梅》，對社會各色人物之於酒色財氣等感性欲望的過度與無恥追求以及因此而導致的道德墮落與世風敗壞進行了繁富書寫；作為「心性之書」的《西遊記》，對唐僧師徒

〔註68〕邱煒萲：《客雲廬小說話》，朱一玄、劉毓忱編：《水滸傳資料彙編》，南開大學出版社，2002年，第362頁。

〔註69〕（明）劉敬：《剪燈餘話序》，瞿佑：《剪燈新話》（外二種），上海古籍出版社，1981年，第120頁。

〔註70〕（清）顧炎武：《肇域志》，上海古籍出版社，2004年，第889頁。

〔註71〕劉輝：《〈金瓶梅〉研究十年》，《中國社會科學》，1990年第1期，第216頁。

四人的欲望追求及其表現、心性磨礪進程作了生動形象的藝術描繪；這兩部白話長篇小說的欲望書寫內容，較之前作有顯明拓展。此外，「文人雖素與小說無緣者，亦每為異人俠客童奴以至虎狗蟲蟻作傳，置之集中。蓋傳奇風韻，明末實彌漫天下，至易代而不改也」〔註72〕，以《覓燈因話》《九籥別集》為代表的文言小說於世態人情的書寫亦稍有進益。

時至明末的泰昌、天啟、崇禎年間，內部宦官專權、黨爭不斷、朝政腐敗不堪，另外由於連年災荒，農民起義已成燎原之勢，動搖了國家統治的根基；外部則因後金政權的虎視眈眈而形成嚴重的民族矛盾，三種因素交織在一起最終導致了明朝的滅亡。在這一背景下，小說領域湧現大量時事小說。如反映魏忠賢禍國殃民的《警世陰陽夢》、反映遼東戰事的《遼海丹忠錄》，雖然藝術表現均非上乘，但於貶斥姦邪誤國、感慨民族危亡的欲望書寫稍有拓展。白話短篇小說領域，作為擬話本的典範之作，「『三言』全方位地展示了十六、十七世紀之交中國市民生活五光十色的畫卷，真實地描寫了生活在那一時代的市井細民的理想、信念、動搖、追求、迷茫、困惑，痛苦與歡樂，愛情與死亡」〔註73〕，「『二拍』全方位地展示了當時的社會生活，舉凡武俠、官場、佛道、江湖、發跡變泰、家庭倫理、社會習俗都有細膩入微的描述」〔註74〕；二者經由對世態人情的全方位描寫之於現實人生背景下的欲望與人性內容作了多維展示，可謂欲望內容的全息圖景與絢麗畫卷。滿清統治者入主中原，對各種反清勢力進行了殘酷鎮壓，致使一些地區「城無完堞，市遍蓬蒿」〔註75〕。順治時期，已開始著手恢復生產，借鑒明代統治經驗，實行高度集權的封建專制制度；思想文化方面，一面招降納叛，一面開科取士，籠絡知識分子，思想統治尚不嚴厲。因此，南明以訖順治時期明清之際的知識分子，一方面親歷了天崩地拆的亡國之痛，「目擊時艱，歎奸惡，真堪淚滴」〔註76〕，其生活與心理均受到深刻影響，「君父之仇，天不共戴，國家之事，下不與謀。仇不共戴，則除凶雪恥之心同；下不與謀，則憤時憂世之情鬱」〔註77〕；另一方面，由於朝代鼎革而又不願依附新朝，黃粱事業無法繼續，「奈何青雲未附，彩筆並白頭

〔註72〕魯迅：《中國小說史略》，上海古籍出版社，2006年，第146頁。
〔註73〕李劍國、陳洪主編：《中國小說通史》，高等教育出版社，2007年，第1174頁。
〔註74〕李劍國、陳洪主編：《中國小說通史》，高等教育出版社，2007年，第1192頁。
〔註75〕《明清史料》（丙編），上海商務印書館，1936年，第901頁。
〔註76〕（明）李清：《檮杌閒評》，時代文藝出版社，2001年，第403頁。
〔註77〕李夢生：《中國禁燬小說百話》，上海書店，2006年，第161頁。

低垂」〔註78〕，而不得已借小說寄託感慨，以求得一時的精神安慰。反映於小說領域，時事小說創作繼續推進，如反思南明歷史的《樵史通俗演義》，反映李自成起義的《新編剿闖通俗小說》；借名著續作形式抒發遺民心緒的孤憤之作，如《水滸後傳》《後水滸傳》；才子佳人小說崛起，如《平山冷燕》等。此外，豔情小說泛濫一時，如《肉蒲團》，「談牝說牡，動人春興」〔註79〕，不講人倫道德，缺乏社會意義。

康熙雍正朝是為清代前期。康熙初期，經濟得以恢復；二十二年，完成全國統一；後期，社會秩序趨於穩定。雍正朝，繼續之前強化集權統治的政策，文化思想方面採取高壓與懷柔兩種手段，懷柔是為「牢籠志士，驅策英才」〔註80〕，高壓是為消弭異端，使「學者漸惴惴不自保」〔註81〕。這一時期，文人的地位與心態均有所變化。部分遺民在康熙初期雖仍在創作，但格調已發生變化，至康熙後期大都已離世；出生於明清之際的文人，雖曾經歷過異代的劫難與滄桑，由於主要生活在日趨穩定的新朝，儘管偶有民族情緒但故國之情多已淡漠；還有一些文士，對現實社會雖有牢騷，但又驚心文禍，不敢直言。在這一背景下，小說欲望書寫的拓展主要表現為三個方面。第一，才子佳人小說在之前的基礎上繼續發展直至盛行，但開始流露出比較濃重的歸隱情緒，正所謂「宦海微茫，好生珍重，功成名就，及早回頭」〔註82〕，如《情夢柝》《錦香亭》。第二，豔情小說雖類型完備而終至泛濫，無論是純粹的「縱慾」「宣淫」之作，還是所謂的「誅淫」之作，抑或以「息欲」為名而實則「寫淫」的作品，甚或借寫淫而別有寓意之作，就整體而言終究缺乏積極的社會價值。第三，標誌文言小說高峰《聊齋誌異》的問世。此書多數作品是蒲松齡的寫心之作，尤其是對科舉制度的批判、文人情愛心理的表現、政治黑暗的鞭撻三個方面表現出長足的進步。

清代中期的乾隆年間，政權穩固，經濟與文化亦達至有清一代之極盛，然而至乾隆晚年，又因和珅當權、朝政腐敗而內藏危機，衰敗之象漸顯。「乾隆

〔註78〕（明）天花藏主人：《平山冷燕》，上海古籍出版社，1994年，第1～2頁。

〔註79〕（清）佩蘅子：《吳江雪》，春風文藝出版社，1986年，第50頁。

〔註80〕（清）小橫香室主人編：《清朝野史大觀》（二），上海書店，1981年，第38頁。

〔註81〕梁啟超：《梁啟超國學論著二種》，安徽師範大學出版社，2014年，第91頁。

〔註82〕（清）雪樵主人等著：《中國十大禁燬小說文庫》，百花洲文藝出版社，2011年，第621頁。

一朝，為有清極盛時代，亦為一代極衰之樞紐也。」〔註 83〕乾嘉之際的白蓮教起義，歷時九年，沉重打擊了清王朝的統治。道光以後，內憂外患接踵而來，中國傳統社會正醞釀著巨大變革。複雜而又豐富的社會生活為小說創作培育了豐厚的土壤，文化與小說藝術的積澱為小說創作的繁榮提供了足資借鑒的經驗，小說遂至清中期而達至繁榮狀態，「千態萬狀，競秀爭奇，何止汗牛充棟」〔註 84〕。具體於欲望書寫的內容拓展，主要體現在四個方面。第一，《儒林外史》以「功名富貴為一篇之骨」，通過對士林墮落以及世風敗壞的全息書寫，表達了對士人之於文行出處以及在世方式的精神探求。第二，《紅樓夢》以「大旨談情」為主幹，描寫了因人性缺陷與利益趨附互相吸附而導致的沉重人生悲劇。第三，《野叟曝言》的彌足珍貴之處在於，「文學史上鮮有作者像夏敬渠一般，把自己現實人生的實際經歷，心中追求的理想世界，腦中所編造誇大虛浮的幻想，都透過文學技巧呈現出來。」〔註 85〕第四，《歧路燈》「以教育為題材，開創了我國小說描寫的新領域」〔註 86〕，文本「道性情，裨名教」〔註 87〕，對青少年的欲望滋蔓及其人生救贖作了生動書寫。

1840 至 1911 年為清代後期。鴉片戰爭，標誌著中國進入半殖民地半封建社會；辛亥革命推翻帝制，清王朝滅亡。這一時期是清王朝因民族矛盾、階級矛盾逐步走向滅亡的過程，其時代與社會具有四個主要特徵。第一，中國社會轉型，開啟了由近代走向現代的進程；第二，因落後挨打開始向西方學習，歐風美雨西學東漸漸趨深入；第三，有識之士多關心國事，試圖變革圖強；第四，國人尤其是有識之士的思維轉型加劇。反映於小說領域，由於西方文學思潮的傳入、翻譯小說的盛行、時代與社會生活的劇烈變化，小說創作發生了許多新的變化，體現出由古典趨於現代且又二者複雜疊合的鮮明特徵。具體於欲望書寫，其拓展與新變主要表現為五個方面。第一，畸形繁華世界的變態情慾書寫，如《品花寶鑒》《花月痕》《海上花列傳》《九尾龜》等狹邪小說；第二，揭示官場黑暗與社會醜陋而對現實世界進行深度審醜的社會小說，如《孽海花》《二

〔註 83〕（清）許子衡：《飲流齋說瓷》，山東畫報出版社，2010 年，第 12 頁。

〔註 84〕（清）滋林老人：《說呼全傳序》，《說呼全傳》，中華書局，1999 年，第 167 頁。

〔註 85〕王瓊玲：《由〈浣玉軒集〉看夏敬渠生平、著作及創作〈野叟曝言〉素材、動機（下）》，《明清小說研究》，1997 年第 1 期，第 161 頁。

〔註 86〕杜貴晨：《關於〈歧路燈〉的幾個問題》，《中國古代小說散論》，山東文藝出版社，1985 年，第 134 頁。

〔註 87〕欒星：《歧路燈研究資料》，中州書畫出版社，1982 年，第 93 頁。

十年目睹之怪現狀》《官場現形記》；第三，對未來世界寄寓理想的政治小說，如《新中國未來記》《獅子吼》《未來世界》；第四，關注女性生存狀態寄寓女權主義思想的女性書寫，如「當時婦女問題小說的最好作品」〔註 88〕《黃繡球》；第五，「中國向無此種」〔註 89〕的科學小說，「獨抒奇想……經以科學，緯以人情……間雜譏彈，亦復譚言微中」〔註 90〕，如《月球殖民地小說》《新法螺先生譚》《烏托邦遊記》等。

「古來辭人，異代接武，莫不參伍以相變，因革以為功。」〔註 91〕明清小說欲望書寫的內容拓展，既是時代與社會生活變化的直接體現，更是作家於時代與社會背景下精神應激的主觀結果。欲望內於個體，又因生活而外顯且趨於複雜性演變，此於上述所及白話小說與文言小說、長篇小說與短篇小說之於欲望書寫的實際表現及其效能區別亦可得到顯明印證。此亦為明清小說欲望書寫與之前任一時代明顯區別之所在。

第三節　生命體驗趨進及其欲望書寫的深化

小說是世界人生圖景的審美言語圖式，然而中國古代小說之於世界人生圖景的深刻反映卻存在一個漸次浸潤的發展過程。戰國秦漢時期，小說多基於世用或者其他用途而進行「飾」「採」「錄」，雖「有可觀之辭」，然因多為「叢殘小語」，客觀導致編撰者的個體之意並不濃鬱、融入亦不充分。其間，「頗為小說濫觴矣」的《穆天子傳》，對穆王和治諸夏的心理動機、愛民情懷以及對盛姬的悲悼思念等方面作了描寫，雖然簡單，實開中國古代小說欲望書寫之先河。被稱為「古今紀異之祖」的《汲冢瑣語》，描寫人們之於吉凶禍福的心理狀態及其行為反應，初步開啟了對生存狀態的思考。《燕丹子》書寫太子丹急切強烈的復仇欲望，描寫雖形象生動，其欲望書寫雖進益明顯，然而卻沒有生成正向的審美引領。《趙飛燕外傳》不僅以細膩之筆極寫宮闈香豔之事，且在

〔註 88〕阿英：《晚清小說史》，《阿英全集》第 8 卷，安徽教育出版社，2003 年，第 112 頁。

〔註 89〕《小說叢話》，陳平原、夏曉紅編：《二十世紀中國小說理論資料（1897～1916）》，北京大學出版社，1989 年，第 76 頁。

〔註 90〕魯迅：《〈月界旅行〉辯言》，《魯迅全集》（第 10 卷），人民文學出版社，1981 年，第 151～152 頁。

〔註 91〕（南朝・梁）劉勰：《文心雕龍》，范文瀾注，人民文學出版社，1962 年，第 694 頁。

一定程度上反向點示了情慾放縱的醜態與惡果。此外，亦有《江妃二女》等篇章寫人神之戀。總之，此時期小說個別觸及人類自然屬性的基本方面如情、色和生存狀態，對欲望的思考與表現並不深刻。魏晉南北朝時期，志人小說雖具有了「賞心而作」的質性，然而卻只是「斷片的談柄」，其偶而一現的欲望書寫多為簡單的點示；志怪小說中寫情愛、人世不平以及人鬼之事的篇章，尤其篇幅稍長者，對人性、欲望及其因之而致的現實生活狀態作了簡潔深入的描寫，然而多數作品卻因「粗陳梗概」而表現不佳。整體而言，魏晉南北朝文人「非有意為小說」，其欲望書寫還處於初起階段的簡單表現狀態。此時期，「三王冢」「韓憑夫婦」「趙文韶」等篇章卻值得注目。「三王冢」寫帝王殘暴以及被殘害者的復仇，「韓憑夫婦」寫青年男女對愛情堅貞執著的追求及其與家長蠻橫話語權的對立性矛盾，「趙文韶」以細膩優美之筆寫淒惻動人的人神之戀，並不限於單向度的欲望書寫，而是開始與現實生活發生聯繫，並於二者的矛盾中生發更為深沉的意涵，描寫亦細緻生動傳神，且均生成了濃鬱的意境氛圍。較之前代作品，不僅表現出較為明顯的整體進益，而且顯示了於單向度欲望書寫的重要推進。

「小說到了唐時，卻起了一個大變遷。」〔註 92〕以之審視唐代小說作家的生命體驗及其小說文本的欲望書寫，與前代相較表現出顯明進益。情慾與性愛書寫如《李娃傳》《任氏傳》《霍小玉傳》《鶯鶯傳》《長恨歌傳》、歷史反思如《大業拾遺記》《隋煬三記》《東城父老傳》、政治批判如《纂異記》《瀟湘錄》《辛公平上仙》、理性思致如《枕中記》《南柯太守傳》、英雄書寫如《蜀婦人傳》《聶隱娘》《虬髯客傳》、倫理書寫如《吳保安》，以及其他借神仙鬼怪、宿命報應寫現實人間欲望者，無論是何種欲望書寫內容，唐代小說作家多以或優美、或平實但均富於表現力的語言，敘述曲折生動的故事，塑造鮮明生動的形象，寄寓豐沛的情感與深刻的理性思考。究其根源，原因主要有四。第一，唐代小說作家普遍「有意為小說」，較之前人其創作視野廣泛拓展，大多能夠更為積極地關注現實人生；第二，借傳奇文「見史才、詩筆、議論」，高度文人化的思維認知強化了欲望書寫深度；第三，基於「幻設為文」的創作思維「敘述宛轉，文辭華豔」，文章化的精心構撰方式顯著提高了小說的藝術表現力。總之，唐代小說作家與前人相較，其生命體驗與欲望書寫實現了全方位的拓展

〔註 92〕魯迅：《中國小說的歷史的變遷》，《魯迅全集》（第 9 卷），人民文學出版社，1981 年，第 313 頁。

與深化，中國古代小說對世界人生圖景的審美表現自此始大張其途。

然而，中國古代文言小說的充分發展，客觀存在無法迴避的現實難題。第一，文言語體天然的表現力局限，使得文言小說難以充分實現對世界人生圖景的全息反映；第二，在中國古代文人的意識世界，小說並非純文學樣式；第三，在中國古代文人的價值鏈條上，小說居於散文、詩歌、詞等樣式之後，由於這種區別性價值體認，導致小說不能成為文人寄寓對世界人生認知的首要載體。這些制約中國古代小說高度發展繁榮的現實難題，至宋元時期發生了明顯改觀。中晚唐以降，說書藝術趨於發展，並於兩宋時期臻於繁榮，話本開啟了中國古代小說的轉型之路。語體的變換、群體的壯大、內容的拓展、現實人間性的加強以及通俗化審美風格的有益嘗試等因素，打破了文言小說發展的桎梏。時至元代，文人普遍社會地位下沉，尤其是自明代因文化普及的進展而導致的文人群體壯大，使得處於社會下層的文人數量大增，另外由於白話小說對世界人生圖景進行審美反映的優異表現，使得小說文體日益成為文人書寫現實寄寓理想的重要媒介。明清小說文本數量繁多，現謹以其經典者為例對其欲望書寫的深化做簡要闡述。

《三國志通俗演義》作為章回體與歷史演義的奠基之作，於元末明初率先啟動了對社會人生的深刻思考。文本於「天下大勢，合久必分，分久必合」的宏大背景下，對百年時空內的歷史走向作了細緻書寫，其間亦對漢末動亂、群雄逐鹿、三國鼎立以訖三家歸晉等重大事件以及對歷史走向發生重要影響的帝王權相、文臣武將作了生動描繪。關於其主題思想，歷來眾說紛紜。基於闡釋學的角度考量，「悲劇說」相對深刻，但亦未中肯綮。「主體，即社會。」〔註 93〕百年時空內的社會狀態與歷史走向，終究是重要人物之欲望驅動下行為實踐綜合作用的現實結果。無論是違背道德與是非要求的十常侍、董卓之流，還是「匡扶漢室」「拯救黎庶」的劉關張、抑或追逐權力掌控的各路諸侯、甚至是以諸葛亮為代表的期望實現人生價值的謀士，其行為莫不源於因欲望驅動而生發的現實人間追求。「人們在改造客觀世界的同時，也在改造著主觀世界；同時也只有在改造客觀世界的實踐中，人們的主觀世界才能得到根本改造。」〔註 94〕在漢末動亂的時代背景下，各色人等的欲望追求最終被籠擴到社

〔註 93〕（德）卡·馬克思：《導言》，《馬克思恩格斯全集》（第十二卷），人民出版社，1962 年，第 752 頁。

〔註 94〕吳階平：《吳階平文集》，山東科學技術出版社，1999 年，第 971 頁。

會統一的歷史洪流中去。據此可以得出明確結論：文本以歷史為框架，生動展示了源於個體之於權力以及人生價值實現的欲望驅動而繪製的社會動態畫卷。稍後的《水滸傳》「以慕自由著」，通過描寫一群江湖豪客聚義梁山並最終因為招安而歸於悲涼結局的故事，譜寫了一曲自由欲望與生命價值快感的悲歌。文本主要描寫了兩股對立性力量的扭結：一為梁山群體中的江湖豪客與山野草莽，一為權勢群體中的昏庸暗昧之輩與姦邪小人。綜合其整體書寫，來自權勢群體與姦邪小人的壓迫與陷害只是顯性的外部因由而非絕對的支配因素，因為梁山群體亦不具備全面且絕對的道德與是非優勢，二者的核心矛盾與主要衝突在於，前者所代表的現存社會秩序與法則對後者之於自由欲望與生命價值快感追求的束縛。梁山群體的悲劇根源，亦非當權者的惡意作祟，而是因為以宋江為代表的在既有社會體制內實現生命價值追求的理性選擇，籠罩了以武松、魯智深為代表的追求自由欲望實現的感性選擇，即招安是梁山群體悲涼結局的真正原因。相較於《三國志通俗演義》在宏大歷史背景下進行的個體對權力以及人生價值追求的生動書寫，《水滸傳》對自由欲望與生命價值快感追求的形象書寫與細緻表現，顯然其價值維度更高，哲性意涵亦更為深刻。

明代中後期先後問世的《西遊記》與《金瓶梅》亦為欲望書寫與人類心性展示的輝煌巨著。「《西遊記》當名遏欲傳」〔註 95〕，主要通過對孫悟空的生命歷程探索、天界體系及其設定的取經歷程、唐僧取經及其經歷的心性考驗三個方面的書寫，形象展示了人類在世的精神歷程。孫悟空的生命歷程探索是文本的核心與主幹，細緻描繪了其欲望從無到有、由小至大，終因過度膨脹而遭致覆敗，其後經由反思而欲望轉向並最終心性完善的發展過程。天界體系及其設定的取經歷程是文本的敘述背景與宏觀框架，文本通過大量否定與消解性書寫生動展示了天界的世故及其刻意設計。唐僧取經是文本的敘事主體，繁複描繪了玄奘的心性修持。「《西遊記》是一部定性書，……勘透方有分曉。」〔註 96〕如若再結合文本之於取經的普世價值、八戒的欲望揶揄、「心猿」「法性」等大量點綴性書寫，可以洞明文本的核心意旨。由此可見，雖然同樣寫對自由欲望的追求，但是《西遊記》較之《水滸傳》在心性修持之

〔註 95〕（清）張書紳：《新說西遊記總批》，朱一玄、劉毓忱編：《西遊記資料彙編》，南開大學出版社，2002 年，第 325 頁。

〔註 96〕（明）吳從先：《小窗自紀》，郭征帆評注，中華書局，2008 年，第 159 頁。

於生命價值實現，無論是領域的內涵拓展還是深度的深化方面，均有明顯推進。同期而稍後的《金瓶梅》，是中國古代第一部由文人獨立創作的白話通俗長篇小說，其於人類的欲望書寫尤有卓異成績。其突出價值在於三個方面。第一，以近於寫實的筆法對「酒色財氣」等人類欲望的醜陋表現進行了繁富書寫；第二，以近於一元化的審醜思維及其表現方法對因無節制追求欲望實現而導致的道德墮落與社會敗壞進行了繁複描繪；第三，對欲望過度滿足的現實惡果進行了原生態性的展示。文本「假託宋朝，實寫明事」，是對明末社會風俗與人性狀態的「非虛構」性書寫。「晚明湧動著的人性思潮，當還沒有找到新的思想武器去衝擊傳統禁慾主義的時候，人的覺醒往往以人慾放縱的醜陋形式出現，而人慾的放縱和人性的壓抑一樣，都在毀滅著人的自身價值。」〔註97〕清人張潮亦曾曰：「《金瓶梅》是一部哀書。」〔註98〕《金瓶梅》作為人類世俗欲望的醜陋鏡像與骯髒圖景，以全息化的書寫方式反向激發了讀者之於欲望內容、實現方式以及節度等進行合理引控的理性反思。此即為《金瓶梅》之於欲望書寫推進的關鍵價值所在。

時至清代，《儒林外史》與《紅樓夢》不僅於欲望書寫的深度繼續挺進，而且其氣質與特色尤具突出表現。《儒林外史》之於人類的欲望書寫，首先構設了一個具有巨大張力的敘述前提，即在預設一個「一代文人有厄」「不講文行出處」的時代與社會背景的同時，著意塑造了德才兼備卻又不為名利所動的王冕以為淡泊欲望的形象符號。其次，文本「以功名富貴為一篇之骨」，以繁富之筆描繪了多種類型的假名士之於名利汲汲以求的醜態，進而展示了道德墮落與世風敗壞的社會現實。再次，細緻描寫了講求文行出處追求禮樂兵農先儒理想的真名士於現實社會中的困頓、無奈與失敗境遇。最後，文本著意構設了不為世俗及欲望所拘而自在於世的四大奇人以為象徵符號，但亦流露出其於現實社會中實難久長安頓的衰颯之音。層進的文本結構以及意圖展示，擠壓而生發出文本的核心意涵：在生命理想、行為實踐與現實人世的矛盾夾縫中，文人如何調適自我以尋求自在於世的生存方式。這一具有憂鬱文人氣質的理性探索與詩性迷茫，顯然折射了作者在理想與現實之間如何妥帖地安放自我欲望的現實困境。就此意義而言，《儒林外史》之於人類欲望調適路徑與方式的詩性思索，較之前作顯然更進一步。「自從《紅樓夢》出來以後，傳統的思

〔註97〕袁行霈主編：《中國文學史》（第四卷），高等教育出版社，2000年，第173頁。
〔註98〕（清）張潮：《幽夢影》，中國青年出版社，2008年，第110頁。

想與寫法都打破了。」〔註 99〕對於人類欲望、在世方式、生命狀態及其現實路徑的審美書寫，《紅樓夢》可謂達到了中國古代小說的巔峰之境。文本首先於超現實層面描寫「頑石」因欲而動以及神瑛侍者意欲「經歷繁華富貴」以為敘述的起點與原發性驅動力，其後於現實人間層面主要描寫了寶玉的悲劇人生歷程：與黛玉的知己之愛卻因家族的強制與欺騙而致悲慘結局，個人志趣因不符合家族的現實利益需要而遭蠻橫阻礙以致被扼殺，自我生命追求因內在的柔弱與善懦而不能沖決外在之強力禁錮終致無法踏上光明之階，故而寶玉之偶而瘋癲、自言自語、多愁善感實為其生命之苦悶狀態的象徵。此外，文本還細緻描繪了源於天然人性缺陷、糾纏於利益衝突、家族與社會弊病而導致的各種女性的缺點與淒涼結局、家族的醜陋及其淒慘境遇，而寶玉最後的出走及其身後皚皚白雪上的兩行腳印、「好一似食盡鳥投林，落了片白茫茫大地真乾淨」等大量點綴性描寫與敘述，最終創設了淒清靜寂的濃鬱悲劇氛圍，即如王國維所言「《紅樓夢》一書，與一切喜劇相反，徹頭徹尾之悲劇也」〔註 100〕。當然，《紅樓夢》之於人類欲望、在世方式、生命境界追求及其現實路徑的理性思考，其價值並不止於哲性的深邃，其詩性的濃鬱其實亦無出其右者，魯迅先生的「悲涼之霧，遍被華林」〔註 101〕之語已切中肯綮，茲不贅述。

其他如《西遊補》《歧路燈》等小說文本雖在某些方面亦不乏優長之處，但總體而言與上述六部文本的哲性深度仍有不小差距，故不再細述。欲望書寫的深化，不僅使得小說具備了深邃的理性要素，而且是濃鬱詩性形成的基礎與內核。總之，欲望書寫的深化，不但是作家生命體驗驅進的結果，而且意味著小說文體的自覺。就某種角度而言，小說實為形象化的哲學本文。

小結

中國古代小說在漫長的發展演進歷程中，因形成方式、語體轉變以及吸收借鑒其他文藝樣式的要素等方面的綜合影響，不僅於寬泛的文化學質性範疇中生發文學質性，而且逐漸發展並在事實上實現了文學文體的確立。尤其是中

〔註 99〕魯迅：《中國小說的歷史的變遷》，《魯迅全集》（第 9 卷），人民文學出版社，1981 年，第 338 頁。

〔註 100〕王國維：《〈紅樓夢〉評論》，《王國維全集》（第一卷），浙江教育出版社，2009 年，第 65 頁。

〔註 101〕魯迅：《中國小說史略》，上海古籍出版社，2006 年，第 165 頁。

第三章　中國古代小說欲望書寫的圖景類型

欲望的內涵體現於兩個層面。於形而下層面，它是一個簡單明確的概念，泛指「人因異己性需要而產生的關於物質與精神客體的心理活動」。然而，自人的主體意識明確以來，人類對於物我關係形成了主客對立與主客一體兩種認知，二者體現了人類對現實與理想生存狀態的思考與追求。因此，於形而上層面，欲望是一個人類對主客關係與自身生存狀態深刻思考而具有哲學意蘊的觀念範疇。「形而上者謂之道，形而下者謂之器」〔註1〕，「形而中者謂之人」〔註2〕。作為反映人類存在的複雜範疇，欲望的形而下與形而上內涵均需經由人的主體性表現得以展示。故而，人不但是欲望發動的主體，而且是欲望闡釋的客體。以之審視中國古代小說的欲望書寫，可以窺見人類生存的全息圖景。

第一節　人類欲望的異化圖景

「異化」的意涵於哲學領域內得到充分發展，是一個標示人類存在狀態的複雜概念範疇。文學是關於人類存在狀態的審美言語形式，是形象化的哲學。在此意義上，文學與哲學具有內在相通之理。中國古代小說對於當時社會與人的現實存在狀態有充分展示與形象書寫，而其中對於人與社會異化狀態的描繪尤有突出表現。

〔註1〕（魏）王弼注，（唐）孔穎達疏：《周易正義》，北京大學出版社，1999年，第292頁。

〔註2〕鞠曦：《中國之科學精神》，四川人民出版社，2000年6月，第162頁。

一、異化的真與偽

普泛意義上的異化是指「相似或相同的事物逐漸變得不相似或不相同」〔註3〕，作為哲學概念的異化則意指「主體發展到了一定階段，分裂出自己的對立面，變為了外在的異己的力量」〔註4〕。而對於人的異化，學術界普遍認為其是人類在整體發展歷程中於既定階段的特殊表現，體現了人類受制於外在的不自由現實生存狀態。這一認知有一個內含前提，即在異化之外的其餘階段，人類不但能夠和諧自處，而且能夠與外在和諧共處，表現為自在的存在狀態。然而，這一前提的內在立場，不但有機械主義認識論的嫌疑，而且是人性善惡二分法硬性區分的結果，其實質在於缺乏對人類欲望與社會存在及其關係的客觀認知。

「饑而欲食，寒而欲暖，勞而欲息，好利而惡害，是人之所生而有也。」〔註5〕弗洛伊德亦認為本能是一種人類固有的動力，「處在它的作用下，人類產生滿足自身欲望的要求。」〔註6〕欲望是人類存在的固有質素，需要是其內在屬性，故而「人的一生實際上都在不斷追求之中，他是一個不斷有所需求的動物，幾乎很少達到完全滿足的狀態。一個欲望得到了滿足之後，另一個欲望就立刻產生了」。〔註7〕因此，人的存在是一個欲望持續產生——實現——產生的動態發展過程，僅就純粹的欲望自體而言，其內在的實現要求兼具合目的性與合理性。但是，欲望的實現同時還受到自性的制約。馬克思對此有深刻認知：

> 人作為自然存在物，而且作為有生命的自然存在物，一方面具有自然力、生命力，是能動的自然存在物；這些力量作為天賦和才能、作為欲望存在於人身上；另一方面，人作為自然的、肉體的、感性的、對象性的存在物，和動植物一樣，是受動的、受制約的和受限制的存在物，就是說，他的欲望的對象是作為不依賴於他的對象而存在於他之外的；但這些對象是他的需要的對象；是表現和確

〔註3〕中國社會科學院語言研究所詞典編輯室：《現代漢語詞典》，商務印書館，2006年，第1614頁。

〔註4〕中國社會科學院語言研究所詞典編輯室：《現代漢語詞典》，商務印書館，2006年，第1614頁。

〔註5〕熊公哲：《荀子今注今譯》，臺北商務印書館，1977年，第54頁。

〔註6〕蘇隆：《弗洛伊德十講》，中國言實出版社，2003年，第86頁。

〔註7〕（美）弗蘭克·戈布爾：《第三思潮：馬斯洛心理學》，呂明等譯，上海譯文出版社，1987年，第42頁。

證他的本質力量所不可缺少的、重要的對象。〔註8〕

欲望既是人類的天然要素，又是人類必然的主動性追求，但是卻因自身的受動性與外在的制約而受到限制。也就是說，人作為自然性存在是「受動的、受制約的、受限制的」。

「人的本質並不是單個人所固有的抽象物，實際上，它是一切社會關係的總和。」〔註9〕作為自然性存在的同時，人還是社會性存在。一方面，「社會對於人的幸福是有益的和必需的，人不能獨自使自己幸福；一個軟弱而又充滿各種需要的生物，在任何時刻都需要它自己所不能提供的援助」〔註10〕，社會能夠為個體欲望的實現提供有效支撐；另一方面，社會作為「人們交互作用的產物」〔註11〕，亦是制約欲望自由實現的現實枷鎖，「人生而有欲，欲而不得，則不能無求，求而無度量分界，則不能不爭。爭則亂，亂則窮。先王惡其亂也，故制禮義以分之」〔註12〕，所謂的禮儀、道德、公義等固然是維護社會共同體穩定的必要手段，但是也在客觀上影響了個體欲望的自由實現。因此，人作為社會性存在亦是「受動的、受制約的、受限制的」。

綜上我們可以推知，存在的「自在性」、追求的主動性與實現的「受制約性」是欲望天然的內在矛盾，它使得人類欲望與人類存在處於永恆的運動狀態，即絕對的非平衡狀態與相對的平衡狀態。也就是說，必然的非自由狀態是人類欲望與人類存在的恒定與主要狀態。就此意義而言，異化實為人類存在的常態，此為其命名之偽。若就人類對存在狀態的美好嚮往以及人類對自身性善論的假定立場而言，異化又具意涵之真。

二、人類生存異化圖景的型態表現及其意涵

黑格爾認為，「欲望基本上是被事物決定的，與事物發生關係的。」〔註13〕

〔註8〕（德）卡·馬克思：《1844 年經濟學哲學手稿》，《馬克思恩格斯全集》（第四十二卷），人民出版社，1979 年，第 167～168 頁。

〔註9〕（德）卡·馬克思：《關於費爾巴哈的提綱》，《馬克思恩格斯全集》（第三卷），人民出版社，1960 年，第 5 頁。

〔註10〕北京大學哲學系外國哲學史教研室編譯：《西方哲學原著選讀》，商務印書館，1982 年，第 230 頁。

〔註11〕（德）卡·馬克思：《致巴維爾·瓦西里也維奇·安年柯夫》，《馬克思恩格斯全集》（第二十七卷），人民出版社，1972 年，第 477 頁。

〔註12〕熊公哲：《荀子今注今譯》，臺北商務印書館，1977 年，第 368 頁。

〔註13〕（德）G·W·F·黑格爾：《美學》，朱光潛譯，商務印書館，1996 年，第 46 頁。

康德亦曰:「所謂欲求能力的質料,我是指其現實性為人所欲求的對象。」〔註14〕因此,欲望作為人類的一種主觀心理需要,其發生原因與實現指向與外在之物密切關聯,體現了人與客觀世界的現實關係,是人類生存狀態的反映。人類應對客觀世界的姿態與實現自身欲望的選擇傾向,大致可以分為主動型、被迫型與選擇型三種類型,以之審視中國古代小說對人類生存狀態的異化書寫,可以發現形象圖解。

(一)主動型異化

主動型異化是指主體並無明顯外在驅迫力而是自我積極追求欲望滿足導致的異化狀態。「夫人之情,目欲綦色,耳欲綦聲,口欲綦味,鼻欲綦臭,心欲綦佚。此五綦也,人情之所必不免也。」〔註15〕作為人的天然屬性,欲望內在具有實現的主動性。對此,康德亦有相似之見,「求得幸福,必然是每一個理性的然而卻有限的存在者的熱望,因而也是他欲求能力的一個不可避免的決定根據。」〔註16〕主動追求欲望的滿足,既是個體存在的必然根據,亦是個體價值的體現。在中國古代小說的欲望書寫範疇,因主動追求欲望滿足而導致人類現實生存狀態的異化是一個最為突出的圖景範型。據其實際表現,又可細分為主動放縱型異化與主動壓制型異化兩種基本類型。

《金瓶梅》一書「單重財色」〔註17〕,可謂展示財、色之欲主動放縱的代表性文本。其中,西門慶尤為典型代表。此人因財起家,後又因色得財,以財獵色,並結交官員獲得官職,以權力謀取更多的財富。終其一生,都在追求金錢、女色與權力,其中尤以女色為主要目標。一妻五妾尚不滿足,還長期與下人的老婆、妓女、孀居的富太太保持非正當的性關係。當精力難以為繼之時,又尋求春藥的助益,最終於酒後死於潘金蓮胯下。欣欣子曰:「合天時者,遠則子孫悠久,近則安享終身;逆天時者,身名罹喪,禍不旋踵。」〔註18〕就是對西門慶主動放縱財、色欲望嚴重後果的深刻評價。文本中的其餘角色亦不例

〔註14〕(德)伊曼努爾·康德:《實踐理性批判》,韓水法譯,商務印書館,1999年,第19頁。

〔註15〕熊公哲:《荀子今注今譯》,臺北商務印書館,1977年,第210頁。

〔註16〕(德)伊曼努爾·康德:《實踐理性批判》,韓水法譯,商務印書館,1999年,第24頁。

〔註17〕(清)張竹坡:《金瓶梅回評》,朱一玄編:《金瓶梅資料彙編》,南開大學出版社,2002年,第444頁。

〔註18〕(明)欣欣子:《金瓶梅詞話序》,朱一玄編:《金瓶梅資料彙編》,南開大學出版社,2002年,第177頁。

外，女性的生活驅動力多源於對財、色欲望滿足的追求，李瓶兒、林太太等財產富足的女性追求性慾的滿足，王六兒、李桂姐等物質貧乏的女性則是因財售色因色得財；男性亦如此，陳敬濟與應伯爵之輩均可作對應之觀。不止如此，文本還對欲望追求與現實世態作了更為形象的全面展示，「其中朝野之政務，官私之晉接，閨闥之媟語，市裏之猥談，與夫勢交利合之態，心輸背笑之局，桑中濮上之期，尊罍枕席之語，駔驓之機械意智，粉黛之自媚爭妍，狎客之從臾逢迎，奴佁之稽唇淬語，窮極境象，駥意快心。譬之范公摶泥，妍媸老少，人鬼萬殊，不徒肖其貌，且並其神傳之。信稗官之上乘，爐錘之妙手也。」〔註19〕《金瓶梅》以寫實的筆法充分展示了欲望的徹底敞開，「本以嗜欲故，遂迷財色」〔註20〕，世人皆沉溺於欲望的深淵而不思反省。於是，在《金瓶梅》的世界裏，道德遮蔽，是非缺席，人情冷漠，世態炎涼，文本淋漓盡致地描繪了一幅世人蔽於欲望而繪就的人類生存異化圖景。

《儒林外史》亦是一部展示人類欲望與現實存在異化狀態的典型之作。「其書以功名富貴為一篇之骨」〔註21〕，對各色追求功名富貴者及其所生存的世態進行了細緻形象的描畫。與文本中眾多主觀放縱型形象的外向放射式表現不同，嚴監生表現出鮮明的內向壓抑狀態，堪為主動壓制型異化的典型形象。其人雖富有十萬銀子，但是卻視財如命，極為吝嗇。日常生活中，「豬肉也捨不得買一斤，每常小兒子要吃時，在熟切店內買四個錢的哄他就是了。」當其病重之時，「漸漸飲食不進，骨瘦如柴，又捨不得銀子吃人參」，連治病也不捨得花錢。臨終之際的描寫尤為生動形象：

> 嚴監生喉嚨裏痰響得一進一出，一聲不倒一聲的，總不得斷氣，還把手從被單裏拿出來，伸著兩個指頭。大侄子走上前來問道：「二叔，你莫不是還有兩個親人不曾見面？」他就把頭搖了兩三搖。二侄子走上前來問道：「二叔，莫不是還有兩筆銀子在那裏，不曾吩咐明白？」他把兩眼睜的溜圓，把頭又狠狠搖了幾搖，越發指得緊了。奶媽抱著哥子插口道：「老爺想是因兩位舅爺不在跟前，故此

〔註19〕（明）謝肇淛：《金瓶梅跋》，朱一玄編：《金瓶梅資料彙編》，南開大學出版社，2002年，第179頁。

〔註20〕（清）張竹坡：《竹坡閒話》，朱一玄編：《金瓶梅資料彙編》，南開大學出版社，2002年，第416頁。

〔註21〕（清）閒齋老人：《儒林外史序》，朱一玄、劉毓忱編：《儒林外史資料彙編》，南開大學出版社，2003年，第254頁。

記念。」他聽了這話，把眼閉著搖頭，那手只是指著不動。趙氏慌忙揩揩眼淚，走近上前道：「爺，別人都說的不相干，只有我曉得你的意思！」〔註22〕

趙氏分開眾人，走上前道：「爺，只有我能知道你的心事。你是為那燈盞裏點的是兩莖燈草，不放心，恐費了油。我如今挑掉一莖就是了。」說罷，忙走去挑掉一莖。眾人看嚴監生時，點一點頭，把手垂下，登時就沒了氣。」〔註23〕

嚴監生處於「痰一進一出」的生命彌留之際尚「不肯斷氣」，以伸出「兩個指頭」向眾人指示自己最後的人生掛礙，其意指在大侄子、二侄子與奶媽的猜問以及其本人的生動反應中令人愈加疑惑，而趙氏的知己之言與「挑掉一莖」燈草的體貼行為，則不僅讓眾人的疑惑豁然開朗，而且形神逼肖地描畫了一個極度壓抑自我物慾的富有者形象。正如閒齋老人於第五回回評中所言：「此篇是從功名富貴四個字中，偶然拈出一個富字，以描寫鄙夫小人之情狀、看財奴之吝嗇、……一一畫出，毛髮皆動。即令龍門執筆為之，恐亦不能遠過於此。」〔註24〕

（二）被迫型異化

被迫型異化是指主體因明顯外在驅迫力被動改變欲望實現方式而導致的異化狀態。人類「因自己力量的有限而無法抗拒自然、社會對人的壓迫而生苦難」〔註25〕，故而，雖然「人是生而自由的，但卻無往不在枷鎖之中」〔註26〕。導致人類處於被壓迫狀態的因素有二：一是來自客觀外部的顯性形式壓迫力量，「人與社會的衝突一方面在於社會制度的僵化，由於社會制度的僵化，導致社會制度的存在脫離人的發展需要，從而導致社會對人的壓制與異化。」〔註27〕其二是對人類主觀意識世界的控制，「自然和社會對人壓迫與束縛，必然伴隨著反映在思想上的禁錮與奴役。種種陳舊思想觀念猶如精神枷鎖，統治

〔註22〕（清）吳敬梓：《儒林外史》，人民文學出版社，1981年，第59頁。

〔註23〕（清）吳敬梓：《儒林外史》，人民文學出版社，1981年，第62頁。

〔註24〕（清）閒齋老人：《儒林外史回評》，朱一玄、劉毓忱編：《儒林外史資料彙編》，南開大學出版社，2003年，第258頁。

〔註25〕譚大友：《生存智慧的當代闡釋》，社會科學文獻出版社，2007年，第240頁。

〔註26〕（法）讓—雅克·盧梭：《社會契約論》，何兆武譯，商務印書館，2003年，第4頁。

〔註27〕覃青必：《論道德自由》，光明日報出版社，2012年，第135頁。

著人們的頭腦，成為不能自由思想的人。」〔註 28〕根據人類面對壓迫的反應傾向，被迫型異化的欲望實現方式與表現狀態又可細分為被迫壓制型異化與被迫爆發型異化兩種基本類型。

被迫壓制型異化是指主體在外在驅迫力的作用下自我壓制正常欲望而導致的異化狀態。與人在現實社會中普遍的無助生存狀態相應，欲望的被迫壓制型人物形象在中國古代小說範疇具有鮮明的普泛性存在表現。《紅樓夢》中的迎春就是個體欲望受制於顯性社會強制力量的典型形象。這位性格懦弱的「二木頭」因父親的利益選擇與錯誤判斷而誤嫁品行不堪的「中山狼」，儘管婚後生活不幸，但是迫於傳統婚姻與社會制度的慣性力量與丈夫的強力控制，迎春只能獨自壓抑對幸福的期望，無助地忍受心靈的痛苦，最終「金閨花柳質，一載赴黃粱」。《儒林外史》中的王玉輝及其三女兒則是因腐朽觀念侵蝕而導致精神世界與個體存在狀態異化的典型代表。丈夫青年病逝，妻子竟要以死殉夫；女兒意欲死節，其公婆驚得「淚下如雨」，王玉輝竟然認為這是「青史留名的事」；其妻極力反對，王玉輝則認為女兒是找了個「好題目死哩」。王玉輝父女與其親家行為的鮮明對比性表現，生發出極具張力的文本意蘊：受制於腐朽禮教觀念的束縛，正常的生命欲望與人生信念已極度扭曲，人性已然極度異化。第如黃富民所評：「天下事有意『做』出，便非至情至性。王玉輝有心博節義之名而令女兒去『做』，此豈至情至性耶？其女在家想習聞其迂執之論，故商量殉節。」〔註 29〕

被迫爆發型異化是指主體在外在驅迫力的作用下無奈反抗而形成的異化狀態。與被迫壓制型相較，被迫爆發型出現的頻率相對較低，《水滸傳》中的武松可為此類型的代表形象。武松少年時愛喝酒尋事，成年之後雖依然豪氣過人，但已然是冷靜型成熟人士，當其獲知兄長慘死真相之後去衙門告狀即是明證。但是，一旦在現實生活中遇到不公平的對待，武松的豪俠之氣便勃然噴發。為兄報仇殺死潘金蓮與西門慶、為保自己性命大鬧飛雲浦、為泄被陷害之憤而血濺鴛鴦樓連殺十餘人，均行事果敢，手段兇狠，給人以酣暢淋漓的心理快感。顯然，武松的此類行為，是其因外在壓迫而導致內在的正常欲求難以實現，內外力碰撞形成的巨大張力經由其豪俠之氣的引領而過度宣洩的現實結果。這

〔註 28〕肖明：《哲學》，經濟科學出版社，1991 年，第 512 頁。

〔註 29〕朱一玄、劉毓忱：《儒林外史資料彙編》，南開大學出版社，2003 年，第 283～284 頁。

正如金聖歎所評：「武松是豪傑不受羈靮。」〔註30〕

（三）選擇型異化

「人的生存方式是實踐活動，實踐活動的主客體關係都是在實踐中發生並建立起來的，實踐本身就是人作用於自己賴以生存的世界的方式，就是把人與自然、人與人、人與自身對立起來又統一起來的活動的動力。」〔註31〕實踐活動是人類生存狀態的現實表現，體現了人的主動性與受動性的統一。然而，「社會生活實踐是廣泛而複雜的」，因為「處於自然環境和社會環境中的人、事、物，彼此互相關聯，相輔相成，彼此互相制約，充滿矛盾」。〔註32〕因此，實踐的複雜性客觀地導致人需要做出判斷與選擇。李贄曾曰：「趨利避害，人人同心，是謂天成，是謂眾巧。」〔註33〕愛爾維修亦認為，「利益支配著我們的一切判斷」。〔註34〕對於利害關係，不同的個體有不同的體驗與認知。作為具有感性體驗與理性認知能力的類存在物，基於主體欲求與客觀因素的需要，人的選擇傾向大致表現為側重於感性、側重於理性兩種類型。與此相對應，選擇型異化亦可細分為感性選擇型異化與理性選擇型異化兩種基本類型。選擇意味著主體的能動性，因此，選擇型異化兩種細分類型的實際表現與人的自身特徵密切相關。

感性選擇型異化是指主體側重於感性情緒的引導追求欲望實現而導致的異化狀態。《水滸傳》中的李逵就是這一類型的典型代表。其人天性粗魯莽撞，凡事由著性子不計後果，表現出鮮明的本能反應型特徵。既使殺人亦是如此，無論是智取無為軍、攻打大名府還是三打祝家莊，李逵均殺人無數且毫無節制，致使許多毫無干係之人亦喪於非命。對於這一放縱性殺人行為，李逵或曰「久不殺人手癢」，或曰「砍的手順」，或曰「吃我殺的快活」，毫無對生命的憐惜之意。明代無名氏評其人曰：「為善為惡，彼俱無意。」〔註35〕金聖歎亦認為李逵是「一片天真爛漫到底」〔註36〕。評價是否客觀暫且不論，亦姑且拋

〔註30〕朱一玄、劉毓忱：《水滸傳資料彙編》，南開大學出版社，2002年，第221頁。
〔註31〕袁貴仁、楊耕：《當代學者視野中的馬克思主義哲學·中國學者卷》，北京師範大學出版社，2012年，第112頁。
〔註32〕張粹然：《淺談意識及其特性》，《成都大學學報》，1983年第1期，第29頁。
〔註33〕（明）李贄：《焚書·續焚書》，嶽麓書社，1998年，第40頁。
〔註34〕北京大學哲學系外國哲學史教研室編譯：《十八世紀法國哲學》，商務印書館，1979年，第457頁。
〔註35〕朱一玄、劉毓忱：《水滸傳資料彙編》，南開大學出版社，2002年，第185頁。
〔註36〕朱一玄、劉毓忱：《水滸傳資料彙編》，南開大學出版社，2002年，第221頁。

開其「天殺星」名號的抽象意蘊，二人之評倒是暗合了李逵殺人行為的本能感性特徵。因而就現實層面而言，李逵的無端殺人行為與理由，均明確體現出其因感性因素而導致的漠視生命之欲望與人生存在的異化狀態。

理性選擇型異化是指主體在理智主導的掌控下實施欲望實現行為而導致的異化狀態。《水滸傳》中的林沖堪為代表。高衙內調戲其妻，林沖第一反應是「下拳打」，說明其具有正常的感性情緒訴求；然而當看到是高衙內時便「先自手軟了」，則表明感性情緒為理性意識所控制。正如金聖歎所評：「娘子受辱，本應林沖氣忿，他人勸回；今偏倒將魯達寫得聲勢，反用林沖來勸。」〔註37〕此後，高衙內一方陸續設計陷害，而林沖的系列反應行為如發配前的休妻、途中對押送公人的忍讓、抵達滄州後對管營與差撥的示好等均表明他的持續隱忍。至於隱忍不發的原因，或為其自言「不怕官、只怕管」的現實處境，或為維持平穩幸福的生活計，或為避免因事態發展難以控制而導致更加艱難人生困境的出現。林沖的這一隱忍特徵，於後來投奔梁山時對王倫的一再忍氣吞聲中亦再次得到鮮明體現。其間，雖然偶而閃爍感性情緒的反抗火花，但是嚴格地以理性意識控制感性情緒作為應對現實境遇的主導方式，表明林沖的欲望世界與人生狀態已然異化。對此，金聖歎有意似之論：「看他算得到，熬得住，把得牢，做的徹，都使人怕。這般人在世上，定做得事業來，然琢削元氣也不少。」〔註38〕

上述三種異化類型不但是人類現實生存狀態的形象再現，而且是對人類現實存在狀態深層意蘊的生動展示。客觀的外在制約是人類永遠無法迴避的枷鎖，其先在注定了人類步入異化的巨大可能性。或許人類的主觀能動性能夠幫助自身避免這一厄運，但是由於主體自性的受制約性以及欲望實現的無限性，使人類不可避免地滑向異化的深淵。就此意義而言，外在制約只是導致人類異化的客觀基礎，人類自身的主觀因素才是導致其進入異化狀態的本質原因。也就是說，異化既是人類自我的主動選擇，亦是人類無法避免的主動選擇。因此，異化既是人類存在的現實狀態，又是人類存在的永恆狀態。

三、異化型人類生存圖景的構設思維、方式與審美效應生成

「一陰一陽之謂道」〔註39〕，客觀世界是對立統一性存在。作為中國的傳

〔註37〕朱一玄、劉毓忱：《水滸傳資料彙編》，南開大學出版社，2002年，第233頁。
〔註38〕朱一玄、劉毓忱：《水滸傳資料彙編》，南開大學出版社，2002年，第221頁。
〔註39〕（魏）王弼注，（唐）孔穎達疏：《周易正義》，北京大學出版社，1999年，第268頁。

統認知思維，其已內化於華夏人民的精神世界。因而，在這一「二極共構」思維的影響下，中國古代小說作家普遍採用二元對立手法書寫人類存在的異化圖景。局部描寫如：林冲被逼上梁山的淒涼境遇，是高俅、高衙內步步陷害的現實結果；迎春的淒慘之死，是「中山狼」暴虐行為與家族冷漠共同作用的後果；杜少卿孤獨落寞的現實人生狀態是澆薄世態的客觀產物。施之於中國古代小說的整部文本描寫亦然。如《西遊記》，文本以對孫悟空自由生命狀態的敘述起筆，接以對其欲望滋生、膨脹進而被儒釋道三教聯合鎮壓在五行山下的欲望追求敘事，進而衍以九九八十一難的取經歷程書寫，以緊箍咒為象徵符號，描寫了孫悟空最終為現實社會秩序所異化的悲劇結局。由此可見，中國古代小說作家在創作中普遍採用善與惡、強與弱、真與偽、個體與社會等對比性描寫手法，集中書寫惡對善、強對弱、偽對真、社會對個體的壓迫與凌辱，形象展示正向力量與應然情態在現實社會中的無助境遇，栩栩如生地勾勒出人類現實存在的異化圖景。客觀世界中的一切事物，就其自我存在狀態而言，莫不「獨中有對」〔註 40〕，故而，人類存在異化圖景的浮現實為作家以二元對立方法對其書寫的直接體現。另一方面，「凡物莫不有對」〔註 41〕，客觀世界中的任何事物亦非獨立自存的現實存在。就此意義而言，異化圖景又因文本中對人類自然情態的形象書寫而生成的對比性存在而凸顯。

異化圖景的二元對立書寫，其凸顯點在於「異化」，也就是凸現正向力量與應然情態的不自由狀態，這一凸顯性表現首先能夠刺激讀者的審美心理反向生發。《儒林外史》第四十七回《虞秀才重修元武閣　方鹽商大鬧節孝祠》，以白描鋪陳之筆詳盡展示了五河縣勢利薰心的人情世態，有效襯托出虞華軒與余大先生二人的抑鬱與尷尬處境。對於這一二元對立性異化書寫，黃小田評曰：「寫五河縣，寫方鹽商，真令人欲捉刀而起。或問何至如此？曰：此等人無恥大膽，如何一日可耐，不如一一了之。或又曰：一一了之未免太過？曰：了之不盡則此種此根斷不能除；若無虞、餘兩家，吾尚思一炮轟之，方為快也。」〔註 42〕其「欲捉刀而起」「不如一一了之」「一炮轟之」等語就是讀者審美心理反向生發的形象表明。其次，異化圖景的二元對立書寫最終能夠引導讀者的審美心理正向回歸。《儒林外史》「以功名富貴為一篇之骨」，文本運用真與偽、

〔註 40〕（宋）朱熹：《朱子語類》，中華書局，1986 年，第 2434 頁。

〔註 41〕王雲五：《續修四庫全書提要》，臺北商務印書館，1972 年，第 1340 頁。

〔註 42〕朱一玄、劉毓忱：《儒林外史資料彙編》，南開大學出版社，2003 年，第 283 頁。

善與惡、美與醜的二元對立書寫方法，既對人心世態因「功名富貴」而惡化的醜陋現實作了形象展示，又真實描繪了真儒理想的幻滅。對於這一審美意蘊，閒齋老人評曰：「傳云：『善者，感發人之善心；惡者，懲創人之逸志。』是書有焉。」〔註 43〕即為對讀者審美心理最終正向回歸的深刻揭示。「希望永遠在人的心中湧現。幸福的降臨永遠是在未來，而決不是現在。」〔註 44〕人是具有自我意識與反思能力的類存在物，現實的異化狀態給予人類心靈以強烈的痛苦感並促使人類啟動對現實的不自由生存狀態的理性思考，「性向善」的基因於此萌發並因而產生正向的情感訴求。於此意義而言，異化圖景的二元對立書寫實與人的心靈同構相應，這也是其能夠引領讀者審美心理反向生發並正向回歸的深層原因。

異化是人類存在的現實必然，既體現了客觀環境對人類的天然制約，又反映了人類自我主動性的尷尬處境。中國古代小說對人類存在異化狀態的圖景展示，既是人類對自我欲望與現實生存狀態的深刻反思，又是人類自我本性的形象體現。於此，人類可以洞見自我本性及其與現實存在的內在關係，並進而探尋自我救贖與群體演進的有效途徑。

第二節　人類欲望的自由人生圖景

自由是人類對生命狀態的終極嚮往，中國古代小說作家秉承這一集體意識，以深度的人性思維與寬廣的社會視角作了深入思考與形象書寫，並因而繪飾了眾多鮮明的自由人生圖景。因此，中國古代小說中的「自由」書寫不但是對人類現實存在狀態的反向展示，而且寄寓了傳統審美意識試圖突破時空束縛進入無障礙狀態的精神追求。

一、文學範疇的「自由」意涵

「自由」是一個內涵複雜的概念範疇，在不同領域各有其具體所指。在普泛性生活領域，「自由」的基本含義是指「不受拘束；不受限制」〔註 45〕。

〔註 43〕朱一玄、劉毓忱：《儒林外史資料彙編》，南開大學出版社，2003 年，第 254 頁。

〔註 44〕（英）托馬斯·羅伯特·馬爾薩斯：《人口原理》，朱泱等譯，商務印書館，1996 年，第 144 頁。

〔註 45〕中國社會科學院語言研究所詞典編輯室：《現代漢語詞典》，商務印書館，2006 年，第 1809 頁。

在法律範疇，「自由」意指「在法律規定的範圍內，隨自己意志活動的權利」〔註46〕。而在哲學領域，其形而上層面的意涵則是指「人認識了事物發展的規律性，自覺地運用到實踐中去」〔註47〕。據此考察，「自由」一詞在不同領域內的具體所指不僅稍存矛盾之處，而且其紛紜之解釋亦在一定程度上遮蔽了「自由」本身的核心要義。另外，文學為人類審美想象之創造範疇，對於「自由」的使用與追求，自有其特殊要求與具體特徵。故而，文學範疇內的「自由」意涵，尚需立足其核心要義，結合文學的根本使命與核心任務，以進行準確釐定。

「自由」是一個與人類存在狀態密切相關的詞語，其產生源於人類因現實生存狀態的制約與束縛而生發的對於理想生存狀態的訴求。「饑而欲食，渴而欲飲，寒而欲衣，露處而欲宮室」〔註48〕，人類因生物性需要而天然具有了內在欲求。欲望既是人類演進的內在驅動力，亦是造就人類痛苦的淵藪。「欲之為性無厭，而其原生於不足」〔註49〕，欲望天然具有內在需要及其追求的無限性。然而，由於人所賴以生存的客觀世界是具體的世界、有限的世界，不能主動敞開與人的欲望充分對接，因此「以無窮之人，生有限之世界，必有不得遂其生者矣」〔註50〕。故而，對於人的現實生存狀態而言，「欲之被償者一，而不償者什佰，一欲既終，他欲隨之，故究竟之慰藉，終不可得也。」〔註51〕《老子》曾曰「吾所以有大患者，為吾有身」〔註52〕，《莊子》亦曰「大塊載我以形，勞我以生」〔註53〕，王國維也認為「欲與生活與苦痛，三者一而已矣」〔註54〕，三者之言實為對人的欲望與人的現實生存狀態之內在邏輯關係及其

〔註46〕中國社會科學院語言研究所詞典編輯室：《現代漢語詞典》，商務印書館，2006年，第1809頁。

〔註47〕中國社會科學院語言研究所詞典編輯室：《現代漢語詞典》，商務印書館，2006年，第1809頁。

〔註48〕王國維：《〈紅樓夢〉評論》，《王國維全集》（第一卷），浙江教育出版社，2009年，第54頁。

〔註49〕王國維：《〈紅樓夢〉評論》，《王國維全集》（第一卷），浙江教育出版社，2009年，第55頁。

〔註50〕王國維：《〈紅樓夢〉評論》，《王國維全集》（第一卷），浙江教育出版社，2009年，第74～75頁。

〔註51〕王國維：《〈紅樓夢〉評論》，《王國維全集》（第一卷），浙江教育出版社，2009年，第55頁。

〔註52〕陳鼓應：《老子今注今譯》，商務印書館，2006年，第121頁。

〔註53〕陳鼓應：《莊子今注今譯》，商務印書館，2007年，第209頁。

〔註54〕王國維：《〈紅樓夢〉評論》，《王國維全集》（第一卷），浙江教育出版社，2009年，第55頁。

現實表現的深刻認知。於此可知，欲望追求的無限性與欲望實現的有限性之間的根本矛盾，使得痛苦成為人類存在的永恆狀態，亦是人類存在制約感與束縛感產生的原初根源。

人類「無往不在枷鎖之中」，制約感與束縛感既是人類存在不自由狀態的現實表徵，亦是促使人類產生自由嚮往的原初驅動力。就此意義而言，「自由」一詞實為人類因對現實存在受制約性狀態的不滿而生發的對於理想生存無障礙性狀態的渴望。因此，「自由」的發生學意涵應為「人類追求欲望無障礙實現的主觀訴求」。據此考量，這一根源性意涵不但是人類感性體驗與想象性追求的具體體現，而且為其適用範疇預先劃定了範圍。第一，由於「人類在特定歷史條件下的認識和實踐總是受時間、條件限制的」〔註 55〕，因而人類欲望實現的無障礙性狀態在現實實踐中並非絕對存在；第二，這一根源性意涵並不適用於側重理性的具體範疇，這於前述所及法律以及哲學範疇的「自由」意涵即可窺見一斑。但是，文學範疇卻因其本質屬性為「自由」的根源性意涵保留了一席之地。文學是人類欲望的審美言語圖式。第一，文學是作家欲望的產物。對於作家而言，無論是對缺失性人生體驗的變相宣洩，還是對豐富性人生體驗的形象展示，文學都是其因欲望阻滯即自我生存壓迫感而試圖突圍的現實結果，這為欲望無障礙實現的主觀訴求創設了充分的可能性。第二，文學是審美想象或曰想象的審美。「凡世界所有之事，小說中無不備有之；即世界所無之事，小說中亦無不包有之。」〔註 56〕文學是作家基於對現實生活的反思而形成的對於理想生活的審美期盼，這一審美性想象為「自由」的根源性意涵之生發預設了廣闊空間。綜上所述，儘管「自由」是一個具有多種義項的概念範疇，但卻只有其根源性意涵與文學範疇的本質屬性具有內在的一致性，故而文學範疇內的「自由」意指「人類追求欲望無障礙實現的主觀訴求」。

二、自由人生圖景的型態表現及其意涵

「自由」作為人類於現實性束縛感壓迫下生發的對欲望無障礙實現的主觀訴求，於現實生活領域並不能充分實現。但是，在承載人類想象的文學文本世界，「自由」人生圖景的書寫卻有鮮明表現。據其於中國古代小說領域的實際書寫體現，大致可以分為塵世超脫型、超世神幻型、靈異入世型三種類型。

〔註 55〕汪華嶽：《新編馬克思主義哲學原理》，高等教育出版社，2011 年，第 159 頁。
〔註 56〕《〈新世界小說社報〉發刊辭》，《新世界小說社報》第一期，1906 年。

（一）塵世超脫型

人是生存於客觀世界的類存在物，因而人所受之制約來自於兩個方面：自然對人的強制與社會對人的束縛，而二者最終又內化於人的意識世界並外顯為具體行為。故而，人類如欲臻於自由之境界，必須要突破自然與社會的現實性制約，實現意識與行為的超脫。因此，所謂塵世超脫型自由人生圖景是指主體因現實生存狀態的制約消解自我欲望割斷現實性束縛而臻至的無障礙生存狀態。在中國古代小說範疇，這一自由人生圖景書寫不乏鮮明表現。據其實際體現，又可細分為完整性書寫與片段式書寫兩種類型。

完整性書寫是指充分具備塵世超脫型自由人生圖景全部要素的書寫類型。《綠野仙蹤》中冷於冰的人生發展歷程書寫，堪為鮮明例證。冷於冰自幼穎慧絕倫，人皆目之為童子中之龍；由於用心讀書，參加縣、府等各級考試又連得四個第一，在當地亦極具盛名。故其自少年時就心氣頗高，「深以功名為意，常背間和陸芳說：『人若過了二十中狀元，便索然了。』」〔註57〕然而，鄉試卻因房官有意抑之而落榜，初受打擊。後來冷於冰因緣際會結識嚴嵩，仕途光明前景在即，然卻因事得罪嚴嵩，雖然考取第一卻因嚴嵩施壓而落榜，至此心灰意冷而絕意仕途。「形固可使如槁木，而心固可使如死灰。」〔註58〕其後又歷經老師王獻述驟然去世等意外事件，因而勘破人生，毅然割斷親情、名利等現實性因素的牽絆，絕意現世而篤志於修道求仙。侯定超曰：「持心之要，莫妙於冷，莫妙於冷於冰。」〔註59〕此後雖多次歷經波折，然終升騰於世而得道成仙。因此，與塵世的現實性制約相較，冷於冰實乃打破了各種束縛而臻至自由逍遙的生命境界。此類型書寫因客觀的現實性制約因素、主體的束縛感表現與突破制約的心理訴求以及臻至自由的努力與實現結果等要素俱備，因而完整地表現了超脫於塵世的自由人生圖景，亦可謂塵世超脫型自由人生圖景的典型形式。

片段式書寫是指只具備塵世超脫型自由人生圖景終端鏡像的書寫類型。這一類型書寫在中國古代小說範疇亦有突出表現，其於超然君位的許由、靜心澄欲的廣成子、淡泊世務專注養生的彭祖、《水滸傳》中的張天師等相關描寫中均可得到明確印證。另如《陶弘景》：

〔註57〕（清）李百川：《綠野仙蹤》，人民文學出版社，1987年，第6頁。

〔註58〕陳鼓應：《莊子今注今譯》，商務印書館，2007年，第43頁。

〔註59〕（清）侯定超：《〈綠野仙蹤〉序》，《綠野仙蹤》（上冊），上海古籍出版社，1999年，第16頁。

> 丹陽陶弘景幼而惠，博通經史，覩葛洪《神仙傳》，便有志於養生。每言仰視青雲白日，不以為遠。初為宜都王侍讀，後遷奉朝請。永明中，謝職隱茅山。山是金陵洞穴，周迴一百五十里，名曰「華陽洞天」；有三茅司命之府，故時號茅山。由是自稱「華陽隱居」，人間書疏，皆以此代名，亦士安之玄晏，稚川之抱樸也。惟愛林泉，尤好著述。縉紳士庶稟道伏膺，承流向風千里而至。先生嘗曰：「我讀外書未滿萬卷，以內書兼之，乃當小出耳。」齊高祖問之曰：「山中何所有？」弘景賦詩以答之，詞曰：「山中何所有？嶺上多白雲。只可自怡悅，不堪持寄君。」高祖賞之。〔註60〕

文本中雖有世務書寫但卻無牽絆之痕跡，陶弘景遊於自然而達至心靈與行為的素樸寧靜之境。與完整性書寫相較，片段式書寫缺少對現實性制約因素的有效展示：小說中的主體要麼並無現實性束縛，要麼無意於塵世的制約而天然遊心於自我世界。「人作為自然存在物，而且作為有生命的自然存在物，一方面具有自然力、生命力，是能動的自然存在物，這些力量作為天賦和才能、作為欲望存在於人身上；另一方面，人作為自然的、肉體的、感性的、對象性的存在物，和動植物一樣，是受動的、受制約的和受限制的存在物。」〔註61〕因而，人天然處於受制約狀態。就此意義而言，片段式書寫只是完整性書寫的局部截取或者特殊表現形式，亦可謂塵世超脫型自由人生圖景的非典型表現形式。

「人是生而自由的，但無往不在枷鎖之中。」〔註62〕塵世超脫型自由人生圖景書寫不但對人類現實的受制約性存在狀態作了反向映射，而且為人類實現理想的自由生存之嚮往指明了有效路徑。

（二）超世神幻型

「意識在任何時候都只能是被意識到了的存在，而人們的存在就是他們的實際生活過程。」〔註63〕在這一現實生活過程中，人類因其自身需要而演化

〔註60〕（宋）李昉等編：《太平廣記》，江蘇廣陵古籍刊印社，1995年，第1635～1636頁。

〔註61〕（德）卡·馬克思：《1844年經濟學哲學手稿》，《馬克思恩格斯全集》（第四十二卷），人民出版社，1979年，第167頁。

〔註62〕（法）讓—雅克·盧梭：《社會契約論》，何兆武譯，商務印書館，2003年，第4頁。

〔註63〕（德）卡·馬克思、（德）弗·恩格斯：《德意志意識形態》，《馬克思恩格斯全集》（第三卷），人民出版社，1960年，第29頁。

出兩種思維方式，人類存在亦因此而表現為兩種狀態。一方面，人類因現實生存需要而需克制欲望以竭力維繫現實生活的穩定性。「生活世界用我們從經驗中獲得的保證構築起一堵牆，用它來抵擋那些仍然是產生於經驗之中的驚奇。」〔註64〕意外是種系存在的潛在性威脅，人類只有盡力克制自我避免意外的發生才能為種系的存在設定現實的保障，此為現世思維。另一方面，人類因發展演進的內在需要而必須盡力激發自我以獲得對未知的深刻體認與充分掌控。在這一狀態下，人類力圖擺脫時間與歷史的固結，探索更為遼闊的時空，才能為種系的發展尋求有效途徑。「這是一種把真實的實在世界同由感覺，或質料，或原罪，或人的理解結構創造的現象世界相對立的思維方式」〔註65〕，亦可稱為「超世思維方式」，它反映了人們試圖擺脫現實性制約而進入永恆的企圖。

反映於文學範疇，超世思維表現為以現實世界為參照對異世時空的合理性與合目的性的審美想象，體現了人類對理想生存狀態的詩意嚮往。因此，所謂超世神幻型自由人生圖景是指主體欲望於突破現實性的時空中得以無障礙實現的生命存在狀態。這一類型書寫在中國古代小說範疇有眾多實例，其中尤以《西遊記》中孫悟空於花果山的生存狀態書寫堪為典型例證。文本「起首落筆第一句，先寫一東勝神州，寫一花果山。真是妙想天開，奇絕千古」〔註66〕：

> 感盤古開闢，三皇治世，五帝定倫，世界之間，遂分為四大部洲：曰東勝神洲，曰西牛賀洲，曰南贍部洲，曰北俱蘆洲。這部書單表東勝神洲。海外有一國土，名曰傲來國。國近大海，海中有一座山，名曰花果山。此山乃十洲之祖脈，三島之來龍，自開清濁而立，鴻蒙判後而成。〔註67〕

接以對依天地之數演化而生的石猴及其於花果山生活狀態的形象書寫：

> 那座山，正當頂上，有一塊仙石。其石有三丈六尺五寸高，有

〔註64〕（德）尤爾根·哈貝馬斯：《後形而上學思維》，曹衛東、付德根譯，譯林出版社，2001年，第93頁。

〔註65〕（美）理查德·羅蒂：《後哲學文化》，黃勇編譯，上海譯文出版社，1992年，第98頁。

〔註66〕（清）張書紳：《新說西遊記總批》，朱一玄、劉毓忱編：《西遊記資料彙編》，南開大學出版社，2002年，第330頁。

〔註67〕（明）吳承恩：《西遊記》，人民文學出版社，2005年，第2頁。

二丈四尺圍圓。三丈六尺五寸高，按周天三百六十五度；二丈四尺圍圓，按政曆二十四氣。上有九竅八孔，按九宮八卦。四面更無樹木遮陰，左右倒有芝蘭相襯。蓋自開闢以來，每受天真地秀，日精月華，感之既久，遂有靈通之意。內育仙胞，一日迸裂，產一石卵，似圓球樣大。因見風，化作一個石猴，五官俱備，四肢皆全。

那猴在山中，卻會行走跳躍，食草木，飲澗泉，採山花，覓樹果；與狼蟲為伴，虎豹為群，獐鹿為友，獼猴為親；夜宿石崖之下，朝遊峰洞之中。真是「山中無甲子，寒盡不知年」。〔註 68〕

上舉三段描寫內含深刻道理。第一，就產生根源言，花果山是天地依自然之數演化的產物，石猴是由仙石依天地之數感天地靈氣日月精華而化生的產物，它們均是「天地合一」的直接產物。第二，就存在狀態言，花果山是世外桃源式的仙境，無人跡的侵擾自然而然地存在；石猴是天地產物，沒有欲望的侵擾，處於「道法自然」式的自性逍遙境界。第三，就其性質言，花果山與石猴均為超越現實時空的神幻性存在物。因此，若以欲望審美的視域進行深度審視則可確知：只有超越於現實時空並徹底滅絕人的欲望，才能獲得絕對的自由。這一認知不但可於石猴在花果山中「山中無甲子，寒盡不知年」之泯滅了時空存在感的生存狀態得到明確印證，亦可於其後石猴「忽然憂惱，墮下淚來」因欲望逐漸滋生而開始的漸趨喪失自由人生狀態的繁複書寫中得到反向生發。《西遊記》一書，「探其旨趣，實天人性命之源也。」〔註 69〕對於這一蘊含，張書紳曾反覆陳說：「《西遊記》當名『遏欲傳』。」〔註 70〕「《西遊》，凡如許的妙論，始終不外一心字，是一部《西遊》，即一部《心經》。」〔註 71〕吳從先亦曰：「《西遊記》是一部定性書，……勘透方有分曉。」〔註 72〕作為一部消解欲望反思自由之書，《西遊記》的這一深刻意蘊在文本起始對花果山與石猴的生存狀態書寫中業已定下堅實基調並埋下明確線索，學人對此少有發明實因於關注細節失之敏銳所致。

〔註 68〕（明）吳承恩：《西遊記》，人民文學出版社，2005 年，第 3 頁。

〔註 69〕（清）張書紳：《新說西遊記總批》，朱一玄、劉毓忱編：《西遊記資料彙編》，南開大學出版社，2002 年，第 325 頁。

〔註 70〕（清）張書紳：《新說西遊記總批》，朱一玄、劉毓忱編：《西遊記資料彙編》，南開大學出版社，2002 年，第 325 頁。

〔註 71〕（清）張書紳：《新說西遊記總批》，朱一玄、劉毓忱編：《西遊記資料彙編》，南開大學出版社，2002 年，第 329 頁。

〔註 72〕（明）吳從先：《小窗自紀》，郭征帆評注，中華書局，2008 年，第 159 頁。

（三）靈異入世型

《傳習錄》中記載了一個中國哲學史上的著名公案：「先生遊南鎮，一友指岩中花樹問曰：『天下無心外之物，如此花樹，在深山中自開自落，於我心亦何相關？』先生曰：『你未看此花時，此花與汝心同歸於寂；你來看此花時，則此花顏色一時明白起來。便知此花不在你的心外』。」〔註 73〕毋庸為歷代學者圍繞這一公案而產生的紛爭所惑，據其內容即可得出樸素直截的結論：人所生活的世界有客觀世界與意識世界的大致二分，且二者具交合之關係。世界的這一本質投射於文學領域，即具象為現實之世界與想象之世界。然而，「自然中之物，互相關係，互相限制，故不能有完全之美。然其寫之於文學中也，必遺其關係、限制之處。故雖寫實家，亦理想家也。又雖如何虛構之境，其材料必求之於自然，而其構造亦必從自然之法則。故雖理想家，亦寫實家也。」〔註 74〕故而，「理想與寫實二派之所由分」「頗難分別」。也就是說，無論現實之世界還是想象之世界，並不具備絕對的純粹性。因此，對於人類存在而言，出入於現實與想象之間，亦為追求自由生命狀態的另一路徑。秉承這一集體意識，中國古代小說作家創設了靈異入世型自由人生圖景書寫方式。

所謂靈異入世型自由人生圖景，是指具有超現實能力的主體遁入現實人間，能夠凌越於現實性制約之上無障礙實現自我欲望的人類生存狀態。這一書寫類型在中國古代的神怪小說與仙道小說範疇尤有突出表現。如《聊齋誌異·黃英》篇中由菊花精幻化的黃英姐弟二人遁入人間，貧能安然處之，富能自然順之，與現實中馬子才的僵化教條相對比，二人不為現實人間的觀念教條束縛，其藝菊與售菊實乃物質生活與精神追求的完美結合，達至自我欲望無障礙實現的生命狀態。再如《濟公活佛傳》，文本通過對現實人間與濟公生命狀態的對比性書寫，充分展示了人類對自由人生圖景的嚮往。濟公本是上界仙人下凡，然而他卻「長得其貌不揚，身高五尺來往，頭上頭髮有二寸餘長，滋著一臉的泥，破僧衣，短袖缺領，腰繫絲絛，疙裏疙瘩，光著兩隻腳，拖著一雙破草鞋」〔註 75〕；濟公雖為僧人卻從不談經參禪，而是喝酒開葷出入行院；言談舉止滑稽古怪外表瘋傻癲狂，內裏卻又明心見性。這一亦僧亦俗、似真似幻的

〔註 73〕（明）王陽明：《傳習錄》，吳光、錢明等編校，上海古籍出版社，1992 年，第 107 頁。

〔註 74〕王國維：《人間詞話》，《王國維全集》（第一卷），浙江教育出版社，2009 年，第 498 頁。

〔註 75〕（清）郭小亭：《濟公傳》，中華書局，2001 年，第 20 頁。

藝術形象自由行走於現實人間，憑藉自己的智慧與法力濟困扶危、鬥邪除妖、治病救人，全力幫助塵世的凡人打破現實的壓制。因而，塵世生存的繁重障礙與濟公超現實能力的對比書寫生發出巨大張力，給予這一藝術形象深刻內涵，其不但「寄託了窮苦大眾伸張公道、嚮往正義、擺脫不平的要求與欲望」〔註76〕，而且折射了塵世眾生渴望突破現實性束縛而達於自由之域的生存嚮往。

「人就是世界的目的和主體。」世界是人的世界，人是世界的因子，二者不可分割，否則就失去了各自存在的自性價值。就此意義而言，人類升騰於異世既無可能，亦且無法超脫於現世。因此，遊走於現實與想象之間而非選擇其一作為終點，從而延續人類存在的可能性，成為人類的務實選項。故而，靈異入世型自由人生圖景實乃塵世超脫型自由人生圖景與超世神幻型自由人生圖景必然妥協的現實結果，是對人類不懈追求自由而又永遠無法到達自由境域的形象展示。

三、自由人生圖景的書寫方式及其審美效應生成

文學是人類欲望的審美言語圖式。不同的欲望範疇，因質性的差異而各有其相適應的書寫方式。自由人生圖景是人類對生命狀態的美好嚮往，這一人類存在狀態類型的審美書寫不但獨具法門，而且因此創生出穎異沉重的審美效應。

自由人生圖景是人類想象力突圍的審美結晶。「凡世界所有之事，小說中無不備有之；即世界所無事，小說中亦無不包有之。」〔註77〕此語所言小說描寫之涵括性未必精當，但若施之於對小說現實性以及小說中人類想象力因素與功用的考察，則不失為切中肯綮之論。對於文學範疇的現實性與想象性之關係，王國維有更為深入的認知。「有造境，有寫境，此理想與寫實二派之所由分。然二者頗難區別。因大詩人所造之境，必合乎自然，所寫之境，亦必鄰於理想故也。」〔註78〕現實是想象的基礎，想象是現實的升騰，無論是在文學的宏觀還是微觀書寫層面，現實與想象均大致遵循著這一動態制約性關係。然而，這一內在關係卻並不具備絕對性。「想象並不是意識的一種偶然性的和附帶具有的能力，它是意識的整體，因為它使意識的自由得到了實現；意識在世

〔註76〕張俊：《清代小說史》，浙江古籍出版社，1997年，第406頁。

〔註77〕《〈新世界小說社報〉發刊辭》，《新世界小說社報》第一期，1906年。

〔註78〕王國維：《人間詞話》，《王國維全集》（第一卷），浙江教育出版社，2009年，第496頁。

界中的每一種具體的和現實的境況則是孕育著想象的，在這個意義上，它也就總是表現為要從現實的東西中得到超脫。」〔註 79〕在中國古代小說的微觀書寫層面，自由人生圖景因人類想象力對現實性制約因素的暫時跳脫而得以形成穩定鏡像。如《聊齋誌異．紅玉》中的紅玉，因具備突破現實性因素制約的超人間能力而能夠自由行走於塵世；《神仙傳》中的諸多隱逸之士與得道高人，因斬斷了自我與現實性因素之間的欲望紐帶故而能自由獨立於現實人間；《西遊記》中的菩提祖師、《紅樓夢》中的茫茫大士與渺渺真人等超世神幻型形象亦因無現實人間欲望的制約而處於逍遙自由之境。綜合諸多對於自由人生圖景的形象書寫可以明確推知：只有徹底割斷欲望的侵擾或者具備超現實能力從而能夠突破現實性因素的制約，才能夠臻於無障礙的自由生命狀態；故而，這一自由人生境界唯有經人類想象力的勃然噴發而暫時跳脫於人類存在的現實性之外，才能夠瞬間定格並且為人類留下永恆的追想。這就是中國古代小說書寫自由人生圖景的法門所在。

人類想象力的暫時與局部性突圍，驅動了感性與理性、現實與想象的動態對比融合，自由人生圖景的審美意涵於此得以生發。「單是想象的任意活動而沒有內在的實質，是無法打動人心的，因為只有理智才能打動人心。」〔註 80〕自由既是人類對無障礙生命狀態的主觀嚮往，又是人類因現實性因素的壓迫而形成的對現實存在狀態深刻認知的結果。如濟公遊戲於塵世的自由人生圖景，不僅僅反映了人們對無障礙生命狀態的渴望，而且體現了對醜惡壓迫良善、專制禁錮自由之社會現實的深刻認知。「想象超出感覺之上而又為感覺所吸引，但是想象一發覺向上還有理性，就牢牢地依貼著這個最高領導者，……它愈和理性結合，就愈高貴。」〔註 81〕冷於冰的自由生命狀態，既蘊含了對官場險惡的深刻揭示，又體現了對人類欲望的深刻體悟。自由人生圖景書寫不但因出入於理性與感性之間而意涵深蘊，而且亦因出入於現實與想象之間使其意涵愈加彰顯。「文學的意識形態是建立在生活實在性事物基礎之上的文化內

〔註 79〕（法）讓—保羅．薩特：《想象心理學》，褚朔維譯，光明日報出版社，1988 年，第 281 頁。

〔註 80〕（德）約翰．克．弗．馮．席勒：《論素樸的詩與感傷的詩》，陸梅林、李心鋒主編：《藝術類型學資料選編》，華中師範大學出版社，1997 年，第 159～160 頁。

〔註 81〕（德）約翰．沃爾夫岡．馮．歌德：《致瑪利亞．包洛芙娜公爵夫人書》，外國文學研究資料叢刊編輯委員會：《外國理論家作家論形象思維》，中國社會科學出版社，1979 年，第 34～35 頁。

容。文學創作中的想象雖然極其開闊，但作家放筆卻不能無邊無沿，而要時時受到生活邏輯的限制。」〔註82〕中國古代小說範疇的自由人生圖景書寫，要麼以現實性生活為背景，要麼最終為生活的現實性所消解。《聊齋誌異》中的《黃英》篇雖然繪飾了接近完善自足層界的自由人生圖景，但是它仍然無法脫離對馬子才以及其他現實因素的映襯性書寫。而《西遊記》中孫悟空在花果山的自由生命狀態，則最終被現實徹底擊碎。孫悟空意欲打破生命長度的界限而外出求道、大鬧天宮欲作齊天大聖、跟隨唐僧西天取經最終被封為鬥戰勝佛而功德圓滿等故事情節，勾勒出其欲望逐漸滋生、日益膨脹且不斷尋找實現路徑的線性進程，表面看來是經由不懈修行而自我完善的過程，實則是其自由生命狀態被自我欲望逐漸異化且被現實秩序體系徹底擊碎的完整圖譜，這於其被鎮壓在五行山下、緊箍咒的存在與自動消失等故事情節以及其自我的最初目的與最終結果的鮮明對比中均可得到明確印證。

緣於創作思維、書寫方式與實際表現等因素的綜合影響，自由人生圖景書寫創生出鮮明穎異而又深刻沉重的審美效應。首先，在中國古代小說的整體層面，與繁富的人類生存制約性狀態書寫相較，自由人生圖景書寫表現出鮮明的稀缺性，故而其審美因此而格外穎異。其次，在完整的自由人生圖景自性書寫層面，讀者既因缺失性心理而深入內部並因此沉醉於其濃鬱詩意；與此同時，由於現實性書寫的鮮明比對，自由人生圖景還為讀者預設了一個特殊位置，「讀者身份實際上就是一種對明智的旁觀者身份的虛擬建構」〔註83〕，讀者因冷靜審視而形成深刻的理性判斷。因此，在入於其內與出於其外兩個維度的雙向運動中，讀者心理因感性慾求與理性震顫的交互刺激而形成巨大張力，自由人生圖景的審美效應亦因此穎異且沉重。

第三節　人類欲望的自在人生圖景

「自在」之於人類是一種具有重要價值然而卻極具稀缺性的生命狀態。根源於這一客觀因素的影響，在中國古代小說範疇，自在人生圖景雖有明確表現但是卻極為稀有。自在人生圖景書寫，既是人類對理想生命狀態的精神探索，又是對人類現實存在狀態的反向展示，而且深蘊了人性本質以及因此而注定

〔註82〕邢海珍：《文學寫作與詩性空間》，黑龍江大學出版社，2012年，第14頁。

〔註83〕（美）瑪莎·努斯鮑姆：《詩性正義：文學想象與公共生活》，丁曉東譯，北京大學出版社，2009年，第112頁。

的現實宿命的內在原因。因此，深刻理解中國古代小說中的自在人生圖景書寫，是人類清醒認知自我並改進種屬欲望基因圖譜的有效路徑。

一、人類存在範疇的「自在」意涵

「自在」是一個內涵複雜的概念範疇。對其基本內涵，《現代漢語詞典》有兩種解釋：其一為「自由；不受拘束」；其二為「安閒舒適」。〔註 84〕在佛學領域，「自在」意指「進退無礙，謂之自在。又心離煩惱之繫縛，通達無礙，謂之自在。」〔註 85〕道家範疇內亦有相近之解，「自在者，泛兮皆可，無適不通，在事任我，故云自在。」〔註 86〕統合諸多釋義，「自在」一詞體現了人類對自身生命狀態的主觀追求，其核心內涵具有兩個基本要素：第一，人對客觀外在制約性因素的超越；第二，人自身欲望世界的通達。因此，「自在」一詞不但具有強烈的理想色彩，而且與人的現實存在狀態形成了鮮明對比並因此而產生巨大反差。

世界是統一對立性存在。《老子》曰：「道生一，一生二，二生三，三生萬物。」〔註 87〕《周易》亦曰：「天地感而萬物化生」。〔註 88〕世界萬物同源共生，不但天然具有本體的統一性，且「人法地，地法天，天法道，道法自然」〔註 89〕，遵循著共同的法則自然而然地存在。就此意義而言，現實世界是統一的物質世界，世界萬物因內在的交互性聯繫而依其自性有機共存。然而另一方面，「人，天地之性最貴者也」〔註 90〕，人類卻因具有了明確的自體意識而率先將自我與其他事物區別開來。這一區別性思維源於自我主體與外在客體的對立性存在事實，「當堯之時，天下猶未平；洪水橫流，泛濫於天下；草木暢茂，禽獸繁殖；五穀不登，禽獸逼人，獸蹄鳥跡之道交於中國」〔註 91〕，外在侵擾性因素激發了人類的物我二分思維。因此，人類不但在與世界萬物的統一

〔註 84〕中國社會科學院語言研究所詞典編輯室：《現代漢語詞典》，商務印書館，2006 年，第 1810 頁。

〔註 85〕濟濤律師：《濟濤律師遺集》，釋廣化編，臺中南普陀學院，1993 年，第 162 頁。

〔註 86〕（唐）孟安排：《道教義樞》（傳世藏書本），海南國際新聞出版中心，1996 年，第 386 頁。

〔註 87〕陳鼓應：《老子今注今譯》，商務印書館，2006 年，第 233 頁。

〔註 88〕（魏）王弼注，（唐）孔穎達疏：《周易正義》，北京大學出版社，1999 年，第 139 頁。

〔註 89〕陳鼓應：《老子今注今譯》，商務印書館，2006 年，第 169 頁。

〔註 90〕（漢）許慎：《說文解字》（叢書集成初編本），中華書局，1985 年，第 257 頁。

〔註 91〕史次耘：《孟子今注今譯》，臺灣商務印書館，1978 年，第 127 頁。

與對立中矛盾地存在，而且人類意識亦因此而出入於物我一體與物我二分的交錯性軌道，這一客觀事實決定了人類生命的實然狀態與應然追求。

受自身特徵及其與外在客觀環境關係的綜合影響，人類的存在狀態主要表現為三種形態。第一，現實的受制約性生命狀態。「社會對於人的幸福是有益的和必需的；人不能獨自使自己幸福；一個軟弱而又充滿各種需要的生物，在任何時刻都需要它自己所不能提供的援助。」〔註 92〕其實，無論是外在的社會環境還是自然環境，均是人類賴以生存的必要憑藉，其內在決定了人對於外在環境的依附性；而天然的依附性則意味著人類生存的受制約性，它包括自然對人的強制與社會對人的束縛，這正如盧梭所說「人是生而自由的，但卻無往不在枷鎖之中」〔註 93〕。第二，理想中的自由生命狀態。「人之所以異於禽獸在於他能思維。」〔註 94〕具有主動性與反思能力的人類，處於現實的受制約性生命狀態中，必然產生突破制約與束縛的主觀追求。也就是說，自由是人類於現實的不自由狀態下必然產生的生命狀態訴求。然而，自由作為「人類追求欲望無障礙實現的主觀訴求」並非絕對性存在。也就是說，在現實世界，受各種客觀外在因素的影響，自由只是表現為某種範圍與某種程度內的相對「自由」。就此意義而言，自由業已失去了其發生學意義上的根本意涵。因而，純粹的自由只是人類精神世界的理想性想象。第三，可能的自在生命狀態。人類處於恒定的受制約性生存狀態下，自由生命狀態既無真正實現之可能，於是其主動性趨於妥協而去探尋更具現實可能性的生命解放路徑，以實現生命的詩意棲居。「環境創造人，人同樣也創造環境。」〔註 95〕在既定的現實條件下，人類可以通過調整自我的欲望指向與實現方式，以達至主觀與客觀的有機統一，進而實現生命的安閒舒適狀態。此即為自在生命狀態的要義。就此意義而言，「安閒舒適」之解切中了自在一詞的本質內涵，而其他解釋義項則因意涵闡釋的理想化色彩與「自由」義同因而偏離了自在一詞的內涵核心。據此考量，自在生命狀態既具較強的現實可能性，又具有鮮明的詩意光輝，實為現實的受制約性生

〔註 92〕北京大學哲學系外國哲學史教研室編譯：《西方哲學原著選讀》，商務印書館，1982 年，第 230 頁。

〔註 93〕（法）讓—雅克・盧梭：《社會契約論》，何兆武譯，商務印書館，2003 年，第 4 頁。

〔註 94〕（德）G・W・F・黑格爾：《小邏輯》，賀麟譯，商務印書館，1980 年，第 38 頁。

〔註 95〕扈中平：《人的全面發展——歷史、現實與未來》，四川教育出版社，1988 年，第 99 頁。

命狀態與理想的自由生命狀態折衷的必然結果。

二、自在人生圖景的型態表現與內在蘊含

自在人生圖景既是人類存在狀態的現實反映，又寄寓了人類對於自我生命狀態的精神追求。受人類自我特徵與現實生活因素的綜合影響，自在人生圖景又可細分為理性規避型、天性自然型與欲望突轉型三種主要表現型態，且於三者的細分與綜合中內蘊並彰顯了人類存在的深刻意涵。

（一）理性規避型自在人生圖景

人是具有自然與社會雙重屬性的類存在物。作為自然性存在，「人本身是自然界的產物」，因而人必須「靠自然界生活。這就是說，自然界是人為了不致死亡而必須與之不斷交往的、人的身體」。〔註96〕就此意義而言，「人作為自然的、肉體的、感性的、對象性的存在物，和動植物一樣，是受動的、受制約的和受限制的存在物。」〔註97〕另一方面，「人的本質並不是單個人所固有的抽象物，實際上，它是一切社會關係的總和」〔註98〕，社會作為「人們交互作用的產物」〔註99〕抽繹出諸多法則，在為人類可持續演進提供保障的同時，亦為人類設置了諸多障礙。也就是說，人作為社會性存在亦是「受動的、受制約的和受限制的存在物。」因此，自然與社會作為外在客體亦是人類作為主體存在的天然障礙。然而，人類「是在他們的環境中並且和這個環境一起發展起來的」〔註100〕，作為欲望的存在物和具有能動性的主體，人類能夠通過實踐調整自我、改進與環境的關係，從而實現與客觀外在障礙的趨進性和解。也就是說，在制約性存在狀態下，人類具有改善自我生命狀態的主觀訴求與現實能力。因此，所謂的理性規避型自在人生圖景是指主體因對客觀外在環境具有透徹認知而主動調整自我欲望與行為方式從而臻至自在狀態的人生鏡像。

〔註96〕（德）卡·馬克思：《1844年經濟學哲學手稿》，《馬克思恩格斯全集》（第四十二卷），人民出版社，1979年，第95頁。

〔註97〕（德）卡·馬克思：《1844年經濟學哲學手稿》，《馬克思恩格斯全集》（第四十二卷），人民出版社，1979年，第167頁。

〔註98〕（德）卡·馬克思：《關於費爾巴哈的提綱》，《馬克思恩格斯全集》（第三卷），人民出版社，1960年，第5頁。

〔註99〕（德）卡·馬克思：《致巴維爾·瓦西里也維奇·安年柯夫》，《馬克思恩格斯全集》（第二十七卷），人民出版社，1972年，第477頁。

〔註100〕（德）弗·恩格斯：《反杜林論》，《馬克思恩格斯全集》（第二十卷），人民出版社，1971年，第38～39頁。

在中國古代小說範疇，理性規避型自在人生圖景書寫不乏鮮明表現。謹以《儒林外史》中對於王冕的人生狀態書寫為例作簡要說明。文本開篇「說楔子敷陳大義，借名流隱括全文」，著意構設了具有濃鬱詩意的王冕形象。其人自幼父死家貧，與母親相依生活，後為生計所迫而不得已中斷學業為鄰居秦老放牛，然其仍讀書不輟。「彈指又過了三四年。王冕看書，心下也著實明白了。」後因緣際會自學畫荷花，因畫得好滿縣人爭著來買，「到了十七八歲，不在秦家了，每日畫幾筆畫，讀古人的詩文，漸漸不愁衣食」。成年之時，王冕已具備三個突出特徵。第一，學識淵博。「這王冕天性聰明，年紀不滿二十歲，就把那天文、地理、經史上的大學問，無一不貫通。」第二，性情沉靜，不慕名利。「既不求官爵，也不交納朋友，終日閉戶讀書。」其後，雖有知縣求見、朝廷徵召亦藉故推脫逃避。第三，對於人才選拔制度有清醒深刻的認知。「這個法卻定的不好！將來讀書人既有此一條榮身之路，把那文行出處都看得輕了。」「你看貫索犯文昌，一代文人有厄。」據此可知，王冕雖然品學出眾，亦對社會制度之於文人錯誤引導的負面結果持有透徹認知，但卻淡泊名利而靜心棲隱於鄉野。因此，跳脫於功名富貴之外而不為世累，凝神於自我人生情趣而意志通達，正是其自在生命狀態的鮮明鏡像表現。臥閒草堂本第一回回評中有關於文本主旨之語曰：「功名富貴四字，是全書第一著眼處。故開口即叫破，卻只輕輕點逗。以後千變萬化，無非從此四個字現出地獄變相，可謂一莖草化丈六金身。」〔註 101〕長期以來，研究者對於這一所謂「功名富貴」的「著眼處」及其通過王冕形象予以「叫破」「點逗」的事實雖多有闡發，但對於王冕形象所寄寓的理性規避型自在人生圖景這一客觀現象卻幾無注意與發明。

「欲望猶如野獸」〔註 102〕，然而「欲望的昇華或改變……意味著在欲望中肯定自由創造的本性」〔註 103〕，主體以精神理性引導感性欲望，其實就是「在欲求一種在其中處於相對平衡的條件」〔註 104〕。因此，理性規避型自在

〔註 101〕 朱一玄、劉毓忱：《儒林外史資料彙編》，南開大學出版社，2003 年，第 255 頁。

〔註 102〕 （美）B·R·赫根漢：《心理學史導論》，郭本禹等譯，華東師範大學出版社，2004 年，第 79 頁。

〔註 103〕 （俄）尼·亞·別爾嘉耶夫：《論人的使命》，張百春譯，學林出版社，2000 年，第 187 頁。

〔註 104〕 （英）尼古拉斯·布寧、余紀元編著：《西方哲學英漢對照辭典》，人民出版社，2001 年，第 252 頁。

人生圖景書寫，是中國古代小說作家在以理性精神認知社會狀態與人類對自我生命狀態追求的基礎上，調整自我欲望及其實現方式以探尋改善人類生命狀態路徑的生動展示。

（二）天性自然型自在人生圖景

「夫民之性，好安而惡危，好逸而惡勞。」〔註 105〕故而韓非子曰：「好利惡害，夫人之所有也。」〔註 106〕趨利避害是人類欲望的天然取向，然而如果這一取向缺乏節制，則會導致人類生存的困境。其原因有二。第一，「天性所受，各有本分」〔註 107〕，超過「天性」「本分」節度之欲望自會給個體帶來負累。第二，有意之欲望是人類天然欲望之後天贅生物，其為人類生存負累的淵藪。「夫不慮而欲，性之動也；識而後感，智之用也。性動者，遇物而當，足則無餘。智用者，從感而求，倦而不已。故世之所患，禍之所由，常在於智用，不在於性動。」〔註 108〕也就是說，人類如欲免於生存之負累，應首先順應人性之天然欲望，其所謂「用智計之不如任自然也」〔註 109〕。其次在欲望實現方式上亦不出人性自然欲望之軌道之外，如郭象所曰「淡然無欲，樂足於所受，不以侈靡為貴，而以道德為榮」〔註 110〕。只有這樣，人類才能達至「應物而不累於物」〔註 111〕的生命狀態。因此，所謂天性自然型自在人生圖景是指人類因純任自性之天然欲望免於生存負累而臻至的生命狀態鏡像。

《儒林外史》中「四大奇人」的生命狀態書寫可謂天性自然型自在人生圖景的鮮明體現。「其書以功名富貴為一篇之骨」，文本先以細膩白描之筆接續刻畫了「心豔功名富貴，而媚人下人者」「倚仗功名富貴，而驕人傲人者」「假託無意功名富貴，自以為高，被人看破恥笑者」，最後於第五十五回《添四客述往思來　彈一曲高山流水》「說四客以為闕音」，「那知市井中間，又出了幾個奇人」。「一個是會寫字的。這人姓季，名遐年，自小兒無家無業，總在這些寺院裏安身。」「又一個是賣火紙筒子的。這人姓王，名太，……最喜下圍棋。」「一個是開茶館的。姓蓋，名寬，本是個開當鋪的人。……每日坐在書房裏做

〔註 105〕戴明揚：《嵇康集校注》，人民文學出版社，1962 年，第 259 頁。
〔註 106〕邵增樺：《韓非子今注今譯》，臺北商務印書館，1983 年，第 387 頁。
〔註 107〕（清）郭慶藩輯，王孝魚整理：《莊子集釋》，中華書局，1978 年，第 128 頁。
〔註 108〕戴明揚：《嵇康集校注》，人民文學出版社，1962 年，第 174 頁。
〔註 109〕（晉）張湛：《列子注》（諸子集成本），中華書局，1953 年，第 74 頁。
〔註 110〕（清）郭慶藩輯，王孝漁整理：《莊子集釋》，中華書局，1978 年，第 879 頁。
〔註 111〕（魏）王弼：《王弼集》，樓宇烈校釋，中華書局，1980 年，第 640 頁。

詩看書，又喜歡畫幾筆畫。」「一個是做裁縫的。姓荊，名元，……餘下來工夫就彈琴寫字，也極喜歡做詩。」雖然「四客各明一義：季忘勢，王率性，蓋齊得喪，荊蹈平常」〔註 112〕，但其卻有三個共同突出特徵。第一，不為物慾所累。季遐年與王太、荊元雖然或貧窮或並不富有，但是並無自感窮困之意，三人或依僧人自由過活，或賣火紙筒、做裁縫過活；蓋寬雖家財蕩盡亦不以為意，依然自得其樂地生活。第二，不為世俗法則所限。季遐年寫罵由心，面對權豪勢要依然保持高昂姿態；蓋寬做詩畫畫自得其樂，無意理財亦不附和流俗；王太下棋、荊元彈琴均因心而為，並不攀附所謂的國手與雅人。第三，自性逍遙自然。無論出身與經歷如何，四人均不以外在為意，始終欲望通達保持著天然素樸之稟賦。荊元的話可堪為顯明確證，「我也不是要做雅人，也只為性情相近，故此時常學學。至於我們這個賤行，是祖父遺留下來的，難道讀書識字，做了裁縫就玷污了不成？況且那些學校中的朋友，他們另有一番見識，怎肯和我們相與。而今每日尋得六七分銀子，吃飽了飯，要彈琴，要寫字，諸事都由得我；又不貪圖人的富貴，又不伺候人的顏色，天不收，地不管，倒不快活？」綜上所析，「四大奇人」因天性欲望通達而免於世累從而臻至生命的自在狀態。對於這一書寫，齊省堂增訂本曾有會心之評曰：「以琴、棋、書、畫四項作餘音，文字別開畦町，令人神怡。」〔註 113〕

「人生而靜，天之性也。感而後動，性之害也。物至而應之，知之動也。知與物接，而好憎生，好憎成形，知誘於外，而不能反己，天理滅矣。」〔註 114〕就此意義而言，天性自然型自在人生圖景實為人類順從自然本性順應天理的必然生命狀態體現，正所謂「達其道者不以人易天，外化物而內不失其情，至無而應其求，時聘而要其宿，小大修短，各有其是，萬物之至也。騰踊肴亂，不失其數」〔註 115〕，形象展現了中國古代小說作家返歸主體自性以探尋臻至美好生命境界之路徑的苦心追求。

（三）欲望中斷型自在人生圖景

人是欲望的載體，欲望是人類存在與演進的內在驅動力。然而在其現實性

〔註 112〕劉咸炘：《校讎述林》，朱一玄、劉毓忱編：《儒林外史資料彙編》，南開大學出版社，2003 年，第 496 頁。

〔註 113〕《儒林外史評》，朱一玄、劉毓忱編：《儒林外史資料彙編》，南開大學出版社，2003 年，第 291 頁。

〔註 114〕（漢）劉安：《淮南子》（諸子集成本），中華書局，1954 年，第 4 頁。

〔註 115〕（漢）劉安：《淮南子》（諸子集成本），中華書局，1954 年，第 4 頁。

上，雖然「欲望是無窮的，行為卻必須受制於種種束縛」〔註116〕。也就是說，欲望與欲望的實現之間存在著天然的矛盾。主體如果執著於自我欲望及其實現，必然會導致挫折與痛苦的產生。梁漱溟認為，「一切苦皆從有所執著來。執著輕者其苦輕，執著重者其苦重。」〔註117〕因此，在欲望及其實現之間，主體的選擇成為決定自我生命狀態的關鍵所在。對於這一生命要義，《唯識述記》有切中肯綮之言：「煩惱障品類眾多，我執為根，生諸煩惱，若不執我，無煩惱故。」〔註118〕因此，如欲實現生命的自在狀態，破執除障成為人類的首要選擇。然而，「人是一種不斷需求的動物，除短暫的時間外，極少達到完全滿足的狀況，一個欲望滿足後，往往又會迅速地被另一個欲望所佔領。人幾乎整個一生都總是在希望著什麼，因而也引發了一切。」〔註119〕因而，主體天然不能根除欲望故而無法徹底臻至自在生命狀態，唯有在「短暫的時間」內中斷欲望以達至暫時的自在境界。因此，所謂欲望中斷型自在人生圖景是指主體在複雜社會生活的特定節點因欲望的暫時中斷於制約性生存狀態突圍而臻至的自在生命狀態鏡像。

《三國演義》中「劉備檀溪躍馬」一節堪為鮮明表徵。文本於此節之前已繁複敘寫劉備四處輾轉卻功業無成的現實人生境況，後又為曹操所迫而不得已暫時投奔劉表，然在劉表處依然是寄人籬下不能遂志，「備往常身不離鞍，髀肉皆散；今不復騎，髀裏肉生。日月蹉跎，老之將至矣！而功業不建，是以悲耳！」其後蔡氏察知其意，與弟蔡瑁合謀殺之，於是有蔡瑁追殺而劉備躍馬檀溪這一故事情節。「卻說玄德渡溪之後，似醉如癡，想：『此闊澗，不覺一躍而過，豈非天意也！』望南漳策馬而行，日將沉西。正行之間，見一牧童跨於牛背之上，口吹短笛而來。玄德歎曰：『吾不如也。』遂立馬觀之。」躍馬檀溪之前，劉備的欲望聚焦於功業無成的痛苦與絕處逢生的強烈渴望；躍馬檀溪之後，場景轉換，劉備看到的是優美的田園牧歌之境。檀溪一躍，劉備此前的欲望執著於此暫時中斷，「吾不如也」一語則明確道出其由痛苦而暫時趨至自

〔註116〕（英）威廉·莎士比亞：《莎士比亞全集》，朱生豪譯，中國畫報出版社，2012年，第60頁。

〔註117〕梁漱溟：《梁漱溟先生論儒佛道》，廣西師範大學出版社，2004年，第77頁。

〔註118〕羅時憲：《成唯識論述記刪注》，《羅時憲全集》（卷五），中國社會科學出版社，2010年，第51頁。

〔註119〕（美）亞伯拉罕·馬斯洛：《動機與人格》，許金生等譯，華夏出版社，1987年，第29頁。

在的生命狀態，「於極喧鬧中求之，真足令人躁思頓清，煩襟盡滌」〔註 120〕，其審美境界亦正如毛宗崗所評：「有寒冰破熱，涼風掃塵之妙。」〔註 121〕《雪月梅》第十二回《金蘭誼拜兩姓先塋　兒女情託三椿後事》中的局部書寫亦可作如是觀。「當時吩咐家人燒湯洗澡後，看日色已將西墜。兩人又在花園中飲了一大壺涼酒，出到莊前，四圍閒玩。但見蒼煙暮靄，鴉雀投林，牧唱樵歌，相和歸去。散步之間，東方早已湧出一輪皓月，此時微風習習，暑氣全消。」「兩人說話之間，那一輪明月已飛上碧霄，照得大地如銀，流光若水。」清靜幽美的景色與安閒舒適的心境自然合一，與此前世風澆薄社會險惡的繁複現實書寫形成鮮明對比，亦因世俗欲望的暫時中斷而具象為片段式的自在生命狀態鏡像。

受主體置身環境及其主觀選擇等因素的影響，主體欲望的暫時中斷又有大致的主動性與被動性之分別。如前所述，劉備實因被追殺且絕處逢生而被動暫時中斷其主導欲望，岑公子與蔣士奇則主動暫時中斷世俗之念而達至自在境域。執與不執是關係人類生命狀態的紐結所在，主被動之別則不但是人類現實處境的客觀反映，而且深刻體現了主體及其自在生命狀態的內在關係，而「短暫的時間」則徹底宣告了人類自在生命狀態在現實生活中的真實處境。

三、自在人生圖景的書寫方式與審美效應生成

人類欲望的無限性及其實現的受制約性，這一天然矛盾內在決定了在人類現實存在狀態中，自在人生圖景只是暫時與偶然現象，而這一特徵亦決定了作家書寫自在生命鏡像的方式及其審美效應生成。

熱主冷賓的書寫方式。現實生活是文藝的「唯一的最廣大最豐富的源泉」〔註 122〕，離開了現實生活，文學創作就成為無源之水無根之木。「人是現實的人，人的生活是現實的生活，現實的人就是生活的人，現實的生活就是人的現實生活。〔註 123〕歸根結底，欲望作為人類存在的內在根據與演進的原初驅動力，它決定了現實生活其實就是人類欲望的外顯性合成，而文學書寫就是人類

〔註 120〕（清）毛宗崗：《讀三國志法》，朱一玄、劉毓忱編：《三國演義資料彙編》，南開大學出版社，2003 年，第 263 頁。

〔註 121〕（清）毛宗崗：《讀三國志法》，朱一玄、劉毓忱編：《三國演義資料彙編》，南開大學出版社，2003 年，第 263 頁。

〔註 122〕毛澤東：《毛澤東論文藝》，人民文學出版社，1992 年，第 49 頁。

〔註 123〕趙潤琦：《價值哲學研究的生活轉向》，《甘肅理論學刊》，2012 年第 2 期，第 111 頁。

欲望的自我書寫。人類欲望又有冷熱之分：所謂欲望之熱，是指人類對自我欲望的執著；所謂欲望之冷，是指人類對自我欲望的旁觀、反思與糾正。「意識在任何時候都只能是被意識到了的存在，而人們的存在就是他們的實際生活過程。」〔註 124〕現實生活作為人類存在的直接表象，其實就是人類執著於欲望追求的明確體現；而現實生活之實然狀態與應然狀態的對比，則迫使人類產生對自我欲望的反思。人類的社會生活是「文學藝術的唯一源泉」，而欲望的反思又以欲望的實然存在為基礎，就此意義而言，人類的欲望之熱實為文學書寫的主體內容，而欲望之冷則天然處於非主體性地位。這於前文所析王冕、「四大奇人」與岑公子、蔣士奇的生命狀態書寫以及劉備檀溪躍馬前後的生命狀態對比書寫中均可得到充分證明。王冕的理性規避型自在人生圖景只能以「說楔子敷陳大義，借名流隱括全文」的形式於文本起首得以展示，「四大奇人」的天性自然型自在人生圖景亦只能以「添四客述往思來　彈一曲高山流水」的形式於文本結束時得以表現，而所謂的「心豔功名富貴，而媚人下人者」「倚仗功名富貴，而驕人傲人者」「假託無意功名富貴，自以為高，被人看破恥笑者」等體現人類欲望之熱者生命狀態的書寫，顯然佔據了小說文本的主要篇幅，而且亦因繁複的描寫而處於主導地位。劉備的被動性欲望中斷型自在人生圖景、岑公子與蔣士奇的主動性欲望中斷型自在人生圖景亦均以「暫時的」「偶然的」形式於文本中呈現，與其形成鮮明對比，文本的絕大篇幅主要聚焦於對權力、物質以及功名等代表人類欲望之熱的繁複描寫與生動展示。綜上所析，與繁富的欲望之熱的生命狀態書寫相較，自在人生圖景書寫顯然具有鮮明的稀有性，亦因此而處於非主體性地位，究其根由實因自在生命狀態的內在質性所致。

以冷激熱畫龍點睛的審美效應。體現欲望之冷的自在人生圖景書寫，因其稀有性與非主體性地位，使其對體現欲望之熱的繁富現實書寫形成了天然的側激之勢，且因冷熱的激蕩進而生發深遠的藝術張力，而最終實現畫龍點睛性的審美價值與效應。仍以《儒林外史》為例作進一步說明。對於這部小說文本的主旨，閒齋老人的觀點較有代表性且為多數人認可，其人於《儒林外史序》中指出：

> 其書以功名富貴為一篇之骨：有心豔功名富貴而媚下人者，有倚仗功名富貴而驕人傲人者，有假託無意功名富貴自以為高、被人

〔註 124〕（德）卡·馬克思、（德）弗·恩格斯：《德意志意識形態》，《馬克思恩格斯全集》（第三卷），人民出版社，1960 年，第 29 頁。

看破恥笑者；終乃以辭卻功名富貴，品地最上一層為中流砥柱。篇中所載之人不可枚舉，而其之性情心術一一活現紙上，讀之者，無論是何人品，無不可取以自鏡。《傳》曰「善者，感發人之善心；惡者，懲創人之逸志。」是書有焉。〔註 125〕

僅就文本的表層書寫而論，閒齋老人的這一認知已相當深刻。但是若從讀者的接受與闡釋角度而言，文本仍有更為深廣的意蘊值得深入探尋。《儒林外史》在楔子中以王冕的理性規避型自在人生圖景書寫「敷陳大義」「隱括全文」，又在最後一回以「四大奇人」的天性自然型自在人生圖景書寫「述往思來」，這一寄寓作家創作命意的開頭與結尾，對文本主體部分之於「心豔功名富貴而媚人下人者」「倚仗功名富貴而驕人傲人者」「假託無意功名富貴，自以為高、被人看破恥笑者」甚至「辭卻功名富貴品地最上一層者」的生命狀態書寫形成了前後夾擊之勢，且因鮮明的對比而提點生發出文本書寫之著意處：作者意欲通過對人類現實存在狀態的反思以探尋人類臻至自在生命境界的可能路徑。前人所謂「別開畦町，令人神怡」〔註 126〕之評的真正著意處，其實正在於此。上述所析並非個案，其於《三國演義》《水滸傳》《紅樓夢》等小說文本中亦有顯明例證，茲不贅述。中國書畫領域有「計白當黑」之說，「中國書畫用墨，其實著眼處不在墨處，而在白處，用墨來擠出白，這白才是畫眼，也即精神所在。」〔註 127〕這一黑白互激相用之說，與小說文本的冷熱相激書寫實具內在相通之理。這種以冷激熱之書寫，實為「於極喧鬧中」求靜，如畫龍點睛，通體皆動；以冷激熱，亦誠「如一燦之光，通室皆明」〔註 128〕，極具「寒冰破熱，涼風掃塵之妙」〔註 129〕。

中國古代小說範疇的自在人生圖景書寫，既寄寓了人類對生命境界的審美思考與現實追求，又頗具鮮明的幻滅之感。體現理性規避型自在人生圖景的王冕為世所迫，終於「隱居在會稽山中」；天性自然型自在人生圖景的具象化人物亦多具衰颯之音，蓋寬目光所及之處是「那一輪紅日，沉沉的傍著山頭下

〔註 125〕朱一玄、劉毓忱：《儒林外史資料彙編》，南開大學出版社，2003 年，第 254 頁。

〔註 126〕（清）齊省堂增訂本：《儒林外史回評》，朱一玄、劉毓忱編：《儒林外史資料彙編》，南開大學出版社，2003 年，第 291 頁。

〔註 127〕黄苗子：《師造化，法前賢》，《文藝研究》，1982 年第 6 期，第 129 頁。

〔註 128〕黄賓虹：《黄賓虹畫語錄》，上海人民美術出版社，1961 年，第 62 頁。

〔註 129〕（清）毛宗崗：《讀三國志法》，朱一玄、劉毓忱編：《三國演義資料彙編》，南開大學出版社，2003 年，第 263 頁。

去了」，荊元彈琴亦是「忽作變徵之音，淒清婉轉，於老者聽到深微之處，不覺淒然淚下」；欲望中斷型自在人生圖景則多為繁富的欲望之熱書寫所淹沒。這一客觀事實給予讀者鮮明而又深刻的認知：自在人生圖景雖然創設生成了美妙的審美效應，但是其事實性存在卻是「稀有的」「偶然的」「短暫的」，人類仍沉陷於異化狀態而繼續對臻至理想生命狀態的美好渴望與不懈探求。

小結

中國古代小說中的人類欲望異化圖景、自由圖景、自在圖景書寫，不僅形象展示了人類受制約性的現實存在狀態，而且表達了人類之於理想生存狀態的強烈訴求，並因此而生成了人類存在的全息生動鏡像。人類於此欲望圖景的全息書寫，既可洞明種屬與自性缺陷，亦可藉此修正自性缺陷並釐清生命進階之徑，從而趨於種屬完善之境。

第四章　中國古代小說欲望書寫的思維邏輯運演與操控方式

人類欲望是世界人生圖景生成與動態演繹的內在根源，中國古代小說是世界人生圖景的審美言語圖式。如何通過對欲望的藝術化構設實現有效書寫，藉以實現創作目的的巧妙佈設及其意旨的生動沉潛，是中國古代小說作家必須深入思考的首要問題。對於讀者而言，通過對文本的深度解構，深入解析作家的創作思維機理與運施方式，則是發明小說文本深層意涵及其審美表現的關鍵所在。

第一節　中國古代小說欲望書寫的方式、運演邏輯及其審美生發功能

中國古代小說的欲望書寫是中國古人集體潛意識與小說作家個體顯意識的複合表現。在欲望書寫的動態發展與整體進程中，中國古代小說作家以何種方式與運演邏輯表達對人類欲望的審美思考，是接受者解讀文本書寫理路與深層意蘊的關鍵所在。長期以來，這一問題一直缺乏指嚮明確的系統與深度闡釋，現結合文本以作細緻解析與深度發明。

一、情愛願景與禮教規約的對立書寫

「情者人之欲也。」〔註1〕作為人類欲望範疇的重要內容，情感的發生是

〔註1〕（漢）班固：《董仲舒傳》，《漢書》（卷五六），中華書局，1999年，第1903頁。

自性與外因雙重因素所致的結果。首先，「性情一也。……喜怒哀樂好惡欲未發於外而存於心，性也。喜怒哀樂好惡欲發於外而見於行，情也。性者情之本，情者性之用」〔註2〕，情感是人類天然自性的外化。其次，「物見於外，情動於中」〔註3〕，情感亦因外界觸動而發生。然而，「性者，心之理；情者，心之動；心者，性情之主」〔註4〕，無論人類情感發生的具體情況為何，其都是人類心靈器官意識發動的自然結果。在這一必然前提下，人類情感發動的可能趨向具有了潛在的複雜性。第一，「人生而有情，情發而為欲」，個體的人各具自我情感圖譜與指向；第二，「物之感人也無窮，而情之所欲也無極」，個體情感天然具有了無限性。因此，情感之於人類具有天然的自我性與無限性。而這一特徵之於人類亦具雙重作用。就其正向價值而言，情感的自我性是個體存在的內在根據，情感的無限性是人類演進的驅動力；就其負面影響而言，自我性與無限性的複雜交合會導致社會的不穩定狀態，此即如魏徵所言「情發而為欲」且「欲至無極，以尋難窮之物，雖有賢聖之姿，鮮不衰敗。故修身治國也，要莫大於節欲。《傳》曰：『欲不可縱』」〔註5〕。這一客觀現實正是「禮之所起」的直接根據。荀子對此有深刻認知，曰：「禮起於何也？曰：人生而有欲。欲而不得，則不能無求。求而無度量分界，則不能不爭。先王惡其亂也，故制禮義以分之，以養人之欲，給人之求，使欲必不窮乎物，物必不屈於欲，兩者相持而長，是禮之所起也。故禮者養也。」〔註6〕「禮者，斷長續短，損有餘，益不足，達愛敬之文，而滋成行義之美者也。」〔註7〕據此可以推知：其一，禮以區別性規定的方式，讓個體的情慾在份定的程度內得以滿足與控制並進而維護社會的穩定；其二，以求取平均的方式均衡並節制個體的情感欲求。因此，就「禮之所起」的原發性目的與功能而言，禮制天然具有了社會化均衡的節制性特徵。綜上所析，禮制的均衡化節制性特徵與情感的自我性與無限性特徵實具天然對立之內在關係。

具體於現實生活領域的情愛範疇，其與禮制的對立主要體現為個體情愛願景的執著追求與禮教規約的強力束縛。中國古代小說作家自覺順應現實生

〔註2〕（宋）王安石：《性情》，《王臨川全集》（卷六十七），上海世界書局，1936年，第425頁。
〔註3〕（唐）魏徵：《政要論・節欲》，《群書治要》，鷺江出版社，2004年，第774頁。
〔註4〕（宋）朱熹：《朱子語類》（卷五），中華書局，1986年，第89頁。
〔註5〕（唐）魏徵：《政要論・節欲》，《群書治要》，鷺江出版社，2004年，第774頁。
〔註6〕熊公哲：《荀子今注今譯》，臺北商務印書館，1977年，第368頁。
〔註7〕熊公哲：《荀子今注今譯》，臺北商務印書館，1977年，第387頁。

活的這一內在規律，以明確的顯性意識運施藝術化的對立書寫方式實現了對人類情愛願景現實境遇的深刻書寫。以熱情鮮活的個體情愛願景打破現實生活的平靜，是中國古代小說啟動欲望書寫的顯明方式。《搜神記·紫玉韓重》起筆即敘紫玉之悅韓重，「私交信問，許為之妻」；《聊齋誌異·連城》於對喬生之簡要介紹後即轉筆敘寫史孝廉「意在擇婿」，連城得喬生「詩喜，對父稱賞」，均以直截明快之勢瞬間攪動生活的平靜狀態。然而，在一夫一妻制確立之後的中國封建社會，婚姻基本是經由「匪媒不得」「父母之命」形式完成的。《禮記·昏義》曰：「昏禮者，將合二姓之好，上以事宗廟，而下以繼後世也，故君子重之。」〔註8〕雖然「相悅為婚」是情感個體的首要選擇，但是婚姻的決定者卻在現實的制度及其顯性意識影響下將維護或擴大家庭利益作為婚姻的首要目的。故而，當個體的情愛願景浮現之時，禮制的規約亦即時顯現。因此，紫玉之父「怒，不與女」，連城之父亦「貧之」。也就是說，情愛願景的率先發動是邏輯起點與前行牽引，而禮制的即時規約則是反向阻滯，二者的主輔與正反結合構建了中國古代小說情愛書寫的矛盾張力。此時，主體的情感韌性與方向選擇成為決定情愛欲望書寫演進與分化的核心要素。「重哭泣哀慟……弔於墓前」「玉魂從墓出」且「歸白王」，喬生割「膺肉一錢」以療連城之疾，故而王意得釋，連城父亦「將踐其言」；而《警世通言·杜十娘怒沉百寶箱》中的李甲則在孫富的挑唆下違背了當初的自我情愛願景，對杜十娘曰：「渠意欲以千金聘汝。我得千金，可藉口以見我父母，而恩卿亦得所耳。」情愛書寫因此生成了不同的結局類型與審美風格：執著於自我情愛願景者歷經磨難終得完滿之結局抑或雖不得完滿之結局，但其審美效應正大而剛健；怯退於自我情愛願景者或免於現實之撓挫卻難免遺憾之結果，其審美效應雖悲憤卻卑弱。完成此結局之構造，中國古代小說主要有四種方式。其一，個體情愛韌性雖無法突破禮教之頑固但亦不屈服，終至情愛願景破滅之結局或轉以超現實形式實現。「《連城》是在婚姻問題上反對門第等級觀念上最優秀的一篇。這個故事對門第等級觀念給青年男女自由戀愛帶來的痛苦和不幸寫得極為深透。」〔註9〕連城與喬生的愛情悲劇實因禮教的嚴苛制約所致，而其情愛願景的美滿結局，則是以連城由生而死的超現實書寫方式暫時脫離禮教的蠻橫制約而獲

〔註8〕（漢）鄭玄注，（唐）孔穎達正義：《禮記正義》，北京大學出版社，1999年，第1618頁。

〔註9〕江西大學中文系編著：《中國文學史》，百花洲文藝出版社，1991年，第649頁。

得的虛幻性實現。其二，個體以情愛韌性突破禮教規約而實現自我情愛願景。「《鴉頭》寫惡勢力對婦女的迫害。……這是一個反抗家長淫威的女性形象。」〔註 10〕狐妓鴉頭鍾情王文，以強韌的情感追求反抗禮教的蠻橫制約，「至百折千磨，之死靡他」，終獲美滿結局。其三，情愛主體因增益禮教認同要件而獲得其認同，情愛願景亦因此獲美滿結局。《初刻拍案驚奇》第二十九卷《通閨闥堅心燈火　鬧囹圄捷報旗鈴》，張幼謙與羅惜惜自幼同窗且情義兩洽，然羅家卻因張家「家道艱難」而以「除非會及第做官」而推脫其婚姻之請，後因二人做出「醜事」且張幼謙中舉得官才獲得羅家的權變認可，其情愛願景亦因此而圓滿結局。此正如回前詩所云：「世間何物是良圖？惟有科名救急符。試看人情翻手變，窗前可不下工夫！」其四，情愛主體因屈服於禮教規約而放棄自我情愛願景。前述所及李甲就是因為未「將情字參透」而怯退於禮教規約的壓力終至放棄自我情愛願景，亦因此而導致杜十娘的情愛與人生命運悲劇。

情愛願景與禮教規約的對立書寫充分印證了「文學是對生活的反映」。「美是人的本質力量的對象化」〔註 11〕，基於現實生活的真實生動與豐富深刻，中國古代小說作家「也按照美的規律來建造」〔註 12〕，既形象展示了人類情愛欲求的現實境遇，又深刻揭示了人性的複雜與矛盾。於此，人類不但可以靜思在世的缺憾，亦可由此而臻於日益完善之階。

二、物色之欲放縱與道德觀念禁忌的張力書寫

告子曰：「食、色，性也。」〔註 13〕荀子亦曰：「凡人有所一同：饑而欲食，寒而欲暖，勞而欲息，好利而惡害，是人之所生而有也，是無待而然者也。」〔註 14〕現代哲學家對於人的物色之欲進行了更為細緻深入的分析。馬斯洛認為，「人的需要中最基本、最強烈、最明顯的一種，就是對生存的需求。」〔註 15〕而人類這一需求的實現，必須具備兩個必要條件。第一，為了生

〔註 10〕江西大學中文系編著：《中國文學史》，百花洲文藝出版社，1991 年，第 649 頁。
〔註 11〕蔣孔陽：《美在創造中》，廣西師範大學出版社，1997 年，第 56 頁。
〔註 12〕（德）卡·馬克思：《1844 年經濟學哲學手稿》，《馬克思恩格斯全集》（第四十二卷），人民出版社，1979 年，第 97 頁。
〔註 13〕史次耘：《孟子今注今譯》，臺北商務印書館，1978 年，第 294 頁。
〔註 14〕熊公哲：《荀子今注今譯》，臺北商務印書館，1977 年，第 54 頁。
〔註 15〕（美）弗蘭克·戈布爾：《第三思潮：馬斯洛心理學》，呂明等譯，上海譯文出版社，1987 年，第 40 頁。

存，「首先就需要衣、食、住以及其他東西」〔註16〕；第二，「種的繁衍」，也就是說，「兩性間的情慾是必然的，且幾乎會保持現狀」〔註17〕。因此，「飲食男女，人之大欲存焉。」〔註18〕就此意義而言，「飲食並非罪惡，並非不淨；性交也就並非罪惡，並非不淨」〔註19〕，人類的物色之欲本無善惡、是非等性質的區別。然而，由於在其現實性上，「人甚至不受肉體需要的支配也進行生產」〔註20〕，因此人類「欲之為性無厭」〔註21〕。究其根源，一是由於個體需要「原生於不足」，二是因為需要對象的匱乏。在這一前提下，出於生存的迫切需要，人類「自我保存的強大法則將驅除人們心靈中一切較溫柔、較高尚的情感。作惡的誘惑過於強烈，非人類的本性所能抵制」〔註22〕，因而衍生出「皆挾自為心」且「莫不自為」的自性特徵，並進而導致「有生之初，人各自私也，人各自利也」〔註23〕的現實表現；另一方面，「物不能澹，則必爭；爭則必亂，亂則窮矣」〔註24〕，人類的物色之欲亦出現了爭奪與傾軋並進而威脅社會穩定的巨大現實可能。而這一事實性存在，正是驅動道德產生的直接根據。道德，是「以善惡評價為標準，依靠社會輿論、傳統習俗和人的內心信念的力量來調整人們之間相互關係的行為規範的總和」〔註25〕，然而由於「利益支配著我們的一切判斷」，「無論在任何時候，任何地方，無論在道德問題上，還是在人事問題上，都是個人利益支配著個人的判斷，公共利益支配著各個國

〔註16〕（德）卡·馬克思、（德）弗·恩格斯：《德意志意識形態》，《馬克思恩格斯全集》（第三卷），人民出版社，1960年，第31頁。

〔註17〕（英）托馬斯·羅伯特·馬爾薩斯：《人口原理》，朱泱等譯，商務印書館，1996年，第6頁。

〔註18〕（漢）鄭玄注，（唐）孔穎達正義：《禮記正義》，北京大學出版社，1999年，第689頁。

〔註19〕魯迅：《我們怎樣做父親》，《魯迅全集》（第1卷），人民文學出版社，1981年，第131頁。

〔註20〕（德）卡·馬克思：《1844年經濟學哲學手稿》，《馬克思恩格斯全集》（第四十二卷），人民出版社，1979年，第97頁。

〔註21〕王國維：《〈紅樓夢〉評論》，《王國維全集》（第一卷），浙江教育出版社，2009年，第55頁。

〔註22〕（英）托馬斯·羅伯特·馬爾薩斯：《人口原理》，朱泱等譯，商務印書館，1996年，第74頁。

〔註23〕（清）黃宗羲：《原君》，《黃宗羲全集》，浙江古籍出版社，1985年，第2頁。

〔註24〕熊公哲：《荀子今注今譯》，臺北商務印書館，1977年，第144頁。

〔註25〕章志光等主編：《中國心理諮詢大典》，天津科學技術出版社，2008年，第141～142頁。

家的判斷。」〔註 26〕因此就此意義而言，道德是以維護社會公共利益為目標的價值觀念體系，講求社會對個體的制約。故而，馮友蘭先生認為，「道德是所以維持社會存在的規律。在一社會內，人愈遵守社會底規律，則其社會之組織必愈堅固，其存在亦必永久。」〔註 27〕因此，基於穩定社會保障人類正常發展的現實需要，人類以鮮明理性將道德作為衡量人類欲望及其具體表現行為的標杆。「一社會中之分子之行動，其合乎此規律者，是道德底，反乎此者，是不道德底，與此規律不發生關係者，是非道德底。」〔註 28〕綜上所析，人類物色之欲的利己性、無限性與道德的社會公益性、節制性天然具有內在對立與衝突關係。

作為人類生存的基本需要與重要維繫，物色之欲與道德的矛盾張力在個體與社會層面具有鮮明的複雜性體現。作為欲望個體，中國古代小說作家基於自我的欲望追求與道德價值觀念，從人類物色之欲放縱與道德觀念禁忌的對比張力角度介入，對人類欲望的現實表現與境遇作了形象書寫與深度展示。在具體的欲望書寫中，中國古代小說將「度」作為衡量物色欲望的顯性標杆。《中庸》曰：「喜怒哀樂之未發，謂之中；發而皆中節，謂之和。中也者，天下之大本也；和也者，天下之達道也。致中和，天地位焉，萬物育焉。」〔註 29〕就此意義而言，物色欲望之「度」的方法論內涵是指「允執厥中」。以此審視人及其欲望，則即如《中庸》所言「君子之中庸也，君子時而中。小人之反中庸也，小人而無忌憚也」〔註 30〕。中國古代情色小說之於色慾放縱有突出而鮮明的書寫。如《金瓶梅》，小說中的各色男女多為色慾放縱的典型代表。西門慶有一妻五妾尚不滿足，還長期與下人的老婆、孀居的富太太、妓女等色慾放縱的女性保持著變態的性關係；潘金蓮、李瓶兒、龐春梅等女性則由於色慾的驅動而瘋狂地追求性的滿足。物慾放縱書寫在諸多世情小說中亦有突出表現。如《型世言》第二十七回《貪花郎累及慈親　利財奴禍貽至戚》，錢流雖為人師

〔註 26〕（法）克洛德・阿德里安・愛爾維修：《論精神》，北京大學哲學系外國哲學史教研室編譯：《十八世紀法國哲學》，商務印書館，1963 年，第 457～458 頁。

〔註 27〕馮友蘭：《贊中華》，《三松堂全集》（第四卷），河南人民出版社，2001 年，第 325 頁。

〔註 28〕馮友蘭：《道德之理》，《三松堂全集》（第四卷），河南人民出版社，2001 年，第 104 頁。

〔註 29〕（宋）朱熹：《四書章句集注》（新編諸子集成本），中華書局，1983 年，第 18 頁。

〔註 30〕（宋）朱熹：《四書章句集注》（新編諸子集成本），中華書局，1983 年，第 19 頁。

卻不思如何傳授知識為人師表，而是挖空心思誘陳公子入局騙其錢財；《儒林外史》中的匡超人因物慾的驅動而幹起「巧弄回批」「偽造婚約」「私刻印章」等勾當，由一個孝子而泯滅了人性的善良。善惡觀念是中國古代小說衡量物色欲望的另一鮮明標準。「善不外乎就是與一切人的利己主義相適應的東西，惡不外乎就是只適應於和只是合於僅僅某一個階級的人的利己主義、從而需要以損害別個階級的人的利己主義為代價的東西。」〔註31〕雖然物色之欲作為人類的「自然本性由於其非人為性，而不具備真正的道德意義，所以是無所謂善惡的」〔註32〕，但是當其影響甚至威脅到其他個體或者社會公益的時候，它也就具有了善惡的性質區別。《型世言》中的錢流因一心謀財而終至害命，《水滸傳》中的潘金蓮因性慾放縱而終至謀殺武大郎。「人慾肆而天理滅矣」〔註33〕，物色之欲一旦放縱而超越「度」的局限，就趨於惡的畛域而導致嚴重的負面效果，「所謂不道德底行動者，即人的行動之可以直接或間接阻礙其社會的存在者」〔註34〕，即是就此意義而言。中國古代小說對於物色欲望的放縱不但進行了細緻形象的書寫，而且以鮮明的道德觀念邏輯進行了冷靜深刻而又極具情感正義的針砭。如「造物於人莫強求，勸君凡事把心收。你今貪得收人業，還有收人在後頭。」「知危識險，終無羅網之門；譽善薦賢，自有安身之地。施恩布德，乃後代之榮昌；懷妒藏奸，為終身之禍患。損人利己，終非遠大之圖；害眾成家，豈是長久之計。改名易體，皆因巧語而生；訟起傷財，蓋為不仁之召。」等評論，作者以顯性的旁觀者視角，對物色欲望因超越度、善惡觀念制約而導致的嚴重後果給予了明確的道德判斷。這一道德邏輯在放縱物色欲望的個體生命結局的安排上亦有明確體現。如《金瓶梅》中的西門慶，不但因性慾過度放縱而終至死亡且「豪橫難存嗣」亦招致死後之報應；潘金蓮終為武松所殺，龐春梅亦因縱慾過度而死；另外，在「三言二拍」、《型世言》等諸多小說中具有鮮明表現的「財色致禍」敘事模式中，物色欲望放縱者亦均招致「惡有惡報」之命運結局。綜上所析，物色欲望因放縱而越於應然之度，其放縱愈甚則於惡的方向前進愈遠，其命運結局亦愈淒慘。基於這一邏輯鏈條，物色之

〔註31〕（德）路德維希·費爾巴哈：《費爾巴哈哲學著作選集》，商務印書館，1984年，第810頁。

〔註32〕舒遠招：《直指人心的人性善惡論》，《哲學研究》，2008年4期，第62頁。

〔註33〕（宋）程顥、程頤：《二程集》，中華書局，1981年，第640頁。

〔註34〕馮友蘭：《贊中華》，《三松堂全集》（第四卷），河南人民出版社，2001年，第325頁。

欲放縱與道德觀念禁忌的等比逆向書寫，使得其生發的心理張力與藝術感染效應愈大而強。

「德者，唯一之善也，……欲情反之。」〔註35〕人性天然具有內在的缺陷，人類物色欲望的卑劣亦因現實生活的局限而愈加顯明。中國古代小說範疇的物色之欲放縱與道德觀念禁忌的張力書寫，對這一深刻意涵作了形象與深刻展示。「日日而求福，則人慾而蔽天理；日日而進於德，則天理昭著，無窮困之時。」〔註36〕人類於此即可深明在世的困窘，又可洞見自性的缺陷以尋求完善德性的有效路徑。

三、生命價值實現與社會環境制約的矛盾書寫

「天地之間，唯人最重，故為天地之鎮。」〔註37〕《素問》亦有理近之言曰：「天覆地載，萬物悉備，莫貴於人。」〔註38〕中國古人關於「人」的諸多認知雖然具有明顯的人類中心主義色彩，但是卻也體現出對人類地位的鮮明體認。基於自我地位重要的堅定信念，中國古人亦對自我生命價值給予了具有鮮明理想色彩的定位。儒家秉持「天行健，君子以自強不息」〔註39〕的入世立場，認為人的生命在於「太上有立德，其次有立功，其次有立言」〔註40〕的價值序列；道家則在「人法地，地法天，天法道，道法自然」〔註41〕的道體思維引領下，提出了全命養性、返璞歸真的生命價值追求；而佛家則以「四大皆空」的超世主義立場，引導人類破執除障而達至生命的極樂之境。作為具有生理與社會屬性的類存在物，人類因此而天然具有了在世的生命價值。馬勒伯朗士說：「一個人如果根據自己的感官判斷一切，事事順從情慾的衝動，只看見自己感覺到的東西，只喜愛使自己滿意的東西，那就處在極其可悲的精神境界中了；在這種狀態中，他離真理、離自己的幸福真是太遠了。」〔註42〕生命的價

〔註35〕楊昌濟：《西洋倫理學史》，中國畫報出版社，2010年，第23頁。
〔註36〕陳玉森、陳憲猷：《周易外傳鏡詮》，中華書局，2000年，第456頁。
〔註37〕王玉興編：《黃帝內經靈樞三家注》，中國醫藥出版社，2013年，第177頁。
〔註38〕姚春鵬譯注：《黃帝內經》，中華書局，2010年，第106頁。
〔註39〕（魏）王弼注，（唐）孔穎達疏：《周易正義》，北京大學出版社，1999年，第10頁。
〔註40〕（周）左丘明傳，（晉）杜預注，（唐）孔穎達正義：《春秋左傳正義》，北京大學出版社，1999年，第1003頁。
〔註41〕陳鼓應：《老子今注今譯》，商務印書館，2006年，第169頁。
〔註42〕北京大學哲學系外國哲學史教研室編譯：《西方哲學原著選讀》，商務印書館，1981年，第475～476頁。

值不能僅限於基本需要的滿足，因此克爾凱郭爾說：「人是精神。什麼是精神？精神是自我。什麼是自我？自我是一種自身與自身發生關聯的關係，或者是在一個關係中，這關係自身與自身發生的關聯；自我不是這關係，而是這關係和它自身的關聯。人是一個有限與無限、暫時與永恆、自由與必然的綜合，簡言之，是一個綜合體。」〔註 43〕也就是說，人是自然屬性與社會屬性、物質需要與精神需要的綜合體，而其「生命的價值在於它的功能」且是基於自我綜合屬性而具有正向與積極指向的功能。然而，本尼迪克特亦曾指出：

> 個人生活史的主軸是對社會所遺留下來的傳統模式和準則的順應。每一個人，從他誕生的那刻起，他所面臨的那些風俗便塑造了他的經驗和行為。到了孩子能說話的時候，他已成了他所從屬的那種文化的小小造物了。待等孩子長大成人，能參與各種活動時，該社會的習慣就成了他的習慣，該社會的信仰就成了他的信仰，該社會的禁忌就成了他的禁忌。〔註 44〕

個體性的生命價值要以其所賴以生存的社會環境為基礎背景，並且因此而受到社會規定性的複雜影響。儘管「只有處於社會之中並經過社會的磨煉，人才能成長為完全的人」〔註 45〕，但是，人又「是一個特殊的個體，並且正是他的特殊性使他成為一個個體，成為一個現實的、單個的社會存在物」〔註 46〕。也就是說，經由社會「文化化了的『個體』」雖然「習成了種種行為特性」且「這些特性使他在一些方面同某些人相類似」，但是亦使其「而有別於其他人」。〔註 47〕因此，個體生命價值追求與社會環境規約既具有內在的一致性，亦具有天然的矛盾性。

個體生命價值追求與社會環境規定性因素的現實矛盾，是彰顯欲望及其現實境遇的有效節點。中國古代小說作家敏銳捕捉這一重要生活現象並給予

〔註 43〕（丹麥）索倫·克爾凱郭爾：《致死的疾病》，張祥龍、王建軍譯，中國工人出版社，1997 年，第 10 頁。

〔註 44〕（美）魯思·本尼迪克特：《文化模式》，張燕譯，浙江人民出版社，1987 年，第 2 頁。

〔註 45〕中國社會科學院社會學研究所編譯室：《國外社會學參考資料》，1985 年，第 5 期。

〔註 46〕（德）卡·馬克思：《1844 年經濟學哲學手稿》，《馬克思恩格斯全集》（第四十二卷），人民出版社，1979 年，第 123 頁。

〔註 47〕（美）J·R·坎托：《文化心理學》，王亞南等譯，雲南人民出版社，1991 年，第 248～249 頁。

形象書寫，對個體生命價值追求的現實情態及其內在意涵作了生動揭示。《儒林外史》中的杜少卿，雖「品行端醇，文章典雅」，卻因為「走出去做不出什麼事業……所以寧可不出去的好」不願做舉業且厭棄仕宦；不為世俗等級觀念所拘，「眼裏又沒有官長」，不奉承巴結官員；「這日杜少卿大醉了，竟攜著娘子的手，一手拿著金杯，大笑著，在清涼山崗子上走了一里多路」，具有突破傳統禮法的張揚個性；深棄對於「經史上禮、樂、兵、農的事，全然不問」的社會現實，推崇真儒理想並身體力行。然而，杜少卿的生命價值追求卻因與社會普遍觀念及現實狀況的諸多牴觸而招致他人的非議與社會的詆毀，「不可學天長杜儀」的誡條就是顯明證據。其他藝術形象如「風流儒雅，高出諸人一等」的莊紹光、「是書中第一人，純正無疵」的虞育德等人〔註 48〕，與杜少卿具有內在一致的生命價值追求，亦因與社會環境的內在矛盾，或招致尷尬的現實處境，或歸於淒涼的命運結局。「泰伯祠是全書主腦」〔註 49〕，其作為真儒理想之符號表徵的現實境遇亦是真名士群體生命價值追求的形象展示：其始「鋪揚泰伯祠之祭，以著禮樂之效也」〔註 50〕，後卻以「泰伯祠一段，收拾全篇」〔註 51〕生發出「淒清婉轉，無限憑弔，無限悲感」〔註 52〕，其外在原因即是由於「心豔功名富貴而媚人下人者」「倚仗功名富貴而驕人傲人者」「假託無意功名富貴自以為高被人看破恥笑者」〔註 53〕之汲汲於「功名富貴」的普遍性社會現實而導致的道德環境惡化所致；而其前後對比之「至精之義」，不僅「尤在辨別德器」，〔註 54〕而且意在展示高尚的真儒生命價值追求因與卑下頑固的社會環境制約的內在矛盾而必然導致的現實結局，所謂「特祠泰伯，

〔註 48〕朱一玄、劉毓忱：《儒林外史資料彙編》，南開大學出版社，2003 年，第 272 頁。

〔註 49〕（清）張文虎：《儒林外史評》，朱一玄、劉毓忱編：《儒林外史資料彙編》，南開大學出版社，2003 年，第 438 頁。

〔註 50〕（清）劉咸炘：《小說裁論》，朱一玄、劉毓忱編：《儒林外史資料彙編》，南開大學出版社，2003 年，第 494 頁。

〔註 51〕《儒林外史回評》，朱一玄、劉毓忱編：《儒林外史資料彙編》，南開大學出版社，2003 年，第 291 頁。

〔註 52〕《儒林外史回評》，朱一玄、劉毓忱編：《儒林外史資料彙編》，南開大學出版社，2003 年，第 276 頁。

〔註 53〕《儒林外史回評》，朱一玄、劉毓忱編：《儒林外史資料彙編》，南開大學出版社，2003 年，第 254 頁。

〔註 54〕（清）劉咸炘：《小說裁論》，朱一玄、劉毓忱編：《儒林外史資料彙編》，南開大學出版社，2003 年，第 495 頁。

即此義也」〔註 55〕。

具有正向價值與積極意義的個體生命追求，與社會環境既有的穩定性及其強大規約性相比，普遍表現出鮮明的新生性與天然的內在缺陷，這亦是導致個體生命價值追求現實困境的重要內在因素。仍以《儒林外史》對真名士群體生命價值追求的書寫為例。閒齋老人曾曰：「衡山之迂，少卿之狂，皆如玉之有瑕。」〔註 56〕臥評亦有言曰：「莊紹光是極有學問的人，然卻有幾分做作。」〔註 57〕既使作為「書中第一人」以「果行育德」的虞育德，其實亦因並不「果行」而終是缺乏對抗社會環境制約的積極主動性。也就是說，個體性格的內在缺陷，使得其具有新興特徵的生命價值追求天然缺乏完備的自足性與強韌的生命力。因此，其現實之窘困實無可避免。因此，黃小田評曰：「一部儒林，終之一琴，滔滔天下，誰是知音？」〔註 58〕即是對作者之於個體生命價值追求進行思考與形象書寫的深刻認知。所謂「《儒林外史》一書，意在警世，頗得主文譎諫之義」〔註 59〕「吳氏《儒林外史》，深美超卓，自有平話以來未之有」〔註 60〕之價值亦在於此。不止《儒林外史》，其他如《紅樓夢》中的賈寶玉之於自我愛情與人生理想的追求，《水滸傳》中的李逵、阮氏三兄弟、魯智深等人對於實現自由欲望與生命快感的追求，亦可作如是觀，茲不贅述。

「人的全部尊嚴在於思想。」〔註 61〕作為感性情感與理性認知的複合體現，個體的生命價值追求天然具有自我化、前驅性與超前性特徵，這與社會環境的穩定性與普遍規約性形成了天然矛盾。作為個體的複雜綜合，社會環境的

〔註 55〕（清）劉咸炘：《小說裁論》，朱一玄、劉毓忱編：《儒林外史資料彙編》，南開大學出版社，2003 年，第 494 頁。

〔註 56〕《儒林外史回評》，朱一玄、劉毓忱編：《儒林外史資料彙編》，南開大學出版社，2003 年，第 271 頁。

〔註 57〕《儒林外史回評》，朱一玄、劉毓忱編：《儒林外史資料彙編》，南開大學出版社，2003 年，第 272 頁。

〔註 58〕（清）黃富民：《儒林外史回評》，朱一玄、劉毓忱編：《儒林外史資料彙編》，南開大學出版社，2003 年，第 284 頁。

〔註 59〕（清）邱煒萲：《續小說閒評》，朱一玄、劉毓忱編：《儒林外史資料彙編》，南開大學出版社，2003 年，第 449 頁。

〔註 60〕（清）劉咸炘：《小說裁論》，朱一玄、劉毓忱編：《儒林外史資料彙編》，南開大學出版社，2003 年，第 494 頁。

〔註 61〕代訊：《壓抑與反抗：身體美學及其進展》，《西南師範大學學報》，2006 年第 5 期，第 164 頁。

進步實以個體生命理想的探索為基礎，但是其現實秩序又為個體生命理想的實現設置了障礙。因此，個體生命價值追求天然具備了實現的艱難性與坎坷性。中國古代小說對於個體生命價值追求及其成功實現的稀有書寫，即堪為明證。「人創造環境，同樣環境也創造人」〔註62〕，個體「是在他們的環境中並且和這個環境一起發展起來的」〔註63〕。中國古代小說對於個體生命價值實現與社會環境制約的矛盾書寫，為人類探尋自我進階與社會進步提供了形象啟示與實踐路徑。

四、天人關係的合離書寫

天人關係是中國古人意識世界的重要思維範疇。《爾雅．釋天》曰：「穹蒼，蒼天也。」〔註64〕在「天」的諸多釋義中，這一認知最具意涵的客觀性。然而，人類世界的「關係」是價值性聯繫，這內在決定了其意涵闡釋的主觀質性。之於天人關係，亦因中國古人認知廣度、深度的現實制約與認知動機、能力拓展的交錯性張力，而成為具有強烈價值意蘊的觀念體系。《說文解字》曰：「天，顛也。至高無上。從一大。」〔註65〕「天」不但在古人的意識世界開始具有了重要價值，人類亦因此而啟動了對於天人關係內在序列的探索。首先是天人之間的交合與流通。《春秋說題辭》曰：「天之言鎮也，居高理下，為人經紀，故其字一大以鎮之。」〔註66〕「天」不但是人類賴以生存的宏觀背景，而且是影響人類現實生存狀態的重要異己性因素。因此，中國古人不但對其產生了崇敬之意與仰觀之情，且亦由此驅動了與天溝通之可能性的精神探尋。司馬遷在《報任安書》中剖白自己撰寫《史記》的動機與目的時明確表示：「欲以究天人之際，通古今之變，成一家之言。」〔註67〕董仲舒在評判孔子作《春秋》的目的與功用時亦曰：「書邦家之過，兼災異之變，以此見人之所為，其美惡之

〔註62〕（德）卡．馬克思、（德）弗．恩格斯：《德意志意識形態》，《馬克思恩格斯全集》（第三卷），人民出版社，1960年，第43頁。

〔註63〕（德）弗．恩格斯：《反杜林論》，《馬克思恩格斯全集》（第二十卷），人民出版社，1971年，第38～39頁。

〔註64〕（晉）郭璞注，（宋）邢昺疏：《爾雅注疏》，北京大學出版社，1999年，第165頁。

〔註65〕（漢）許慎撰，（清）段玉裁注：《說文解字注》，上海古籍出版社，1981年，第1～2頁。

〔註66〕（晉）郭璞注，（宋）邢昺疏：《爾雅注疏》，北京大學出版社，1999年，第161頁。

〔註67〕（漢）班固：《漢書》（卷六十二），中華書局，1999年，第2068頁。

極，乃與天地流通而往來相應，此亦言天之一端也。」〔註 68〕均對互相對待性的天人之間具有的雙向流通與互動性作了明確體認。在此基礎上，中國古人繼而形成了天人感應思維。《周易‧咸卦》曰：「天地感而萬物化生，聖人感人心而天下和平，觀其所感而天地萬物之情可見矣。」〔註 69〕《尚書‧酒誥》亦曰：「弗惟德馨香祀，登聞於天，誕惟民怨，庶群自酒，腥聞在上，故天降喪於殷，罔愛於殷，惟逸，天非虐，惟民自速辜。」〔註 70〕不但認為人由天地相感而生，而且天人之間內具感應關係。在這一認知前提下，中國古人對其作了更為細緻深入的分析。首先，人的生理特徵與天相類，「唯人獨能偶天地。人有三百六十節，偶天之數也；形體骨肉，偶地之厚也。上有耳目聰明，日月之象也；體有空竅理脈，川谷之象也；心有哀樂喜怒，神氣之類也。觀人之體，一何高物之甚，而類於天也」〔註 71〕；其次，人類社會的具體運演亦與天相類，「天之數，人之形，官之制，相參相得也，人之於天，多此類者」〔註 72〕。因此，這既是天人感應關係的充要條件，「天……與人相副，以類合之，天人一也」〔註 73〕，亦為繼續生成「天人合一」思想的重要基礎。宋代張載於《正蒙‧乾稱》中曰：「因明致誠，因誠致明，故天人合一，致學而可以成聖，得天而未始遺人。」〔註 74〕第一次明確提出了「天人合一」的重要命題，標誌著中國古人對於天人關係的認識趨於成熟與系統化。「天人合一」觀念體系，「這個代表中國古代哲學主要基調的思想」〔註 75〕，「實是整個中國傳統文化思想之歸宿處」〔註 76〕。綜上所述，基於天人相離的客觀現實，中國古人啟動了天人相合的精神探尋；從「天人溝通」經「天人感應」至「天人合一」的思想邏輯鏈條，正是其追求天人相合認知階梯性推進與價值維度的鮮明體現。這一思想觀念不但業已成為中國古人認識自我與世界關係的重要精神律度，「凡災異之本，盡生於國家之失。國家之失，乃始萌芽，而天出災害，以譴告之；譴責

〔註 68〕（漢）班固：《漢書》（卷五十六），中華書局，1999 年，第 1913 頁。

〔註 69〕（魏）王弼注，（唐）孔穎達疏：《周易正義》，北京大學出版社，1999 年，第 139～140 頁。

〔註 70〕（漢）孔安國傳，（唐）孔穎達疏：《尚書正義》，北京大學出版社，1999 年，第 380 頁。

〔註 71〕（漢）董仲舒：《春秋繁露》，中華書局，1975 年，第 439～440 頁。

〔註 72〕（漢）董仲舒：《春秋繁露》，中華書局，1975 年，第 269 頁。

〔註 73〕（漢）董仲舒：《春秋繁露》，中華書局，1975 年，第 418 頁。

〔註 74〕（宋）張載：《張載集》，中華書局，1985 年，第 65 頁。

〔註 75〕季羨林：《禪與文化》，中國言實出版社，2006 年，第 269 頁。

〔註 76〕季羨林：《禪與文化》，中國言實出版社，2006 年，第 274 頁。

之而不知變，乃見怪異以驚駭之，驚駭之尚不知畏恐，其殃咎乃至」〔註77〕，而且成為中國古人調整自我與世界關係的行為法則，「日者地震，南陽尤甚。夫地者，任物至重，靜而不動者也。而今震裂，咎在君上。鬼神不順無德，災殃將及吏人，朕甚懼厭」〔註78〕。因此，「『知天命』，是達天理也。『必受命』，是得其應也。命者是天之所賦與，如命令之命。天之報應，皆如影響。得其報者是常理也；不得其報者，非常理也。然而細推之，則須有報應。」〔註79〕綜上所述，關於天人離合關係的思維認知已充分滲入中國古人的意識世界，並成為其指導自我行為實踐的顯性準則。

在中國古代小說範疇，作家主要通過天人由合趨離的漸進式書寫，形象揭示人類欲望的現實狀態並藉此寄寓深刻的審美反思。首先，以天人感應的人格化氣質以及二者的交通與轉換，為欲望書寫創設背景、結構與詩性氛圍的生發。以《水滸傳》文本起始的天人合離關係書寫為例。〔註80〕第一，天人之間具有交通性的角色轉換。太祖武德皇帝是「感得天道循環」「上界霹靂大仙下降」，仁宗皇帝「乃是上界赤腳大仙」降臨人世，「一百單八個魔君」亦因洪太尉而遁入人間。第二，社會狀態亦因天人感應而循環變動。「五代殘唐」因「天下干戈不息」「感得天道循環，向甲馬營中生下太祖武德皇帝來」，「那天子掃清環宇，蕩靜中原，國號大宋」，社會由亂入治；仁宗皇帝「降生之時，晝夜啼哭不止」「感動天庭，差遣太白金星下界」安撫其曰「文有文曲，武有武曲」、其後歷經「三登之世」「百姓受了些快樂，誰道樂極悲生」突然「天下瘟疫盛行」、以及其後洪太尉令人掀開鎮壓「一百單八個魔君」的石板而誤走妖魔等描寫，以細緻深化之筆對社會由治入亂的苗頭與痕跡作了由隱趨顯的書寫。第三，天人轉換之描寫具有鮮明的神幻色彩。武德皇帝降生時「紅光滿天，異香經宿不散，乃是上界霹靂大仙下降」，「一百單八個魔君」遁入塵世時是「那道黑氣，直衝上半天裏，空中散作百十道金光，望四面八方去了」，給予現實書寫以鮮明的神幻色彩。總之，以天人感應思維啟動天人會通之書寫，運神幻性想象入現實人間世，營造了極具心理張力的詩性時空，為展開欲望書寫創設了兼具結構與意涵功能的詩性背景。其次，以天人關係的由合趨離為欲望書寫奠

〔註77〕（漢）董仲舒：《春秋繁露》，中華書局，1975年，第318頁。

〔註78〕（南朝·宋）范曄撰，（唐）李賢等注：《後漢書》，中華書局，1973年，第74頁。

〔註79〕（宋）程顥、程頤：《二程集》，中華書局，1981年，第161頁。

〔註80〕此處依據《水滸傳》71回本、100回本、120回本文本書寫的綜合表現展開分析。

定基調並做詩性的轉向預示。仍以前述例證作深入分析。第一，以明確標識完善天人交通與轉換的鏈條，並以此表明欲望書寫立場。霹靂大仙降世為武德皇帝，陳摶曰：「正乃上合天心，下合地理，中合人和。」給予神幻的天人轉換以明確的現實標識，既固化了其鏈條的完整性，又表明了對其轉換結果以及現實社會秩序的肯定立場；而此後對於「一百單八個魔君」以「一道黑氣」遁入塵世以及道眾解釋的諸多描寫，亦可作相近之觀。然而，文本此後卻又給予「三十六天罡七十二地煞」以「英雄」「節俠」等肯定性稱謂，則進一步表明對於現實社會秩序與潛在的不穩定因素這一對立性力量，文本在敘事的抽象層面並無先在的主觀傾向，這為其後的欲望書寫預設了客觀性基調。第二，運施由神幻入現實、由隱趨顯的書寫方式，對人的因素之於天人關係由合趨離的重要影響作了細緻書寫，為現實層面的欲望書寫奠定明確基調並做詩性的轉向預示。前述所及仁宗皇帝降生時的啼哭不止、突然「天下瘟疫盛行」等敘述已隱約預示了社會由治入亂的苗頭，而「洪太尉誤走妖魔」則將這一潛在危險最終演化為現實，「不因此事，如何教三十六員天罡下臨凡世，七十二座地煞降在人間，轟動宋國乾坤，鬧遍趙家社稷。」究其內在原因，實由洪太尉所具人性之缺陷所致。其一，自私與懈怠。在上山請天師的路上，要麼「口裏歎了數口氣，怨道……」，要麼「肚裏躊躇，心中想到：『我是朝廷貴官，重裀而臥，列鼎而食，尚兀自倦怠，……教下官受這般苦』」，忘卻職責與使命所在而牢騷滿腹，自私與懈怠的人性缺陷畢現。其二，狂妄託大。不顧真人道眾的再三稟求，執意掀開石板導致「一百單八個魔君」遁入人世；雖然「遇洪而開」的醒目標識表明這是天定的必然結果，但其實是因洪信的人性缺陷而將其演化為現實，最終為社會由治入亂孕育了充分條件。正如文本所言：「千古幽扃一旦開，天罡地煞出泉臺。自來無事多生事，本為禳災卻惹災。社稷從今雲擾擾，兵戈到處鬧垓垓。高俅奸佞雖堪恨，洪信從今釀禍胎。」也就是說，人的本質特性及其具體行為是影響天人關係合離的重要因素。在這一內容的書寫過程中，神幻性色彩漸趨消退，現實性因素趨於顯明，既是從天人由合趨離的抽象書寫層面向現實的欲望書寫層面的必要過渡，又極具關鍵的樞紐地位；文本此後「不寫一百八人，先寫高俅，……有以也」〔註81〕，既有效實現了與「洪太尉誤走妖魔」的巧妙對接，又最終具實了社會由治入亂的必要條件。因此，這一天人關

〔註81〕（清）金人瑞：《水滸傳回評》，朱一玄、劉毓忱編：《水滸傳資料彙編》，南開大學出版社，2002年，第227頁。

係的由合趨離書寫，不但為文本展開 108 人對自由欲望與生命快感追求的欲望書寫奠定了明確基調，而且為其轉向預示作了詩性過渡。第三，以天人感應的背離為欲望書寫標示道德與是非評判標準，並生發濃鬱的審美詩意。以《醒世姻緣傳》為例。文本敘寫明水鎮人欲望放縱為惡多端而導致風氣敗壞社會混亂的現實狀態，「那老天爺還不肯就下毒手」而只是陸續降下諸多小災異以「屢屢的警醒眾生」，眾人雖聞見「這等的報應」，卻「一些也沒有怕懼，傷天害理的依舊傷天害理，奸盜詐偽的越發奸盜詐偽，說起『天地』兩字，只當是耳邊風，說到關帝、城隍、泰山、聖母，都只當對牛彈琴的一般」，最終導致天庭以滔滔洪水洗涮明水鎮的罪惡。中國古人尊崇「與天地合其德，與日月合其明，與四時合其序，與鬼神合其吉凶」〔註 82〕的天人合一理念，文本明確運施這一精神信條，不但以「眾生叢業，天心仁愛無窮；諸理乖和，帝德戒懲有警」之語對明水鎮人違背天理的欲望表現作了鮮明的道德與是非評判，而且以細緻深染的對比性描寫創設了言約旨遠的審美境域。

綜上所析，中國古代小說範疇內天人關係的合離書寫，是中國古人對人類欲望現實狀態進行審美思考的形象表現。就現實層面而言，它反映了中國古人對於人類欲望缺陷及其導致社會醜陋表現的深刻反思；就理想層面而言，它反映了中國古人對於完善人性質素與健全社會運行的美好追求。在宏大玄妙的天人感應背景下，人類欲望背離天理的現實表現與其所蘊含的詩性追求有機融為一體，不但為人類剪輯了生動的自我鏡像，而且為人類確立了明確的路徑指向。

五、中國古代小說欲望書寫的二元對立方式及其審美生發功能

人類欲望天然是二元因素的對立統一，具體表現為三個方面：在本體層面，是物質與精神的對立統一；在發生層面，是生理與心理的對立統一；在存在層面，是個體與社會的對立統一。前文所述情愛願景與禮教規約、物色之欲放縱與道德觀念禁忌、生命價值實現與社會環境制約、天人關係的合離，就內在具備這一邏輯關係。然而，中國古代小說的欲望書寫雖然大體遵守這一內在邏輯，但是卻主要通過二者的對立性書寫來展示人類欲望的現實表現及其境遇。這種二元對立性思維與表現方式，對欲望書寫的審美生發極具重要價值。

〔註 82〕（魏）王弼注，（唐）孔穎達疏：《周易正義》，北京大學出版社，1999 年，第 23 頁。

首先，二元對立性書寫能夠生發欲望敘述的驅動力，從而確立欲望審美的基本方向。世界是絕對運動與相對靜止的統一，而「文章之原，本乎天地。天地之道，陰陽剛柔而已」〔註83〕。小說是人類欲望的審美書寫，其故事情節因欲望之前進性主動力與外在制動力的二元對立，在平衡與失衡之間動態運演。無論是情愛願景與生命價值實現等為代表的正向欲望動力、還是物色之欲放縱與人背離天理等為代表的負向欲望動力的率先發動，出於故事情節發展與審美傳達的內在需要，中國古代小說文本必然隨之啟動禮教規約、社會環境制約、道德約束以及天命懲罰的逆向回阻。中國古代小說範疇的才子佳人小說，其情節模式大體表現為一見鍾情、撥亂離散、最終團圓，即可堪為典型例證。因此，欲望動力的二元對立，不僅為啟動欲望書寫提供了原發性驅動力，而且因其發動力的向度價值，在欲望書寫啟動之初就奠定了基本的審美格調與大致指向，這於王國維所曰「吾國人之精神，世間的也，樂天的也，故代表其精神之戲曲、小說，無往而不著此樂天之色彩；始於悲者終於歡，始於離者終於合，始於困者終於亨；非是而欲饜閱者之心，難矣」〔註84〕之語即可得到明確印證。

其次，二元對立性書寫能夠加速欲望敘述的勢能與節奏，從而為其奠定基本的審美表現。老子在闡釋世界萬事萬物的生成與演化規律時曰：「道生之，德蓄之，物形之，勢成之。」〔註85〕中國古代小說的欲望書寫亦然，其基本運演規律的進程表現，實為人類欲望前進性主動力與反向回阻力交互作用的結構體現。「剛柔相推，變在其中矣。」〔註86〕對立性欲望動力的強度，不但因其向度的互逆而趨於強化，而且因其行進的交合而孕育加強的勢能。這於中國古代小說範疇的欲望矛盾書寫存有顯明例證。以《西遊記》中的「孫悟空大鬧天宮」為例。孫悟空學藝歸來，先是龍宮索寶，接以冥司除名，天庭的招撫亦不能遂其心意，當其獲知真相之後反出了天庭。隨著孫悟空欲望的前進性主動力漸趨膨脹，天庭鉗制的反向回阻力亦趨於強化，終因「齊天大聖」的主觀要求與現實秩序容忍度的尖銳對立，導致了雙方矛盾的激烈爆發。與之前學藝以

〔註83〕（清）姚鼐：《惜抱軒詩文集》，上海古籍出版社，1992年，第48頁。

〔註84〕王國維：《〈紅樓夢〉評論》，《王國維全集》（第一卷），浙江教育出版社，2009年，第64～65頁。

〔註85〕陳鼓應：《老子今注今譯》，商務印書館，2006年，第260頁。

〔註86〕（魏）王弼注，（唐）孔穎達疏：《周易正義》，北京大學出版社，1999年，第294頁。

及之後定於五行山下的故事情節相比，這一情節因欲望的二元對立性書寫獲得了急劇加速的勢能，並表現為加快的運演節奏。「夫文者在勢，大抵逆則聳而順則卑，逆則奇而順則庸，逆則強而順則弱。形家以順龍為奴龍，播家以逆勢為霸勢，是故一逆不已而再逆，故一波未平而再波。」〔註 87〕二元對立性書寫，不但能夠加速欲望書寫的勢能與運行節奏，而且為其審美表現奠定了先在基礎。

再次，二元對立性書寫能夠強化欲望敘述的矛盾張力，進而深化欲望審美的詩性濃度。心理學領域的欲望與動機理論認為人「壓力愈大，憤懣愈深，反抗愈強」，小說文本中人類欲望之前進性主動力及其反向回阻力的實際運演亦具與此同質之關係。欲望的前進性主動力與反向回阻力，其力度因對抗性而愈益強化，由此而生發的矛盾張力亦因向度的互逆而得以加強，這在中國古代小說文本對反抗之於壓迫、進步之於障礙、追求之於禁錮等書寫中均可得到鮮明印證。矛盾張力的強化能夠產生兩種積極的遞進效應：第一，就文本表現而言，兩種向度互逆的欲望書寫風貌愈益顯明，其審美表現亦因顯明之對比的二度激發而愈益鮮明；第二，就讀者接受而言，鮮明強大的對比張力能夠加強對讀者心理的刺激力度，進而推動對文本審美意涵的深入體驗。「境非獨謂景物也。喜怒哀樂，亦人心中之一境界。」〔註 88〕因此，在讀者感受閾限既定的前提下，強化的矛盾張力能夠加劇推進讀者心理的感受深度與強度，促進其與文本的契合度，進而拓展心理張力場域的廣度與深度。在此境域中，一方面，欲望書寫的審美意蘊因讀者情感體驗與理性思考的程度加強而得以深度激發；另一方面，讀者深入欲望書寫，代入自我審美意志，進而實現與文本的審美共鳴。此時，讀者「登山則情滿於山，觀海則意溢於海」〔註 89〕，與文本實現了「主觀與客觀的契合無間」〔註 90〕，最終臻至文本的詩意沉醉之境，實現欲望審美濃度的深化體驗。

最後，二元對立性書寫能夠凸顯人的主體性特徵，進而深化欲望審美的意

〔註 87〕（清）魏際瑞：《答石公論文書》，王運熙主編：《清代文論選》，人民文學出版社，1999 年，第 202 頁。

〔註 88〕王國維：《人間詞話》，《王國維全集》《第一卷》，浙江教育出版社，2009 年，第 462 頁。

〔註 89〕（南朝・梁）劉勰：《文心雕龍》，范文瀾注，人民文學出版社，1962 年，第 493～494 頁。

〔註 90〕曾祖蔭：《中國古代美學範疇》，華中工學院出版社，1985 年，第 287 頁。

涵深度。欲望是人類存在的內在必然根據與天然質性，其首要與核心屬性表現為主動力的前進性。在人類存在的整體背景下，欲望的前進性主動力一經啟動，反向回阻力亦隨之被激發。因而，人類欲望必然處於向度互逆的二種力交合所生發的矛盾張力之中。在這一前提下，無論人類欲望表現為何種價值向度，其現實境遇都是人類主體質性的顯性外現；而二力交合與鬥爭所生發的趨於強化的張力，則使人類的主體性特徵愈加彰顯。同時，處於二元對立矛盾中的人，其主體性特徵亦因其方向選擇而愈加趨於被深入與細緻揭示。這一欲望書寫的內在規律與價值，在中國古代小說範疇不乏鮮明表現。以《紅樓夢》中賈寶玉的人生書寫為例。賈寶玉天生靈秀聰慧然而卻「愚頑怕讀文章」「潦倒不通世務」，厭惡「仕途經濟」「喜歡在內闈廝混」卻不得不順從父意而違心結交應對，獨鍾情於林黛玉卻被家族欺騙而迎娶寶釵。賈寶玉的愛情與人生選擇因與家族現實需要的矛盾而被扭曲，或「無端如癡似狂」、或因失玉而「呆傻」，其實是其因無法找到現實出路而導致的人生苦悶的外在表現。在堅持與壓力的反覆鬥爭之下，「情極之毒」的寶玉最終選擇了出走，留下「白茫茫一片曠野」。由此而觀，寶玉的人生狀態書寫，可謂「哲學的也，宇宙的也，文學的也」〔註 91〕。因此，二元對立性書寫不但能夠凸顯人的主體性特徵，而且使得其欲望審美的意涵深度愈加深化。

情愛願景與禮教規約的對立書寫、物色之欲放縱與道德觀念禁忌的張力書寫、生命價值實現與社會環境制約的矛盾書寫、天人關係的合離書寫是中國古代小說作家以二元對立性思維對人類欲望主要內容進行哲學思考的審美表現。這一書寫方式既深刻揭示了人類欲望的本質特徵與現實境遇，又形象寄寓了人類對於自性完善與理想生命狀態的美好追求。現實與理想的相激相應，實現了對生命存在的詩性創構。

第二節　中國古代小說欲望書寫的敘述姿態與操控方式

人既是環境與社會文化意識形態的載體，又以自我方式體認存在。欲望是人類存在與演進的內在根據與原初性驅動力，不但天然具有個性化自我特徵，

〔註 91〕王國維：《〈紅樓夢〉評論》，《王國維全集》（第一卷），浙江教育出版社，2009年，第 65 頁。

而且具備普泛的社會屬性。故而，人、欲望與社會三位一體，同質異象。基於這一內在聯繫，人既追求欲望的外向擴張，亦內向反思以調整欲望的趨進方向與實現方式。「詩人對宇宙人生，須入乎其內，又須出乎其外。」〔註92〕欲望書寫是中國古代小說作家體認自我與社會存在的審美表現，其敘述姿態與操控方式既是小說家創作思維於「入乎其內」與「出乎其外」的雙向運動中有機交融的顯性體現，又是欲望書寫審美生成的重要憑藉。

一、「入乎其內」式局中人的欲望聚焦與盲點書寫

在社會屬性層面，「人的本質並不是單個人所固有的抽象物，實際上，它是一切社會關係的總和。」〔註93〕就自然屬性而言，人類存在是其欲望的具象化演繹。「人情似紙張張薄，世事如棋局局新。」〔註94〕類存在物與個體存在物的雙重屬性，先在決定了人類之於社會存在的局中人身份。基於這一客觀現實，中國古代小說作家首先「入乎其內」，對人類欲望作了形象書寫與生動揭示。

（一）欲望聚焦及其管道式行進

「夫天生人而統一於生生之理，形骸判而各有其意，各有其欲。」〔註95〕在人的意識活動中，「我們傾向於看見……最適合我們當前對於世界所全神貫注的和定向的東西」〔註96〕。另一方面，「客觀事物對人的作用必須通過人的認識過程，而且由於人的認識的每一次活動又都不是單純地被孤立的一件事物決定的，人在生活實踐中積累的知識和經驗制約著當前的認識。」〔註97〕人類意識之活動實既欲望之發動，人在現實生活中的主導性欲望明確表現為指向性聚焦。中國古代小說範疇中的人物形象，亦遵循人情事理的邏輯法則而不越此規範。如《水滸傳》中的宋江，終其一生出入於體制內外的人生歷程，都在追尋自我人生理想及其價值實現的可能性、突破口與現實途徑；《金瓶梅》中的西門慶，則將自我人生欲望主要聚焦於對物、色之欲的無節制追逐；《西

〔註92〕王國維：《人間詞話》，《王國維全集》（第一卷），浙江教育出版社，2009年，第478頁。

〔註93〕（德）卡·馬克思：《關於費爾巴哈的提綱》，《馬克思恩格斯全集》（第三卷），人民出版社，1960年，第5頁。

〔註94〕鄒斌編譯：《增廣賢文》，北京線裝書局，2010年，第40頁。

〔註95〕（清）王夫之：《船山遺書》，北京出版社，1999年，第1846頁。

〔註96〕（美）福沃德·赫爾曼·克雷奇等著：《心理學綱要》，周先庚等譯，文化教育出版社，1981年，第78頁。

〔註97〕曹日昌：《普通心理學》，人民教育出版社，1979年，第65頁。

遊記》中的唐僧，以獲取大乘佛法為人生要務，執著於自我性命修養與普渡眾生的崇高使命。作為人情事理範疇的局中人，中國古代小說中的角色雖然多有其暫時性或其他欲望指向，但均未遮蔽或影響其人生主導性欲望聚焦的明確表現。

聚焦性人的主導欲望遵循管道式運行軌跡尋求指向性目標的實現。所謂管道式運行是指由客觀條件與主觀要素綜合形成的時空一體化欲望存在與驅進型態，它是規制欲望實現方式與現實結果的必然要件。以《水滸傳》中的宋江為例。之於梁山群體，「而江以一人主之，始終如一。夫以一人而能主眾人，此一人必非庸眾人也。」〔註98〕宋江其人優長有三。第一，高超的個人能力。文本敘寫「他刀筆精通，吏道純熟，更兼愛習槍棒，學得武藝多般」，其自亦言「自幼曾攻經史，長成亦有權謀」，均堪為顯明證據。第二，強烈的人生價值實現期望，這於其所吟反詩中「他時若遂凌雲志」之語即可窺見一斑。第三，完備的人生理想執行力。文本所敘其「孝義黑三郎」「及時雨」等綽號的來源因由及其帶來的現實效果，均說明宋江具備極高的情商與人際交往能力，能夠有效地掌控「人和」要素，為自己人生理想的實現奠定堅實基礎。然而，宋江人生理想的實現又存在兩個阻礙性因素。客觀方面，宋江作為鄆城縣「刀筆小吏」屬於「庶人之在官者」〔註99〕身份，由於宋代官與吏的等級鴻溝與森嚴壁壘，客觀導致宋江終生難以跨入官的行列，因而不能獲得較高的個人發展平臺與較大的個人發展空間。這一因素與宋江的人生理想構成了巨大矛盾，並成為其人生價值實現的現實障礙。主觀方面，宋江因受傳統觀念的薰染而追求在體制內尋找實現人生理想的突破口與通道，這於其多次勸說他人「邊庭上一刀一槍，將來也博得個封妻蔭子青史留名」以及其多次堅拒梁山群體邀其上梁山的決絕反應中均存顯明例證。二者結合起來，不但共同劃定了宋江人生價值實現的邊界，而且限定了其實現方式。就此而言，宋江的人生欲望聚焦必須在天然既定的管道內驅進以實現目的的達成。

（二）欲望的盲點及其挫折與轉向

於上可知，現實塵世的局中人身份，天然造就了人類欲望的聚焦及其管道

〔註98〕（明）天都外臣：《水滸傳序》，朱一玄、劉毓忱編：《水滸傳資料彙編》，南開大學出版社，2002 年，第 168 頁。

〔註99〕葉林生、丁偉東、黃正衔：《中國封建官僚政治研究》，南京大學出版社，2009 年，第 277 頁。

式驅進方式。二者既是人類欲望的啟動與必然行進方式，又是人類欲望實現的天然壁壘，從而為人類欲望預設了既定視域。此視域之外，即為人類欲望的天然盲點。仍以《水滸傳》中的宋江為例。在當時的社會與時代背景下，宋江意欲在體制內實現自己的人生理想，是一個常規而且正確的選擇。但是，由於欲望聚焦及其管道式驅進而生成的視域界限，不但遮蔽了宋江對於皇帝以及高俅、童貫等影響自己實現人生價值之對立性因素的洞明認知，且進而牽引了其欲望實現的走向並最終導致其欲望的挫折之現實結果。另一方面，由於人類欲望追求的感性驅動，客觀導致人類對此壁壘並不具備充分洞察。故而，當主體的自我認知及定位與管道式行進方式預先設定的邊界不能充分對接時，人類欲望的驅進就出現了挫折與轉向的可能。以《綠野仙蹤》中的冷於冰為例。冷於冰天賦才華且具極強的自信並認為科舉功名唾手可得，然而其人不僅缺乏對權貴之於科舉秩序的重要影響以及科舉之所以賴以存在的社會體系之弊端的清醒認知，而且自身亦缺乏化解這些否定性因素的執行能力。故而，主客觀因素的嚴重錯位，不但導致了其欲望實現的再三挫折，而且最終牽制了其欲望實現的重大轉向。

「然欲之被償者一，而不償者什佰，……故究竟之慰藉，終不可得也。」〔註 100〕施之於人的聚焦性主導欲望，此理亦確。欲望作為人的主觀性追求，其實現受到客觀外在因素與主體自身要件的綜合性干擾與牽制。也就是說，儘管聚焦性主導欲望遵循管道式驅進方式，亦難以直線軌跡達至目標終點。據此邏輯，欲望達至目標的過程應具三種形式。第一，因阻障或反向消解而遭受挫折以致中斷。《綠野仙蹤》中的冷於冰因權要的陰謀名落孫山故而斬斷功名之念，就是由現實性障礙因素而導致欲望中斷的典型例證。唐傳奇《枕中記》中的盧生則是因反向消解而致使欲望中斷的鮮明符號，其「功名利祿」的欲望追求雖經由夢境得以虛幻性實現，卻因此而臻至對名利欲望的幡然洞悟。然而人「一欲既終，他欲隨之」〔註 101〕，故而欲望中斷實為現實生活中的特殊形式。第二，欲望因轉向而進入新的驅進管道。《西遊記》中孫悟空的欲望實現方式堪為典型例證。在文本中，有四個重要節點標誌了孫悟空欲望驅進的轉向與管道對接。其一為第一回中的「忽然憂惱，墜下淚來」。在此之前，天產石猴本

〔註 100〕王國維：《〈紅樓夢〉評論》，《王國維全集》（第一卷），浙江教育出版社，2009 年，第 55 頁。

〔註 101〕王國維：《〈紅樓夢〉評論》，《王國維全集》（第一卷），浙江教育出版社，2009 年，第 55 頁。

無欲念，花果山的早期生活亦是「樂享天真」「自由自在」；在此之後，欲望滋生且生命價值追求日益膨脹。其二為第七回的「五行山下定心猿」，其意味著孫悟空的欲望追求因儒釋道的聯合鎮壓而遭受挫折。其三為第八回中孫悟空自曰「我已知悔了」且「願去」佛門「修行」，這意味著孫悟空追求生命價值實現之人生欲望的轉向。其四為第十四回出現的制約孫悟空意念與行為的金箍，當其因取經事業功德圓滿而自動消失時，則意味著孫悟空業已徹底實現與新的欲望驅進管道的充分對接。第三，主體調整實現方式，欲望因而改變既定管道內的運行軌跡，以期尋找新的路徑而達至目標。如《三國演義》中的姜維，其人感念諸葛亮知遇之恩並繼其遺願而志於匡扶漢室，故有九伐中原之舉；後卻因劉禪投降而迫於形勢亦趁勢投降，並借機離間鍾會與鄧艾，其意仍在於興復漢室。

（三）文本建構功用

文學是人類欲望的審美言語圖式。局中人的欲望內容及其表現作為文本書寫的核心要素，因其藝術化書寫而對文本建構具有重要價值。

第一，為文本建構提供啟動力與驅動力。欲望是人類存在與發展演進的內在根據與原初驅動力，現代科技哲學研究者亦基於形而上立場，認為「虛物質決定了人（物體）的欲望無窮是一種發動性啟動力與方向控制力」〔註 102〕。小說是人類存在的精神文本，必然以局中人的欲望啟動文本建構。如《李娃傳》，以滎陽生求取功名及其情慾的發動為原點啟動文本敘事；《西遊記》亦以孫悟空的欲望萌發正式啟動文本故事情節的建構。局中人欲望的「方向控制力」作用在中國古代小說文本故事情節建構的趨進中亦有鮮明表現。以百回本《水滸傳》為例。基於局中人的欲望實現視角，文本具有五個重要節點。其一為「洪太尉誤走妖魔」，是對人類之懈怠、驕妄、託大等缺陷性欲望的形象書寫，不但引燃了天人失諧的導火索，而且預示了社會由治入亂的跡象，為文本轉入主體內容書寫作了有效渲染與鋪墊。其二為「私放晁蓋」，小說的壓迫與反抗基調至此已基本確立，文本於此後接續展開繁複書寫，既張揚了對自由欲望與生命快感的暢意追求，又開始由隱趨顯地展示宋江的人生價值追求及其實現方式，實現了文本內容的正向建構。其三為「108 人齊聚梁山泊」，「山泊一局，幾於『烏托邦』矣。」〔註 103〕自由欲望與生命快感的感性追求書寫業

〔註 102〕金小明：《經濟控制論和管理自動化原理》，吉林大學出版社，2009 年，第 75 頁。

〔註 103〕黃人：《小說小話》，《小說林》第一卷，1907 年。

已充分實現，進而轉向梁山群體內部欲望追求方式的博弈並預示了整體失敗的趨向。其四為「全夥受招安」，自由欲望與生命快感的感性追求被納入宋江的人生價值實現軌道，此後的文本書寫，漸次展示了梁山群體步入悲劇結局的過程。其五為「蓼兒窪淒涼結局」，對梁山群體之於自由欲望與生命快感的追求作了反向點示與徹底消解。欲望無處不在，「如果不是人的行動的唯一動力，那它也是主要的動力」〔註 104〕。局中人的欲望書寫，對文本建構的啟動與過程驅動價值於此可見一斑。

第二，構建文本主體內容並深蘊文本意旨。「人的需求和欲望是個體活動積極性的源泉」〔註 105〕，社會生活與人類存在是其欲望的外化與顯性體現。基於社會道德與是非標準的評判立場，人類的欲望追求主要表現為正向與反向兩種指向。中國古代小說作家據此對局中人欲望進行巧妙構設，實現了對社會與人類存在狀態的形象書寫與生動展示。如《儒林外史》，「其書以功名富貴為一篇之骨」〔註 106〕，圍繞這一中心內容，書寫了「心豔功名富貴而媚人下人者」「倚仗功名富貴而驕人傲人者」「假託無意功名富貴，自以為高，被人看破恥笑者」。此三類人均局限於局中人的欲望視域，孜孜於功名富貴。文本於其給予宏大篇幅並運施濃墨重彩之筆進行繁複書寫，對汲汲於功名富貴以及因此而導致的道德墮落與世風敗壞圖景作了形象與全面展示，實現了文本主體內容的構建。此外，文本還對王冕、杜少卿、虞育德、四大奇人等「辭卻功名富貴，品地最上一層」者的現實生存困境與人生理想苦悶作了意味深長的描繪。兩組對比鮮明的人物書寫及其對應的故事建構，展示了文本對於「文行出處」以及人類現實存在狀態的深刻思考，擠壓並凸顯出作者之於人類應然存在方式與人生理想價值實現的審美迷茫。據上所析，《儒林外史》屬於以局中人欲望的反向追求為主動力、正向追求為牽制力實現人類欲望書寫的文本類型。在中國古代小說範疇，另有以局中人欲望的正向追求為主動力、反向追求為牽制力實現欲望書寫的文本類型，如《西遊記》等文本即堪為典型例證。因其與《儒林外史》相對比，可做反向類似之觀，茲不贅述。

〔註 104〕（法）阿·德·托克維爾：《論美國的民主》（下），馬麗儀譯，國家行政學院出版社，2013 年，第 137 頁。

〔註 105〕魯樞元：《創作心理研究》，黃河文藝出版社，1987 年，第 216 頁。

〔註 106〕（清）閒齋老人：《儒林外史序》，朱一玄、劉毓忱編：《儒林外史資料彙編》，南開大學出版社，2003 年，第 254 頁。

二、「出乎其外」式旁觀者的全盤操控與逆向消解

「不管寫什麼文章，下筆之前，先要考慮的是，寫什麼內容，體現什麼思想，這是關鍵性的頭一著。這一『著』，古代作家叫做『立意』。」〔註107〕陸機亦曰：「辭程才以傚伎，意司契而為匠。」〔註108〕中國古代小說欲望書寫的宏觀命意，還需經由旁觀者「出乎其外」式的全盤操控與逆向消解得以展現。

（一）退隱式幕後操控與提點式顯性指引

「在敘述文本中可以找到兩種類型的發言人：一類在素材中扮演角色，一類不扮演。（這種區別即使當敘述者與行為者合而為一，例如在敘述中以第一人稱講述時，依然存在）」〔註109〕所謂退隱式幕後操控是指文本敘述者以出於其外式旁觀者身份掌控欲望書寫的敘述方式。「《金瓶梅》是大手筆，卻是用極細的心事做出來者」〔註110〕，其於欲望書寫的退隱式幕後操控存有明確印證。無論是環境描寫如「廳堂高遠，院宇深沉」的大廳中「放一張蜻蜓腿、螳螂肚、肥皂色、起楞」的桌子，還是寫人如以西門慶、潘金蓮、李瓶兒、龐春梅等為代表的世俗男女之於性慾滿足的赤裸與放縱追求，抑或是敘事如李瓶兒誤嫁蔣竹山、王六兒淫奉西門慶等故事情節，甚至是西門慶縱慾而死以及孝哥兒遭來世報應等命運結局，蘭陵笑笑生均以不動聲色的寫實筆法作了散文式書寫。讀者若不「潛心細讀數遍」〔註111〕，實難發現其深潛的「春秋筆法」，即作者實欲通過欲望無節制追求者的過度性自然表現展示欲望放縱的醜陋及其嚴重的現實後果。據此而析，蘭陵笑笑生對以酒色財氣為中心的人類欲望圖景，以盡力隱沒敘述痕跡的方式在幕後掌控欲望展示的表層審美與深層意蘊，以期實現客觀化書寫的接受效應。

所謂提點式顯性指引是指作者以明確的旁觀者身份對欲望書寫作進程指示與價值評判。中國古代小說受說書人敘事傳統的影響，其欲望書寫的提點式顯性指引特徵具有突出而鮮明的表現。如話本小說《十五貫戲言成巧禍》，文

〔註107〕朱伯石：《文章的立意》，《華中師院學報》，1979年第3期，第88頁。

〔註108〕（晉）陸機：《文賦》，穆克宏編：《魏晉南北朝文論全編》，上海遠東出版社，2012年，第51頁。

〔註109〕（荷蘭）米克．巴爾：《敘述學：敘事理論導論》，譚君強譯，中國社會科學出版社，1995年，第215頁。

〔註110〕（清）張竹坡：《金瓶梅讀法》，朱一玄編：《金瓶梅資料彙編》，南開大學出版社，2002年，第443頁。

〔註111〕（明）佚名：《新刻繡像批評金瓶梅評語》，朱一玄編：《金瓶梅資料彙編》，南開大學出版社，2002年，第280頁。

本不但以「今日再說一個官人，也只為酒後一時戲言，斷送了堂堂六尺之軀，連累兩三個人，枉屈害了性命。卻是為著甚的？」之語啟動欲望書寫，而且多次以「卻說」「放下這一頭。卻說這裡」「看官聽說」「閒話休題」等說書人語言明確標示欲望書寫進程，並且以「這段冤枉，仔細可以推詳出來。誰想問官糊塗，只圖了事，不想捶楚之下，何求不得。」「善惡無分總喪軀，只因戲語釀殃危。勸君出話須誠信，口舌從來是禍基。」等主觀性評論對文本的欲望表現作具有鮮明傾向的價值性評判。不止如此，這一特點即使在文人創作自我化色彩更為鮮明的擬話本小說如「二拍」、《三國演義》與《水滸傳》等為代表的長篇章回小說範疇亦有突出而鮮明的表現。也就是說，受傳統思維特徵的深刻影響，中國古代小說作家普遍具有全面掌控文本敘述的創作追求，而提點式顯性指引這一欲望敘述方式可以有效表現其對於人類與社會存在的洞明認知。

統而言之，無論是退隱式幕後操控還是提點式顯性指引，均是敘述者以旁觀者身份基於出乎其外式視角，以期實現對人類欲望和社會存在之內在本質深刻認知與全面掌控之敘述思維及書寫行為的具體表現，明確體現了中國古代小說作家對全知全能敘述功能的追求，「其特點是沒有固定的觀察位置，『上帝』般的全知全能的敘事者可從任何角度、任何時空來敘事：既可高高在上地鳥瞰概貌，也可看到在其他地方同時發生的一切；對人物的過去、現在和未來均瞭如指掌，也可任意透視人物的內心。」〔註112〕通過退隱式幕後操控與提點式顯性指引的有效結合，中國古代小說作家實現了對欲望書寫的全盤操控。

（二）逆向消解與超脫性評論

旁觀者的逆向消解是指作者在聚焦性欲望的整體建構過程中運用否定性手法對局中人欲望進行反向揭示的書寫方式。這是中國古代經典小說的普遍表現，現以《西遊記》為例作簡要分析。「《西遊記》是一部悟書」〔註113〕，意在書寫人類在世的現實困惑與精神的苦難歷程。這一意旨通過文本內容的兩度逆向消解而得以生發。其一為孫悟空欲望進程的逆向消解。文本起始，孫悟空在花果山的「自由自在」標示了其無欲無求的初始生命狀態；此後的「忽然憂惱」「大鬧天宮」「五行山」「取經」四個敘事符號或節點則標識了其生命狀態由欲望滋生且日益膨脹而遭致挫折並進而轉向的歷程演進；而最後「金

〔註112〕申丹：《敘述學與小說文體學研究》，北京大學出版社，1998年，第229頁。

〔註113〕（清）張潮：《幽夢影》，朱一玄、劉毓忱編：《西遊記資料彙編》，南開大學出版社，2002年，第320頁。

箍」的自動消失與「鬥戰勝佛」的封號則表明孫悟空已然融入自己曾經對抗的秩序體系。這一否定式書寫，不但是對孫悟空欲望追求的逆向消解，而且表明了其生命狀態由「伊甸園」進入「失樂園」的悲劇質性。其二為取經敘事以及對佛教的反諷書寫。取經敘事賦予文本書寫三重蘊含：第一，標明孫悟空的生命追求開始轉向而進入在世軌道；第二，因所取為大乘佛經而具有普渡眾生的崇高價值；第三，取經歷程是一個「遏欲」「磨礪心性」的過程。然而，文本之於佛教的反諷書寫卻對其作了逆向消解與徹底否定。第一，佛教意欲將大乘佛經傳往東土，卻又要故作姿態誘人來取；第二，「索要人事」以及如來的繁複解釋將大乘佛教「四大皆空」的核心要義徹底否定。因此，綜合孫悟空的初始人生追求及其最終結局、取經故事的言外之意與佛教的皮裏陽秋，可以發現文本通過對欲望追求的逆向消解與否定書寫，生動而深刻地展示了人類存在的現實困惑與精神的苦難歷程。

超脫性評論是指文本敘述者以「出於其外」的視角對局中人欲望冷靜俯瞰並進行價值消解性評判，因而這是一種更為明確且特殊的逆向消解形式。如《三國演義》，文本「陳敘百年，賅括萬事」〔註 114〕，通過對社會動盪、政權更迭的宏大書寫，生動描繪了各色人等對權力欲望以及人生價值的全力追逐。「曹家戲文方完，劉家戲文又上場矣，真可發一大笑也。」〔註 115〕李贄此評實為對文本欲望書寫之內在意旨的洞明之見。然而，文本並不僅僅止於對局中人欲望的形象展示，還以超脫性評論對其作了徹底消解。文本起始有《調寄臨江仙》一詞曰：「滾滾長江東逝水，浪花淘盡英雄。是非成敗轉頭空。青山依舊在，幾度夕陽紅。白髮漁樵江渚上，慣看秋月春風。一壺濁酒喜相逢。古今多少事，都付笑談中。」文本之末亦有一詩曰：「……紛紛世事無窮盡，天數茫茫不可逃。鼎足三分已成夢，後人憑弔空牢騷。」「末二語以一『夢』字、一『空』字結之，正與首回詞中之意相合。」〔註 116〕一詩一詞，均以超脫於現實世事的時空觀念，不但對特定歷史時空內的人物與事件作了冷靜俯瞰與理性反思，而且對人類的權力欲望追逐作了徹底消解，從而生發出濃鬱的歷史與人生空無感。由此可見，超脫性評論是中國古代小說作家藉以表達對人類欲

〔註 114〕（明）高儒：《百川書志》，朱一玄、劉毓忱編：《三國演義資料彙編》，南開大學出版社，2003 年，第 202 頁。

〔註 115〕張建業：《李贄全集注》（第 20 冊），社會科學文獻出版社，2010 年，第 345 頁。

〔註 116〕（清）毛宗崗：《讀三國志法》，（明）羅貫中：《三國演義》（會評本），陳曦鍾等輯校，北京大學出版社，1986 年，第 1457 頁。

望的理性認知並進而生發文本意旨的重要方式。

（三）文本建構功用

旁觀者身份的全盤操控與逆向消解意味著作者對文本及其欲望書寫的二度審視與複合觀照，寄寓了作者的宏觀書寫命意與審美判斷並先在決定了其書寫欲望的理路與方式。因而，其於欲望書寫與文本建構具有重要作用。

第一，影響文本的欲望書寫理路與表現方式。「詩者，志之所之也。」〔註 117〕也就是說，「作家的作品也是由某種思想和情感逐漸成長起來的。」〔註 118〕因此，無論是對人類情愛圖景的生動書寫，還是對政治腐敗的沉痛鞭撻，抑或對道德墮落的深刻揭示，文學文本都是作家對人類欲望現實表現之理性反思與理想追求的具象化展示。在這一前提下，基於作家宏觀創作命意的表現需要，文本的欲望書寫先在具有了既定的表現理路。如《水滸傳》意在譜寫自由欲望與生命快感的悲歌，故而不但設定了山野反抗者與權力掌控者的外在主要矛盾，而且深入設置了自由欲望和生命快感追求的感性實現方式與理性實現方式的內部次要矛盾，並且進而通過旁觀者身份全面掌控其對立統一的演化進程與最終結果、運施逆向消解與超脫性評論的書寫方式，才有效實現了對自由欲望與生命快感追求的徹底消解。

第二，反向激發文本的意旨生成。作家書寫人類欲望圖景，意在表現對其現實缺陷以及進階提升的理性反思與理想追求。「三十輻共一轂，當其無，有車之用。埏埴以為器，當其無，有器之用。鑿戶牖以為室，當其無，有室之用。故有之以為利，無之以為用。」〔註 119〕因此，欲望書寫作為文本的實體性內容，其意旨須由虛處生發。也就是說，文本意涵須經對欲望書寫正向趨進的反向激發才能夠生成。如《聊齋誌異・夢狼》意在鞭撻現實社會的官場貪婪與殘酷，文本以白翁夢入兒子府衙所見「巨狼當道」「白骨如山」「堂上堂下，坐者臥者，皆狼也」等情景的生動實寫，對現實官場的貪殘作了形象虛寫，故而為「天下官虎而吏狼者，比比也」之深沉感慨的抒發作了有效鋪墊；另如《聊齋誌異・司文郎》旨在抨擊科舉制度的弊端，文本通過「盲僧嗅文」情節對考試結果進行否定性書寫與反向揭示，實現了對「陋劣倖進，英雄失志」之科舉現

〔註 117〕《詩大序》，郭丹編：《先秦兩漢文論全編》，上海遠東出版社，2012 年，第 429 頁。

〔註 118〕（蘇聯）康・謝・斯坦尼斯拉夫斯基：《斯坦尼斯拉夫斯基全集》，中國電影出版社，1979 年，第 405 頁。

〔註 119〕陳鼓應：《老子今注今譯》，商務印書館，2006 年，第 115 頁。

實狀態的有效揭露。

三、「入乎其內」與「出乎其外」的內外映射與雙向生發

「入乎其內」式局中人的欲望聚焦與盲點書寫、「出乎其外」式旁觀者的全盤操控與逆向消解，既是中國傳統的系統認知思維於小說欲望書寫範疇的方法性表現，又對中國古代小說欲望書寫的審美接受與生成具有重要價值。

（一）欲望的整體透視與二維書寫

老子曰：「故常無，欲以觀其妙；常有，欲以觀其徼。」〔註 120〕王國維亦有言曰：「人之最靈，厥維天官，外以接物，內用反觀。」〔註 121〕在世實踐催生了中國人的外觀與內觀認知思維，並以二者的複合以期實現對存在的全觀。欲望，既是人類的內在主觀追求，亦具象為現實的客觀表現。中國古代小說的欲望書寫，是作家對人類欲望現實表現的理性反思及其進階提升理想的審美表現。「入乎其內，故能寫之。出乎其外，故能觀之。」〔註 122〕因此，中國古代小說作家既通過局中人欲望聚焦與盲點的「入乎其內」式細緻描繪，對人類欲望的發生、趨進、挫折、轉向與結果等現實表現作了形象書寫，如飲食男女的情慾圖景、塵世中人之於權力與物慾的追逐以及社會現實制約狀態下人們對於自由與自在生命狀態的理想追求等；又通過旁觀者的全盤操控與逆向消解對人類欲望的現實表現作了「出乎其外」式的理性反思，如《儒林外史》中王冕真名士四大奇人等藝術形象內涵之於現實社會追逐「功名富貴」、《金瓶梅》中西門慶及其妻妾現實結局之於世俗男女欲望放縱、《三國演義》中三家歸晉之於權力追逐的否定性書寫與反向揭示。據此而觀，通過內外視域的雙向二維書寫，中國古代小說實現了對人類欲望的具象展示與整體透視。

（二）審美接受的內外映射與和合生成

「文學所依據的唯一條件就是它的語言流傳物以及通過閱讀理解這些東西。」〔註 123〕堯斯亦認為，「一部文學作品，即使是最新發表的作品，也不是

〔註 120〕陳鼓應：《老子今注今譯》，商務印書館，2006 年，第 73 頁。

〔註 121〕王國維：《漢德像贊》，《王國維全集》（第十四卷），浙江教育出版社，2009 年，第 12 頁。

〔註 122〕王國維：《人間詞話》，《王國維全集》（第一卷），浙江教育出版社，2009 年，第 478 頁。

〔註 123〕（德）漢斯—格奧爾格·伽達默爾：《真理與方法》，洪漢鼎譯，上海譯文出版社，2004 年，第 211 頁。

信息真空裏出現的絕對的新事物。而是要通過預告、公開或隱蔽的信號，熟悉的特點或含蓄的暗示把它的讀者引向一種特定的接受方式。」〔註 124〕雖然讀者是文本意義生成的最終完成者，但是讀者的接受必須以既有的文本建構為基礎。「入乎其內，故有生氣。出乎其外，故有高致。」〔註 125〕中國古代小說的欲望書寫方式為審美接受的生成提供了先在的思維趨向與生成路徑。「入乎其內」式局中人欲望聚焦與盲點的書寫，能夠引領接受者深入藝術形象欲望趨進的細部與演進歷程以及由此而形成的人類存在之欲望圖景的時空框架，從而引發接受者對不同類型與價值取向之欲望書寫的「入乎其內」式心理震顫；「出乎其外」式旁觀者的全盤操控與逆向消解，則能夠因對人類欲望整體圖景的跳脫式俯瞰與價值評判，引發接受者對欲望追求的「出乎其外」式價值消解以及深度理性與濃鬱情感的審美心理生發。因此，「入乎其內」的細膩心理律動與「出乎其外」的宏觀精神超拔，以內外映射的雙向運動引領接受者形成對欲望書寫的整體感知，並最終促生了接受者對文本意涵的和合生成。

綜上所析，中國古代小說作家以「入乎其內」式局中人視角與「出乎其外」式旁觀者視角對人類欲望進行的雙向二維書寫，既實現了對人類欲望的細部認知、複合觀照與整體透視，又鮮明體現了中國古人認知自我與世界存在的全觀思維特徵。

小結

中國古代小說作家基於人、欲望、現實生活的內在邏輯，不僅以二元對立方式對人類於現實存在背景下的欲望表現作了繁富書寫，而且遵循中國傳統的內觀與外觀思維，運施「入乎其內」式局中人的欲望聚焦與盲點書寫、「出乎其外」式旁觀者的全盤操控與逆向消解的敘述姿態與操控方式對人類欲望進行複合書寫，從而實現了對人類欲望的全觀透視。循此，既可洞明中國古代小說作家書寫欲望的思維機理與操作方式，亦可深入發明中國古代小說欲望書寫的深刻意涵。

〔註 124〕（德）H·R·堯斯：《文學史作為文學科學的挑戰》，（德）萊納·瓦爾寧：《接受美學》，威廉·芬克出版社，1975 年，第 132 頁。

〔註 125〕王國維：《人間詞話》，《王國維全集》（第一卷），浙江教育出版社，2009 年，第 478 頁。

第五章　中國古代小說欲望書寫的動力結構與心理圖式生成

中國古代小說作家以鮮明的自我意識審視現實人生與世界圖景，於此生發具有濃鬱審美質性的宏觀創作命意，並藉形象塑造、故事敘述與環境描寫具象為文學文本。深度解構文本，可以窺破作家、生活、文本之間互動的內在規律與生成機理，並進而洞明中國古代小說作家個體顯意識與華夏民族集體潛意識有效融合的核心本質及其外在表現。

第一節　中國古代小說欲望書寫的動力運行與結構圖式美學

中國古代小說的形象塑造、故事敘述與環境描寫，就其本質而言，均為人類欲望的審美表現。作為小說文本的核心內容，欲望書寫的動力運行與結構圖式對於文本的審美生成具有重要作用。因此，解構中國古代小說欲望書寫的動力運行脈絡與結構圖式的建構法則及其模式，對於深入認識其審美生成具有重要價值。鑒於中國古代小說多數單部（篇）文本在此方面表現出的非集成性與非高階性特徵，以及《紅樓夢》複合深邃意涵與巧妙建構形式方面所取得的巔峰性藝術成就，基於對此問題進行深度發明的綜合考量，謹以《紅樓夢》為對象作典型性精要闡釋。

一、道生法則與裂變生長模式

老子曰：「道生一，一生二，二生三，三生萬物。」〔註1〕道既是世界萬物生成的本體，又以嚴密的邏輯鏈條順序生成萬物。另一方面，「據器而道存，離器而道毀」〔註2〕且「器非道不立」〔註3〕，器又是道存在的載體與具體表現。故而，「統此一物，形而上則謂之道，形而下則謂之器，無非一陰一陽之和而成，盡器則道在其中矣。」〔註4〕然而，基於世界萬物的多樣性，道的表現亦各具形式，即所謂「器既變，道安得獨不變」〔註5〕。在漫長的人類演進歷程中，這一世界化生與運演規律業已深入中國傳統文化思維，成為華夏民族體認與闡釋存在的核心顯性意識。

曹雪芹「生於繁華，終於淪落」，「燕市哭歌悲遇合，秦淮風月憶繁華」，〔註6〕沉重的人生體驗已然成為阻礙欲望趨進的結鈕，故而精神的突圍就成為打通生命與欲望通路的重要選擇。因此，這一精神追求不但是《紅樓夢》誕生的先在理念，而且會化入具象的文本建構。「理也者，形而上之道也，生物之本也；氣也者，形而下之器也，生物之具也。」〔註7〕《紅樓夢》的文本萌發與生長模式於此語確有鮮明體現。整部文本的邏輯建構正式啟動於第一回中「頑石」的「打動凡心」，這一文本標誌不但淵源有自，而且是化生文本的直接顯性源頭。「頑石」本無生命意識，因女媧鍛鍊而「靈性已通」，又因「獨自己無材不堪入選」而「自怨自歎」。因此，是欲望的挫折導致「頑石」心理失衡，此為其「打動凡心」的內在原因。就文本的內部生成邏輯而言，「頑石」的欲望之動實為啟動文本建構的原發性驅動力，亦即「道生一」。順應這一法則，「一」又裂變出「二」，即「神瑛侍者」與「絳珠仙子」。神瑛侍者因「凡心偶熾」「意欲下凡造歷幻緣」，絳珠仙子亦隨之下臨凡世意欲以「還淚」方式酬其「灌溉之德」，此為「木石情緣」。繼而，文本又「二生為三」，裂變出賈寶玉、林黛玉與薛寶釵的「三而一成」式動態關係，並建構了「木石情緣」與「金玉姻緣」的對立性矛盾。最後，文本又「三生萬物」，以寶釵黛的愛情與婚姻矛

〔註1〕陳鼓應：《老子今注今譯》，商務印書館，2006年，第233頁。
〔註2〕（清）王夫之：《周易外傳》，中華書局，1977年，第37頁。
〔註3〕（宋）朱熹：《朱熹集》，四川教育出版社，1996年，第2147頁。
〔註4〕（清）王夫之：《船山思問錄》，上海古籍出版社，2000年，第56頁。
〔註5〕（清）譚嗣同：《譚嗣同全集》，中華書局，1981年，第199頁。
〔註6〕（清）敦誠：《贈芹圃》，朱一玄編：《紅樓夢資料彙編》，南開大學出版社，2005年，第28頁。
〔註7〕（宋）朱熹：《朱熹集》，四川教育出版社，1996年，第2948頁。

盾為中心線索，衍生出「大觀園」中的眾多女性、賈府的諸色人等以及紛繁的社會性人物，從而為《紅樓夢》的欲望書寫構建了完善而又動態的要素組合。

以上所析，是為《紅樓夢》欲望書寫之道生法則與裂變生長模式的形式性邏輯表現，其還另具對應的意涵性邏輯表徵。「天下萬物生於有，有生於無。」〔註8〕「頑石」之「道生一」的生發過程，其內涵有二。第一，「頑石」本在鴻蒙之地，無生無識處於寂然狀態，因受鍛鍊而「靈性已通」表明其「意識」的萌發，但這一「意識」此時仍處於靜衡狀態，故而自性完足，此為「無生有」亦即「無名萬物之始」。第二，「獨自己無材不堪入選」而「自怨自歎」，表明因意識與外在因素的雙向觸發而導致心理失衡，其結果則是欲望的發動，此時的這一「欲望」已具有潛在指向性的可能，故而具備了運動亦即繼續生發的內在質性；「打動凡心」則表明欲望已具有了實質性內容，繼續運動生發的指向性已然確實，此為「有名萬物之母」。這一生發節點的形而下意涵表明，《紅樓夢》的文本建構實以欲望的發動為原生性起點，欲望書寫是其核心任務；其形而上內涵，則意指欲望的發動實為人類生活趨進的核心要素與原初性驅動力。「一生二」「二生三」「三生萬物」生長鏈條的意涵邏輯表現為欲望內容的持續裂變與分化。「一生二」階段，頑石的「凡心」指向是「紅塵中」的「榮華富貴」亦即「物色之欲」，其裂變為神瑛侍者的「意欲造歷幻緣」與絳珠仙子欲償的「灌溉之情」，亦即「情慾」與「恩情」；「二生三」階段，又繼續裂變為賈寶玉、林黛玉與薛寶釵三者之間欲、情、禮的矛盾糾葛；「三生萬物」階段，則全面演化為情慾、物慾、色慾、利益、恩情等各種欲望肌理的矛盾糾合，最終孕育出完整的欲望肌體，並創設了複雜而又動態的欲望運演系統。因此，這一道生法則與裂變生長模式的意涵邏輯表明，欲望的趨進與演化是《紅樓夢》文本生成的內在根據。

「道可道，非常道；名可名，非常名。」〔註9〕《紅樓夢》欲望書寫的道生法則與裂變生長模式，並非對道生哲學的機械摹寫，而是對道家哲學本體論與發生論之思維特徵與運演機理的形象演繹。據此考量，其具有三個特徵：第一，動態生發；第二，層深推進；第三，多維輻射。另一方面，「上下四方曰宇，往古來今曰宙」〔註10〕，四維時空是人類能夠感知的真實世界的最低限

〔註8〕陳鼓應：《老子今注今譯》，商務印書館，2006年，第226頁。
〔註9〕陳鼓應：《老子今注今譯》，商務印書館，2006年，第73頁。
〔註10〕（清）李慈銘：《越縵堂讀書記》，遼寧教育出版社，2001年，第616頁。

度。因此，基於這一時空屬性，並結合《紅樓夢》欲望書寫之道生法則與裂變生長模式的具體表現，其可以具象為符號化的運演圖式。（因本部分尚無需涉及時間因素的具體說明，故而時間曲線暫時不予繪出，下文圖 2、圖 3 亦同。）如圖 1 所示：

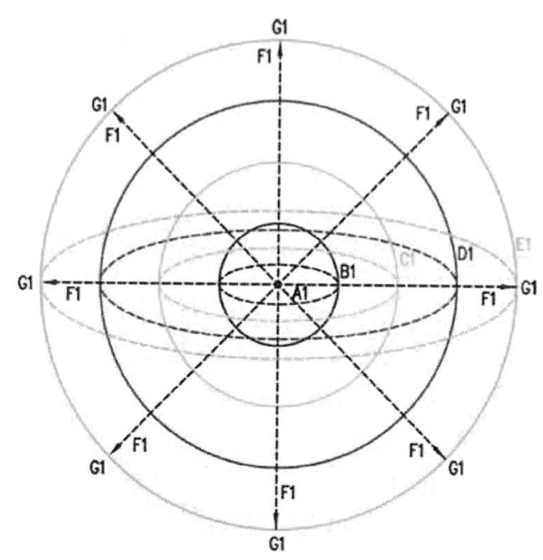

注：A1：意識　B1：物色之慾　C1：情慾、恩情　D1：欲、情、禮
E1：情慾、物慾、色慾、利益、恩情等　F1：裂變力方向　G1：欲望

二、天人感應思維及其內外滲透與時空穿插模式

「天人感應」學說是中國古人探索天人關係認知鏈條上的重要節點與理論範疇，其思想來源於最初的「唯天為大」意識，後經散點式發展，最終由董仲舒通過「天人相類」「人副天數」「天人同構」「天人一也」等多方位比附實現了理論體系的整體建構。「天人感應」思想的核心要義是天與人因具有內在相通的質性而存在雙向的感應與交通，強調在天的決定作用前提下人對天的順應與反向觸發。這一學說因刻意強調天的意志與權威而具有了鮮明的宗教神學色彩，亦通過機械比附的闡釋方式拓展了人的想象空間，並因此而強化了人的神秘體驗，從而具有了隱喻與象徵功能。借助統治者的大力推尊，「天人感應」思想由政治哲學領域逐漸趨向文化哲學思想的中心區域，並漸次滲入社會生活的其他具體領域，亦且藉由中國古人對生命狀態的理想性追求，最終演化出「實是整個中國傳統文化思想之歸宿處」〔註 11〕的「天人合一」思想體系。因此，在社會生活與人類意識的演進過程中，「天人感應」思想業已浸入中國

〔註 11〕季羨林：《禪與文化》，中國言實出版社，2006 年，第 274 頁。

古人的集體意識，成為其體認與闡釋存在的明確思維。

雖然並無曹雪芹的明確言說直接證明「天人感應」思維之於《紅樓夢》欲望書寫的影響，但是文本中超世神幻型與現實人間型兩種敘述層次的構設及其動態演繹，卻明確體現了這一影響的顯著存在。超世神幻型敘述層次是指以頑石和神瑛侍者為核心角色及其欲望演繹為內在驅動力的想象性敘事層面。在此層面，曹雪芹以浪漫的詩性想象，將神話素融入時空建構與形象創設，以欲望的萌發與趨進為敘述動力，巧妙引出「一干風流冤家」降世的「公案」。這一敘述層次有三個主要功能。第一，設定了以欲望為原點的動態趨向；第二，明確了以「風月情債」為中心的敘述意圖；第三，構建了具有鮮明神話質性的時空背景，為欲望敘述的展開創造了濃鬱的詩意鋪設，並因此而生發具有象徵與隱喻功能的具象符號。現實人間型敘述層次是指以賈寶玉為中心人物、寶釵黛的愛情與婚姻演化為中心線索、賈府為主要背景的欲望圖景敘述層面。在此層面，作者主要進行了四個方面的敘述建構。第一，情愛追求的失意；第二，物色之欲的醜陋；第三，世態人心的敗壞；第四，人生理想的幻滅。這一敘述層次的文本建構及其意涵審美價值主要體現為四個方面。第一，以生動的形象塑造與巧妙的故事構建，描繪了多元共生的人類欲望圖譜；第二，揭示了欲望之為人類行為驅動的根本動力與生活狀態表現的內在根據；第三，展示了欲望的現實表現及其境遇，並進而揭示了其二元質性；第四，表現了對欲望以及人類在世方式的審美思考，營構了具有濃鬱空幻格調的美學意境。據此而析，超世神幻型敘述層次對文本意涵進行了抽象的符號構建並因而具有了象徵與隱喻功能，現實人間型敘述層次則是對超世神幻型敘述層面中心意涵的具象化與拓展性演繹。因此，二者通過形而上與形而下層面的有機組合實現了文本欲望書寫的整體建構。

超世神幻型與現實人間型兩種敘述層次還另具文本建構的形式關聯。首先，二者構成了以共同原點為重心的包含關係，即以「欲望」為共同原點，由內而外逐級生發的超世神幻層與現實人間層；其次，兩個敘述層次具有動態的雙向交通關係，即藉由一僧一道、甄士隱、「寶玉」的失而復得、夢境等敘述符號，以內外滲透與時空穿插的方式，提領文本欲望書寫系統的動態運行。這一內外滲透與時空穿插方式具有重要的文本建構功能與意涵審美價值，是「有意味的形式」。第一，驅動欲望演進的運行軌跡，標示文本的欲望書寫進程。「一僧一道」攜「寶玉」進入紅塵是為欲望由形而上層面進入形而下層面亦即由超世神幻層進入現實人間層，標誌著欲望演繹的正式啟動；甄士隱夢遇「一僧一道」且隨其脫世以及因此而作的《好了歌》等，則是對欲望登場的即時否定及其結局的預敘；賈寶玉在夢境中「太虛幻境」的情慾體驗，預示了其欲望漸趨沉墜的演進趨勢；「寶玉」的失而復得，則標識了賈寶玉於欲海沉醉中終將趨於醒悟的精神轉向。據此考量，這些文本敘述符號，實為對欲望趨進及其轉向書寫的明確引領與有效推動。第二，創設神幻靈動的審美時空。「寶玉」的靈異色彩、「一僧一道」自由出入於仙界與塵世的飄忽莫測、賈寶玉夢中「太虛幻境」的具體設置、「木石情緣」之仙界與人間的遙相呼應等文本敘述標識的巧妙構設，因其神話素的有機點化、想象力的暫時跳脫以及想象性空間與現實人間的鮮明對比，為欲望書寫創設了極具神幻色彩與靈動拓展的審美時空。第三，巧妙提示欲望書寫的深層意涵。「一僧一道」的言語與行為體現了對現實人間欲望的自外審視與理性超脫，甄士隱因其啟迪而作的《好了歌》則進而對現實人間的各種欲望做了深刻透視與徹底消解；賈寶玉在夢境中經歷的情慾體驗亦形象反映了文本之於欲望沉迷的否定立場，而「寶玉」的最後一次失而復得則明確標示，賈寶玉將最終超拔於現實人間欲望的桎梏而實現人生狀態的飛躍與生命境界的提升。因此，得益於欲望的持續驅動及其運動方式的巧妙構設，兩種敘述層次具有了雙向流通的功能並因此而實現了欲望書寫結構的動態運行。

據上所析，《紅樓夢》欲望書寫的內外滲透與時空穿插模式可以具象為符號化的運演圖式。如圖 2 所示：

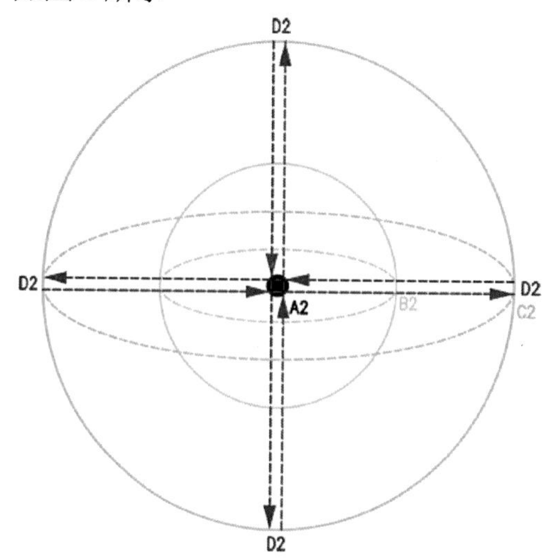

注：A2：欲望　B2：超世神幻層　C2：現實人間層　D2：運行方向

三、五大節點、五大範疇與欲望趨進的審美生成

《紅樓夢》一書，「蓋全部之主惟二玉二人也」〔註12〕。在文本中，有五個重要節點標識了「木石情緣」與賈寶玉欲望趨進及其轉向的發展歷程。第一個節點為神瑛侍者「下凡造歷幻緣」與絳珠仙子下世「還淚」，其為文本確立了以「情慾」為中心的敘述起點與內容範疇。此即文本欲望書寫之道生法則與裂變生長模式的「一生二」節點與鏈條，前文已有明確分析，茲不贅述。第二個節點為賈寶玉「魂遊太虛幻境」與「初試雲雨情」。抽象與具象兩個故事情節的組合，不但表明以「情慾聲色警其頑癡」的目的沒有達到，賈寶玉還把「古今之情」與「風月之債」等「邪魔招入膏肓」。因此，賈寶玉在夢中與可卿以及在現實中與襲人的雲雨之事，其隱含之意是指賈寶玉逐漸趨於並沉墜於欲情的迷津。第三個節點是「訴肺腑心迷活寶玉」。隨著情慾體驗歷程的趨於深入，終於促使賈寶玉向林黛玉袒露了自己的執著之愛，這標誌著賈寶玉業已抽身於欲的沉迷而轉向情的挺進。第四個節點是「苦絳珠魂歸離恨天，病神瑛淚灑相思地」。此前，「寶玉」之失以及賈寶玉的神智迷失，隱指賈寶玉情愛與人生追求因外在因素的干擾而趨於迷亂狀態。林黛玉的淒涼之死，則明確標識了寄寓著賈寶玉與林黛玉知己之愛的「木石情緣」的悲劇結局；而其後寶玉在夢中被「石子打中心窩」，亦進而預示了其斬斷情緣的欲望轉向。第五個節點為「寶玉」的復得以及「得通靈幻境悟仙緣」。夢境中再次遊歷「太虛幻境」的明確體認，喻指賈寶玉於人生迷茫關頭的自我反思與路徑趨進的探尋；「寶玉」失而復得後其曰「我已經有了心了」，則表明賈寶玉的欲望轉向及其具體路徑業已明確，即離於塵世徹底斬斷欲望的束縛，這於此後賈寶玉用心攻書參加科舉以及最終出走的人生結局可以得到明確印證。「工師之建宅亦然，基址初平，間架未立，先籌何處建廳，何方開戶，棟需何木，梁用何材，必俟成局了然，始可揮斤運斧。」〔註13〕五大節點分別標示了賈寶玉生命情慾的萌發、趨進、轉向、迷失與幻滅，並綜合構建了其由欲望沉迷而趨於精神超拔的人生發展歷程，從而為整部文本的欲望書寫確立了意涵內核與敘述主幹，此即所謂「凡善立言者，立言之始，必有一大根蒂而總統之，則枝葉四出，方不散亂」〔註14〕。

〔註12〕（清）脂硯齋：《紅樓夢評》，朱一玄編：《紅樓夢資料彙編》，南開大學出版社，2005年，第108頁。

〔註13〕（清）李漁：《閒情偶寄》，中國畫報出版社，2013年，第4頁。

〔註14〕（清）佚名：《平山冷燕》，人民文學出版社，2006年，第3頁。

曹雪芹自言《紅樓夢》「大旨談情」，其實這是文人隱約其辭的狡獪說法。脂硯齋於文本第一回即已勘破這一煙雨模糊說法，其對僧人說英蓮是「有命無運累及爹娘之物」批曰：「看他所寫開卷之第一個女子使用此二語以訂終身，則知託言寓意之旨，誰謂獨寄興於一情字耶？」〔註 15〕綜合文本書寫的實際情況考察，作者其實是以「大旨談情」為敘事主幹，統合物慾、色慾、利益、恩情四個主要敘述範疇，通過對人類欲望圖譜的形象描繪，生動展示了對人類欲望本質的深刻思考。上段所論五大節點就是關於賈寶玉欲情趨進及其與林黛玉情愛追求的具體闡釋，其實不止寶黛二人，他如寶釵襲人妙玉等人之與寶玉、尤三姐之與柳湘蓮、齡官之與賈薔等諸多人的情慾亦皆歸於悲劇結局。物色之欲書寫亦是文本的重要範疇，於此可以洞見人心叵測與世道險惡。賈珍、賈璉、薛蟠等人的色慾爛淫，不僅無視道德倫理的基本要求，而且表現出變態的醜陋；社會地位較高者如賈赦之為古玩、王熙鳳之為金錢害人家破人亡，社會地位較低者如馬道婆、大觀園中的眾多老嬤嬤等亦因逐利而或害人性命或欺壓同類。利益與物色之欲內具密切關聯，但展示出更寬泛的矛盾糾葛。賈府的諸多丫環為了生活與地位的提升，多竭力向上攀爬，且為了勝出而傾軋同類；賈府衰敗前後眾多家人奴仆於勢利人情的鮮明對比亦具同質表現，均形象彰顯了世人之於世俗利益的赤裸追求及其與世道人心的內在聯繫。恩情書寫亦是展示個體生存境遇及其人生選擇的重要方面。家族的呵護寵愛既是賈寶玉生活優渥的重要基礎，又是使其陷於情慾迷津的外在束縛；賈府的寄居生活既給林黛玉提供了與賈寶玉產生知己之愛的客觀條件，又因賈府的現實選擇直接導致了「木石姻緣」及其生命的悲劇結局。對於恩情，有以德報德型如劉姥姥，亦有薄情負恩型如賈雨村與賴尚榮，世態人心於此亦可窺見一斑。與情愛追求的悲劇結局一致，物慾、色慾、利益與恩情四大欲望範疇中的相關角色，亦或因賈府的衰敗、或因傾軋與反抗的鬥爭、或因個體的覺醒而終遭報應或者歸於幻滅。故而，王國維曰：「《紅樓夢》一書，與一切喜劇相反，徹頭徹尾之悲劇也。」〔註 16〕魯迅亦因此評曰：「悲涼之霧，遍被華林。」〔註 17〕

〔註 15〕（清）脂硯齋：《紅樓夢評》，朱一玄編：《紅樓夢資料彙編》，南開大學出版社，2005 年，第 110 頁。

〔註 16〕王國維：《〈紅樓夢〉評論》，《王國維全集》（第一卷），浙江教育出版社，2009 年，第 65 頁。

〔註 17〕魯迅：《中國小說史略》，上海古籍出版社，2006 年，第 165 頁。

在關於《紅樓夢》思想意蘊的多種觀點中，「悲劇說」尤為深刻且貼合文本書寫實際，但後來的研究者對於「悲劇」內涵多從愛情、家庭、社會、道德文化、人生、女性等方面進行表層性分析，故而又缺乏內在的深刻性。綜合上文所析，《紅樓夢》實以「頑石」的欲望萌發為原點，以神瑛侍者的欲望趨進與轉向為內在驅動力，以五大節點穿聯欲望範疇中五個主要方面的細緻書寫，對人類欲望的主要內在肌理及其綜合表現做了形象展示。這一多維而全面的欲望圖景書寫，其悲劇結局充分表明，欲望是人類存在之現實痛苦狀態的根源，而離於塵世徹底擺脫欲望的束縛才是終極解決之道。據此而論，作者的宏觀創作意圖旨在通過欲望的現實表現及其境遇書寫，表達欲望趨進之與外在因素制約的內在矛盾而終至幻滅的悲劇結局。也就是說，《紅樓夢》是作者對於個體欲望及其社會存在的審美思考，是作者探尋在世方式調整以及理想生命進階的精神圖譜。就此意義而言，《紅樓夢》既具「演性理之書」〔註 18〕的內在特徵，又具「哲學的也，宇宙的也，文學的也」〔註 19〕之深邃詩性。

據上所析，《紅樓夢》欲望書寫的五大節點、五大範疇與欲望趨進的審美生成亦可具象為符號化的動態運演圖式。如圖 3 所示：

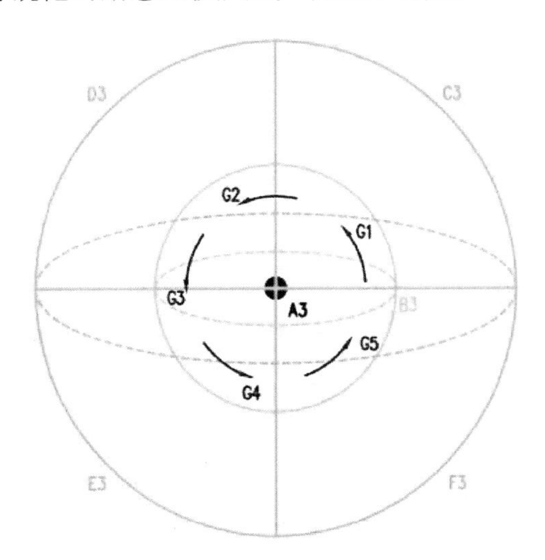

注：A3：欲望　B3：情慾　C3：物慾　D3：色慾　E3：利益　F3：恩情
G1-5：五大節點

〔註 18〕（清）張新之：《紅樓夢讀法》，馮其庸纂校訂定：《重校八家批評紅樓夢》，江西教育出版社，2000 年，第 64 頁。

〔註 19〕王國維：《〈紅樓夢〉評論》，《王國維全集》（第一卷），浙江教育出版社，2009 年，第 65 頁。

四、四維同心球形結構的審美生成

「藝術作品中通常被稱為『內容』或『思想』的東西，是作為作品中表達的意義『世界』的一部分而融合在藝術作品結構之中的。」〔註20〕小說結構不僅是文本意涵得以生成的重要因素，而且是作者創作命意、操作思維及其實施方式的具體體現。長期以來，關於《紅樓夢》的文本結構，研究者多基於二維或者三維的時空觀念，提出了網狀說、圓形說、圓環說、圓形網絡說、圓形立體網絡說等多種觀點，雖然各有其道理與價值，但是距《紅樓夢》結構的深層狀態及其審美生成還有一定距離。

之於《紅樓夢》的文本結構，筆者提出「四維同心球形結構」的說法，基於對三個重要因素的認真考量。

第一，四維時空是人類認知存在真實程度的最低限度。所謂四維時空，就是三維的立體空間（長、寬、高）同時複合一維的時間，亦即「上下四方曰宇，往古來今曰宙」。雖然根據愛因斯坦的《相對論》，研究者結合時間維度變化、運動速率影響等因素已將人類對宇宙時空的認知拓展至十八維，但是在人類的在世日常生活範疇，四維時空仍是人類體認存在真實程度的基本限度。

第二，文學文本是人類表現對存在狀態認知的言語審美圖式。小說是文學範疇的重要體式，敘事、形象塑造與繪景為其三個基本的文體構建要素。「小說者，以詳盡之筆，寫已知之理者也。」〔註21〕無論是現實書寫還是想象性書寫，小說都是作家對「已知之理」的具體演繹。也就是說，小說文本的敘事、形象塑造與繪景必然是對人類存在狀態的藝術化表現。因此，基於人類認知存在真實程度的最低限度，小說文本敘述必然應在四維時空的基礎上展開。

第三，《紅樓夢》的欲望書寫符合四維時空的基本屬性要求。綜合前文三個方面的具體分析，關於《紅樓夢》欲望書寫的形式構建與動力運行，可以推導出如下結論：第一，文本以「欲望」為圓心，首先衍生出超世神幻層與現實人間層兩個敘述層次；第二，以「欲望」為原點，衍生出「大旨談情」的敘述主線，並以五大節點為敘述標誌，穿聯了情慾、物慾、色慾、利益、恩情之欲望內容的五大主要範疇，實現了對人類欲望圖景的全息書寫；第三，以「欲望」為內在驅動力，利用內外滲透與時空穿插模式實現不同敘述層次與敘述範疇

〔註20〕（美）雷·韋勒克：《批評的概念》，張今言譯，中國美術學院出版社，1999年，第278頁。

〔註21〕夏曾佑：《小說原理》，《繡像小說》第三期，1903年。

的交通；第四，源於不同層次與範疇的敘述穿插，時間表現為曲線趨進形式。因此，結合敘事、藝術形象塑造以及繪景得以實現的空間與時間表現，《紅樓夢》的欲望書寫不但完全具備四維時空的基本屬性要求，而且呈現出顯明的詩意新變特徵。據此，可以將《紅樓夢》欲望書寫的動力運行與結構圖式具象為符號化的動態運演圖式。如圖 4 所示：

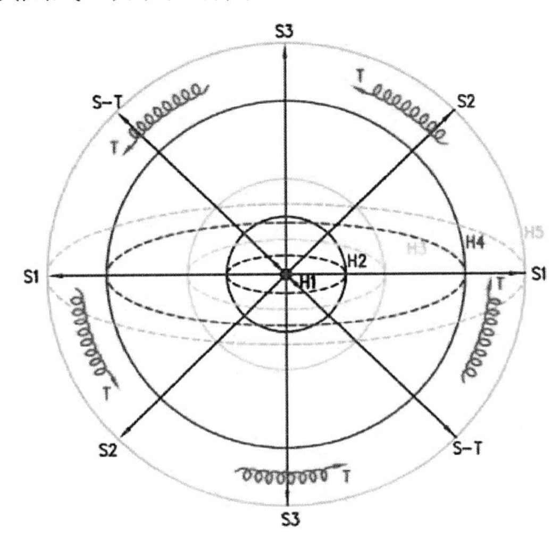

注：S：空間　S1：左右　S2：前後　S3：上下；T：時間曲線；S-T：內外滲透運行軌跡　H：層次　H1：文本意核　H2：超世神幻層　H3：過渡層　H4：現實人間層　H5：欲望

「做文如蓋造房屋，要使樑柱筍眼，都合得無一縫可見；而讀人的文字，卻要如拆房屋，使某梁某柱的筍，皆一一散開在我眼中也。」〔註 22〕通過對《紅樓夢》的細讀與解構，可以發現其欲望書寫從宏觀創作命意、結構之道及其機理運行到具體細節的安排布置，嚴密而又巧妙地實現了形而上抽象意涵與形而下具體書寫的完美結合，最終構建了與人類生命系統運行特徵內在一致的全息結構圖式。

首先，《紅樓夢》欲望書寫的四維同心球形結構是具有鮮明仿生質性的動態全息系統。以人的欲望為文本建構的原發性起點，以角色的欲望趨進與轉向為內在驅動力推動故事情節的進展，以情為中心牽合物慾、色慾、利益、恩情等主要欲望範疇對人類欲望圖譜進行全面與多維書寫，以關鍵節點勾連文本敘述的點、線、面構建立體完整且動態運行的結構圖式，並藉此表現對人類欲望及其社會性存在的審美思考。因此，無論是從形式還是內容方面，這一四維

〔註 22〕（清）張竹坡：《張竹坡批評金瓶梅》，齊魯書社，1991 年，第 40 頁。

同心球形結構都充分發揮了「有意味的形式」之有效結合的功能，實現了對人類生命運行及其社會性存在的動態與形象摹寫，因而具有了鮮明的仿生學特徵。

其次，《紅樓夢》欲望書寫的四維同心球形結構體現了文學詩性與深邃哲思的完美融合。《紅樓夢》的欲望書寫，其濃鬱文學詩性在於，曹雪芹不僅將深沉的生命體驗寄寓於「頑石」，而且以想落天外的思維拈出「通靈」之說，藉其出入於天外人間的經歷與悲歡離合，形象演繹了自我之於生命存在的審美思考。然而，這一具有濃鬱詩意的文學操作，在具體的結構過程中，卻又蘊藏著深刻的哲學思維。第一，以形象的道生法則及其化生鏈條與邏輯，對「頑石」的來源出處以及演變歷程進行合理設置；第二，明確運施「天人感應」思維，為「頑石」與「神瑛侍者」的超世與現實人間經歷構設天地神人多向動態交通的時空框架；第三，以曲線趨進的時間及其具體節點明確標識並完整穿聯整個敘述系統。因此，濃鬱的文學詩性藉由深邃的哲思出之，深邃的哲思亦因文學的詩性形象而彰顯。

再次，《紅樓夢》欲望書寫的四維同心球形結構創造了中國古代小說結構的最高表現。「一切立體圖形中最美的是球形，一切平面圖形中最美的是圓形。」〔註23〕《紅樓夢》欲望書寫的這一四維同心球形結構，其價值並不僅僅在於對之前中國古代小說點型、單線型、複線型、網狀、立體網絡型、立體圓形等結構形式的簡單超越，而且表現為對之前出現的立體球形結構完善程度的超越。如《水滸傳》《西遊記》等少數經典小說文本，亦已具備了立體球形結構的較為完備的形式表現。但是，《紅樓夢》在文本意核的裂變形式、想象性時空與現實性時空設置、時間曲線的運演方式等方面更為嚴謹有序、細密完善，因此具有了更為上乘的形式表現。「至於結構二字，則在引商刻羽之先，拈韻抽毫之始，如造物之賦形，當其精血初凝，胞胎未就，先為制定全形，使點血而具五官百骸之勢。」〔註24〕四維同心球形結構是曹雪芹結構之道與技的符號形式，是其哲學思維與文本創作意旨完美融合的審美結晶。

上文所述諸要點，中國古代小說領域中藝術水準較高的文本，短篇白話小說如「三言二拍」，文言小說如《聊齋誌異》，章回體小說如《金瓶梅》等，雖

〔註23〕北京大學哲學系外國哲學教研室編譯：《古希臘羅馬哲學》，商務印書館，1982年，第36頁。

〔註24〕（清）李漁：《閒情偶寄》，中國畫報出版社，2013年，第3～4頁。

或具其中一二點甚至多點，其中亦不乏表現較佳者如《西遊記》《水滸傳》，然其複合性表現與藝術水準均不如《紅樓夢》。「自從《紅樓夢》出來，傳統的思想和寫法都打破了。」〔註25〕《紅樓夢》充分繼承前人創作經驗，在思想與藝術層面均實現了創造性的超越，具體於小說文本欲望書寫的動力運行與結構圖式表現而言，此語亦為切中肯綮之論。於此，我們可以洞見中國古代小說欲望書寫的動力運行與結構圖式的生成法則與演繹機理。

第二節　中國古代小說欲望書寫的心理審美圖式生成

欲望書寫不但是小說文本藝術形象塑造、敘事與環境描寫的內在根據與原發性驅動力，而且是作家宏觀創作命意滲化暈染並使文本意旨得以濃縮與生發的核心要素。欲望書寫的文本表現是讀者心理審美圖式生成的物質基礎，讀者心理審美圖式是欲望書寫與文本意旨生發的精神鏡像。發掘二者之間的內在多維關聯，是解構小說文本建構碼則、提煉小說文本深層意涵的密鑰所在。

一、欲望書寫要旨的巧妙佈設與邏輯抽繹

「古人作文一篇，定有一篇之主腦。主腦非他，即作者立言之本意也。」〔註26〕這一具有審美質性的作家宏觀創作意旨的生發是其內在意識與外在世界雙向深度觸發的結果，它既是作家啟動創作的內在驅動力，又因其意的濃縮性而沉潛於文本的底層並藉由文本要素的書寫表現而得以外顯。如《西遊記》這部小說文本，盛於斯認為其「作者極有深意」〔註27〕，清人張潮亦曰「《西遊記》是一部悟書」〔註28〕。二人的「深意」與「悟書」之說，即是以讀者身份通過對文本的深度解讀進而抽繹作者創作命意與文本深層意旨的精神體悟。然而，作者如何通過文本的藝術化書寫以傳達其「深意」，讀者亦經由何種路徑與方式抽繹「悟書」深蘊之意旨，是事關文本深層意涵二度生成的複雜技巧性與思維解構過程。

〔註25〕魯迅：《中國小說的歷史的變遷》，《魯迅全集》（第9卷），人民文學出版社，1981年，第815頁。

〔註26〕（清）李漁：《閑情偶寄》，上海古籍出版社，2016年，第15頁。

〔註27〕朱一玄、劉毓忱：《西遊記資料彙編》，南開大學出版社，2002年，第316頁。

〔註28〕朱一玄、劉毓忱：《西遊記資料彙編》，南開大學出版社，2002年，第320頁。

作者於其宏觀創作意旨的巧妙佈設是讀者進行邏輯抽繹並進而發明其深層意蘊的必由路徑。仍以《西遊記》為例作深入說明。據文本書寫內容進行綜合考量，其主要通過三大敘述要點的邏輯建構實現了創作核心意旨的巧妙佈設。第一，孫悟空生命狀態的三度變化書寫；第二，取經事業的否定性書寫；第三，對天界體系及其存在秩序的正反相形性書寫。三大敘述要點各有其敘述命意，並因其多維的激發映射而創設了深刻渾融的意蘊要旨。

孫悟空生命狀態的三度變化，通過五大節點的線性敘事建構過程，生動體現了人類對於自我欲望、生存狀態以及在世方式探尋的深刻審美思考。在文本的顯性敘述層面，石猴出世為第一個節點，石猴「突然憂惱」「墮下淚來」為第二個節點，五行山下定心猿為第三個節點，踏上取經征途為第四個節點，取經事業功成圓滿是第五個節點。五大節點的顯性敘述各有其深層意涵。石猴的「石頭」原質與天地化生方式，意味著「天產石猴」天然不具有人類欲望故而不受其制約，之後其於花果山「山中無甲子，寒盡不知年」的「樂享天真」式存在，實為對石猴因無欲望牽絆故而自由自在與天地同性共處之生命狀態的外顯性具象表現，此為第一個節點的內在意涵。然而其間仙石因「每受天真地秀，日月精華，感之既久，遂有靈通之意。內育仙胞」，為石猴的欲望從無至有之萌生預伏了種因，故而當其因「遠慮」生命的時限束縛時，「突然憂惱」「墮下淚來」。因此，第一節點向第二節點的驅進，既明確標示了石猴欲望從無至有的萌生過程，又形象表明欲望實為導致生命狀態之不自由與痛苦的內在原因與先在前提。自第二個節點始，石猴因欲望的驅動而正式步入生命追求日益前進的軌道。出海學藝、藝成歸來、收服群魔、龍宮索寶、陰司除名、兩度反出天庭等故事情節明確標識了孫悟空的個體追求持續擴張進程，然而與此同時，天庭的招撫與征剿等外在對應性措施亦順次啟動。最後，由於孫悟空「皇帝輪流坐，明天到我家」的終極欲求與天界體系存在的根本要求產生了無法調和的對立性矛盾，最終導致其生命歷程的第三個節點即被天界三股核心力量聯合鎮壓在五行山下。據此觀之，孫悟空生命狀態的第二度變化，主觀根源在於其個體欲望實現的無制約性追求及其純粹的自由質性，而客觀原因則是天界體制存在的秩序要求，故而可據此發明其深層意涵：個體的無制約性欲望追求與外在體系的秩序規則的對立性矛盾是影響個體生命狀態的根本因素。被定於五行山下的殘酷折磨，引發了孫悟空對自我欲望與生命追求的反思，其結果是「我已知悔了。但願大慈悲指條門路，情願修行」，這意味著心猿欲望轉向萌生新的生命追求。因此，追隨唐僧西去求取勸化眾生的三藏佛經作為標示孫悟空生命狀態的第四個節點，確鑿表明孫悟空正式步入修煉心性的人生軌道。歷經預定之數的磨煉歷程，孫悟空抵達生命狀態的第五個節點：功德圓滿且被封為鬥戰勝佛，亦即生命狀態的第三度變化。然而，這一節點與變化卻極具深厚意蘊，金箍的自動消失即為其符號表徵。緊箍咒的功用在於關鍵時刻對孫悟空野性及其自由心性的強力禁制，其根源在於因孫悟空對天界體系及其秩序的極端對抗而導致的天界秩序掌控者對其形成的顯性不信任意識。這一禁制性工具的自動消失，明確標識天界秩序掌控者已然消解了對孫悟空的不信任態度，這意味著雙方業已形成同一秩序體系下的利益同盟關係。也就是說，孫悟空最終歸順於其最初所對抗的天界體系，亦即放棄了自我之於自由欲望實現的追求。據此可以理出其生命狀態三度變化的發展歷程及其內在蘊含：自由與反抗→痛苦與反思→轉向與皈依，歷經欲望萌發、驅進、遭受鎮壓、反思、轉向與行為實踐的生命過程，孫悟空最終走向了對自我初心的否定與消解。「《西遊記》當名『遏欲傳』。」〔註29〕清人張書紳的這一論斷，如若具體於孫悟空形象內涵的評價，亦屬透闢之言。

孫悟空的欲望驅進歷程及其符號內涵是文本整體建構的核心要素，但是，對取經事業的否定性書寫、對天界體系及其存在秩序的正反相形性書寫，二者作為映襯性要素亦是文本核心意旨深度凝練並得以生發的必要條件。取經事業的否定性書寫通過三個關鍵要素實現了歷程建構與意涵生成。取經緣起是起點性之因，緣於如來佛祖認為「但那南贍部洲者，貪淫樂禍，多殺多爭，正所謂口舌凶場，是非惡海。我今有三藏真經，可以勸人為善」，故而可知取經是具有正向價值的事業；「九九數完魔滅盡　三三行滿道歸根」而「五聖成真」，功德圓滿是取經事業的結點性之果。在因果書寫的完整性架構之中，作者以巧妙俏動之筆對其作了否定性消解：一是阿儺伽葉索要人事，二為如來「我還說他們忒賣賤了」以及封豬八戒為淨壇使者因由等語，不僅明確揭示了佛教執障於財富的虛偽面目，而且幽默詼諧地對其本質進行了否定性諷刺，從而對取經事業的價值作了徹底消解。天界體系及其存在秩序的正反相形性書寫，其要點有二：第一，天界體系權力掌控者的自命正統立場及其對體系秩序的強力維護，是為正向書寫；第二，基於利益需要與權力掌控的隨意使用，則為反向書寫。符合天界體系秩序及其利益需要的即可成神成仙成佛，反之則為妖魔鬼

〔註29〕朱一玄、劉毓忱：《西遊記資料彙編》，南開大學出版社，2002年，第325頁。

怪；天界權力掌控者不但可以因為自己的疏忽而隨意影響現實人間的生活狀態，亦可出於自我的喜怒哀樂而對影響其利益者給予懲罰；這於其對孫悟空的聯合禁制、各種下界魔怪以及天界下凡之神魔的最終結局等書寫中均可得到明確印證。

據上所析，孫悟空的欲望驅進歷程是文本整體建構的中心線索與主導性驅動力，天界體系及其存在秩序、取經歷程書寫則是其得以線性推進的背景基礎與映襯性要素以及牽制性力量。「藝術作品中通常被稱為『內容』或『思想』性的東西，作為作品的形象化意義的一世界的一部分，是融合在藝術結構之中的。」〔註30〕基於一主二輔三大敘述要素設置的三條敘述線索之雙向多維的對比交合而構建的結構形式，其各自意涵亦因動態的映射激發而生成文本整體的核心意旨，也就是說，作者通過三大核心敘述要素的匠心營構與生動形象書寫而實現了自我宏觀創作命意的藝術沉潛。循此理路，讀者可以洞見人類精神的艱難歷程。對於這一哲性審美，明人吳從先認為「《西遊記》一部定性書，……勘透方有分曉」〔註31〕，晚清阿閣老人亦曰「《西遊》者，中國舊小說界中之哲理小說也」〔註32〕，雖均表達了其深度認知，但終未明確指出文本的深層意涵之所在。究其原因，實乃因缺乏明確的理性認知思路，故而難以洞察文本之於欲望書寫要旨的巧妙佈設，亦因此沒有形成回溯性的邏輯抽繹所致。

二、欲望敘述立場的有意遮蔽與其書寫邏輯的錯位對接

「感知或認知的方位，被敘的情境與事件藉此得以表現。」〔註33〕布斯亦曰：「一個道德的角度而不僅是技巧的角度的選擇問題，故事就從這個角度講述出來。」〔註34〕文學書寫是作家對社會與人類存在認知的審美表達，文本的敘述立場因作家看待世界的角度選擇而得以確定。「觀物必造其質，寫物必究

〔註30〕（美）雷·韋勒克、奧·沃倫：《文學理論》，劉象愚等譯，生活·讀書·新知三聯書店，1984年，第17頁。

〔註31〕（明）吳從先：《小窗自紀》，郭征帆評注，中華書局，2008年，第159頁。

〔註32〕朱一玄、劉毓忱：《西遊記資料彙編》，南開大學出版社，2002年，第369頁。

〔註33〕（美）傑拉德·普林斯：《敘述學詞典》，喬國強、李孝悌譯，上海譯文出版社，2011年，第176頁。

〔註34〕（美）韋恩·布斯：《小說修辭學》，華明等譯，北京大學出版社，1987年，第175頁。

其理。」〔註35〕文學文本的內在生生之理實為作家審美思維之於世界鏡像進行全觀審視的認知理路及其表現方式的美學具象，亦即作家書寫邏輯的結構圖式表現。因而，敘述立場是文學文本生成的內在基調，書寫邏輯則是基於敘述立場繁複演繹的理路與方式表現，二者密切關聯又多樣背反，文學文本於其雙向動態的對立統一過程中完成整體的形態構建。循此形態建構的動態完形，欲望書寫的心理圖式亦借勢啟動並漸次生成。於此方面，《水滸傳》的欲望書寫及其心理審美圖式生成堪為典型例證。

《水滸傳》的敘述立場在文本起始即因角色群體的背反性稱謂而被遮蔽沉潛。小說以現實性與超現實性雜糅的人與事啟動文本書寫，其敘述立場在「引首」中就表現出明顯的隨意轉變。在「引首」起始，敘述者首先通過對趙匡胤、陳摶以及三登之世等人與事的敘述表明對趙宋王朝的肯定立場；然而在「引首」之末，敘述者又以梁山 108 人的出場預敘轉向肯定天罡地煞的敘述立場，「不因此事，如何教三十六員天罡下臨凡世，七十二座地煞降在人間，轟動宋家乾坤，鬧遍趙家社稷。有詩為證：詩曰：『……水滸寨中屯節俠，梁山泊內聚英雄。……』。」天罡地煞實為超現實性群體，此處指稱雖尚屬中性，但於其後書寫可知卻是趙宋王朝的對立性力量，而「節俠」「英雄」的稱謂則進而直接表明了對 108 人的褒揚以及對趙宋王朝的間接否定。而在第一回《張天師祈禳瘟疫　洪太尉誤走妖魔》中，其「伏魔之殿」「只見一道黑氣」等描寫又將天罡地煞群體視作妖魔，文本敘述立場再次回轉，由對天罡地煞的否定轉向對朝廷的肯定。此後，文本的敘述立場依然在二者之間隨意轉變。例如在 108 人陸續上梁山的系列敘事過程中，敘述者總是處於對 108 人的肯定立場；然而在梁山聚義之後，文本又轉向對梁山群體招安的描寫，這意味著對趙宋王朝的間接肯定。敘述立場隨意轉變的顯性與突出表現，表明敘述者無意居於其中任何一方的立場，而是意欲通過二者之間的對立性矛盾張力，以動態搖擺的姿態浸潤自己的書寫意圖。這一創作意圖的意涵所指，即為文本潛在的真實敘述立場。

在敘述立場的搖擺性姿態之下，敘述者運用「嚴於論君相，而寬以待盜賊」〔註36〕的敘述方法，以非客觀的偏執型書寫方式實現了與其真實敘述立場的

〔註35〕朱良志：《扁舟一葉——理學與中國畫學研究》，安徽教育出版社，1999 年，第 73 頁。

〔註36〕（清）王仕雲：《水滸傳總論》，朱一玄、劉毓忱編：《水滸傳資料彙編》，南開大學出版社，2002 年，第 307 頁。

錯位對接：即在 108 人陸續上梁山的系列敘事過程中，敘述者對這一群體刻意而執拗地遮蔽了道德與是非標準，對其行為實踐持絕對的肯定立場；與此相反，敘述者卻對其對立面採取嚴格的道德與是非標準要求。這一書寫邏輯在文本的主要敘述環節大行其道，持續擠壓並逐漸催化出文本的敘述意圖。

梁山群體的四類行為實踐值得細緻考量。第一，俠義之舉；第二，殺人越貨之事實；第三，深險狠毒之行為；第四，欲望追求。對於梁山群體的俠義之舉，敘述者給予了充分肯定與熱情洋溢的頌揚，魯智深拳打鎮關西等故事情節即是鮮明例證。對於梁山群體的殺人越貨行為，敘述者或採用輕描淡寫的方式有意遮掩，或者以白描手法敘寫且不予置評。比如對陳達、王矮虎等占山為王者的殺人越貨行為，或曰「借糧」，或曰「攔截來往客商」；對張青、孫二娘的殺人越貨行為亦不實寫，只是說「曾經可惜了一個頭陀」而輕輕帶過，顯然均是對賊寇不法行為的刻意迴避與有意袒護。而對梁山群體深險狠毒行為的描寫，愈加彰顯了文本的敘述用意。如第三十四回《鎮三山大鬧青州道　霹靂火夜走瓦礫場》，宋江等人為了達到拉攏秦明上山的目的而施陰險狠毒之計，不但直接害死了秦明妻子，而且殘殺了眾多無辜百姓。對於這一令人髮指的陰毒行為，敘述者不但不予譴責，而且竟以「秦明見眾人如此相敬相愛，方才放心歸順」的歡喜方式作結。至此愈發明了，敘述者對梁山群體行為的刻意肯定以及對道德與是非標準的有意遮蔽，其背後應存有更為深刻的用意。與此同時，敘述者還採用「一時並寫兩面，使之相形」〔註 37〕的敘述方法，為權勢群體設置了嚴格的道德與是非標準。在高俅逼走王進、知縣收受西門慶賄賂、蔡京童貫進讒言等故事情節中，敘述者的針砭之意均顯而易見。敘述者此舉，既非有意表明「誨盜」立場，亦非展示「亂自上作」之敘事目的，更無表現「忠奸鬥爭」之意，而是意欲為其書寫梁山群體追求自由欲望的滿足及其實現效果構建舞臺背景與現實基礎。

在文本的整體建構框架之內，敘述者不但以濃墨重彩之筆對梁山群體追求自由欲望滿足的行為進行了多層次描繪，而且對其實現的快感進行了充分張揚。首先通過對奇人奇事的描寫展現奇趣。「或精靈，或粗鹵，或村樸，或風流，何嘗相礙，果然認性同居；或筆舌，或刀槍，或奔馳，或偷騙，各有偏長，真是隨才器使。」如武松是「身軀凜凜，相貌堂堂」，談吐「話語軒昂」，其人「說開星月無光彩，道破江山水倒流」；時遷是「骨軟身軀健，眉濃眼目

〔註 37〕魯迅：《中國小說史略》，上海古籍出版社，2006 年，第 126 頁。

鮮。形容如怪族」，「一地裏做些飛簷走壁，跳籬騙馬的勾當。」無論品德與行事優劣，敘述者均以稱揚之筆對 108 人的相貌、言行與個性氣質進行了個性化描寫，著意展示其與眾不同的奇異之處，為彰顯梁山群體對自由欲望的追求奠定了主體性基礎。奇異之人自有奇異之事。景陽岡打虎不但敘述了極富藝術意境的奇事，而且描畫了武松的神勇威武；十字坡戲弄孫二娘、醉打蔣門神等故事情節則在富有張力的藝術氛圍中，營造出濃鬱的奇趣；其他如魯智深倒拔垂楊柳、花榮射雁等故事情節亦營造出或輕鬆、或優雅的藝術趣味。奇人奇事奇趣的藝術化處理與刻意肯定，創設出極富藝術張力的情景氛圍，這不但在一定程度上遮蔽了讀者的客觀審視，而且為展開對自由欲望的書寫做好了充分準備。

「《水滸傳》以慕自由著。」〔註 38〕對梁山群體之於自由欲望的追求及其實現效果，敘述者以毫無顧忌的姿態進行了詳細描寫與充分展示。在文本的具體描寫中，梁山群體的多數人很少考慮現實的牽絆，或賭博、或搶劫、或偷騙，他們「大碗喝酒，大塊吃肉，論秤分金銀」，總是任性而為並無悔意。當遭遇生活的重壓或者社會的不公時，反抗與造反甚至成為一種積極的選擇。第十五回吳用說三阮撞籌，阮小七道：「若是有識我們的，水裏水裏去，火裏火裏去。若能勾受用得一日，便死了開眉展眼。」驅逐壓抑，哪怕以生命為代價求得生命的一日之歡，亦可含笑瞑目。更為醒目的是，文本還通過血與火的鬥爭以及對生命的屠殺來宣洩快感。林冲忍無可忍之下連殺三人雪夜上梁山，武松為兄報仇殺死西門慶與潘金蓮、大鬧飛雲浦與血濺鴛鴦樓連殺十六人等故事情節，均在陷害、壓迫與鬥爭的二元對立矛盾下展開形象書寫，在血腥的殺人場景中隱沒對生命的憐惜之意，以反抗撐破壓迫的桎梏，快感與暢意勃然噴發。「讀《水滸》競者，必有餘快。」〔註 39〕就此意義而論，梁啟超之評實為中肯之言。此類被殺者因與反抗者的悲慘遭遇具有直接因果關係，因而尚存辯釋理由，然而敘述者還通過更為極端的殺戮行為宣洩欲望實現的快感。在智取無為軍、北京城劫法場等故事情節中，梁山群體一路殺來，眾多百姓無辜橫死。對於殺人一事，李逵或曰「久不殺人手癢」，或曰「砍的手順」，或曰「吃我殺的快活」。總之，文本描寫不但並未稍露歉疚之意，而且還著意渲染勝利的喜悅。也就是

〔註 38〕邱煒萲：《客雲廬小說話》，朱一玄、劉毓忱編：《水滸傳資料彙編》，南開大學出版社，2002 年，第 362 頁。

〔註 39〕梁啟超：《論小說與群治之關係》，朱一玄、劉毓忱編：《水滸傳資料彙編》，南開大學出版社，2002 年，第 336 頁。

說，對於梁山群體裏的多數人物而言，法律的約束、道德與是非的禁忌均可隨意超越，漠視他人的生命，毫無顧忌任性而為，以求得個體欲望的最大滿足，獲得生命存在的快感。對於文本的這一敘事表現，胡林翼曾曰：「一部《水滸》，教壞天下強有力而思不逞之民。」〔註 40〕然而眷秋則認為：「世之讀《水滸》者，多喜其痛快淋漓，為能盡豪放之致，故處處直書，毫無諱飾，以所發之感慨全係無形中一種不平之氣，無可顧忌也。」〔註 41〕其實二人之言均非中肯之論，然兩相對讀，亦可窺見敘述者意欲彰顯對自由欲望與生命快感追求的敘述用心。為了更加深入地表現這一敘事意圖，文本還設置了梁山泊這一具有象徵意味的藝術符號。

> 八方共域，異姓一家。天地顯罡煞之精，人境合傑靈之美。千里面朝夕相見，一寸心死生可同。相貌言語，南北西東雖各別；心情肝膽，忠誠信義並無差。其人則有帝子神孫，富豪將吏，並三教九流，乃至獵戶漁人，屠兒劊子，都一般兒哥弟稱呼，不分貴賤。且又有同胞手足，捉對夫妻，與叔侄郎舅，以及跟隨主僕，爭鬥冤仇，皆一樣的酒筵歡樂，無問親疏。或精靈，或粗鹵，或村樸，或風流，何嘗相礙，果然認性同居；或筆舌，或刀槍，或奔馳，或偷騙，各有所長，真是隨才器使。

「山泊一局，幾於『烏托邦』矣。」〔註 42〕顯然，敘述者在對自由欲望及其實現效果進行繁富書寫之後，最終將自己的宏觀創作命意寄寓於梁山泊這個實體之上，創設了一個富於象徵意味的藝術符號，描繪了一個象徵著人類自由理想的烏托邦。邱煒萲曰：「《水滸傳》有自由意境。」〔註 43〕可謂洞明之見。

文學書寫是作家宏觀創作命意的藝術構建。基於傳情達意的藝術性需要，高明的敘述者往往並不直接表明真實的敘述立場，而是作不同程度的遮蔽以強化其潛隱性，進而拓展文本的接受心理空間廣度並豐富其詩性審美的濃鬱深度。書寫邏輯的錯位對接，是對潛在真實敘述立場的巧妙承續，不但能夠加強文本敘述的起伏度並進而強化其動能與勢能，而且能夠有效促成異質敘述

〔註 40〕朱一玄、劉毓忱：《水滸傳資料彙編》，南開大學出版社，2002 年，第 326 頁。
〔註 41〕朱一玄、劉毓忱：《水滸傳資料彙編》，南開大學出版社，2002 年，第 369 頁。
〔註 42〕黃人：《小說小話》，朱一玄、劉毓忱編：《水滸傳資料彙編》，南開大學出版社，2002 年，第 357 頁。
〔註 43〕朱一玄、劉毓忱：《水滸傳資料彙編》，南開大學出版社，2002 年，第 362 頁。

要素的對立激發與同質敘述要素的有效複合，進而催化其接受心理的多元向度與驅進路徑，引領讀者生成動態完整的心理審美圖式。

三、欲望敘述動力勢能與文本結構圖式的映射激發

「在中國，文學是分為兩大類的，一個是韻文類的，如詩歌，一個是敘述類的，就是後來的小說類的。」〔註44〕此語的分類之說未必精準，但小說的敘述文體性質卻毋庸置疑。作為敘述文體，小說的要素主要有三：敘事、藝術形象塑造與繪景。「敘述，是人類組織個人生存經驗和社會文化經驗的普遍方式。」〔註45〕具體於文學實踐，三者均由主體的人發動且是人類存在狀態的形象表達；究其深層根源，則是人類欲望發動及其動態驅進的生動表現。故而，人類欲望的動力勢能是推動小說敘述完成的內在與根本動力。「小說文體的秘密在於對語言的創造性使用，作家借助於他對語言的創造性使用，將他的情感體驗組織成為一個有機的整體。」〔註46〕這一「有機的整體」，即為作家創作命意的動態演繹與形式構建，亦即洛特曼所言「思想是由整個藝術結構表達出來，思想是實現在相應的結構之中，而不是存在於結構之外，藝術文本的所有因素都充滿意義」〔註47〕。即此意義而言，欲望敘述的動力勢能與文本的結構圖式構建共為小說敘述動態完形的重要因素，二者相成共生，其內在關係的和合生成規律實為讀者發明小說文本欲望敘述意旨的物質基礎。

小說一體，結合其描寫要素作綜合考量，又存在著側重於敘事與突出於寫人的大致區別。二者相比較，突出於寫人之小說的欲望敘述表現相對顯明。然而，側重於敘事之小說，其欲望敘述的潛隱性表現亦可經由對文本的細緻剖析而得以發明。現以《三國志演義》中「曹操起兵伐董卓」這一故事情節為例作簡要說明。此故事情節的發生背景是「董卓專權，篡國害民，天下切齒」，故而曹操出於「拯救黎民」之目的大集義兵以「剿戮群凶」。就此意義而言，「伐董卓」是具有普世價值的正義事業。依照邏輯，對於各路諸侯聯

〔註44〕何其亮：《評彈的歷史研究》，唐力行主編：《江南社會歷史評論》，商務印書館，2016年，第264頁。

〔註45〕趙毅衡：《廣義敘述學》，四川大學出版社，2013年，第1頁。

〔註46〕（美）利昂·塞米利安：《現代小說美學》，宋協立譯，陝西人民出版社，1987年，第226頁。

〔註47〕（蘇聯）尤·米·洛特曼：《藝術文本的結構》，王坤譯，中山大學出版社，2003年，第16頁。

合討伐董卓這一敘述命題，其敘述操作應該圍繞二者的對立性矛盾尤其是董卓一方給予義軍聯盟的外在難題展開，然而敘述者卻並未按照思維慣性遵循命題的形式邏輯，而是另闢蹊徑，僅以雙方的對立性陣勢為舞臺背景，卻將敘述著力點主要聚焦於義軍聯盟內部，並且結合雙方的形勢消長及其轉化之表層書寫，漸次點化部分諸侯的私利之欲。於是，各路義兵齊聚之後，部分諸侯的私利之欲便於細微處悄然浮現。「人各一心，不能成事。」〔註 48〕先是鮑信擔心孫堅立功而意欲搶功，接以袁術私聽譖言不發孫堅糧草，再是諸侯對華雄的束手無策而袁術依舊妄自尊大地表現出對關羽與張飛的輕視，再接以袁紹與各路諸侯因庸暗而延誤戰機，再有孫堅私藏玉璽以及與袁紹的奪璽之爭，最後各路義兵終因「各懷異心」而「各自分散」，「一董卓未死，而天下又生出無數董卓」〔註 49〕。這種間發性浮現亦且細小的欲望敘述，不但與其初「齊心戮力」「並赴國難」「歃血。眾等因其辭氣慷慨，遂皆涕泣橫流」等壯大敘述形成了鮮明對比，而且以漸進性方式積聚消解性動力勢能，最終對聯合討伐董卓之事的正義目的與拯世價值作了徹底否定。據此而論，欲望的指向因其質性而確定，其發動與驅進亦因敘述操作方式的巧妙運施而積聚動力勢能，它不但能夠引領小說文本的敘事走向，而且能夠有效牽引讀者的心理趨向。因此，欲望敘述的動力勢能是引發讀者審美心理圖式生成的重要因素。

欲望敘述的動力勢能之於小說文本結構圖式的生成亦為重要因素。仍以「曹操起兵伐董卓」這一故事情節作進一步說明。此故事情節發生的宏觀背景是董卓「專權無道」「罪惡充積」，而曹操起兵的個體原因則是因刺殺董卓失敗故而轉以糾集天下義兵的方式繼續剿滅董卓，其還另具以這一方式避免殺身之禍的意味。義兵齊聚之後，與董卓一方的對抗態勢已然正式形成。自此以「汜水關對峙」為節點，故事情節遵循時間的直線驅進形式，以義軍聯盟內的私欲書寫為驅動力，先後構建了三組既對立又順序相連的敘述單元，即鮑信搶功與華雄得勝、孫堅初勝與袁術聽譖、華雄再勝與關羽斬華雄；敘事至此發展為虎牢關對峙，此後又順序演繹出兩組對立性敘述單元，即義軍得勝與諸侯失機、袁孫奪璽與諸侯分散，故事情節至此趨於結束。如下圖所示：

〔註 48〕（清）毛宗崗：《三國志演義回評》，朱一玄、劉毓忱編：《三國演義資料彙編》，南開大學出版社，2002 年，第 314 頁。

〔註 49〕（清）毛宗崗：《三國志演義回評》，朱一玄、劉毓忱編：《三國演義資料彙編》，南開大學出版社，2002 年，第 315 頁。

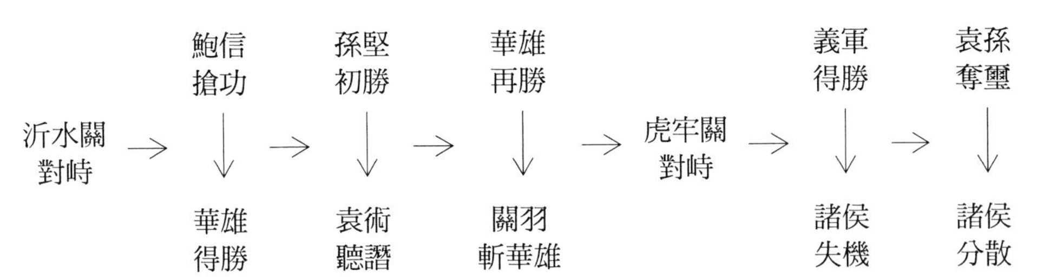

據圖細繹，可以推知：第一，義軍聯盟內部的私利之欲首先驅動了故事情節的啟動，並貫穿於整個故事情節的全過程；第二，義軍聯盟內部的私利之欲要麼消解了己方業已取得的勝利，要麼反助對方獲得了勝利；第三，義軍聯盟的私利之欲從內部徹底消解了己方的目的與行動。於此可以發明此故事情節的欲望敘述動力勢能之於文本結構圖式建構關係的三個特徵。第一，構建了正反二元對立而又相成的敘事版塊，並生發了對立統一的敘事矛盾張力，有效營造了雙向動態的心理趨向；第二，結合時間的直線驅進形式與敘述內容的消解性否定書寫，故事情節其實呈螺旋式驅進形態；第三，歷經否定之否定敘述過程，故事情節的敘述終點復歸於敘述起點並表現為新的樣態。據此可以析知，就形式邏輯角度而言，「曹操起兵伐董卓」其實是一個無效的敘述單元；但就事理邏輯角度而言，卻有效凸顯了群雄的私利之欲。如若將其置於整部文本的語境之中，可以抽繹出更具內在層深的文本結構及其意涵價值。第一，三維一體的敘述結構型態。這一故事情節，僅就其局部的形式邏輯而言，表現為直線型結構形式；就其事理邏輯角度而言，則表現為螺旋式反向結構形式；若置於整部文本之中，則可視為內部拉伸型點狀結構形式。因此，作為一個既定的故事情節，因內在的變異質性而呈現為多樣複合的結構型態表現，有效催化了心理趨向及其空間場域的多元生發。第二，「作品的思想內容就是作品結構本身」〔註 50〕，結合其後演變出的曹操「挾天子以令諸侯」這一故事情節，再綜合觀照整部文本「曹家戲文方完，劉家戲子又上場矣」〔註 51〕式的文本敘述，可以充分發明《三國志演義》的核心意涵：自漢末以訖三家歸晉的百年時空因其亂世質性從而為個人提供了絕佳的歷史機遇，道德與是非標準隱退，歷史潮流、機遇與策略走向前臺，各色人等均可順遂內在欲望的驅動一展人生抱負以實現自我人生理想與個體生命價值。

〔註 50〕（蘇聯）尤・米・洛特曼：《藝術文本的結構》，王坤譯，中山大學出版社，2003 年，第 17 頁。

〔註 51〕（明）李贄：《李贄全集》（第二十冊），張建業等注，社會科學文獻出版社，2010 年，第 345 頁。

分析至此，欲望敘述及其動力勢能與文本結構圖式構建以及二者與讀者心理審美圖式的生成之內在關係已然明瞭。作為一部側重於敘事的歷史演義小說，《三國志演義》雖然並不有意強調與凸顯個人的欲望書寫，但是其敘述過程中的欲望因子仍然於或隱或顯之間發揮著無可否認的關鍵作用。「敘述的確是人生在世的本質特徵，是人類最基本的生存方式。」〔註52〕欲望作為人類存在與發展演進的內在根據，其於小說文本的整體建構具有決定作用：欲望書寫不僅是啟動文本敘述的原發性動力，而且其驅動過程中的動力與勢能引領著小說文本的敘述走向，並且因此影響文本結構圖式的建構；二者結合共為客觀基礎，且因其之間的複雜與多維映射而激發讀者心理審美圖式的生成。

四、欲望書寫之二元審美的對立統一生成

文學是人類欲望的審美言語圖式。一方面，「人的本質並不是單個人所固有的抽象物，實際上，它是一切社會關係的總和」〔註53〕；另一方面，人類又總是「從現實生活中吸取理想而又促進理想化為現實」〔註54〕，故而欲望書寫作為小說文本的主要敘述內容，亦因人類存在狀態的根源性影響而具有現實性與理想性的基本區分。因此，基於這一天然與內在前提，人類欲望具有了善與惡、道德與不道德、潔淨與骯髒等主觀認知性屬性。中國古代小說作家承繼人類的集體意識，以鮮明的個人顯意識對此作了形象書寫。

「自然本性由於其非人為性而不具備真正的道德意義，所以是無所謂善惡的。」〔註55〕如因飢餓而飲食、因種的繁衍而發生的性行為、因生活需要而致的行為實踐等人類欲望及其現實行為，中國古代小說於此有繁富敘寫，茲不贅述。然而，當人的欲望及其外顯性實踐溢出自然本性的界限，便具備了善與惡的屬性區別。如《金瓶梅》中西門慶這一文本角色，其不但無節制地追求性慾、金錢、權力等物色之慾的過度滿足，而且亦為目的的達成而陷害他人以至害人性命，集中呈現了人類的欲望之惡。「道德是所以維持社會存在的規律。」〔註56〕人類欲望的道德標準在中國古代小說範疇亦有鮮明表現，如《施潤澤灘

〔註52〕趙毅衡：《廣義敘述學》，四川大學出版社，2013年，第2頁。
〔註53〕（德）卡·馬克思：《關於費爾巴哈的提綱》，《馬克思恩格斯全集》（第三卷），人民出版社，1960年，第5頁。
〔註54〕馮契：《馮契文集》（第一卷），華東師範大學出版社，1996年，第38頁。
〔註55〕舒遠招：《直指人心的人性善惡論》，《哲學研究》，2008年第4期，第62頁。
〔註56〕馮友蘭：《三松堂全集》（第三卷），河南人民出版社，1986年，第356頁。

闕遇友》中施復的拾金不昧、《儒林外史》中真名士對真儒理想的追求與行為實踐、《水滸傳》中高俅以及眾多貪官污吏的挾私報復與草菅人命等。「所謂道德底行動者，即人的行動之可以直接或間接維持其社會的存在者；所謂不道德底行動者，即人的行動之可以直接或間接阻礙其社會的存在者。」〔註 57〕道德與不道德的區別顯而易見。馬勒伯朗士曾說，「一個人如果根據自己的感官判斷一切，事事順從情慾的衝動，只看見自己感覺到的東西，只喜愛使自己滿意的東西，那就處在極其可悲的精神境界中了；在這種狀態中，他離真理、離自己的幸福真是太遠了。」〔註 58〕本尼迪克特亦有相近之言：「精神就是一切，是永存的。物質當然也是不可缺少的，但那卻是次要的，瞬間的。」〔註 59〕雖然欲望是人類存在與發展演進的內在根據，因而人類永遠無法擺脫其先在的桎梏，但是人類亦懷有超拔於欲望的精神追求或曰趨於更高境界的欲望追求。此為潔淨與骯髒的認知分野亦即潔淨審美產生的內在根源。如《儒林外史》中王冕的潔淨人生境界，其與中國古代小說中的諸多幫閒、虔婆以及貪官污吏的骯髒生命狀態形成了鮮明對比。

「天下皆知美之為美，斯惡已；皆知善之為善，斯不善已。有無相生，難易相成，長短相形，高下相盈，音聲相和，前後相隨，恒也。」〔註 60〕中國古代小說中的人類欲望之善與惡、道德與不道德、潔淨與骯髒等多元視域與衡量標準下的二元對立統一性繁富書寫，實為中國傳統道生思維及其行為實踐於文學領域的具體藝術化表現。「一陰一陽之謂道。」〔註 61〕中國古代小說作家這一鮮明的二元對立統一性思維，於其欲望書寫的操作方式及其心理的審美生成均有形象體現。

「凡音之起，由人心生也。人心之動，物使之然也。感於物而動，故形於聲。」〔註 62〕文學是表現人類欲望的審美言語圖式，作家基於現實存在狀態生發對理想生命狀態的審美訴求，故其欲望書寫普遍通過對人類欲望的現實表

〔註 57〕馮友蘭：《三松堂全集》（第三卷），河南人民出版社，1986 年，第 356 頁。

〔註 58〕北京大學哲學系外國哲學史教研室編譯：《西方哲學原著選讀》，商務印書館，1981 年，第 475～476 頁。

〔註 59〕（美）魯思・本尼迪克特：《菊與刀》，呂萬和等譯，商務印書館，1990 年，第 17 頁。

〔註 60〕陳鼓應：《老子今注今譯》，商務印書館，2006 年，第 80 頁。

〔註 61〕（魏）王弼注，（唐）孔穎達疏：《周易正義》，北京大學出版社，1999 年，第 268 頁。

〔註 62〕孔令河：《五經譯注》，山東友誼出版社，2001 年，第 1629 頁。

現及其缺陷的反思表達之於欲望進階的精神追求。如《儒林外史》，在整體的文本敘述構架中，作者一方面將「功名富貴」作為敘述焦點，以醉心於科舉汲汲於名利的欲望追求作為敘述主動力，以主要篇幅對「有心豔功名富貴而媚人下人者，有倚仗功名富貴而驕人傲人者，有假託無意功名富貴自以為高被人看破恥笑者」進行了繁富書寫，詳盡描繪了道德墮落世風敗壞的社會現實；另一方面，亦通過楔子、敘述過程中穿插與結尾點示的方式分別對王冕、崇尚真儒理想的真名士、四大奇人進行了簡潔亦且富於詩意警醒的敘述，巧妙表達了「終乃以辭卻功名富貴，品地最上一層，為中流砥柱」〔註 63〕的欲望書寫命意。欲望的醜陋及其現實缺陷與理想的生命境界追求形成了鮮明對比與強烈反差，二者的矛盾張力擠壓出明確的生命進階之路，即淡泊名利講求文行出處，才能臻至潔淨的生命境界，文本的欲望敘述意旨於此而生發。不止《儒林外史》，其他中國古代小說文本亦可作類似之觀。如《金瓶梅》《水滸傳》《紅樓夢》等小說文本，作者運施角色的欲望聚焦與旁觀者的超脫性評論、現實性欲望內容的正向書寫與反向消解等方式，通過對人類欲望之惡與善、壓迫與反抗、制約性生存狀態與自在以及自由生命狀態的嚮往等對立性內容之間的二元書寫，最終於其間生發出之於人類具有正向價值的精神意涵。因其於欲望敘述的操作方式均具內在相通之理，茲不一一細述。

「理想本身就根植於現實條件。」〔註 64〕欲望的進階或者超拔於欲望的精神追求，其表現必須有所憑藉。這正如魯迅先生所言：「天才們無論怎樣說大話，歸根結蒂，還是不能憑空創造」。〔註 65〕因此，中國古代小說作家必須首先對人類在世欲望的現實表現及其缺陷進行寫實性書寫，這於中國古代小說文本中以人的現實性欲望為驅動力、其現實表現為著力點、以主要篇幅進行的主幹性欲望實寫可以得到明確印證。然而，「以實為實，景物就是死的，不能動人。」〔註 66〕因此，欲望的進階或者超拔於欲望的精神追求於虛處生發亦為重要因素。「中國書畫用墨，其實著眼處不在墨處，而在白處，用墨來擠出白，這白才是畫眼，也即精神所在，這個古人叫做『計白當黑』。」〔註 67〕中

〔註 63〕（清）閑齋老人：《儒林外史序》，朱一玄、劉毓忱編：《儒林外史資料彙編》，南開大學出版社，2002 年，第 254 頁。

〔註 64〕John · Dewey. A Common Faith. Yale University Press, 1931, p48.

〔註 65〕魯迅：《葉紫作〈豐收〉序》，《魯迅全集》（第 6 卷），人民文學出版社，1981 年，第 219 頁。

〔註 66〕宗白華：《美學散步》，上海人民出版社，1981 年，第 34 頁。

〔註 67〕黃苗子：《師造化，法前賢》，《文藝研究》，1982 年第 6 期，第 129 頁。

國古代小說文本與此亦具同質思維，其對具有正向引領價值的美好品德、自在與自由生命狀態追求以及潔淨生命境界等內容範疇的書寫之於細微處的反向映襯，可為顯明例證。「三十輻，共一轂，當其無，有車之用。埏埴以為器，當其無，有器之用。鑿戶牖以為室，當其無，有室之用。故有之以為利，無之以為用。」〔註 68〕受中國傳統有無相生思維的影響，中國古代小說作家普遍運用虛實相生的書寫方式，對具有二元對立質性的人類欲望之現實缺陷及其理想進階追求進行巧妙的藝術化處理，有效創設矛盾張力進而產生擠壓生成核心欲望意旨的現實邏輯理路。「生變之訣，虛虛實實，八字盡矣。」〔註 69〕這種欲望敘述的二元對立統一書寫，營造了審美格調的兩極，並有效生發了心理矛盾張力並進而催生雙向運動的動態心理趨向，正所謂「作畫實中求虛，黑中留白，如一燦之光，通室皆明」〔註 70〕。

「曲盡物理，神而明之，存乎其人。」〔註 71〕世間萬事萬物均有其生生之理，格物致知即是人類探究世界生成與存在之理以拓展認知與生存維度的行為實踐。之於中國古代小說的欲望書寫，作家的宏觀創作命意是先在前提，具體的文本書寫實踐及其表現是客觀物質基礎，其審美心理圖式的動態生成則是作家、文本與讀者於複合維度契合的結果。毫無疑問，文本書寫的具象表現是激發並最終促成這一精神共振的樞紐與關鍵因素。「物有本末，事有終始，知所先後，則近道矣。」〔註 72〕發明此義，對於深度認知中國古代小說的建構規則及其意涵生成具有重要啟示意義。

小結

中國古代小說作家自覺遵循本體之「道」的法則與內在邏輯，基於人類欲望的本質特徵及其與現實存在的密切關係匠心營構，以人的欲望啟動並引領文本敘述，運施藝術化方式巧妙設置欲望書寫邏輯並調整敘述姿態，不僅構建了具有仿生質性的文本敘述動力運行與結構圖式，而且有效實現了欲望敘述

〔註 68〕陳鼓應：《老子今注今譯》，商務印書館，2006 年，第 115 頁。
〔註 69〕（清）鄭績：《夢幻居畫學簡明》，中國書店，1983 年，第 7 頁。
〔註 70〕黃賓虹：《黃賓虹畫語錄》，上海人民美術出版社，1961 年，第 62 頁。
〔註 71〕（宋）司馬光：《資治通鑒・晉紀一》，文淵閣《四庫全書》本（第 305 冊），上海古籍出版社，2012 年，第 639 頁。
〔註 72〕（清）劉沅：《十三經恒解》（卷六），譚繼和、祁和暉箋解，巴蜀書社，2016 年，第 461 頁。

第六章　中國古代小說欲望書寫的審美維度

欲望本身或其未發之時，並無善惡、道德與不道德、是非等性質的區分。但是在現實生活中，當其已發或者表現為具體的行為指向甚至產生實際結果時，卻因客觀外在因素的制約或者越出其自身限度，而具備了現實意義上的善惡、道德與不道德、是非等質性。此為作家進行欲望書寫、讀者接受欲望書寫的天然與內在基礎，審美亦基於此而形成不同的維度。

第一節　中國古代小說欲望書寫的溫度審美

關於中國古代小說尤其是明清小說欲望書寫及其審美的研究，學界已取得了諸多成果；溫度書寫及其審美亦因少數學者的關注而間有富於啟迪性的闡釋。但是，對於中國古代小說欲望溫度書寫及其審美的研究，學界卻鮮有涉及。欲望溫度是標示人性與社會現實狀態具有重要審美意義的顯性標識，因此對中國古代小說於其書寫的方式、內在機理、審美生成以及表現進行深度闡釋，是一項具有較強學術價值的試水性工作。

一、欲望與溫度的通感

公孫龍子曰：「視不得其所堅，而得其所白者，無堅也。拊不得其所白，而得其所堅者，無白也。……目不能堅，手不能白。」〔註 1〕作為物質性生物

〔註 1〕龐樸：《公孫龍子譯注》，上海人民出版社，1974 年，第 33 頁。

體，人的器官各具其功能與閾限，即荀子所言「人之百事，如耳、目、鼻、口之不可以相借官也」〔註2〕。因此，在這一前提下，欲望作為人因異己性需要而產生的關於物質與精神客體的心理活動，其與意指「冷熱的程度，表示物體冷熱程度的物理量」〔註3〕的溫度，一為大腦官能之活動，一為觸覺可感之度量，二者因存在天然的客觀阻隔而難以實現對等性的流通與交感。因此，欲望與溫度的通感，必須借助必要的條件橋接。第一，感知器官之間的功能連通。無論是「感於物而動」還是「感於物而後動」，正常人類機體的欲望一旦發動，循其內容所指，大腦與對應身體器官即兩種各具其自身閾限的器官之間就啟動了流通與交感。《禮記・樂記》曰：「故歌者，上如抗，下如隊，止如槁木，倨中矩，句中鉤，累累乎端如貫珠。」〔註4〕對此，孔穎達疏曰：「聲音感動於人，令人心想其形狀如此。」〔註5〕此亦即佛家所謂「由是六根，互相為用」〔註6〕。第二，欲望的內容所指與溫度具有內在相通的屬性交合點。比如，人在寒冷時看到棉衣會感到溫暖，暑熱時看到冰塊會感到涼意。錢鍾書先生對此作了精到揭示：「在日常經驗裏，視覺、聽覺、觸覺、嗅覺、味覺往往可以彼此打通或交通，眼、耳、舌、鼻、身各個官能的領域可以不分界限。顏色似乎會有溫度，聲音似乎會有形象，冷暖似乎會有重量，氣味似乎會有體質。」〔註7〕即上所析，當兩個必要條件完成了有效橋接，欲望就實現了與溫度的有效通感。

根源於欲望與溫度通感的現實生活基礎，文學範疇於其亦多鮮明書寫。詩歌如漢樂府民歌《上邪》：「上邪！我欲與君相知，長命無絕衰。山無陵，江水為竭，冬雷震震，夏雨雪，天地合，乃敢與君絕。」〔註8〕以「何筆力之橫也」〔註9〕式的創設姿態連述「五者皆必無之事」〔註10〕，於女子決絕的態度中可

〔註2〕熊公哲：《荀子今注今譯》，臺北商務印書館，1977年，第244頁。

〔註3〕《現代漢語大詞典》編委會：《現代漢語大詞典》，上海辭書出版社，2009年，第1540頁。

〔註4〕（漢）鄭玄注，（唐）孔穎達疏：《禮記正義》，北京大學出版社，1999年，第1148頁。

〔註5〕（漢）鄭玄注，（唐）孔穎達疏：《禮記正義》，北京大學出版社，1999年，第1148頁。

〔註6〕李淼、郭俊峰主編：《佛經精華》，時代文藝出版社，2001年，第127頁。

〔註7〕錢鍾書：《七綴集》，生活・讀書・新知三聯書店，2004年，第64頁。

〔註8〕余冠英：《漢魏六朝詩選》，人民文學出版社，1978年，第26頁。

〔註9〕（清）沈德潛：《古詩源》，吉林人民出版社，1999年，第60頁。

〔註10〕（清）王先謙：《漢鐃歌釋文箋證》，北京大學中國文學史教研室編：《兩漢文學史參考資料》，中華書局，1990年，第636頁。

以窺見其悲重亦且熾熱的情慾追求。詞作如李煜的《浣溪沙》:「紅日已高三丈透，金爐次第添香獸。紅錦地衣隨步皺。佳人舞點金釵溜，酒惡時拈花蕊嗅。別殿遙聞簫鼓奏。」〔註 11〕雖以雅致之語竭力淡化其荒淫糜爛的宮廷生活，然亦可於其富貴氣象中發見香暖而膩之格調。文如王羲之《蘭亭詩序》:「每覽昔人興感之由，若合一契，未嘗不臨文嗟悼，不能喻之於懷。固知一死生為虛誕，齊彭殤為妄作。後之視今，亦猶今之視昔。悲夫！故列敘時人，錄其所述，雖世殊事異，所以興懷，其致一也。」〔註 12〕因其短暫的生命與時空意識而折射出慷慨悲涼的情感基調。其他體裁如小說、戲曲等亦有鮮明表現，茲不一一例舉。文學之於欲望與溫度通感的繁富書寫，不僅豐富了其審美質素，而且顯明了文學內具的人類生命之脈絡律動。文學即人學的經典論斷，於此角度亦可得以印證。然而，關於其內在機制與審美生成規律及其表現等問題卻一直缺乏富有學理性的闡釋。因此，即此問題作系統與深度闡釋，可以洞見人類及其欲望、文學書寫與審美生成的內在關聯。

二、中國古代小說欲望書寫的溫度階差類型

溫度覺，是「皮膚感覺的一種。……刺激溫度高於皮膚溫度時引起熱覺，低於皮膚溫度時引起冷覺。皮膚溫度常被視為溫度覺的生理零度」〔註 13〕。階差區別是溫度的內在要義，根源於人類存在狀態背景下的欲望感知區分，中國古代小說欲望書寫的溫度階差主要表現為三種類型。

（一）類生理零度型欲望溫度

「欲者，性之動，謂逐境而生心也。」〔註 14〕欲望作為意識的發動，無論其指向如何，都會因其內容而產生具有相應溫度效應的心理感知。也就是說，存粹「生理零度」的欲望發動是不存在的。基於這一前提，所謂「類生理零度型欲望溫度」是指主體的人因其欲望發動而產生的圍繞生理零度界點在一定範圍內上下浮動而不致形成明顯溫度變化感知的階差類型。現舉兩例作簡要印證。其一為以生理零度為界點向上浮動的類生理零度型欲望溫度，如唐傳奇《鶯鶯傳》中張生即酬與崔鶯鶯的歡會意願之後，「斜月晶瑩，幽輝半床。張

〔註 11〕（南唐）李煜：《李煜全集》，崇文書局，2011 年，第 24 頁。

〔註 12〕臧勵和選注：《漢魏六朝文》，崇文書局，2014 年，第 174 頁。

〔註 13〕楊治良主編：《簡明心理學辭典》，上海辭書出版社，2007 年，第 70 頁。

〔註 14〕（漢）河上公、（唐）杜光庭等注：《道德經集釋》，中國書店，2015 年，第 594 頁。

生飄飄然，且疑神仙之徒，不謂從人間至矣。」其二為以生理零度為界點向下浮動的類生理零度型欲望溫度，如《枕中記》中盧生於夢境之所經歷而實現欲望的消解之後，「生憮然良久，謝曰：『夫寵辱之道，窮達之運，得喪之理，死生之情，盡知之矣。此先生所以窒吾欲也，敢不受教。』稽首再拜而去。」張生的欲望因趨進而實現，盧生之欲望因挫折而消解，即其邏輯而言，前者趨於溫覺而後者趨於涼覺，但是二者卻並未產生明顯的溫度感知變化。究其根源，實為主體因素之於欲望的原發性強度與其趨進結果之間形成的對比張力進行效度調節的現實結果，即所謂「喜怒哀樂未發謂之中，發而中節謂之和」〔註 15〕。

（二）熱趨向型欲望溫度

「欲，情染也，所境也。言人不能無為，不能恬澹觀妙守真，而妄起貪求，肆情染滯者，適見世境之有，未體有之是空。」〔註 16〕欲望作為個體的主觀追求，不僅謂「私欲物慾之欲也」〔註 17〕，而且「猶要也」〔註 18〕追求其目的的實現，其實際性態亦如《大般若經》所言「欲如利劍，欲如火聚，欲如毒器」〔註 19〕。因此，熱趨向型欲望溫度是指人因欲望的發動而導致心理與生理溫度趨於熱感具有層級階差的欲望溫度類型。中國古代小說對於這一欲望溫度感知有繁富書寫。如《醒世恒言》「李公窮邸遇俠客」：「當下賓主歡洽，開懷暢飲，更余方止。王太等另在一邊款待，自不必說。此時二人轉覺親熱，攜手而行，同歸書院。」欲望的溫度書寫表現出明確的溫暖格調。再如《紅樓夢》第八十七回「感深秋撫琴悲往事　坐禪寂走火入邪魔」中對妙玉的描寫：「妙玉聽了這話，想起自家，心中一動，臉上一熱，必然也是紅的。」「那臉上的顏色漸漸的紅暈起來。」「那妙玉忽想起日間寶玉之言，不覺一陣心跳耳熱。」妙玉因欲望的發動而激發了生理與心理的熱感，其熱覺顯然比溫暖更進一格。

〔註 15〕（宋）朱熹：《四書章句集注》（新編諸子集成本），中華書局，1983 年，第 18 頁。

〔註 16〕（唐）強思齊：《道德真經玄德纂疏》，熊鐵基、陳紅星主編：《老子集成》（第二卷），宗教文化出版社，2011 年，第 320 頁。

〔註 17〕（日本）豊浦懷注：《老子道德經妄言》，李若暉撰：《老子集注匯考》，上海辭書出版社，2015 年，第 575 頁。

〔註 18〕（明）憨山德清：《老子道德經解》，熊鐵基、陳紅星主編：《老子集成》（第七卷），宗教文化出版社，2011 年，第 396 頁。

〔註 19〕（唐）道宣律師著述，學誠法師校釋：《四分律比丘含注戒本注釋》，宗教文化出版社，2015 年，第 293 頁。

另如《水滸傳》第三回「史大郎夜走華陰縣　魯提轄拳打鎮關西」中的描寫，「鄭屠大怒，兩條忿氣從腳底下直沖到頂門，心頭那一把無名業火，焰騰騰的按納不住」，其欲望的溫度顯然已達至熱且火的層級。於此可見，熱趨向型欲望溫度還因主體之人的欲望追求強度、外在刺激之強度等因素的影響而具有了內在階差的顯明區別。因此，經由整體「熱趨向」內的細分階差表現，可以全觀主體熱趨向型欲望溫度表現的繁富圖景。

（三）冷趨向型欲望溫度

欲望之冷非簡單的溫度冷覺。就欲望產生與變化的整體運動過程而言，其發動實質是心理的趨進以及在此基礎上的能量聚變，首先表現為熱趨向溫度感知。即此邏輯而言，冷趨向欲望溫度感知實為熱趨向溫度感知的後發產物。因此，所謂冷趨向型欲望溫度，是指主體之人的欲望趨進因挫折或者消解而發生反轉，並由此而導致心理與生理溫度趨於冷覺具有層級階差的欲望溫度類型。現舉三例以作明確印證。如《醒世恒言》「薛錄事魚服證仙」中的描寫，「當下少府在山中行得正悶，況又患著熱症的，忽見這片沱江，浩浩蕩蕩，真個秋水長天一色，自然覺得清涼，直透骨髓」，情緒之悶與熱症之熱因清涼的景色而消解並激發對應性的欲望溫度感知。再如《三國志通俗演義》「孔明秋風五丈原」之描寫，「孔明強支病體，令左右扶上小車，出寨遍視各營，自覺秋風吹面，徹骨生寒。孔明淚流滿面，長歎曰：『吾再不能臨陣討賊矣！攸攸蒼天，曷我其極！』。」興復漢室實現自我人生價值的熱望因生命即將走向終點而遭遇嚴重挫折，其欲望感知已臻至淒涼的層級。另如《紅樓夢》第一一三回「懺宿冤鳳姐託村嫗　釋舊憾情婢感癡郎」中之於紫鵑的描寫：「到把一片酸熱之心一時冰冷了。」紫鵑了然寶玉對黛玉的真情以及黛玉之命運後，之前的心結渙然冰釋，酸熱之欲望反轉而達至冰冷的感知層級。於此可見，冷趨向型欲望溫度感知作為熱趨向型欲望溫度感知的反向表達與邏輯續補，亦因此而具有了顯明的內部層級階差。

類生理零度型欲望溫度、熱趨向型欲望溫度、冷趨向型欲望溫度是中國古代小說書寫欲望溫度感知的三種基本類型，於其各自內部的階差表現可以洞明個體欲望律動的特寫鏡像，而三者之間的互通、運動軌跡及其因之共同構建的整體圖景，則全面展示了人類欲望繁富的溫度感知及其生動全息的社會存在狀態表現。

三、中國古代小說書寫欲望溫度的方式及其審美生成

欲望是人類存在與演進的內在根據與原發性驅動力，人類內性及其社會存在狀態是其欲望發動、趨進的運動軌跡以及狀態的外在表現；溫度作為與欲望發動運行具有重要關聯的顯性指標，於其表現可以洞見人類內性以及社會現實狀態的生動圖景。基於這一現實邏輯，中國古代小說作家運施藝術化方式對人類的欲望溫度進行生動書寫，巧妙實現了其審美的有效生成。

（一）欲望溫度的反轉式書寫及其審美的逆向激發

欲望溫度的反轉式書寫，是指在欲望運動的整體邏輯過程之內對其由趨熱至趨冷或者由趨冷至趨熱的反向對比式書寫方式。欲望的運動過程主要有三種邏輯形式：其一，生發→趨進→實現；其二，生發→趨進→挫折→轉向→趨進→實現；其三，生發→趨進（挫折）→消解。無論何種形式，其邏輯起點的實質必然趨熱；然而在其運動過程之中以及結束節點，卻因外在因素的影響而存在趨熱與趨冷的現實必然。因此，由趨熱至趨冷的反向對比式書寫可以表現為整體、局部兩種形式的欲望運動溫度書寫，而由趨冷至趨熱的反向對比式書寫則主要表現為局部形式的欲望運動溫度書寫。由趨熱至趨冷的反向對比式書寫，局部形式的描寫如《紅樓夢》第三十一回「撕扇子作千金一笑　因麒麟伏白首雙星」:「襲人見了自己吐的鮮血在地，也就冷了半截，想著往日常聽人說：『少年吐血，年月不保，縱然命長，終是廢人了。』想起此言，不覺將素日想著後來爭榮誇耀之心盡皆灰了，眼中不覺滴下淚來」；整體形式的描寫如《儒林外史》，「其書以功名富貴為一篇之骨」〔註20〕，在對世人之於名利孜孜以求的趨熱型欲望溫度描繪之後，於篇末通過對「四大奇人」的書寫「感歎蒼涼」而終歸於欲望溫度的趨冷。由趨冷至趨熱的反向對比式書寫，如《紅樓夢》第三十三回「情中情因情感妹妹　錯裏錯以錯勸哥哥」:「這裡林黛玉體貼出手帕子的意思來，不覺神魂馳蕩：寶玉這番苦心，能領會我這番苦意，又令我可喜；我這番苦意，不知將來如何，又令我可悲；……如此左思右想，一時五內沸然炙起，……覺得渾身火熱，面上作燒，……只見腮上通紅，自羨壓倒桃花，卻不知病由此萌。」黛玉對寶玉的情愛之念，起於熱歸於冷，其間因自身性格以及外界因素的影響而歷經多次冷熱之轉。

〔註20〕（清）閑齋老人：《儒林外史序》，朱一玄、劉毓忱編：《儒林外史資料彙編》，南開大學出版社，2003年，第254頁。

欲望溫度由熱至冷或由冷至熱的反轉式書寫，能夠形成鮮明的位差與勢能，位差越大勢能越大，則生成的對比張力愈大。經由這一對比性張力的運動過程，讀者不但能夠完成對一次欲望的相對完整之變化的綜合觀照，而且能夠進而實現對這一欲望本質的深度認知。如《水滸傳》第七十一回：「只見武松叫道：『今日也要招安，明日也要招安，冷了兄弟們的心。』黑旋風便睜圓怪眼：『招安，招安！招甚鳥安！』只一腳，把桌子踢起，攧做粉碎。」反抗與招安是梁山群體內部的核心矛盾，亦是文本構建及其意涵生成的主要根結。以此回的「招安」為節點，前觀令人血脈賁張的反抗行為，後觀一百零八人的悲劇結局，不僅形成了自由欲望與生命快感追求及其失敗之無限悲涼的直截對比，且進而激發並實現對人類欲望之於現實社會背景下生發、趨進以及消亡的整體認知，亦因此生發深沉的理性光芒。「萬物動出芸芸，無不反歸於根，故曰反者道之動。夫常物之動，動之於動，唯道之動，動之於靜，故曰反者道之動。反猶復也，復其見天地之心乎！天地以靜為心，以動為用，今反其動是復其靜也，故曰反者道之動也。」〔註21〕欲望之動而趨於熱是人類存在的現實必然，其趨於靜而冷則是社會與人性之於欲望的複合調節。於此冷熱的反轉式書寫，可以深化對欲望及其社會性存在的認識，其審美亦藉此而逆向生發。

（二）欲望溫度的中和式書寫及其審美的輻射生發

「人生而靜，天之性也。感於物而動，性之欲也。」〔註22〕性之靜標示純粹的生理零度，性之動亦即欲之發啟動欲望溫度的趨熱或者趨冷。因此，欲望溫度的中和，實質是人類欲望由動之兩極復歸於性之靜的過程。故而，欲望溫度的中和式書寫，是指對人類欲望溫度由趨熱或者趨冷而返至生理零度的過程性書寫方式。欲望溫度由趨熱而返歸生理零度的描寫，如《紅樓夢》第七十六回「凸碧堂品笛感淒清　凹晶館聯詩悲寂寞」：「正說著閒話，猛不防那壁廂桂花樹下，嗚嗚咽咽，悠悠揚揚，吹出笛聲來。趁著這明月清風，天空地淨，真令人煩心頓解，萬慮齊除，都肅然危坐，默默相賞。」之前世俗生活中滋生的「煩心」「萬慮」於「明月清風，天空地淨」的背景下均「頓解」「齊除」，欲望由動而趨於中和。欲望溫度由趨冷而返歸生理零度的描寫，如《綠野仙蹤》

〔註21〕（漢）河上公、（唐）杜光庭等注：《道德經集釋》，中國書店，2015年，第371頁。

〔註22〕（漢）鄭玄注，（唐）孔穎達疏：《禮記正義》，北京大學出版社，1999年，第1083頁。

第三回「議賑疏角口出嚴府　失榜首迴心守故鄉」:「……，把一個冷於冰氣的比冰還冷。」冷於冰再失龍頭之盼其欲望溫度達至冰冷的感知層級，然而之後經由自我調適，「於冰果然一句書不讀，天天與卜氏談笑頑耍，他的兒子、家務也不管，總交與陸芳經理，著他岳翁卜復栻幫辦。又復用冷於冰名字應世，因迴避院考，又捐了監，甚是清閒自在。到鄉試年頭，有人勸他下場，他但付之一笑而已」，其欲望溫度回復至生理零度感知。此外，欲望溫度的中和式書寫還另有一種特殊形式。如《儒林外史》第一回「說楔子敷陳大義　借名流隱括全文」中的描寫:「這王冕天性聰明，年紀不滿二十歲，就把那天文、地理、經史上的大學問，無一不貫通。但他性情不同:既不求官爵，又不交納朋友，終日閉戶讀書。」臥閒草堂《回評》評其人曰:「原有一種不食煙火之人，難與世間人同其嗜好耳。」〔註23〕「人生而靜謂常無欲，感於物而動謂常有欲。」〔註24〕在王冕這一角色的藝術形象塑造及其故事構建過程中，始終沒有欲望發動的明確痕跡，趨熱、趨冷的明顯溫度感知均未出現，描繪了幾近標準的生理零度之欲望溫度表現。

「欲之為性無厭，而其原生於不足。不足之狀態，苦痛是也。既償一欲，則此欲以終。然欲之被償者一，而不償者什佰，一欲既終，他欲隨之，故究竟之慰藉，終不可得也。」〔註25〕欲望既是人類存在與演進的內在根據，亦為人類痛苦的淵藪，這一相反相成的內在屬性導致人類始終處於二者創設的巨大矛盾張力之中。基於這一現實背景，欲望溫度的中和式書寫，其價值在於在動態的欲望運行過程中定格了一個特寫的欲望鏡頭，藉此創設了一個靜定的欲望符號，因而具有了富於內涵的象徵意味。仍以《儒林外史》中王冕的欲望書寫為例作簡要闡釋。王冕自食其力刻苦讀書，孝順母親和睦鄉鄰，遠離功名利祿，後隱居會稽山終老一生。其人德才兼備，完全可以入世以利人濟物，然而卻以淡泊自適的心態自存於世。「靜則全物之真，燥則犯物之性。」〔註26〕作為一個靜定的象徵符號，王冕的欲望溫度之中和狀態凝聚了人類之於生命本

〔註23〕（清）臥閒草堂本《回評》，朱一玄、劉毓忱編:《儒林外史資料彙編》，南開大學出版社，2003年，第255頁。

〔註24〕（清）宋翔鳳:《過庭錄》，中華書局，1986年，第217頁。

〔註25〕王國維:《〈紅樓夢〉評論》，《王國維全集》（第一卷），浙江教育出版社，2009年，第55頁。

〔註26〕（漢）河上公、（唐）杜光庭等注:《道德經集釋》，中國書店，2015年，第248頁。

真的深沉思考以及理想應然生命狀態的心理訴求。因而，這一寄寓之於欲望反思的審美意核，形成了廣闊的心理場域並輻射出耀眼的詩性光輝。

（三）欲望溫度的隱性書寫及其審美的映襯式生發

欲望溫度的隱性書寫，是指對人類欲望溫度不明確標示但可由讀者接受生成鮮明心理溫度感知的書寫方式。在現實生活中，儘管溫度是具有明顯階差的膚覺感知，但是欲望經由心理的傳導與過濾以及語言表現的藝術化處理，就現實地具有了明確與非明確感知的兩種可能。因此，欲望溫度的隱性書寫是一種別具特徵的書寫方式。如《西遊記》第一回「靈根育孕源流出　心性修持大道生」中的描寫：「美猴王領一群猿猴、獼猴、馬猴等，分派了君臣佐使，朝遊花果山，暮宿水簾洞，合契同情，不入飛鳥之叢，不從走獸之類，獨自為王，不勝歡樂。」「眾猴聞此言，一個個掩面悲啼，俱以無常為慮。」雖然均無明確的溫度標識，但是卻分別給予讀者一溫暖、一淒涼的心理溫度感知。這是欲望溫度隱性書寫於文本局部聚焦角色的表現形式，另有出於文本敘事之外表現形式的欲望溫度隱性書寫。小說是以敘事、寫人為主要任務的文體形式，溫度書寫非其核心要求，但是其作為人類欲望的審美言語圖式，欲望是其內在的核心書寫要素。就此意義而言，任何一部小說都是有溫度的文本構建。如《水滸傳》，文本起始之詞「虛名薄利不關愁，……興亡如翠柳，身世類虛舟。……不如且覆掌中杯，再聽取新聲曲度」，以俯瞰的姿勢通脫的態度為文本奠定了類生理零度的欲望溫度感知基調；其間文本書寫了各色人等的欲望追求及其溫度感知之後，文本之末又以審視之眼用「莫把行藏問老天，韓彭當日亦堪憐。……」「……千古蓼窪埋玉地，落花啼鳥總關愁。」二詩創生了悲涼的欲望溫度感知；從而書寫了整體既豐富多維而又最終類生理零度的欲望溫度感知。其他小說亦可作近似之觀，茲不贅述。

欲望溫度的隱性書寫，其價值在於不但自身能夠創設生成更為細緻濡潤、悠遠宏闊的心理空間與審美效應，而且能與顯性書寫形成鮮明對比，映襯生發更為繁富多維的欲望溫度感知的審美效能。仍以上述所及《水滸傳》的欲望溫度書寫為例作進一步說明。文本起始的隱性書寫創設的類生理零度感知為整部文本確立了欲望溫度的基調，主幹部分又以繁富之筆顯性書寫了梁山反抗者追求自由欲望與生命快感實現的趨熱型欲望溫度，而文本之末隱性書寫的格調悲涼的欲望溫度感知則對之前的趨熱型欲望溫度作了徹底消解，從而為整部文本創生了趨於中和的欲望溫度之審美感知；其間，文本還以或顯性、或隱性的書寫方式對社會底層市井小民、奸商惡霸、貪腐官僚等各類人物的或趨熱或趨冷型欲望溫度進行了細緻書寫，從而構建了豐富多彩的欲望溫度審美畫卷。「有無相生，難易相成，長短相形，高下相盈，音聲相和，前後相隨，恒也。」〔註27〕欲望溫度隱性書寫自身所創設的心理空間與審美效果及其與顯性書寫所形成的審美格調相激相應、相反相成，激發出更為鮮明豐富、多維完善的藝術審美效應。

四、中國古代小說書寫欲望溫度的宏觀思維及其文本價值

欲望是人類天然的內在屬性，繼而又演化出社會性特徵，因而欲望是決定人類存在及其社會性表現的核心要素。「世情看冷暖，人面逐高低。」〔註28〕欲望溫度是標識人類存在與社會狀態的重要指標。因此，人類欲望的溫度書寫不僅是作家宏觀創作思維的外在表現，亦是文本美學價值生成的根本因素。

（一）中和之道與欲望之節

「中也者，天下之大本也；和也者，天下之達道也。致中和，天地位焉，萬物育焉。」〔註29〕中和之道是華夏民族基於對天地萬物以及人類存在的深刻體悟而形成的深邃哲思，其已滲入華夏民族的集體意識並成為審視世界的顯性思維。欲望作為人類的天然屬性，自華夏文明發展之始，古人就對其本質、過度之表現以及後果啟動了理性反思並形成了豐富深刻的認知。荀子曰：「若夫目好色，耳好聲，口好味，心好利，骨體膚理好愉佚，是皆生於人之情性者也；感而自然，不待事而後生者也。」〔註30〕認為人生而有欲。對於欲的原發性特徵與繼發性特徵，王夫之、王廷相各有其見。「天下之物，人欲之。」「天地之大，山海之富，未有能厭鞠人之欲者。」〔註31〕王夫之認為人類欲望天然具有擴張的特質。「貪欲者，眾惡之本；寡欲者，眾善之基。」〔註32〕王廷相認為因其自身以及社會性因素的綜合影響，欲望具有了善惡的區別性特徵。之於人類欲望擴張之過度表現及後果，古人亦有洞明之見。如韓非子曰：「有欲

〔註27〕陳鼓應：《老子今注今譯》，商務印書館，2006年，第80頁。
〔註28〕（元）劉壎：《隱居通議》，商務印書館，1937年，第257頁。
〔註29〕（宋）朱熹：《四書章句集注》（新編諸子集成本），中華書局，1983年，第18頁。
〔註30〕熊公哲：《荀子今注今譯》，臺北商務印書館，1977年，第480頁。
〔註31〕（清）王夫之：《詩廣傳》，中華書局，1981年，第77頁。
〔註32〕（明）王廷相：《王廷相集》（三），中華書局，1989年，第774頁。

甚，則邪心勝。」〔註 33〕唐吳兢則曰：「樂不可極，極樂成哀；欲不可縱，縱慾成災。」〔註 34〕故而，欲望因此生發了守中和道的審美追求，即所謂「喜怒哀樂之未發謂之中，發而皆中節謂之和」。

中國古代小說作家立足豐厚的現實社會生活基礎，以鮮明的中和思維對人類欲望的擴張與回縮性表現作了窮形盡相而又形神畢肖的書寫，有效促發了欲望節制及其引控之審美體悟的動態生成。欲望擴張及其過度的書寫如《金瓶梅》。文本的主幹部分對西門慶、潘金蓮為代表的飲食男女之於金錢、性慾等世俗欲望過度、放縱的追求與滿足進行了繁富鋪陳，「朝野之政務，官私之晉接，閨闥之媟語，市裏之猥談，與夫勢交利合之態，心輸背笑之局，桑中濮上之期，尊罍枕席之語，駔驓之機械意智，粉黛之自媚爭妍，狎客之從臾逢迎，奴佁之稽唇淬語，窮極境象，駴意快心」〔註 35〕。然而，文本在七十八回之後，陸續描寫了西門慶之死及其死後樹倒猢猻散、諸人不得好死或遭受報應的結局，「至其以孝哥結入一百回，用普淨幻化，言惟孝可以消除萬惡。」〔註 36〕「《金瓶梅》是兩半截書，上半截熱，下半截冷。」〔註 37〕兩相對比，激發讀者對於欲望過度放縱之惡的反向警醒並進而生發欲望節制的審美體悟，「一篇淫慾之書，不知卻處處是性理之談，真正道書也。」〔註 38〕欲望回縮性書寫如《儒林外史》中的嚴監生。其人「家有十多萬銀子」卻「豬肉也捨不得買一斤。每常小兒子要吃時，在熟切店內買四個錢的，哄他就是了」，自己病重之時亦「捨不得銀子吃人參」，至死都因多點了一根燈芯而不能咽氣，生動形象地展示了「看財奴之吝嗇」。這個「膽小有錢的人」「空擁十數萬家貲，時時憂貧，日日怕事，並不見其受用一天」〔註 39〕，過度壓抑正常的生活之欲，這種趨冷型的欲望溫度書寫亦能激發讀者之於欲望之節的反向審美思考。

〔註 33〕（清）王先慎：《韓非子集解》，中華書局，1954 年，第 106 頁。

〔註 34〕（唐）吳兢：《貞觀政要》，中州古籍出版社，2008 年，第 305 頁。

〔註 35〕（明）謝肇淛：《金瓶梅跋》，朱一玄編：《金瓶梅資料彙編》，南開大學出版社，2002 年，第 179 頁。

〔註 36〕（清）張竹坡：《金瓶梅寓意說》，朱一玄編：《金瓶梅資料彙編》，南開大學出版社，2002 年，第 422 頁。

〔註 37〕（清）張竹坡：《金瓶梅讀法》，朱一玄編：《金瓶梅資料彙編》，南開大學出版社，2002 年，第 441 頁。

〔註 38〕（清）張竹坡：《金瓶梅回評》，朱一玄編：《金瓶梅資料彙編》，南開大學出版社，2002 年，第 555 頁。

〔註 39〕（清）臥閑草堂本《回評》，朱一玄、劉毓忱編：《儒林外史資料彙編》，南開大學出版社，2003 年，第 259 頁。

「性，譬則水也；欲，譬則水之流也；節而不過，則為依乎天理。」〔註40〕欲望的過度擴張（趨熱）與回縮（趨冷）均背離了「節而不過」的人性「天理」。中國古代小說於其進行的鮮明書寫，創設了反向運動的廣闊心理空間，引領讀者生發對此「天理」亦即人性天然守中合道之內在本質的審美回歸，並因此而強化了文本的理性深度且濃鬱了文本的詩性氛圍。

（二）倫物之理與欲望之階

程顥曰：「萬物皆有理。」〔註41〕吳澄亦曰：「凡物必有所以然之故，亦必有所當然之則。所以然者理也，所當然者義也。」〔註42〕人倫物理是人與天地萬物存在與運行的內在根據與合理法則，欲望是人類天然屬性與繼發性社會屬性的複合物，遵循倫物之理是其正常運行的內在要義。欲望的內在本質及特徵與其倫物之理既相輔相成又相反相成，其主要相反之處就在於欲望自身的天然擴張質性與社會普遍法則的先在矛盾。就欲望的天然屬性而言，無所謂善惡與是非等既定標準的先在區別。如魯迅先生就曾說：「食欲是保存自己，保存現在生命的事；性慾是保存後裔，保存永久生命的事。飲食並非罪惡，並非不淨；性交也就並非罪惡，並非不淨。」〔註43〕舒遠招亦有相近之言：「自然的本能和衝動由於不是人自己有意識地確立起來的，而是大自然預先賦予的，他們就不能在道德的意義上被稱為善的或惡的。」〔註44〕然而，當欲望的天然擴張觸及社會普遍規約的穩定性時，其便具有了道德與非道德、善與惡、是與非等區別性特徵，此即欲望之「應然」與「所然」區分的實際表現。此時，因欲望的倫物之理與其實際表現錯位而形成的非對稱性，催發倫物之理的浮現並進而對欲望的實際表現進行反向觀照。

中國古代小說作家運施鮮明的倫物思維對欲望的擴張（趨熱）與回縮（趨冷）作了繁富書寫，於其各自的鮮明表現可以洞見人類欲望的合理進階。因過度擴張（趨熱）而具備不道德、惡、非等屬性的欲望書寫，如《喻世明言．蔣興哥重會珍珠衫》中王三巧與陳大郎的偷情、《金瓶梅》中西門慶與潘金蓮因

〔註40〕（清）戴震：《孟子字義疏證》，中華書局，1982年，第10頁。
〔註41〕（宋）程顥、程頤：《二程集》，中華書局，1981年，第123頁。
〔註42〕（元）吳澄：《評鄭夾漈通志答劉教諭》，陸學藝、王處輝主編：《中國社會思想史資料選輯》（宋元明清卷），廣西人民出版社，2007年，第310頁。
〔註43〕魯迅：《我們怎樣做父親》，《魯迅全集》（第1卷），人民文學出版社，1981年，第131頁。
〔註44〕舒遠招：《直指人心的人性善惡論》，《哲學研究》，2008年第4期，第62頁。

姦情害死武大郎、《水滸傳》中宋江的力主招安等；因過於回縮（趨冷）而具備非道德、非是等屬性的欲望描寫，如《紅樓夢》中之於甄士隱及其《好了歌》、《韓湘子全傳》中以韓湘子為中心展示的人生如夢應及早修道以求成仙的宗教追求等。相較而言，欲望的過度回縮其實屬於特殊形式的欲望擴張，只是其屬性向度不同而已。此外還有另種特殊形式的欲望擴張書寫，如青年男女之於情慾實現、現實塵世中人之於公平正義的執著追求等。此種具正向價值的欲望擴張雖先在地符合社會進步的發展趨勢，但卻多因現實社會普遍規約的禁錮而少有圓滿之結果。「要莫大於節欲。」〔註45〕欲望的合理節制是避免生命與社會狀態失衡的核心準則，其於之上所涉三種形態的欲望書寫均已得到明確印證，即所謂「嗜欲喜怒之情賢愚皆同：賢者能節之，不使過度；愚者縱之，多至失所」〔註46〕。人生而在世，應明知現實社會之客觀規制，循道德、善惡、是非等普遍法則的合理路徑，以臻於自在之人生狀態，即如莊子所言「知足者不以利自累也，審自得者失之而不懼，行修於內者無位而不怍」〔註47〕。

倫物之理思維下的欲望溫度書寫，其價值在於挺進欲望認知的深細之處，具體而明確地揭示了其內在肌理。對於文本建構而言，則有效豐富了欲望書寫的意涵層次，並明確標示出了欲望實現的合理進階。於此，其所創設的心理空間由廣闊之域而轉入縱深之境。

（三）自然之道與素樸之真

「人法地，地法天，天法道，道法自然。」〔註48〕自然是宇宙存在與運行的最高法則與本然狀態，更為人之存在的本然狀態與應然追求。何為人的自然，後世學者從性、情、欲等多個方面作了欲休還說的繁複闡釋，然而向多宏觀的體悟性推定而幾無具體的標識性界定。欲望作為人的恒定內生物，這一原生性屬性決定了其天然成為界定人類存在狀態的最佳媒介。之於欲望，相較於其內容與形式的複雜交合性而導致的判定的非明確性與非具體性，溫度成為最直接明確的判定指標。人體溫度主要有生理零度、熱覺、冷覺三種感知區分，由於生理零度並不具備存粹的絕對性亦且因人而異，故而類生理零度可作為判定人體及其欲望溫度變化的大致座標。基於這一前提，人之自然狀態的判定

〔註45〕（唐）魏徵等編：《群書治要》，鷺江出版社，2004年，第774頁。
〔註46〕（唐）吳兢：《貞觀政要》，中州古籍出版社，2008年，第385頁。
〔註47〕陳鼓應：《莊子今注今譯》，商務印書館，2007年，第875頁。
〔註48〕陳鼓應：《老子今注今譯》，商務印書館，2006年，第169頁。

標準應為類生理零度。也就是說，凡是因欲望發動而不致引起明顯溫度感知變化的狀態即為人的自然狀態，而顯明的趨熱與趨冷則背離了人的自然狀態。

中國古代小說對於欲望的類生理零度有大量書寫，具體例證已於前文「欲望溫度的階差類型」「書寫方式」部分充分涉及，此處不再贅述，只作進一步說明。類生理零度欲望溫度書寫有一個主要特徵，即性之未動，如《儒林外史》中的王冕淡泊於名利未曾動心、《綠野仙蹤》中的冷於冰修道之後於現實塵世的繁雜世事亦不再動欲、《枕中記》中的盧生因欲望消解而返歸人性之靜。「一心之中自有動靜，靜者性也，動者情也。」〔註 49〕性之未動，即是人處於自然的狀態，此為廣義上的自然狀態。然而，人不止有本原之性，亦有情有欲。「性者，天之就也；情者，性之質也；欲者，情之應也。」〔註 50〕性、情、欲皆為一心所統，殊表而同歸。人生於自然之界，不免觸於外物或者為外物所觸，故有情、欲之發動，故人又有在世之必然之自然，此為自然之狹義表現。如果情、欲趨進過度，則有趨熱或趨冷之表現，則背離於自然之狀態。若情與欲有節有度，不違應然之理與則，則內具素樸之真。如《聊齋誌異・嬰寧》中嬰寧之於愛情以及婚後家庭生活的表現、《紅樓夢》中的劉姥姥之村樸、《醒世恒言・施潤澤灘闕遇友》中拾金不昧得遇好報的施復等。老子曰：「見素抱樸，少私寡欲，絕學無憂。」〔註 51〕莊子亦曰：「同乎無欲，是謂素樸。素樸而民性得矣。」〔註 52〕素樸是人類存在於世之應然而然的純真生命狀態，亦為人類務實而可達至之實境。

自然之道統攝下的欲望溫度書寫，其價值在於通過對人類欲望之自然與非自然狀態的對比，激發了人類之於生命自然的整體複觀。之於文本，不但基於本體應然之自然創設了廣闊深邃的玄妙想象心理場域，而且基於人類在世必然之自然描繪了務實可至的素樸之真美境界。於此二者的複合映襯之中，進而構設了理想與現實相輔相成的有機完整之境界。

五、中國古代小說欲望溫度書寫的缺憾及其原因

小說是人類存在狀態的審美敘述，「人」是其靈魂所在；對於人及其存在，欲望最為核心及唯一重要之元素。即此而言，欲望敘述是小說無可避免

〔註 49〕（宋）朱熹：《朱子語類》，中華書局，1986 年，第 2513 頁。
〔註 50〕熊公哲：《荀子今注今譯》，臺北商務印書館，1977 年，第 466 頁。
〔註 51〕陳鼓應：《老子今注今譯》，商務印書館，2006 年，第 147 頁。
〔註 52〕陳鼓應：《莊子今注今譯》，商務印書館，2007 年，第 290 頁。

的天然任務。欲望作為複合人類生理與社會屬性的複雜範疇，儘管具有明顯之區分維度與標識，但是溫度確是最為顯明、具體之指標。就此意義而言，欲望的溫度書寫是表現人類存在狀態的有效方式。然而，在中國古代小說領域，其欲望溫度書寫卻存在兩大實際缺憾。第一，與蔚為大觀的文本數量以及文本生動繁富的書寫相比，欲望溫度的書寫實在稀少，使得其幾乎失去了標識人類存在狀態的最為具體顯明的指標之意義；第二，就事實存在的欲望溫度書寫而言，其敘述也表現出鮮明的疏略特徵。也就是說，欲望溫度書寫是中國古代小說稍有涉及但卻發育欠缺的一環。客觀考量，導致這些實際缺憾的原因主要有三點。

首先，習慣於事的推動而缺乏意識驅動思維。「當堯之時，天下猶未平；洪水橫流，泛濫於天下；草木暢茂，禽獸繁殖；五穀不登，禽獸逼人；獸蹄鳥跡之道，交於中國。」〔註 53〕湯因比在論及華夏先民的生存環境時亦說：「人類在這裡所要應付的自然環境的挑戰要比兩河流域和尼羅河的挑戰嚴重得多。……除了有沼澤、叢林和洪水的災難之外，還有更大得多的氣候上的災難。」〔註 54〕華夏先民自其意識明確之始，就因環境影響而形成了人類生存被動性的思維基因。雖然其後人的主體地位漸趨凸顯，但是這一傳統思維仍然發揮著巨大的慣性效應。因此，中國古代小說的敘述啟動，除以《紅樓夢》為代表的極少數文本稍具意識驅動之表現外，絕大多數均以事或為背景或為原因啟動文本的敘述建構。這一敘述操作的慣性表現，確鑿地表明中國古代小說作家缺乏以意識書寫驅動小說文本敘述的顯明思維。而在小說文本的敘述過程之中，這一慣性思維及其操作方式依然具有蠻橫的作用體現，即雖然無法避免描寫角色的意識世界但卻更側重於事的構建及其對人的驅動與引領。也就是說，在中國古代小說的整體建構過程之中，事作為主導性力量對人進行牽引而非以主體之人的意識驅動或者引領事的發展與構建。基於這一前提，欲望書寫因而不具備顯明的主導性地位。而溫度作為欲望的次生性指標，其書寫自然無法避免先在的命運前提。

其次，欲望溫度審美認知及其文學實踐的相對滯後。「凡世界所有之事，小說中無不備有之；即世界所無事，小說中亦無不包有之。」〔註 55〕小說文體

〔註 53〕史次耘：《孟子今注今譯》，臺北商務印書館，1978 年，第 127 頁。

〔註 54〕（英）阿諾德·湯因比：《歷史研究》，曹未風等譯，上海人民出版社，1986 年，第 92 頁。

〔註 55〕《新世界小說社報》發刊辭，《新世界小說社報》第一期，1906 年。

基於對世界的全息書寫表現人類之於生命狀態的理想訴求，其啟動、構建過程以及創作完成的核心與主要元素即為人的欲望。然而，「中國傳統文化從不孤立地觀察和思考宇宙人間的基本問題，總是以各種方式貫通宇宙和人間，對之進行整體性地把握。」〔註 56〕故而，中國古代小說作家自覺接受傳統文化思維的深刻影響，習慣於將人置於天地神人的宏大背景與複雜關係之中進行故事構建與形象書寫，人的主體意識及其地位並不凸顯，因此對自我欲望及其溫度審美缺乏鮮明與深刻認知。另外，中國古代小說自形成之初，雖不離人這一主體性要素，然而其作為一種文體對於人的關注有其歷史的階段性演進過程，即源於社會因素而仍未趨於深化的欲望溫度體認以及欲望及其溫度書寫審美之於小說文體的重要價值。綜而言之，因社會演進、文化思維與文體發展的綜合影響，欲望溫度審美認知的鮮明意識還未確立，故而其相應的書寫實踐並未以高揚的姿態在小說領域確定突出地位，此為造成中國古代小說欲望溫度書寫實際缺憾的核心原因。

再次，重詩性敘述輕細緻繪形。「中國敘事文學是一種高文化濃度的文學，這種文化濃度不僅存在於它的結構、時間意識和視角形態之中，而且更具體而真切容納在它的意象之中。」〔註 57〕受傳統文化詩性思維以及崇尚寫意審美思潮的影響，中國古代小說具有鮮明突出的詩性敘述特徵：局部性的敘事、寫人、繪景較為重視神似，而整體性的創作命意則意圖臻至溝通天人合一的形上之道。基於這一宏觀背景的主導性影響，中國古代小說的欲望書寫呈現出重隱性書寫而輕顯性書寫的定性之區別性表現；之於顯性的欲望書寫，則又多粗筆勾勒而少工筆細描，亦即重神似而輕形似。另外，溫度作為人類的生理標識，儘管可以量化為具體的刻度顯示，但卻因其與心理感知實現通感的橋接跨度而存在客觀的表述困難。此時，儘管文學言語可以充分發揮其形象屬性的效能，但是欲望溫度之感知層次區分的直接性與具體性卻不可避免地大打折扣；弱化的欲望溫度審美認知，可能會使中國古代小說作家對於欲望溫度書寫採取粗略的方式進行處理；而輕於細緻描繪的敘述方法，則會在此基礎上進一步加劇欲望溫度顯性描繪的有效度。因此，在這三種因素的綜合影響之下，欲望溫度顯性書寫的具體性與豐富性表現均難以充分施展。

〔註 56〕楊義：《中國敘事學》，人民出版社，1997 年，第 46 頁。
〔註 57〕楊義：《中國敘事學》，人民出版社，1997 年，第 267 頁。

「冷句中有熱字，熱句中有冷字。」〔註 58〕以類生理零度為中心、以趨熱與趨冷為兩極的中國古代小說欲望書寫，從溫度審美的維度對人類欲望的全息圖景作了動態展示。馬克斯曾說：「通過這種不同感知所共有的特徵，諸如強度、亮度、聲音可以暗示出非聽覺的意義，隱喻也可以在視、聽、觸覺之間自由轉換。」〔註 59〕中國古代小說的欲望溫度書寫，創設了富於濃鬱詩性的審美世界，此為其重要價值所在；而其實際缺憾，則為當代小說創作間接提供了可資借鑒的思路啟迪。

第二節　中國古代小說中的潔淨欲望及其行為書寫

潔淨是衡量人類存在狀態的重要標尺，中國古代哲學以及倫理學等範疇對其已有諸多論述，但是潔淨美學作為範疇體系卻還沒有正式揭櫫。小說是表現人類存在的審美言語圖式，書寫潔淨是其題中應有之義。然而，中國古代小說中的潔淨書寫卻鮮有學者研究，故而成果亦極少。在此，謹基於文本的具體表現，對其作簡要闡釋。

一、「潔淨」的審美屬性及其文學書寫的美學價值

「潔淨」含括「乾淨、清潔」「純潔無邪」「簡潔」「盡淨、無餘」等義項。如明周茂蘭《王五癡積制錢為佛像》詩曰：「法相滿月真微妙，光瑩潔淨如琉璃。」〔註 60〕既言佛像外在的潔淨形貌，又示其所感發的潔淨心理。《論衡・雷虛》則曰：「飲食人以不潔淨，天怒，擊而殺之。」〔註 61〕由於食物以及人之意識行為的不潔淨，而導致了嚴重的後果。於此正反兩向的鮮明對比，可以確知「潔淨」是一個具有正向價值的語言符號。明袁宗道於《陶編修石簣》中曰：「此君氣和骨硬，心腸潔淨，眼界亦寬。」〔註 62〕不僅將潔淨施之於人的品格評價，亦且體現了對於潔淨的肯定性價值判斷。由於「潔淨」具有正向的

〔註 58〕（清）劉熙載：《藝概》，上海古籍出版社，1978 年，第 79 頁。

〔註 59〕（英）W・R・克勞澤爾、A・J・查普曼編：《藝術知覺中的認知過程》，北荷蘭出版社，1984 年，第 145 頁。

〔註 60〕韓進廉主編：《禪詩一萬首》，河北科學技術出版社，1994 年，第 1216 頁。

〔註 61〕（漢）王充：《論衡・雷虛篇》，《諸子集成》（第五冊），北京燕山出版社，2008 年，第 79 頁。

〔註 62〕（明）袁宗道、袁宏道、袁中道：《三袁集》，山西古籍出版社，2008 年，第 45 頁。

價值屬性與功能，因此促使人類產生了訴求性行為實踐。「於此而不潔淨其空氣，不別擇其菽粟，則雖日餌以參苓，而此群中人之老病死苦，終不可得救。」〔註63〕潔淨之於人類生命健康的重要價值，於此可見一斑。另外，潔淨對於人的精神愉悅亦有重要價值。「得海峰論文之旨，而超然自悟，多沈銳潔淨之文。」〔註64〕所謂「潔淨之文」，既言文的潔淨之風格，又曰其所觸發的審美心理。據此可以推知，作為一個關聯客觀存在與人類主觀意識以及行為的語言符號，「潔淨」天然具有明確的正向價值與鮮明的情感色彩。就此意義而言，「潔淨」是一個事關人類存在狀態具有哲學深度的重要美學範疇。

作為人類存在的精神具象物，文學無論是「寓教於樂」，還是「宣洩苦悶」，抑或追求「精神的超拔」，就其本質而言，它終究不越「人類欲望的審美言語圖式」這一基本屬性限定。因此，基於欲望與潔淨在生理屬性、心理屬性以及外向性具象行為三個層面的密切關聯，潔淨書寫不僅是文學實踐的題中要義，而且極具文學書寫的重要美學價值。首先，潔淨書寫能夠深化文學文本的審美價值並標示文學實踐的發展水準。「文學若無情感，則如人之無靈魂。」「文學若無思想，則如人之無腦筋。」〔註65〕作為折射人類現實存在狀態與表達理想生命狀態追求的語言符號，潔淨兼具情感與理性的雙重屬性，極具審美意涵的濃鬱詩性。故而，文學文本若能深蘊潔淨審美的訴求，則先在地具有了「深刻而高貴」的頭顱。「文學以有思想而益貴，思想亦以有文學的價值而益貴也。」〔註66〕個性化的文學文本，能夠藉由潔淨書寫而天然生發深刻亦且高遠的審美意涵；整體的文學實踐，亦能夠因此而臻至審美的上乘境界。因此，潔淨書寫是標示文學審美境界的重要刻度計。其次，潔淨書寫是衡量人類生存與精神演進狀態的重要標杆。「人生而有欲」，在人的生理屬性層面，欲望是人類存在的天然根據與內在驅動力；而在人的社會屬性層面，由於「每一個社會的經濟關係首先是作為利益表現出來」〔註67〕，故而「利益支配著我們的一切判斷」〔註68〕。

〔註63〕梁啟超：《梁啟超文集》，北京燕山出版社，1997年，第286頁。

〔註64〕任訪秋主編：《中國近代文學大系 1840～1919 散文集2》，上海書店，1992年，第347頁。

〔註65〕田素蘭：《袁中郎文學研究》，臺北文史哲出版社，1982年，第218頁。

〔註66〕胡適：《胡適文存》（卷1），華文出版社，2013年，第6頁。

〔註67〕（德）弗・恩格斯：《論住宅問題》，《馬克思恩格斯全集》（第十八卷），人民出版社，1964年，第307頁。

〔註68〕北京大學哲學系外國哲學史教研室編譯：《西方哲學原著選讀》（下卷），商務印書館，1982年，第182頁。

因此，「利害關係與欲望有關」〔註 69〕。作為生理與社會屬性的複合體與類存在物，人類因為生存的需要，在欲望的驅動下，「則不能無求，求而無度量分界，則不能不爭。爭則亂，亂則窮」〔註 70〕。也就是說，欲望的驅動與無節制追求必然會導致人性及其外顯性行為之惡的發酵與膨脹，促發不潔淨與骯髒的滋生並進而造成人類生存狀態的惡化。在這一現實生存背景下，人類必然啟動對欲望缺陷的反思與節制，尋求行為救贖與潔淨人性的有效進階，以期實現社會生存狀態的完善。「人們所發現的各類意義正是其期待發現的意義，送走因為所發現的東西事實上受到人們所期待的東西的強有力的影響。」〔註 71〕在此意義上，潔淨書寫實為人類反思自我缺陷並期望實踐知行合一的重要顯性標誌。

綜上可知，潔淨因其所具有的深刻意涵以及因此生發的價值判斷屬性而成為極具重要價值的審美範疇，亦因此可作為評判人性與社會存在狀態的重要審美標準。以此審視書寫人類精神的文學文本，可以洞見人類文學實踐的審美境界與現實狀態。故而，潔淨書寫實為文學創作的重要符號並因此而具有了重要的標識功能。

二、中國古代小說書寫潔淨欲望及其行為的類型表現

作為關聯客觀存在與人類主體性的美學範疇，源於審美屬性與價值評判功能的內在要求，只有基於人的審美取向與價值判斷才能實現對潔淨欲望及其行為的準確界定。人是自然與社會的統一，天然的自然屬性與社會屬性決定了人類既無法脫離現實世界，又必須在現實世界中調適與拓展作為類存在物的欲望及其行為實踐。因此，基於人的在世限定以及這一前提下的主體性選擇，人的潔淨欲望及其行為可以分為入世完善型、鄙世偏執型、在世自在型與離世想象型四種主要表現型態。

（一）入世完善型

入世完善型潔淨書寫是指具有獨立主體性的人對外在環境弊端與人性缺陷之於人類行為的制約性作用具有明確的理性認知但依然完善自性因素踐行潔淨行為的書寫類型。如《儒林外史》中的虞博士，其人「名育德，字

〔註 69〕（德）伊曼努爾・康德：《判斷力批判》，北京出版社，2008 年，第 27 頁。
〔註 70〕熊公哲：《荀子今注今譯》，臺北商務印書館，1975 年，第 368 頁。
〔註 71〕（美）E・D・小赫希：《釋義的效度》，耶魯大學出版社，1967 年，第 76 頁。

果行」，這一名字其實大有深意。《易經・蒙卦・象》曰：「山下出泉，蒙，君子以果行育德。」〔註72〕虞博士有三個突出優點。第一，品格善良。既有「替人葬墳」之義舉，又有「救了那葬父親的人」之善行，而且均「真心實意」不計回報。第二，淡泊名利。對於金錢，認為「可見有個一定，不必管它」；對於徵辟一事，亦不刻意求之。第三，入世有為。小者如既喜好詩文又不迴避時文，大者如修祭泰伯祠。因此，對於虞育德其人，臥閒草堂本《回評》曰：「虞博士是書中第一人，純正無疵，如太羹元酒，雖有易牙，無從施其烹飪之巧」〔註73〕。但是，虞博士並非沒有缺陷。杜少卿送別之時，「虞博士也不勝淒然」。「寫博士之去，惟少卿送之，而臨別數言，淒然欲絕，千載之下，謦欬如聞。」〔註74〕虞博士之名字雖然標示其要以「果行育德」，但是這一淒涼場景以及其對自己未來、子孫後事的淒然言語表述與心理感觸的發生，均為其在現實背景下對外在制約持有清醒認知因而導致自我心理弱化並進而造成自我並不果行的現實結果。也就是說，入世完善型潔淨主體雖然努力踐行潔淨行為，但因現實因素的制約，其自身仍具個體缺陷。這一特徵於《水滸傳》中武松的形象表現更為突出。「污染是不清潔、污穢，並且污穢是位置不當的某物或任何物體，也是對事物的合理秩序的一種混亂或威脅。」〔註75〕武松跪拜哥嫂是對兄弟情義的執著感懷與叔嫂倫理的執著堅持，而潘金蓮撩撥武松、與西門慶通姦以及毒殺武大郎則是對道德倫理的污染，因此武松殺死潘金蓮與西門慶，不但是對叔嫂倫理與兄弟之情的堅持，而且彰顯了其對公平正義的執著追求以及對官僚貪贓枉法草菅人命現象的強力清除。就此意義而言，武松追求情義、倫理與法律的潔淨。李贄對此有精到認知，「若武二郎者，正所謂動容周旋中禮者也。聖人，聖人！」〔註76〕但武松亦有明顯的性格與行為缺陷，如少時的縱酒使性招惹事端以及成年後的因囿於義利而導致的視野與行為狹隘。儘管如此，仍然

〔註72〕（魏）王弼注，（唐）孔穎達疏：《周易正義》，北京大學出版社，1999年，第39頁。

〔註73〕（清）吳敬梓：《儒林外史》（臥閒草堂評本），人民文學出版社，1991年，第341頁。

〔註74〕（清）吳敬梓：《儒林外史》（臥閒草堂評本），人民文學出版社，1991年，第430頁。

〔註75〕（英）瑪麗・道格拉斯：《潔淨與危險》，黃建波等譯，民族出版社，2008年，第49頁。

〔註76〕（明）李贄：《水滸傳回評》，朱一玄、劉毓忱編：《水滸傳資料彙編》，南開大學出版社，2002年，第176頁。

不能遮蔽武松「豪傑不受羈靮」的「天人」形象。基於現實環境與人類自性的天然制約與缺陷，入世完善型潔淨個體雖不免於自我缺陷的羈絆，但因此而激發的潔淨自我欲望與行為的實踐更顯可貴。因此，入世完善型潔淨書寫形象展示了人類於制約性生存背景下努力提升自我生命境界的生動鏡像。

（二）鄙世偏執型

鄙世偏執型潔淨書寫是指具有獨立主體性的人因鄙薄現實人世而刻意追求潔淨表現有意凸顯個體潔淨行為高標於世的書寫類型。《紅樓夢》中的妙玉堪為典型例證。妙玉的人格心理及其潔淨欲望與行為主要表現為三個特徵。第一，目下無塵，鄙薄眾生。妙玉「氣質美如蘭，才華阜比仙」，在她眼中，他人多是肉眼凡胎，因此其自為清高亦自視甚高，寶玉就曰其「為人孤僻，不合時宜，萬人不入他目」。第二，情慾激蕩，不能自制。李紈曾說妙玉「畢竟塵緣未斷」，這在「邀請寶釵黛品茶」「寶玉冒雪乞紅梅」「與惜春下棋」「壽貼到怡紅」等諸多故事情節中妙玉之於寶玉的各種微妙反應，均可證明其對寶玉的鍾情之意。「妙玉於芳潔中，別饒春色。雪裏紅梅，正是此意。」〔註77〕而坐禪時的意欲激蕩而終致走火入魔，更是作了確鑿之證。第三，違拗情理，刻意潔淨。文本第四十一回《櫳翠庵茶品梅花雪　怡紅院劫遇母蝗蟲》「寫妙玉潔癖、棄置劉姥姥用過茶杯事」〔註78〕，對於妙玉之於潔淨的刻意與過度反應，護花主人評曰「劉姥姥極村俗，妙玉極僻潔，兩兩相形，覺村俗卻在人情之內，僻潔反在人情之外。寧為姥姥，毋為妙玉」〔註79〕。「世法平等，無有高下。」〔註80〕妙玉既未能參透人類在世之理，又不能順遂人類在世之情，故而基於自我「孤標獨立，自謂是世上意外之人」〔註81〕的人格心理與動機追求，亦因「雲空未必空」的情慾推動及其「慕清名」之刻意行為，最終導致了「欲潔何曾潔……終陷淖泥中」的悲劇結局。就此意義而言，「寶、妙二人，玉各有瑕」〔註82〕，

〔註77〕（清）姚燮：《紅樓夢總評》，朱一玄編：《紅樓夢資料彙編》，南開大學出版社，2001年，第666頁。

〔註78〕徐緒樂、高鐵玲：《詩評易注紅樓夢》，知識產權出版社，2004年，第14頁。

〔註79〕（清）王希廉：《紅樓夢回評》，朱一玄編：《紅樓夢資料彙編》，南開大學出版社，2001年，第577頁。

〔註80〕（明）朱棣集注：《金剛經集注》，上海古籍出版社，1984年，第240頁。

〔註81〕（清）陳其泰：《紅樓夢回評》，朱一玄編：《紅樓夢資料彙編》，南開大學出版社，2001年，第744頁。

〔註82〕（清）姚燮：《紅樓夢回評》，朱一玄編：《紅樓夢資料彙編》，南開大學出版社，2001年，第678頁。

妙玉之瑕正在於對潔淨的刻意追求與偏執性實踐。據此所析，鄙世偏執型潔淨主體源於自我心理氣質與人格動機的內在質性及其天然特徵而與常態化的人情事理產生隔膜性距離，其潔淨欲望以及行為實踐亦因外在環境制約與自性缺陷的綜合因素影響而表現出凸異性特徵。因此，鄙世偏執型潔淨書寫既是對人類偏執性心理氣質於潔淨範疇的形象反映而生動展示了人類自性的內在缺陷，亦由此而反向指示了完善自性的現實必要以及進益於潔淨欲望以及行為實踐的現實路徑。

（三）在世自在型

在世自在型潔淨書寫是指具有獨立主體性的人能夠超越外在環境束縛與人性缺陷的制約因而順遂自然人性踐行潔淨行為的書寫類型。《儒林外史》中的王冕可謂自在於世亦且品行潔淨的典型例證。之於其人，臥閒草堂《回評》有言曰：「功名富貴，人所必爭。王元章不獨不要功名富貴，並且躲避功名富貴；不獨王元章躲避功名富貴，元章之母亦生怕功名富貴。嗚呼！是真其性與人殊歟？蓋天地之大，何所不有？原有一種不食煙火之人，難與世間人同其嗜好耳」〔註 83〕。其表現主要有三。第一，欲求潔淨。「但他性情不同：既不求官爵，又不交納朋友，終日閉戶讀書。」讀書、作畫、勞動，無意於功名富貴，無意於人事的勢交利要，無意於人世的瑣碎閒雜，此為意的天然潔淨。第二，行為潔淨。「或遇秦家煮些醃魚、臘肉給他吃，他便拿塊荷葉包了來家，遞與母親」，孝敬母親；「隔壁秦老……敬他愛他」，為善鄉鄰；躲避知縣與危素的結交，逃避朝廷的徵辟，遠離名利；此為行的潔淨。第三，生命境界潔淨。「這王冕天性聰明，年紀不滿二十歲，就把那天文、地理、經史上的大學問，無一不貫通」，具有聰慧的靈性與淵博通透的學問；看了「禮部議定取士之法」後曰「將來讀書人既有此一條榮身之路，把那文行出處都看得輕了」，對於名利與文行出處的邊際持有深刻的思維認知；「王冕放牛倦了，在綠草地上坐著」欣賞雨後清新自然的風景，其「人在畫圖中」之語展示了與自然相通的生命審美意識；夜觀天文後曰「你看貫索犯文昌，一代文人有厄」，生命已然臻至天人相通的高遠境界；如再結合上述所言其「意的天然潔淨」與「行為的潔淨」，王冕已然達至生命狀態的潔淨境界。「人法地，地法天，天法道，道法自然。」〔註 84〕自然

〔註 83〕朱一玄、劉毓忱：《儒林外史資料彙編》，南開大學出版社，2003 年，第 255 頁。

〔註 84〕陳鼓應：《老子今注今譯》，商務印書館，2006 年，第 169 頁。

是人性以及人類行為實踐的終極境界追求。在世自在型潔淨主體天性自然，雖無法避免在世的外在環境制約，然「至人之用心若鏡，不將不迎，應而不藏，故能勝物而不傷」〔註 85〕，卻能以完足的自性克服蠻橫的外在強制，實現自我潔淨欲望及其行為實踐的自在於世。「清淨為天下正。」〔註 86〕在世自在型潔淨書寫是對人類自然潔淨之自性於現實人世的藝術化表現，生動表達了人類之潔淨於世的理想追求。「不欲以靜，天下將自定。」〔註 87〕於此，我們即可遙望人類生命狀態演進的理想境界，又可發現臻至這一境界的現實路徑。

（四）離世想象型

離世想象型潔淨書寫是指斷絕現實人間的欲望制約而在想象性時空中臻至潔淨境界的書寫類型。《紅樓夢》第 120 回「甄士隱詳說太虛情　賈雨村歸結紅樓夢」中寶玉拜別賈政這一故事情節可作明確印證。文本敘寫賈政追寶玉未及，「只見白茫茫一片曠野，並無一人」，營造了潔淨空寂的環境意境；而之前一僧一道與寶玉三人遠去及其所唱「我所居兮，青埂之峰。我所遊兮，鴻蒙太空。誰與我逝兮，吾誰與從？渺渺茫茫兮，歸彼大荒」之歌則創設了空靈玄遠的神幻意境氛圍；二者相融相生，化生出空靈潔淨而又極富神幻氣息的濃鬱意境。「追思寫實，故渾厚；結體於虛，故空靈。」〔註 88〕空靈潔淨境界的創生，不僅是因此處描寫而生發的藝術效果，亦有賴於之前文本對寶玉在愛情、親情、自我人生追求中沉溺、思索與痛苦的實寫，且因其最終的斷絕塵緣與欲望超拔而更加濃鬱。「無礙者，見自在，故潔淨。」〔註 89〕只有徹底寂滅自我欲望，才能從根本上超越現實人世的束縛，最終臻至純粹的潔淨境界，此為離世想象型潔淨書寫的核心意旨。這一要義在中國古代小說範疇中的諸多宗教題材與仙佛題材故事中有更為充分的表現。如《喻世明言．張道陵七試趙升》可作進一步明證。「第一試，辱罵不去；第二試，美色不動心；第三試，見金不取；第四試，見虎不懼；第五試，償絹不吝，被誣不辯；第六試，存心濟物；第七試，捨命從師。」所謂七試，就是檢驗趙升的塵心，「凡入道之人，先要斷除七情。」葛洪曾曰：「學仙之法，欲得恬愉澹泊，滌除嗜欲，內視反聽，

〔註 85〕陳鼓應：《莊子今注今譯》，商務印書館，2007 年，第 264 頁。
〔註 86〕陳鼓應：《老子今注今譯》，商務印書館，2006 年，第 243 頁。
〔註 87〕陳鼓應：《老子今注今譯》，商務印書館，2006 年，第 212 頁。
〔註 88〕鄧小軍：《琵琶仙鑒賞》，夏承燾主編：《宋詞鑒賞辭典》（下），上海辭書出版社，2013 年，第 1551 頁。
〔註 89〕中華大藏經編輯局：《中華大藏經》，中華書局，1994 年，第 1786 頁。

尸居無心。」〔註 90〕可見，寂滅欲望是「返其性情而復其初」〔註 91〕臻至自然潔淨人性的必要條件。然而，「自然和社會對人壓迫與束縛，必然伴隨著反映在思想上的禁錮與奴役」〔註 92〕，人類源於自身的自然屬性與社會屬性的束縛而無法徹底超拔於欲望的牽制與現實環境的制約，因此難以在現實塵世實現純粹的潔淨。故而，離世想象型潔淨書寫反向映襯出人類在現實塵世追求潔淨境界的無奈境遇，表達了其意欲跳脫現實人間的欲望制約而於想象性時空中臻於潔淨境界的美好訴求。

潔淨欲望及其行為實踐的四種類型是因人類心理氣質、人格動機以及存世態度不同產生的差異性主體選擇而形成的區別性表現。四者因其內在聯繫而具有了虛實正變的邏輯關聯，並因此而構建了潔淨類型的基本格局。於此，既可細繹人類潔淨審美的個性特徵，又可實現對人類潔淨審美的整體性透視。

三、中國古代小說書寫潔淨欲望與行為的方式及其審美生成

潔淨是標示人類生命與社會存在狀態的重要審美維度，小說文體通過藝術形象塑造、敘事與繪景表現人類生命與社會存在的現實狀態與理想追求。基於二者的內在聯繫，中國古代小說作家以集體審美意識與價值判斷審視現實生活，並運施藝術化創作方法，實現了對潔淨欲望及其行為的形象書寫與生動展示。

（一）類型化潔淨主體塑造及其審美生成

類型化潔淨主體塑造，是指作家將人類的潔淨特質集中賦予某一主體性藝術形象，因而能夠以類型化特徵高度展示人類潔淨欲望及其行為的書寫方式。這一書寫方式是潔淨的審美屬性附著於主體形象塑造的必然要求。孟子曾曰：「萬物皆備於我。」〔註 93〕普羅泰戈拉亦說：「人是萬物的尺度，是存在者存在的尺度，也是不存在者不存在的尺度。」〔註 94〕因此，人作為衡量世界萬物存在及其價值與審美的重要尺度，是體現潔淨審美的最佳選擇。另一方面，源於完善自性規避外在制約的內在要求，人類如欲進階於潔淨境界就必須提

〔註 90〕（東晉）葛洪：《抱朴子內篇》，王明校釋，中華書局，1996 年版，第 17 頁。
〔註 91〕陳鼓應：《莊子今注今譯》，商務印書館，2007 年，第 468 頁。
〔註 92〕肖明：《哲學》，經濟科學出版社，1991 年，第 512 頁。
〔註 93〕史次耘：《孟子今注今譯》，臺北商務印書館，1978 年，第 348 頁。
〔註 94〕北京大學哲學系外國哲學史教研室編譯：《西方哲學原著選讀》（第一卷），商務印書館，1982 年，第 54 頁。

升精神追求並進而踐行知行合一行為。就此意義而言，潔淨具有超拔性審美高度與純粹度，並因此而具有了強烈的象徵性。中國古代小說作家對此心領神會，故而以鮮明的創作思維塑造類型化潔淨主體，以期實現對人類潔淨欲望及其行為的審美書寫。

類型化潔淨主體塑造的核心要義在於潔淨審美內在蘊含的正向價值取向以及審美訴求與類型化塑造方法的雙向推動與疊加。其中，正向價值取向與審美訴求是意涵內核並因其意而生發出內在驅動力，類型化塑造方法是外在推動力並藉此而強化了意涵內核的濃鬱詩性。「方以類聚，物以群分，同牽條屬，共理相貫，雜而不越，據形系聯。」〔註95〕由於類型化方法與正向意涵的雙向激發與強化，潔淨審美生發出純粹、濃鬱、穩定、渾融的詩性氣質。「一切藝術形式的本質，都在於它們能傳達某種意義。任何形式都要傳達出一種遠遠超出形式自身的意義。」〔註96〕當這一詩性氣質附著於潔淨主體，便具有了形象的符號化與象徵性從而蘊生出意象渾融的審美境界。「符號是人的內心世界，即靈魂與精神的一種象徵。」〔註97〕《儒林外史》中的王冕與虞博士、《水滸傳》中的武松、《紅樓夢》中的妙玉等藝術形象，之所以得到評點者「不食煙火」、「書中第一人，純正無疵」、「絕倫超群」「直是天神」、「怪潔之癖未免有過」等評價，正是因為作家在塑造其潔淨形象時運施這一書寫方式的結果。「在這裡，符號和意義，形象和主體，思維主體和客體對象完全合一了。」〔註98〕形象的主體描繪與濃鬱的潔淨意涵融合共生，「超以象外，得其環中」〔註99〕，人類潔淨欲望及其行為實踐的生動鏡像於此而定格。

（二）凹凸型潔淨敘事及其審美生成

凹凸型潔淨敘事，是指中國古代小說作家以二元對立統一思維審視現實生活與理想追求並運施正反相形手法凸顯人類潔淨欲望及其行為實踐的敘事

〔註95〕（漢）許慎著，（清）段玉裁注：《說文解字注》，上海古籍出版社，1981 年，第 2 頁。

〔註96〕（美）魯道夫．阿恩海姆：《藝術與視知覺》，滕守堯等譯，中國社會科學出版社，1984 年，第 74 頁。

〔註97〕（美）埃里希．弗洛姆：《被遺忘的語言》，郭乙瑤、宋曉萍譯，國際文化出版公司，2007 年，第 31 頁。

〔註98〕蒙培元：《論中國傳統思維方式的基本特徵》，《哲學研究》，1988 年第 7 期，第 57 頁。

〔註99〕（唐）司空圖：《二十四詩品》（歷代詩話本），中華書局，1981 年，第 38 頁。

方式。潔淨與不潔淨相對待而存在，二者雖存過渡性區域但仍具明確界限。潔淨既是人類植根於現實生活的審美訴求，又因外在環境的制約與比對而愈加顯明。故而，潔淨因其區別性存在而凸顯。中國古代小說作家對此具有明確認知，以正反相形的敘事方法彰顯了人類潔淨欲望及其行為實踐的生動鏡像。前文所及之文本及其相應的潔淨敘事均可對此作不同程度的印證，現以《儒林外史》為例作代表性說明。

第一回《說楔子敷陳大義　借名流隱括全文》在文本的整體敘事過程中具有舉足輕重的作用與價值。第一，構建了以王冕形象為中心的潔淨敘事，表達了順遂自然人性踐行潔淨行為臻至潔淨境界的理想訴求。全書雖以「功名富貴為一篇之骨」〔註 100〕，然而作者卻以「借名流」「說楔子」的方式「隱括全文」「敷陳大義」，因此這一潔淨敘事為文本的整體書寫樹立了凸顯性的中心意旨。第二，「功名富貴四字，是全書第一著眼處」〔註 101〕，作者以濃墨重彩之筆對因追求功名富貴而造成的精神污染、行為卑劣、世風敗壞的醜陋現實社會狀態作了繁複書寫。楔子以「開口即叫破，卻只輕輕點逗」〔註 102〕的方式引出這一非潔淨敘述並與其形成反差巨大的對比張力。第三，「觀楔子一卷，全書之血脈經絡，無不貫穿玲瓏。」〔註 103〕在楔子中，作者已對潔淨追求與非潔淨的現實社會生活狀態作了簡要對比性書寫，之後作為主體敘事的非潔淨書寫以及偶一閃現的潔淨敘事及其二者的對比，在楔子中已有濃縮性表現。據此可以發明凹凸型潔淨敘事的妙處所在。就文本的整體意涵而言，潔淨追求是作者的宏觀創作命意與文本的核心意旨，故而作為文本的靈魂與指向標可謂其為意之凸；而非潔淨的社會現實狀態書寫，則因其負面意涵的反向性，可謂其為意之凹。就文本的整體書寫方法及其實際表現而言，非潔淨的社會現實狀態書寫不僅是文本的主體部分，而且作者還運施了繁富的書寫方法以使其實現生動形象的藝術效果，因此可謂其為創作方法與實際表現之凸；而潔淨書寫不僅所佔篇幅極少且書寫方法與表現亦相對簡潔，故而可謂其為創作方法與

〔註 100〕（清）閑齋老人：《儒林外史序》，朱一玄、劉毓忱編：《儒林外史資料彙編》，南開大學出版社，2003 年版，第 258 頁。

〔註 101〕《儒林外史回評》，朱一玄、劉毓忱編：《儒林外史資料彙編》，南開大學出版社，2003 年，第 255 頁。

〔註 102〕《儒林外史回評》，朱一玄、劉毓忱編：《儒林外史資料彙編》，南開大學出版社，2003 年，第 255 頁。

〔註 103〕《儒林外史回評》，朱一玄、劉毓忱編：《儒林外史資料彙編》，南開大學出版社，2003 年，第 255 頁。

表現之凹。「有無相生，難易相成，長短相形，高下相盈，音聲相和，前後相隨。」〔註 104〕文本意涵之凹與凸、創作方法及其文本表現之凹與凸以及二者之間凹與凸的動態雙向激發與映射，使得人類的潔淨欲望及其行為實踐敘事得到了有效彰顯與生動強化。「反者道之動。」〔註 105〕於凹凸型潔淨敘事正反相形的動態對比中，既可全面觀照文本敘事的整體形貌，又可抽繹其潔淨敘事的靈魂所在。

（三）映襯性潔淨環境描寫及其審美生成

「自然界的人的本質只有對社會的人來說才是存在著的；因為只有在社會中，自然界對人說來才是人與人聯繫的紐帶……只有在社會中，自然界才是人自己的人的存在的基礎。只有在社會中，人的自然的存在對他說來才是他的人的存在，而自然界對他說來才成為人。因此，社會是人同自然界的完成了的本質的統一，是自然界的真正復活，是人的實現了的自然主義和自然界的實現了的人道主義。」〔註 106〕基於人與自然以及社會的這一內在聯繫，無論是自然環境還是社會環境，都是反映著人的屬性及特徵的屬人化環境。在文學文本中，由於作家創作命意的主觀性融入，環境描寫的屬人化特徵更加顯明。因此，所謂映襯性潔淨環境描寫是指對具有潔淨特質與映襯功能的環境進行描寫從而展示人類潔淨欲望及其行為的書寫方式。

《西遊記》第一回中孫悟空的生存環境屬於因避免了人類欲望及其行為的侵擾而具有潔淨特質的環境描寫類型。文本首先通過對花果山的五行運演神秘氣息及其神奇靈秀的細部描寫營造了清新靈動、優美靜謐的意境氛圍，其後筆勢一轉，寫「那猴在山中，卻會行走跳躍，食草木，飲澗泉，採山花，覓樹果；與狼蟲為伴，虎豹為群，獐鹿為友，獼猿為親；夜宿石崖之下，朝遊峰洞之中。真是山中無甲子，寒盡不知年」。所謂「山中無甲子，寒盡不知年」是因時間刻度消失而與天地萬物共生的自在生命狀態，其個中緣由則是因為由於沒有人類欲望及其行為的侵擾，故而沒有失序，因此世界天然潔淨而又自然自在地存在。此為想象性潔淨環境描寫。《雪月梅》第十二回中的自然環境描寫則屬於因現實塵世的欲望及其行為擠壓而生發的具有潔淨特質的環境描

〔註 104〕陳鼓應：《老子今注今譯》，商務印書館，2006 年，第 80 頁。
〔註 105〕陳鼓應：《老子今注今譯》，商務印書館，2006 年，第 226 頁。
〔註 106〕（德）卡・馬克思：《1844 年經濟學哲學手稿》，《馬克思恩格斯全集》（第四十二卷），人民出版社，1979 年，第 122 頁。

寫。「當時吩咐家人燒湯洗澡後，看日色已將西墜。兩人又在花園中飲了一大壺涼酒，出到莊前，四圍閒玩。」繁雜世務與澆薄世風是導致人心迷亂欲望孳生的催化劑，天性自在潔淨的心靈已然蒙上了私欲的灰塵。因此，在喧囂與浮躁的長調中尋求寧靜的心境與心靈的潔淨，就成為人的理想訴求。此時，「但見蒼煙暮靄，鴉雀投林，牧唱樵歌，相和歸去。散步之間，東方早已湧出一輪皓月，此時微風習習，暑氣全消。」「兩人說話之間，那一輪明月已飛上碧霄，照得大地如銀，流光若水。」動與熱的退場，靜與清涼的彌漫，優美的自然與靜謐的天地已然創設出清新自然潔淨優美的詩意氛圍。此為現實性潔淨環境描寫。

想象性與現實性兩種潔淨環境描寫，形象表明人類只有突破現實時空的制約或者暫時跳脫私欲的牽絆才能臻至潔淨境界。「天地與我並生，而萬物與我為一。」〔註 107〕二者作為人類潔淨欲望於環境投射的映襯性存在，不僅是人類價值尺度的生動體現，而且展示了因差異化主體性選擇而造就的不同審美風貌。於此，既可洞見人類自性的潔淨度與純粹度，又可一窺人與現實環境的雙向關係以及人類在這一背景下的無奈現實境遇。

四、中國古代小說書寫潔淨欲望與行為的薄弱性表現及其原因

潔淨不僅是伴隨人類存在的永恆狀語，而且是標示人類現實存在狀態及其理想訴求的重要維度。就此意義而言，人類的潔淨欲望及其行為應是文學的重要書寫內容，然而在中國古代小說範疇卻具薄弱性表現。

首先，作品數量甚少。「凡世界所有之事，小說中無不備有之；即世界所無事，小說中亦無不包有之。」〔註 108〕小說因其文體特徵，具備細緻描繪與生動展示現實世界與人類理想的天然優勢。然而，在中國古代小說範疇，書寫人類潔淨欲望及其行為的作品數量卻極為稀少。其具體表現又可細分為二。第一，以潔淨為宏觀創作命意並體現為文本核心意旨的作品稀少之至。除《儒林外史》以及《三言二拍》《聊齋誌異》中的極少數篇章外，幾無作品集中展示對於潔淨的深度書寫。第二，涉及潔淨欲望及其行為描寫的小說文本亦較少。像《水滸傳》《紅樓夢》以及一些宗教題材、愛情題材的小說，雖非以潔淨書寫為核心意旨，但是在敘事或者形象塑造過程中涉及到了潔淨書寫，具備這種

〔註 107〕陳鼓應：《莊子今注今譯》，商務印書館，2007 年，第 88 頁。
〔註 108〕《〈新世界小說社報〉發刊辭》，《新世界小說社報》第一期，1906 年。

潔淨書寫表現的小說篇章數量與中國古代小說實存的篇章數量相比，仍然是少之甚少。也就是說，在浩如煙海的中國古代小說領域，潔淨書寫並非中國古代小說描寫的重要內容，因此缺乏突出性數量表現。

其次，缺乏全面與深度書寫。言此表現特徵，並非意在否定中國古代小說對於潔淨欲望及其行為書寫的既有成績。潔淨是反映人類現實存在狀態與理想訴求具有哲學深度的美學範疇，因此就其書寫的邏輯性建構而言，應結合社會現實缺陷的各種表現、人類自性的種種不足及其完善性行為實踐，來表現實然的人類潔淨欲望及其行為實踐在現實世界的無奈境遇及其應然的理想境界。雖然前文所及的四種類型表現與三種書寫方式已然展示了中國古代小說之於潔淨欲望及其行為實踐書寫的努力與成績，但是並沒有生動展示人類心靈於現實制約下的潔淨欲望之律動節奏及其行為實踐的豐富表現，故而距離全面與深度書寫的邏輯要求仍然存有較大距離。也就是說，中國古代小說對於潔淨欲望及其行為的書寫，既沒有做到全面展示，又缺乏揭示深度。

文學文本是作家精神律動與社會生活二元碰觸的審美言語圖式，「必有關於作者情思邪正也」〔註 109〕。因此，中國古代小說之於潔淨欲望及其行為書寫的薄弱性表現，其根源還在於文本的創作者。

首先，是中國古代小說作家之於小說觀念接受而於創作影響的實際表現。清代劉廷璣曾曰：「小說之名雖同，而古今之別則相去天淵。」〔註 110〕但是一個不容迴避的事實是，雖然自唐代小說中的「大道」成分日益增加，小說的重要性及其地位日益受到文人的重視，但是直至清代末期，多數文人雅士仍然視小說為「小道」，故而要麼不作小說要麼不在小說中進行「覃研道理務極幽深」的人生與社會書寫。另外，雖然文學在某種意義上而言是哲學道理的藝術化書寫，但是二者仍存顯明的現實距離，故而潔淨作為一個標示人類存在狀態的高深哲學刻度，在中國古代小說中沒有實現全面與深度書寫，也屬中國古代小說觀念及其影響下的作家創作實際的應然表現。

其次，中國古代小說作家的群體生命狀態與潔淨境界尚存顯明距離。自佛教傳入中國，淨土信仰就大行其道，其間雖幾經整合與起伏，但亦因此由僧眾而日益浸入民間。淨土信仰的流行，曾經在中國古代詩詞文等領域有鮮明體現。如宋代淨土法門盛而梅花尊，「宋人專注於梅花的潔淨不染，……他們面

〔註 109〕劉永濟：《十四朝文學要略》，中華書局，2007 年，第 32 頁。
〔註 110〕（清）劉廷璣：《在園雜志》，中華書局，2005 年，第 82～83 頁。

對梅花主要不是宣洩感情，而是經受洗禮，心靈得到淨化」〔註 111〕；再如「南朝山水詩所表現的潔淨之美」亦可「由淨土思想那裏找到淵源」，因為「南朝文人具有自覺的反污染意識，懷著懺悔心理與負罪感，……對蓮花意象賦予帶有淨土色彩的美學內涵。」〔註 112〕潔淨的文學書寫，是作家心理趨向與精神境界的文學表現。而中國古代小說作家群體，無論是因為「遠實用而近娛樂」的創作目的，還是為了書寫「孤憤」，抑或出於「刺世」的現實立場，大多不能以寧靜內斂的心態反向審視人類欲望的潔淨趨向及其現實境遇，故而亦難以臻至對於潔淨欲望的哲學與美學思考之境。也就是說，中國古代小說作家思考的指向性與深刻度決定了其文學書寫的實際表現。

中國古代小說範疇的潔淨欲望及其行為書寫是一項亟需破冰的研究工作。如能基於具有嚴密邏輯性與真實性的資料，充分立足古代小說思潮，有效結合作家創作動機、文本書寫及其表現進行系統與深度探究，必將能夠開啟中國古代小說研究新的視域並獲得對中國古代小說創作及其生產規律新的認知。

小結

根源於人類欲望的特徵及其現實表現的影響，中國古代小說向少欲望溫度與潔淨欲望的書寫。就此意義而言，欲望書寫的溫度審美與潔淨審美相對於其他審美維度而言，更具審美的稀缺性與重要價值。中國古代小說中之於欲望溫度、潔淨欲望類型的細緻書寫，及其巧妙的藝術化書寫方式，不僅實現了對兩種稀缺性審美類型及其效應的生動表現與詩性展示，而且以少弱之態與蔚為大觀的過渡性欲望書寫形成對比映射，進而生成矛盾張力，並於其中為人類指明節制欲望完善自性的顯明路徑。

〔註 111〕李炳海：《淨土法門盛而梅花尊——宋代梅花詩及其與佛教的因緣》，《東北師大學報》，1995 年第 4 期，第 61 頁。

〔註 112〕李炳海：《佛教淨土思想與南朝崇尚潔淨文風》，《江海學刊》，1996 年第 3 期，第 156 頁。

第七章　中國古代小說欲望審美的核心要義與進階之境

中國古代小說的欲望書寫，根源於人性及其在現實世界中的表現，同時又是作家基於特定創作動機與自我書寫意圖進行個體化藝術構建的結果。作為人類欲望的審美語言圖式，其不僅內在沉潛著人類之於自我欲望缺陷的深刻反思，亦且寄寓著人類探索自性調節與精神進階的審美追求。

第一節　欲望現實與心性理想的審美教化

欲望、心性與在世狀態互為表裏，複合以為人類的存在圖景。小說因其敘事寫人的文體優長，對此可作全息反映，亦因此而具有了突出的審美教化功能，此亦為中國古代小說的應有之義。對小說之於人類欲望、心性與在世狀態的書寫作深入解構，不僅可以洞明人類存在的現實狀態及其精神律動，而且可以深入悉知小說以及文學的核心本質與重要文體功能。

一、欲望之滯與通的形象反映

小說文體以詩性的言語圖式通過敘事、形象塑造與環境描寫對世界人生圖景進行審美書寫，無論是基於作家的創作角度，還是小說書寫的實際表現，抑或在讀者接受的共鳴層面，其核心都根源於現實人間背景下人類欲望的審美表現。然而，文學是人類欲望的審美言語圖式這一認知，具體於中國古代小說尚需稍加釐定。「變異之談，盛於六朝，然多是傳錄舛訛，未必盡幻設語，至唐人乃作意好奇，假小說以寄筆端。」〔註1〕也就是說，於唐代「始有意為小說」之後，不止「變異之談」，文學性小說才趨於發展與繁盛之途，其文學性文體質性與意識才趨於明晰，其與作家「意識之創造」的二維一體關係才開始緊密亦且鮮明。

中國古代文學性小說是作家因欲望阻滯而試圖意欲突圍的審美結晶。如李慶辰曾於《醉茶誌怪·自序》中表明自己的創作動機時曰：「僕半生抑鬱，累日常愁，借中書君為掃愁帚，故隨時隨地，聞則記之，聊以自娛。」〔註2〕餘集亦於《聊齋誌異·序》中論及蒲松齡及其小說的創作關係時曰：「按縣志稱先生少負異才，以氣節自矜，落落不偶，卒困於經生以終。平生奇氣，無所宣洩，悉寄之於書。」〔註3〕二者所言之「抑鬱」「常愁」「落落不偶」，均是對小說作家在現實生活中因欲而不得導致欲望阻滯的明確表述；而所謂「宣洩」「自娛」，則是作家試圖欲望突圍的目的與追求。據此而析，無論其具體原因為何，壓抑性之欲望阻滯實為驅動作家進行小說創作的重要因素。此外，亦有舒揚性創作動機與文學書寫以為欲望阻滯的特殊審美表現形式。如白行簡於《李娃傳》篇末曰：「嗟乎，倡蕩之姬，節行如是，雖古先烈女，不能逾也。……公佐拊掌竦聽，命予為傳。」源於對李娃節行的感動與讚歎而作是傳，究其根源，這一舒揚性創作動機與文學書寫實為欲望阻滯的特殊表現形式。第一，作者對妓女與常人節行的低視；第二，因李娃節行而致之情緒激蕩的暫時性阻滯。因此，對於小說作家而言，欲望之滯實為其進行創作的根源性核心驅動力，其目的則是試圖實現欲望的暢通。至於其欲望暢通的實際結果及其現實狀態，還需結合小說文本的書寫表現以作綜合判斷。

人類欲望的滯與通，在中國古代小說書寫層面的表現繁富亦且複雜。據其比重而觀，表現為阻滯性欲望書寫為主，欲望的暢通性書寫為輔；基於人類的在世狀態考量，異化型欲望圖景書寫為主，自由型、自在型欲望圖景書寫為輔；就作家的宏觀創作命意而言，阻滯性欲望書寫為主體架構，暢通性欲望書寫為點發性觸鈕；就欲望之滯與通的關係而論，前者為始發性起點而後者為目的性終點；就欲望之滯與通之於文本的建構而言，欲望之滯為內在的核心驅動力，欲望之通為應激性牽引力。無論是單篇的唐傳奇、宋元話本以及明清時期的文

〔註1〕（明）胡應麟：《少室山房筆叢》，中華書局，1958年，第486頁。
〔註2〕（清）李慶辰：《醉茶誌怪》，齊魯書社，1988年，第1頁。
〔註3〕朱一玄：《聊齋誌異資料彙編》，南開大學出版社，2002年，第478頁。

言短篇小說，還是煌煌巨著的章回體小說，均無例外。現以《聊齋誌異·葉生》為例作簡要說明。葉生為此篇核心人物，文本亦由其欲而啟動文本敘述，「文章辭賦，冠絕當時；而所如不偶，困於名場」，才華與境遇的巨大反差及其因此而生成的內在張力，究其根源實為葉生欲望之不遂。這一原發性驅動力，亦為文本故事情節構建以及導致葉生之生命狀態持續驅進的內在因素，「形銷骨立，癡若木偶」「寢疾」並感於丁乘鶴的知己之情而隨之東歸，而此後的「竟領鄉薦」「錦還為快」作為欲望的暢通性書寫，實為其欲望阻滯之後的暫時性暢通，「君死已久」「撲地而滅」，最終仍然返歸欲望阻滯的原點。但明倫曾評曰：「身心性命，原非藉以博功名。」〔註4〕統觀整篇小說，執於人生顯達的現實價值追求，是葉生的欲望之滯，亦為其生命狀態異化的內在根源。文末的異史氏之歎又曰：「淪落如葉生其人者，亦復不少，顧安得令威復來，而生死從之也哉？噫！」可見對於作者而言，還另有知己亦不能得之欲望的阻滯。這是在文本層面起於滯且終於滯的典型例證。其實在文本之外，蒲松齡也未實現欲望的暢通，其於《聊齋自志》中曰：「驚霜寒雀，抱樹無溫；弔月秋蟲，偎闌自熱。知我者，其在青林黑塞間乎！」〔註5〕這一孤獨鬱悶之慨歎，表明其一生均滯礙於自我欲望的阻滯。比照而觀，中國古代小說領域還不乏在文本層面起於滯而終於通的欲望書寫表現。如明清時期的大量才子佳人小說，「至所敘述，則大率才子佳人之事，而以文雅風流綴其間，功名遇合為之主，始或乖違，終多如意。」〔註6〕《平山冷燕》是此類小說這一寫作表現的重要代表作品，然而作者天花藏主人卻在談及自己的創作動機時曰：

> 貧而在下，無一人知己之憐，不幸憔悴以死，抱九原埋沒之痛，豈不悲哉！……顧時命不倫，即間擲金聲，時裁五色，而過者若罔聞罔見。奄乎老矣。欲人致其身而既不能，欲自短其氣而又不忍，計無所之，不得已而借烏有先生以發洩其黃粱事業……凡紙上之可喜可驚，皆胸中之欲歌欲哭……上能佐鄒衍之談天，下可補東坡之說鬼，中亦不妨與玄皇之梨園雜奏……而所受於天之性情，亦云有所致矣。〔註7〕

〔註4〕朱一玄：《聊齋誌異資料彙編》，南開大學出版社，2002年，第385頁。
〔註5〕朱一玄：《聊齋誌異資料彙編》，南開大學出版社，2002年，第276頁。
〔註6〕魯迅：《中國小說史略》，上海古籍出版社，2006年，第132頁。
〔註7〕（明）天花藏主人：《平山冷燕》，上海古籍出版社，1994年，第1～2頁。

雖然在文本的敘述層面以欲望之通為終點，但其實是作者「黃粱事業」「自娛娛人」目的之想象性實現。觀之其他諸多才子佳人小說，此語亦為切中肯綮之言。欲望的暢通性書寫，其實是作家欲望阻滯的反向表現，文本層面而致的替代性滿足事實上並不能完全消弭現實的缺憾，考之諸多小說作家與評點家所曰「自娛」「宣洩」「寄託」等語即可知之。

欲望阻滯是人類在世的必然，欲望暢通是人類永恆的追求，無論其欲望的具體指向與內容為何。對此，王國維曾有深刻認知：

> 生活之本質何？欲而已矣。欲之為性無厭，而其原生於不足。不足之狀態，苦痛是也。……然欲之被償者一，不償者什佰，一欲既終，他欲隨之，故究竟之慰藉，終不可得也。……然則人生之所欲既無以逾於生活，而生活之性質又不外乎苦痛，故欲與生活與苦痛，三者一而已矣。〔註8〕

在現實生活中，苦痛與欲望之阻滯實為人類在世的主導與普泛性狀態。此於小說作家而言，因欲望之滯而求通，是其啟動創作的根源性驅動力；於小說文本而言，欲望之滯與通作為主要書寫內容，是對現實生活的形象反映。前已於此作具體分析，茲不贅述。對於讀者而言，亦因苦痛與欲望阻滯而追求暢通的在世狀態與小說文本、作者形成共鳴。如對於《水滸傳》第十四回中阮氏三兄弟因生活壓抑而致的憤激之語，金聖歎評曰：「意盡乎言矣。……嗟乎！生死迅疾，人命無常，富貴難求，從吾所好，則不著書其又何以為活也？」〔註9〕再如《儒林外史》第五回，嚴監生因多點了一根燈芯而伸出兩根手指不肯咽氣，張文虎評曰：「寫守錢奴臨死光景，極盡情致。人知其罵世之口毒，而不知其醒世之意深也。」〔註10〕三方於此生成欲望之滯與通的認知閉環，欲望現實的審美教化功能亦藉此而得以發揮。「傳云：『善者，感發人之善心；惡者，懲創人之逸志。』是書有焉。」〔註11〕此語即堪為明證。至於其發揮效能，還需作進一步說明。如對於《紅樓夢》，魯迅認為「單是命意，就因讀者的眼光而有種種：經學家看見《易》，道學家看見淫，才子看見纏綿，革命家看見排滿，

〔註8〕王國維：《〈紅樓夢〉評論》，《王國維全集》（第一卷），浙江教育出版社，2009年，第55頁。

〔註9〕朱一玄、劉毓忱：《水滸傳資料彙編》，南開大學出版社，2002年，第242頁。

〔註10〕朱一玄、劉毓忱：《儒林外史資料彙編》，南開大學出版社，2003年，第310頁。

〔註11〕（清）閒齋老人：《儒林外史序》，朱一玄、劉毓忱編：《儒林外史資料彙編》，南開大學出版社，2003年，第254頁。

流言家看見宮闈秘事」〔註 12〕。讀者因其前置視域的不同，對於同一文本的欲望書寫，其認知方向與內容可能截然相異，尤其甚者會趨於欲望教化的反面。如東吳弄珠客曾曰：「讀《金瓶梅》而生憐憫心者，菩薩也；生畏懼心者，君子也；生歡喜心者，小人也；生效法心者，乃禽獸也。」〔註 13〕對於意在宣淫的小說作家而言，其或許由於物色之欲阻滯的突圍需要，試圖通過文本書寫實現欲望的暢通，但其書寫的淫穢內容，無疑會引領部分讀者墜入欲望的深淵。當然，無論是正向的欲望引控，還是反向的欲望沉墜，基於人類欲望之滯與通的現實邏輯，文學層面的欲望暢通於在世人生狀態而言，只是創設了一個暫時的跳脫性審美空間。

二、心性超拔及其意涵的生動沉潛

欲望是內在於人類生命機體的核心要素與天然質性，其為人類存在與發展演進的內在根據與原發性驅動力。在社會層面而言，欲望亦是人類言語、行為、心理、日常生活等元素綜合而致之存在狀態的根源，就此意義而言欲望亦是造就社會現實狀態的基本根源。然而，「一個人如果根據自己的感官判斷一切，事事順從情慾的衝動，只看見自己感覺到的東西，只喜愛使自己滿意的東西，那就處在極其可悲的精神境界中了；在這種狀態中，他離真理、離自己的幸福真是太遠了。」〔註 14〕中國古代小說對此人生與社會圖景有形象書寫與生動反映。西門慶、龐春梅等性慾放縱者終致生命的毀滅，周進、范進等因滯礙於功名而導致精神的逼仄，嚴嵩及其黨羽等亦因弄權而人格卑劣。於社會層面亦是如此，如《金瓶梅》《儒林外史》《聊齋誌異》等諸多小說形象展示了人們因欲望放縱、追求功名富貴等滯礙於欲望而導致道德墮落、社會風氣敗壞的現實社會圖景。欲望對個體與社會存在狀態的作用與影響於此可見一斑。然而，「人類之所以高出畜類，主要是因為他們的理性優越；人與人之間所以有無限的差別，也是由於理性官能的程度有千差萬別。」〔註 15〕在形而下的欲望肌體中，人類還同時具有形而上之心性反思與超拔的屬性與機能。此為人類心性思

〔註 12〕魯迅：《絳洞花主小引》，《魯迅全集》（第 8 卷），人民文學出版社，1981 年，第 145 頁。

〔註 13〕朱一玄：《金瓶梅資料彙編》，南開大學出版社，2002 年，第 178 頁。

〔註 14〕（法）尼古拉·馬勒伯朗士：《真理的探求》，北京大學哲學系外國哲學史教研室編譯：《西方哲學原著選讀》（上卷），商務印書館，1981 年，第 475～476 頁。

〔註 15〕（英）大衛·休謨：《人性論》，關文運譯，商務印書館，1997 年，第 653 頁。

考的生發基礎及目的之所在。

「所謂『心性』問題，並不僅僅是一個心理學問題，它主要是哲學人性論問題，它所探討的是人的本質、本性、自我價值及其在自然界的地位等一類哲學問題。」〔註16〕中國古人自突破朦朧的原始意識而步入文明的門檻之始，便啟動了關於自我心性的哲學思考。「人法地，地法天，天法道，道法自然。」〔註17〕春秋時期，老子就已奠立了自然本體人性論的基石。稍後的孔子，亦確立了具有鮮明道德主體色彩的人性論基礎，「性相近也，習相遠也。」〔註18〕「克己復禮以為仁」〔註19〕。戰國時期的墨子，其心性論則具有較為鮮明的經驗理性特徵，「非獨染絲然也，國亦有染，……非獨國有染也，士亦有染，其友皆為仁義淳謹畏令，則家日益，身日安，名日榮，處國得其理矣。」〔註20〕此後各個時期的哲學家們，均各循不同理路繼續拓展深化，大致形成了以儒釋道為主要核心的心性論體系。中國古人關於心性的豐富論述與反覆陳說，都是基於特定時代與社會背景下對人之欲望以及人與社會存在狀態的深刻思考，業已融入華夏民族的精神世界而成為集體意識。中國古代小說作家作為民族集體意識的優秀承繼者，則通過繁富的欲望書寫表達對心性問題的詩性思考。

唐代傳奇文、宋元話本、明清時期的文言與白話短篇小說，形象生動地描繪了中國古代人生與社會存在的立體畫卷，其諸多文本已於繁富的欲望書寫中寄寓了一定程度的心性反思。如《南柯太守傳》，淳于棼於現實與夢境中經歷了欲望滯礙與暢通的巨大反差之後，「感南柯之浮虛，悟人世之倏忽，遂棲心道門，絕棄酒色。」文本通過多維對比書寫，「假實證幻，餘韻悠然」〔註21〕，表達了對功名富貴以及超脫於物色名利之欲的深刻思考。其他如「三言二拍」、《聊齋誌異》等作品集，間亦不乏於欲望書寫中寄寓心性反思的作品。但是，若於心性之思考的寬度與深度而言，章回體的白話長篇通俗小說才堪為中流砥柱。現以《三國演義》為例作簡要論證。作為章回體與歷史演義的開山之作，《三國演義》著重政權更替與歷史演變的宏大敘事，並無鮮明的欲望書寫與心性反思的顯明表現。然而若從人的本位切入對文本的解構，亦可窺見其深層欲

〔註16〕蒙培元：《中國心性論》，臺北學生書局，1990年，第21頁。
〔註17〕陳鼓應：《老子今注今譯》，商務印書館，2006年，第169頁。
〔註18〕（宋）朱熹：《四書章句集注》，中華書局，1983年，第175頁。
〔註19〕（宋）朱熹：《四書章句集注》，中華書局，1983年，第131頁。
〔註20〕李漁叔：《墨子今注今譯》，臺北商務印書館，1976年，第11～15頁。
〔註21〕魯迅：《中國小說史略》，上海古籍出版社，2006年，第54頁。

望元素與心性反思的精神律動。小說敘述的整體歷史走向，起於漢祚衰落終於三家歸晉，期間動盪的歷史進程主要表現為群雄對於政權掌控的追逐。無論是殘暴專橫的董卓，還是雄圖天下的曹操、孫堅與袁紹，其終極目的都在於掌控政權。即使是以「匡扶漢室」為旗幟的劉備，亦不例外。作者基於「尊劉貶曹」的鮮明道德判斷，將敘述重心附載於蜀漢及其核心劉備與諸葛亮，並極力將二者塑造為賢君良相的藝術形象。然而，「至於寫人，亦頗有失，以致欲顯劉備之長厚而似偽，狀諸葛之多智而近妖。」〔註22〕其實，導致這一文本缺陷的原因並不僅僅只是作者敘述立場與寫作方法的問題。綜合對劉備兒時之欲為帝王的遊戲性言行、擲阿斗之言與行、處理與曹操呂布之關係時的言行邏輯矛盾、失敗之後勸部下另投明主的言行、檀溪躍馬之後的消沉與失落等諸多局部的情節書寫作深入考量，其實可以發現劉備實為「梟雄」的內在本質與特徵。至於其「與民秋毫無犯」「愛民如子」「攜民渡江」等符合傳統道義要求的行為，其實是基於實現個人雄心之深層動機下的思維及其具體行為表現方式，於此更可見其機心之深與雄圖之大。葉晝對此曾戲謔曰：「曹家戲文方完，劉家戲子又上場矣，真可發一大笑也。」〔註23〕可謂一語中的入骨三分。至於諸葛亮，「天下非極閒極冷之人，做不得極忙極熱之事。」〔註24〕明知「誠不可與其爭鋒」但仍然出山輔佐劉備，雖與曹劉孫等人並非同一向度，然其核心根源亦在於人生志欲的驅動。文本之末的三家歸晉書寫以及古風的評論性內容，與文本起首《臨江仙》一詞的超脫性感慨，雖然具有明顯的歷史循環論與不可知論色彩，但是卻一前一後形成對文本主體繁富的權力、志欲、機詐等欲望書寫的完整包圍，並與其相激相應形成鮮明的對比與反差，於此起首超脫性基調、主幹欲望書寫、結局最終點化響應的文本敘述順序與節奏之中生發強烈的矛盾對比張力，不僅有效實現了對各種欲望的徹底消解，並進而由此反向生發突圍於欲望之熱驅動的心性反思。這一具有鮮明詩性的心性超拔之審美效果，正如毛宗崗所評：「《三國》一書，有寒冰破熱，涼風掃塵之妙。」〔註25〕

客觀考量，《三國演義》的心性超拔及其意涵沉潛具有較強的潛隱性，這在中國古代小說領域屬於較為特殊的少數表現形式，古今學者對此均少發明

〔註22〕魯迅：《中國小說史略》，上海古籍出版社，2006年，第87頁。

〔註23〕（明）羅貫中：《三國演義》（會評本），陳曦鐘等輯校，北京大學出版社，1985年，第981頁。

〔註24〕（明）羅貫中：《三國演義》（毛宗崗批評本），嶽麓書社，2006年，第288頁。

〔註25〕（明）羅貫中：《三國演義》（毛宗崗批評本），嶽麓書社，2006年，第8頁。

即堪為印證。相對而言，《西遊記》《金瓶梅》《儒林外史》等文本寄寓心性反思的特徵則較為顯明。如《西遊記》，「蔓衍虛誕，而其縱橫變化，以猿為心之神，以豬為意之馳，其始之放縱，上天下地，莫能禁制，而歸於緊箍一咒，能使心猿馴服，至死靡他，蓋亦求放心之喻，非浪作也。」〔註26〕文本不僅頻繁使用「靈根」「心性」「妙理」「禪心」等詞語標示回目，而且通過孫悟空的三次欲望轉向與生命歷程變化書寫、唐僧取經與三教尤其是佛教的否定性書寫，於具有鮮明諧謔性的美學風格中形象寄寓了對自由欲望之節度及其與外在世界之關係以及心性修持的深刻思考。對於文本的心性超拔及其意蘊沉潛，劉一明評曰：「其書闡三教一家之理，傳性命雙修之道。」〔註27〕吳從先亦曰：「《西遊記》是一部定性書，……勘透方有分曉。」〔註28〕均是深刻解讀文本洞明其核心意旨的精到之見。再如《金瓶梅》，蘭陵笑笑生認為「作者寄意於時俗，蓋有謂也」〔註29〕；另如《儒林外史》，邱瑋萲亦認為「《儒林外史》一書，意在警世，頗得主文譎諫之義」〔註30〕；結合文本內容的具體描寫，亦可發明兩部小說分別基於物色、功名富貴的批判性書寫而寄寓的節制物色之欲、超脫於名利羈絆的深刻心性反思。

心「能在生命展開過程中起到一種對性情慾流動的定向之用，為一種心志，可分疏為情感靈覺之心和認知之心。」〔註31〕無論是潛隱性還是顯明性的心性超拔及其意涵沉潛書寫，均是小說作家在對形而下欲望及其現實存在表現的基礎上抽象深進而致的審美結晶。其審美教化意涵沉潛於文本底層，須由讀者發明而實現。「夫古人之為小說，或各有精微之旨，寄於言外，而深隱難求。」〔註32〕對文本中寄寓作家心性思考的精微之旨，讀者應用心體察，才能深入領會其美學意涵。學憨主人評《世無匹》曰：「又能懲創逸志，感發善心。」〔註33〕讀者通過文本閱讀與作者達至精神共鳴之境，真善美的教化功能於此

〔註26〕（明）謝肇淛：《五雜俎》，上海書店出版社，2001年，第312頁。
〔註27〕朱一玄、劉毓忱：《西遊記資料彙編》，南開大學出版社，2002年，第342頁。
〔註28〕（明）吳從先：《小窗自紀》，郭征帆評注，中華書局，2008年，第159頁。
〔註29〕朱一玄：《金瓶梅資料彙編》，南開大學出版社，2002年，第176頁。
〔註30〕朱一玄、劉毓忱：《儒林外史資料彙編》，南開大學出版社，2003年，第449頁。
〔註31〕佘開亮：《先秦儒道心性論美學》，北京師範大學出版社，2015年，第5頁。
〔註32〕嚴復、夏曾佑：《國聞報附印說部緣起》，朱一玄編：《明清小說資料選編》（上），南開大學出版社，2006年，第101頁。
〔註33〕朱一玄：《明清小說資料選編》（下），南開大學出版社，2006年，第898頁。

而生成。否則，就會因誤讀而影響其審美教育及其效能的發揮，劉廷璣所云「不善讀《三國》者，權謀機詐之心生矣。不善讀《西遊》者，詭怪幻妄之心生矣」〔註34〕，即堪為明證。

三、在世狀態及其路徑探索的詩性思考

「自然賦予人類以無數的欲望和需要，而對於緩和這些需要，卻給了他以薄弱的手段。」〔註35〕在現實生活中，人的欲求因外在客觀世界的束縛而無時不處於驅進與自我調適的矛盾與掙扎之中。人類既「因自己力量的有限而無法抗拒自然、社會對人的壓迫而生苦難」〔註36〕，然而在此基本底色之上，「求得幸福，必然是每一個理性的然而卻有限的存在者的熱望，因而也是他欲求能力的一個不可避免的決定根據」〔註37〕，於此二者的矛盾之中，人類亦因基於對現實在世狀態的不足而生發優化生命狀態的追求。小說作為描寫人類社會全息圖景、表現對自我與世界認知的最佳文體，於此有鮮明表現。具體於中國古代小說範疇，唐傳奇、宋元話本以及明清短篇小說中的諸多煙粉類、公案類、世情類文本，因對人的情與欲、社會公平的失序、社會與人心的機詐等描寫業已具有了較為深入的反映，但是卻又因作家書寫指向的非聚焦性、對社會與人性的認知深度等因素的制約，而缺乏意識明確且思考深刻的規模性優異表現。這一現狀至明清時期因小說創作日益趨於深入、文人深識的持續滲入而得以顯著改觀，循《三國演義》《水滸傳》《西遊記》《金瓶梅》《儒林外史》《紅樓夢》六部巨著的創作進路，即可洞見中國古代小說對人類在世狀態及其路徑探索之深入思考的動態演進脈絡。

《三國演義》在佈設社會動盪與政權更替的時代背景基礎上，通過對各色人等之於權力、生命價值追求的生動書寫，於顯性的宏大歷史敘述背面，寄寓了對個體追求及其命運無據之在世狀態的深刻感慨。然而，文本還未涉筆於以個體為典型代表之具體路徑探索的書寫。「《水滸傳》以慕自由著。」〔註38〕文本在表層的奸逼民反與公平失序的時代與社會背景之下，通過壓迫與反抗的

〔註34〕（清）劉廷璣：《在園雜志》，中華書局，2005年，第84頁。

〔註35〕（英）大衛·休謨：《人性論》，關文運譯，商務印書館，1997年，第525頁。

〔註36〕譚大友：《生存智慧的當代闡釋》，社會科學文獻出版社，2007年，第240頁。

〔註37〕（德）伊曼努爾·康德：《實踐理性批判》，商務印書館，1999年，第24頁。

〔註38〕邱煒萲：《客雲廬小說話》，朱一玄編：《明清小說資料選編》（上），南開大學出版社，2006年，第109頁。

矛盾對立性書寫，不僅形象展示了現實的人之壓抑性在世狀態，而且對以武松與魯智深為代表的自由欲望感性實現、宋江為代表的生命價值理性追求以臻至理想生命狀態兩種路徑幻滅的生動書寫，較之《三國演義》有了明顯進展。而《西遊記》，「探其旨趣，實天人性命之源也。處處皆言明心之要。」〔註 39〕文本以孫悟空的欲望萌發、驅進、挫折與轉向為潛在脈絡，複合取經書寫構建了其生命歷程的三度變化，不僅生動描繪了人類精神的苦難歷程及其進階之徑的形象圖譜，而且深刻表達了對心性修持的美學思考。至於《金瓶梅》，弄珠客認為「然作者亦自有意，蓋為世戒，非為世勸也」〔註 40〕。文本以寫實之筆聚焦於色、財之欲，通過對大量角色之於色慾狂歡與財欲追逐的繁複書寫，描繪了因財色之欲放縱而導致的個體生命凋落與道德墮落以及社會風氣敗壞的現實世態，且於正向的書寫中反向寄寓了由節度欲望之徑以調適在世狀態的深邃之思。「小說家如《儒林外史》，臧否人物，隱有所指。」〔註 41〕文本「以功名富貴為一篇之骨」，通過假名士汲汲於名利之醜態與真名士力圖超脫之鏡像的多維對比書寫，在良德失落、世風污濁的現實社會狀態下，不僅表達了突破世俗欲望束縛、臻至超脫名利之理想生命狀態的精神追求，而且清晰展示了分別以王冕，杜少卿、虞育德、莊紹光、遲衡山，四大奇人為代表的三種突圍路徑及其努力嘗試後之失敗的精神失落與迷茫。「《紅樓夢》以思勝國著。」〔註 42〕相較於上述五部文本，《紅樓夢》尤為深刻之作。文本出入於神幻與現實雙向交通的天人感應層面，散點式聚焦於賈府諸色人等的欲望、情感與利益等複雜糾葛，以賈寶玉的精神世界、生命狀態與人生出路追求為核心著力點，運施自然神幻之筆描繪了徹頭徹尾的愛情悲劇、家庭悲劇、人生與命運悲劇，「悲涼之霧，遍被華林」〔註 43〕；於詩性濃鬱的悲劇氛圍中，彌漫著作者「好便是了，了便是好」的人生之於現實世界、人生出處之路徑探尋均徹底歸於幻滅的深邃思考。

六部文本之於人類在世狀態及其路徑探索的詩性思考，古人對其已多有

〔註 39〕（清）張書紳：《新說西遊記總批》，朱一玄、劉毓忱編：《西遊記資料彙編》，南開大學出版社，2002 年，第 325 頁。

〔註 40〕朱一玄編：《金瓶梅資料彙編》，南開大學出版社，2002 年，第 176 頁。

〔註 41〕（清）張祥和：《關隴與中偶憶編》，朱一玄、劉毓忱編：《儒林外史資料彙編》，南開大學出版社，2003 年，第 443 頁。

〔註 42〕邱煒萲：《客雲廬小說話》，朱一玄編：《明清小說資料選編》（上），南開大學出版社，2006 年，第 109 頁。

〔註 43〕魯迅：《中國小說史略》，上海古籍出版社，2006 年，第 165 頁。

方向與程度不同的深入領會。如庸愚子對三國時事與主要人物作提綱挈領的精要總結之後，進而表達了對人在社會現實中應如何自處的深刻認知，「遺芳遺臭，在人賢與不賢。君子小人，義與利之間而已。觀演義之君子，宜致思焉」；而其關於《三國演義》「若《詩》所謂里巷歌謠之義也」之評價，則點明文本具有「觀風俗，知得失」的教化功能與價值。〔註 44〕欣欣子亦基於對《金瓶梅》的整體觀照，認為文本「無非明人倫，戒淫奔，分淑慝，化善惡，知盛衰消長之機」〔註 45〕，可以引領讀者如何調整自我以更合理地存於現實塵世。當然，最深刻者莫如王國維及其《紅樓夢評論》。其人基於叔本華的悲觀主義哲學，將《紅樓夢》置於天地神人之間的宏闊視域之中，在「欲與生活與苦痛，三者一而已矣」的理論概括基礎上，認為「《紅樓夢》一書，實示此生活此苦痛之由於自造，又示其解脫之道不可不由自己求之者也」，並進而對解脫之道作了簡要分析，「而解脫之中，又自有二種之別：一存於觀他人之苦痛，一存於覺自己之苦痛」，對人類的在世狀態與具體解脫路徑均作了深刻亦且清晰的闡釋。〔註 46〕於此之際，接受者之精神世界、文本的深層意涵、作家的宏觀創作命意渾融一體而形成共鳴，小說文本之教化效能亦由此而轟然生發。此外，如若再進一步結合創作時限、書寫思維與表現方式、藝術形象的符號功能等因素，對六部文本之於人類在世狀態及其路徑探索的詩性思考意涵作綜合考量，可以發現：就形象主體而言，大體由情慾而趨於心性終至於道；就意涵而言，大體由淺入深而至於玄；就書寫方式與效果而言，大體由隱趨顯而至於渾融；就審美的詩性表現而言，大體由俗趨於雅而臻至自然之境。於此演進規律與階段性表現特徵，可以洞見中國古代小說尤其是至明清時期臻於成熟繁榮之後，其於人類在世狀態及其路徑探尋的深刻用心與持續精進。

霍爾巴赫認為：「人從本性上說既不善也不惡。他一生之中時時刻刻都在尋求幸福，他的一切能力都用在取得快樂和規避痛苦上面。」〔註 47〕黑格爾則基於主客對立的視角認為，「哪裏還有有限性，哪裏就會不斷地重新發生對立

〔註 44〕（明）蔣大器：《三國志通俗演義序》，朱一玄、劉毓忱編：《三國演義資料彙編》，南開大學出版社，2003 年，第 233 頁。

〔註 45〕朱一玄：《金瓶梅資料彙編》，南開大學出版社，2002 年，第 176 頁。

〔註 46〕王國維：《〈紅樓夢〉評論》，《王國維全集》（第一卷），浙江教育出版社，2009 年，第 62 頁。

〔註 47〕北京大學哲學系外國哲學史教研室編譯：《十八世紀法國哲學》，商務印書館，1963 年，第 644 頁。

和矛盾，滿足就還不能超出有限的範圍。」〔註48〕人類在其置身的時空維度之內，處於永恆的調適自我生命及其存在狀態的運動之中，此又亦為人類欲望發動的宏觀性終極根源。「欲即是人心生意。」〔註49〕欲望是人類存在與發展演進的根源性基礎，心性則是人類在這一過程中調適自身存在狀態的牽引性動力要素，在二者形而下與形而上的複雜交合之間，心居於形而中的地位發揮其調節功能，欲望、心性與在世狀態於此三維一體複合為人類及其社會存在的綜合體。而小說，則憑藉敘事、形象塑造與環境描寫等要素審美表現的綜合優勢，成為展示人類在世景象、表達人類理想追求的最佳文體。「情者感人最深者也，理者曉人最切者也。以感人之深，曉人之切，而演以圓密之格局，證以顯淺之事蹟，導以超妙之想象，舒以清新之藻彩，小說家之能事，綽乎其有餘裕矣。」〔註50〕以複合的形象、故事與環境描寫寄寓情感、欲望與義理，人類的現實與理想鏡像均可藉此而得以整體的審美投射。之於小說的教化功能，前人亦早已多有明白深刻的認識。著超曾於《古今小說評林》中曰：「小說之主腦，在啟發智識而維持風化。」〔註51〕所謂「啟發智識」，是指拓展主觀認知的寬度與深度以增進個體的生命智慧；所謂「維持風化」，是指助益於世道人心以調適優化社會的現實狀態；而所謂「主腦」，則言其關鍵、核心與功能。胡應麟之語亦勘為深入印證：

> 小說者流，或騷人墨客，遊戲筆端；或奇士洽人，蒐蘿宇外。紀述見聞，無所回忌；覃研理道，務極幽深。其善者，足以備經解之異同，存史官之討覈，總之有補於世，無害於時。若乃私懷不逞，假手鉛槧，如《周秦行紀》、《東軒筆錄》之類，同於武夫之刃，讒人之舌者，此大弊也。然天下萬世，公論具在，亦亡益焉。〔註52〕

綜上之論，以審美的方式啟發智識、維持風化，是小說文體的關鍵意圖與功能及其價值之所在。對小說之於欲望現實與心性理想的審美教化功能與效果，俠人還進而有補益之言，「不寧惟是，小說者固應於社會之熱毒，而施以清涼散

〔註48〕（德）G·W·F·黑格爾：《美學》（第一卷），朱光潛譯，商務印書館，1996年，第126頁。

〔註49〕（清）陳確：《陳確集》，中華書局，1979年，第461頁。

〔註50〕伯耀：《小說之支配於世界上純以情理之真趣為觀感》，陳平原、夏曉紅編：《二十世紀中國小說理論資料》（第一卷），北京大學出版社，1997年，第242頁。

〔註51〕朱一玄：《明清小說資料選編》（下），南開大學出版社，2006年，第647頁。

〔註52〕（明）胡應麟：《少室山房筆叢》，中華書局，1958年，第375～376頁。

者也」〔註53〕。至於其終極價值，則正如徐念慈所言：「滿足吾人之美的欲望，而使無遺憾也。」〔註54〕其實，不止小說，此亦應為文學的重要功能。當然，文學的功能並不止於此，各種文體因其要素不同而具有表現功能的差異，所有文學作品也非均聚焦於此。但是，多數文體及其上乘的文學作品，仍以二者為核心要義與關鍵指向。

作家的內生性欲望因現實的制約而阻滯，並因此生發突圍以致暢通的主觀欲求，此為驅使作家啟動創作的原發性動力。作家因欲望阻滯而形成的關於欲望、生活、存在狀態、心性等問題的思考，通過敘事、形象塑造、環境描寫等小說核心要素的巧妙構建而沉潛於文本的底層，藉以完成對人類現實存在狀態與理想生命狀態的表現。就此意義而言，小說文本即是對現實世界的全息形象表現，又是作家精神世界的審美言語圖譜。讀者因對文本的接受而形成共鳴，小說文本亦藉此實現欲望現實與心性理想的審美教化。

第二節　自然之境：由虛至靜而臻於樸的復性之路

自然是中國古人體悟形而下現象界超拔而致的形而上審美範疇，具體於中國古代小說領域，則具象為自然之境的審美書寫。小說文體對人類在世圖景進行全息表現，欲望是其創作的原發性驅動力與核心書寫內容，基於這一前提的自然之境書寫，是交通中國古代小說作家集體意識與世界、文學與美學、人與天地的重要樞紐。

一、自然之境的正向書寫與反向生成

「人法地，地法天，天法道，道法自然。」〔註55〕老子窺破天地萬物的奧妙，直認自然為宇宙存在運行的終極之道。這一哲學本體論的核心要義意指自然而然、自性本然，於後世逐漸發展成為中國美學的最高法則與核心範疇。「人靠自然界生活。這就是說，自然界是人為了不致死亡而必須與之不斷交往的、人的身體」〔註56〕，自然界是人類存在的先在基礎；馬克思同時還

〔註53〕朱一玄：《明清小說資料選編》（下），南開大學出版社，2006年，第623頁。
〔註54〕徐念慈：《小說林緣起》，朱一玄編：《明清小說資料選編》（上），南開大學出版社，2006年，第103頁。
〔註55〕陳鼓應：《老子今注今譯》，商務印書館，2006年，第169頁。
〔註56〕（德）卡・馬克思：《1844年經濟學哲學手稿》，《馬克思恩格斯全集》（第四十二卷），人民出版社，1979年，第95頁。

認為「人的本質並不是單個人所固有的抽象物，實際上，它是一切社會關係的總和」〔註57〕，社會性是人的根本屬性。因此，自然界與社會生活成為人類置身其中且追求自然審美境界的主要場域。

中國古代小說中自然之境的正向書寫，主要表現為兩種形式。其一，對自然環境的詩性呈現。如《儒林外史》第一回：

> 須臾，濃雲密布，一陣大雨過了。那黑雲邊上鑲著白雲，漸漸散去，透出一派日光來，照耀得滿湖通紅。湖邊上山，青一塊，紫一塊，綠一塊。樹枝上都像水洗過一番的，尤其綠的可愛。湖裏有十來支荷花，苞子上清水滴滴，荷葉上水珠滾來滾去。

再如《聊齋誌異・嬰寧》：「約三十里，亂山合沓，空翠爽肌，寂無人行，止有鳥道。」另如《水滸傳》第八回：「早望見前面煙籠霧鎖，一座猛惡林子。」三例自然環境描寫，雖均具不同程度的敘述者痕跡，無論其是基於形象塑造、表現意旨還是故事建構的需要，但均從人物角色的視角進行呈現，並且較為有效地隔離了作者或者敘述者的欲望指向，雖審美風格各異，但均和諧且富詩意。「但是，被抽象地孤立地理解的、被固定為與人分離的自然界，對人說來也是無。」〔註58〕在人類社會中，自然是人化的自然。因此，作為客體的自然環境，一經與人物角色的審美意向有機融合，就創生出契合文本語境的自然之境。其二，對非矛盾衝突性生活場景的自然敘述。如《三國演義》第三十七回：

> 次日，玄德同關、張並從人等來隆中。遙望山畔數人，荷鋤耕於田間，而作歌曰：蒼天如圓蓋，陸地似棋局；世人黑白分，往來爭榮辱；榮者自安安，辱者定碌碌。南陽有隱居，高眠臥不足！玄德聞歌，勒馬問農夫曰：「此歌何人所作？」答曰：「乃臥龍先生所作也。」

再如《紅樓夢》第一回：

> 世隱大叫一聲，定睛一看，只見烈日炎炎，芭蕉冉冉，所夢之事便忘了大半。又見奶母正抱了英蓮走來。世隱見女兒越發生的粉妝玉琢，乖覺可喜，便伸手接過來，抱在懷內，鬥他玩耍一回，又

〔註57〕（德）卡・馬克思：《關於費爾巴哈的提綱》，《馬克思恩格斯全集》（第三卷），人民出版社，1960年，第5頁。

〔註58〕（德）卡・馬克思：《1844年經濟學哲學手稿》，《馬克思恩格斯全集》（第四十二卷），人民出版社，1979年，第178頁。

帶至街前，看那過會的熱鬧。

另如《西遊記》第一回：

美猴王領一群猿猴、獼猴、馬猴等，分派了君臣佐使，朝遊花果山，暮宿水簾洞，合契同情，不入飛鳥之叢，不從走獸之類，獨自為王，不勝歡樂。

三例生活場景書寫，雖各與其文本整體意旨具有或密或疏的內在聯繫，但就其獨立的局部表現而言，只是對生活細事、襯托性生活場景或者生命自然狀態的描寫，與故事、角色的矛盾衝突並無關涉。「人慾恰好處，即天理也。向無人慾，則亦並無天理之可言矣。」〔註59〕當具體的生活場景書寫符合自然而然、自性本然的現實生活與人性邏輯時，便自具自然的自足性特徵。

中國古代小說中自然之境的正向書寫，結合其書寫內容與實際表現進行綜合考量，可以發現其具四個特徵：第一，遮蔽私欲；第二，契合人性物理的自然欲望；第三，規避矛盾與衝突；第四，文本書寫的非驅動性非主體性地位。「人之所欲是性，卻有個自然之則在。」〔註60〕自然而然之欲望與自然界、社會生活的有機融合，創生自然之境，此亦為正向書寫方式發生的根源所在。然而，「沒有什麼事物是不包含矛盾的，沒有矛盾就沒有世界。」〔註61〕小說文本不僅需要角色的欲望作為驅動力啟動敘事，而且需要欲望的驅進生發矛盾以推進故事，進而完成情節建構與意旨的沉潛。這決定了自然之境的正向書寫在文本中的非驅動性與非主體性地位，只是擔負文本建構的映襯性功能。因此，正向書寫可謂中國古代小說創設自然之境的基本形式。

中國古代小說中自然之境的反向生成是指於欲望書寫而致的矛盾衝突中反向生發的自然審美精神圖式。此類自然審美之境的生成於小說文本的局部書寫與整體建構中均有繁富表現。局部書寫如《水滸傳》第二十四回「王婆計啜西門慶　淫婦藥鴆武大郎」，金聖歎批曰：「寫淫婦心毒，幾欲掩卷不讀，宜疾取第二十五卷快誦一過，以為羯鼓洗穢也。」〔註62〕潘金蓮欲望之惡違背現實倫理與自然人性，文本對其與西門慶、王婆謀害武大郎之惡行的繁富書寫，形成巨大的正向撞擊力並因此而激發讀者之於人性與現實生活的反向思考，自然審美之心理場域於此而生成。整體建構如《西遊記》。文本由孫悟空的欲

〔註59〕（清）陳確：《陳確集》，中華書局，1979年，第149頁。
〔註60〕（明）王畿：《王畿集》，鳳凰出版社，2007年，第187頁。
〔註61〕毛澤東：《毛澤東選集》（第1卷），人民出版社，1966年，第280頁。
〔註62〕朱一玄、劉毓忱：《水滸傳資料彙編》，南開大學出版社，2002年，第252頁。

望萌發而正式啟動敘事，亦因其欲望的膨脹、挫折與轉向而依次敘述故事構建情節，並最終歸於「成真」之結局，從而完成了對欲求有為的主體性書寫。劉一明曾曰：「《西遊》前七回，由命以及性，自有為而入無為也；後九十三回，由性以及命，自無為而歸有為也。通部大義，不過如是。」〔註63〕然而，如若結合其間對佛教的否定性書寫、金箍的自動消失、西天取經的價值消解等映襯性細節作綜合考量，文本實則對欲求有為作了徹底的反向消解，最終完成了對欲望、人生追求、生命狀態三位一體的整體透視，從而反向激發了讀者對自然無為的審美思考，此正如張書紳所言「探其旨趣，實天人性命之源也。處處皆言明心之要」〔註64〕。

與正向書寫相較，反向生成是中國古代小說創設自然之境更為普遍也更為複雜的表現方式。《周易·繫辭》曰：「形而上者謂之道，形而下者謂之器。」〔註65〕韓愈亦進而析之曰：「形於上者謂之天，形於下者謂之地，命於其兩間者謂之人。」〔註66〕人類存在於天地之間，是挽合自然界與社會的樞紐；在現實人間層面，欲望是人類存在與發展演進的原發性驅動力。基於這一根源性前提，自然之道主要於人類欲望及其行為體現的矛盾衝突中得以抽象生成。同時，這也是決定中國古代小說創設自然之境書寫方式及其關係的內在根據。

二、欲望書寫語境中自然之境的進階之徑

欲望是人類存在的內在根據與天然屬性，亦為人類發展演進的原發性驅動力；自然是人類存在的根本法則與最佳境界。人類如何在欲望的驅進中遵循自然發展臻至自然之境，是一個現實與理想複雜糾合的實踐難題。中國古代小說於世界人生圖景的全息書寫中，反向指示了具體的進階之徑。

（一）去欲之虛

「人生而後有欲，有情，有知，三者，血氣心知之自然也。」〔註67〕欲望作為人類自性本然的內生需要，是標示人類存在的天然根據。同時，「欲望

〔註63〕朱一玄、劉毓忱：《西遊記資料彙編》，南開大學出版社，2002年，第348頁。

〔註64〕朱一玄、劉毓忱：《西遊記資料彙編》，南開大學出版社，2002年，第325頁。

〔註65〕（魏）王弼注，（唐）孔穎達疏：《周易正義》，北京大學出版社，1999年，第292頁。

〔註66〕（唐）韓愈：《韓愈集》（卷十一），嶽麓書社，2000年，第150頁。

〔註67〕（清）戴震：《孟子字義疏證》，中華書局，1982年，第40頁。

發生於單純的福利，厭惡發生於禍害。當身心的行動可以達到趨福避禍的目的時，意志就發動起來」〔註68〕，亦為驅動人類行為實踐的原發性內生動力。小說文本作為人類在世狀態的審美言語圖式，於此有同頻式反映。《紅樓夢》因頑石「靈性已通」「不覺打動凡心」「凡心已熾」而正式啟動文本敘事，《西遊記》亦因仙石「遂有靈通之意」且石猴「忽然憂惱，墮下淚來」正式啟動故事建構，《三國演義》也因「桓帝禁錮善類，崇信宦官」出現「致亂之由」而揭開三國敘事。「人性安靜，而嗜欲亂之。」〔註69〕欲望既是人類行為實踐的動力之源，亦為現實世界的致亂之由。此種表現於中國古代小說領域俯拾皆是，不一而足。遵循欲望之於人以及現實世界之作用的邏輯法則，小說文本對人的多元欲望及其所致複雜現實生活進行形象摹寫，以角色的欲望驅進與其正向回阻力以及側向牽制力構成多元矛盾張力，共同推進故事情節的順序建構以及豐富完善。石猴為實現長生之欲望，外出求道；藝成歸來，欲望日益驅進漸趨膨脹，最終被鎮壓於五行山下；其後經觀音菩薩引導而欲望轉向，又西天取經，歷經八十一難而最終「徑回東土　五聖成真」。「且夫嗜欲，好榮惡辱，好逸惡勞，皆生於自然。」〔註70〕然而，欲望作為人的主觀需求，天然具有造就矛盾的質性與失敗的危險。孫悟空的失敗與痛苦根源於其欲望的過度膨脹，賈寶玉日後的苦悶是因為之前其「早把些邪魔招入膏肓了」，諸葛亮於五丈原的「歎息良久」是因為其「不得其時」而仍然出山輔佐劉備以成就「常自比管仲、樂毅」的人生理想。「欲即是人心生意，百善皆從此生，止有過不及之分，更無有無之分。」〔註71〕實現欲望的意願越強烈，則離自然法則愈遠。林黛玉的因情而死，冷於冰執念於科舉的徹底失望，嚴監生因吝嗇錢財而致死，均為顯明例證。「人心私欲，故危殆。」〔註72〕私欲的過度膨脹及其挺進，則徹底背離自然法則趨於自然之境的反面。西門慶的縱慾而亡，董卓因權色之欲的暴虐之死，王熙鳳「機關算盡反誤了卿卿性命」，亦均可為鮮明印證。

〔註68〕（英）大衛・休謨：《人性論》，關文運譯，商務印書館，1997年，第478頁。

〔註69〕劉文典：《淮南鴻烈集解》，中華書局，1982年，第67頁。

〔註70〕（晉）向秀：《難嵇叔夜養生論》，（清）嚴可均編：《全晉文》（卷七十二），商務印書館，1999年，第764頁。

〔註71〕（清）陳確：《陳確集》，中華書局，1979年，第461頁。

〔註72〕（宋）程顥、程頤：《二程集》，中華書局，1981年，第312頁。

中國古代小說對人類欲望及其之於現實生活內在邏輯的形象書寫，描繪了繁富的人類生存狀態的異化圖景。「欲與生活與苦痛，三者一而已矣。」〔註 73〕生活是人類欲望的具象體現，痛苦是人類現實生存狀態的核心屬性，欲望是人類痛苦的內在根源。人類如若執著於對欲望的過度追求，則必然導致被拘役於具體物事而處於異化狀態，此時亦會反向生發對自然而然之在世狀態的渴望。「天生人而使有貪有欲，欲有情，情有節，聖人修節以止欲，故不過行其情也。」〔註 74〕如《三國演義》第三十七回諸葛均於草堂之上擁爐抱膝作歌、《紅樓夢》第四十二回眾人討論作畫大觀園、《儒林外史》第五十五回中荊元的日常生活等場景書寫，均基於自然人性與現實生活的邏輯進行自然的呈現，從而創設了簡單平實的自然之境。老子曰：「見素抱樸，少私寡欲。」〔註 75〕因此，去欲之虛實為個體與社會臻至自然之境的必要路徑。

（二）洗心之靜

在中國傳統文化語境中，唯心主義哲學家自毋庸多言，即使唯物主義哲學家亦認為心具有極為重要的功能。如荀子曰：「心者，形之君也，而神明之主也。」〔註 76〕認為心是物的主宰，是人所具有的靈明。宋代胡宏作為性本體論者亦曰：「心也者，知天地，宰萬物，以成性者也。」〔註 77〕認為心具有認知宇宙主宰萬物以成就人自身之性的重要功能。勿論唯心主義與唯物主義哲學家如何定義人心的本質與功能，其作為人內求諸己外認知宇宙的核心樞紐是毋庸置疑的。就此意義而言，心是作為主體的人應對外在客觀世界調適內在主觀世界溝通內外之境的觸鈕。

「人心之動，物使之然也。」〔註 78〕《紅樓夢》中的頑石之所以「打動凡心」是因為聽一僧一道「後便說道紅塵中繁華富貴」，神瑛侍者「凡心偶熾」亦是因為「意欲下凡造歷幻緣」。心體之動是人逐於外物而遠離靜衡本然狀態的起點。「事隨心，心隨欲，欲無度者，其心無度，心無度者，則其

〔註 73〕王國維：《〈紅樓夢〉評論》，《王國維全集》（第一卷），浙江教育出版社，2009 年，第 54 頁。

〔註 74〕（戰國）呂不韋：《呂氏春秋》，上海古籍出版社，2014 年，第 32 頁。

〔註 75〕陳鼓應：《老子今注今譯》，商務印書館，2006 年，第 147 頁。

〔註 76〕熊公哲：《荀子今注今譯》，臺北商務印書館，1977 年，第 432 頁。

〔註 77〕（宋）胡宏：《胡宏集》，中華書局，1987 年，第 328 頁。

〔註 78〕（漢）鄭玄注，（唐）孔穎達疏：《禮記正義》，北京大學出版社，1999 年，第 1074 頁。

所為不可知矣。心之隱匿難見，淵深難測。」〔註79〕《三國演義》中劉備「不覺潸然流涕」是因為「見己身髀肉復生」而思及自己人生志向的難以實現，《聊齋誌異》中的葉生因桎梏於科舉而神魂失所，《紅樓夢》中的賈瑞因慕王熙鳳之色沉溺於欲望的深淵不可自拔而終致死亡的結局。「心之靜，性也；動，情也；動而不止，欲也。」〔註80〕情與欲之發作是擾動本心之靜而致亂的根源，人作為主體若不能對情慾進行有效引控則導致陷於其漩渦而居於失去靜衡之狀態。葉生之為仕途之念、劉備之為人生功業、賈瑞之為色慾滿足等，均蔽於外物而失心之本真，此為趨離人生存在自然狀態的形象寫照。至其極者，終致個體與社會均背離人性與現實生活的自然法則而陷於極度異化之狀態。《水滸傳》第三十四回，宋江為了賺秦明上山，冒充其火燒青州數百人家，並導致秦明全家被殺；《老殘遊記》中的玉賢「急於要做大官」，署理曹州不到一年的時間站死了兩千多良民，而其邏輯是「這人無論冤枉不冤枉，若放下他，一定不能甘心，將來連我前程都保不住。俗語說的好，『斬草要除根』」；《三國演義》中的各路諸侯均因私心驅動意欲問鼎中原，卻導致連年戰爭生民塗炭。此正如陳亮所言：「利害興而人心動，計較作於中，思慮營於外，其始將計其便安，而其終至於爭奪誅殺，毒流四海而未已。」〔註81〕

與繁富的因心體之動而致異化狀態書寫相映襯，中國古代小說亦有少量的因心體之靜而契合於人間狀態的自然書寫。如《聊齋誌異》中的黃英姐弟種菊售菊淡泊於日常生活與人生意趣的自然狀態，嬰寧於現實人世亦自然而然的本真之笑，喬女順應一己之志而又符合時代與社會道德的自為生活狀態。「夫心不孤生，必託緣起。意根是因，法塵是緣，所起之心是所生法。此跟塵能所，三相遷動，竊起竊謝，新新生滅，念念不住。睒爍如電耀，湍疾若奔流。」〔註82〕心作為應接外在客觀世界之無限觸發物事與統攝內在主觀世界之意情慾的樞紐，其向內節制與引控之功能及其指向作用的發揮，對主體的人與現實世界存在狀態的樣態呈現具有決定作用。如遵循自然法則對意情慾進行合理節制或者方向引領使心趨於靜衡狀態，則趨於自然之境，反之則背離自然之

〔註79〕（戰國）呂不韋：《呂氏春秋》，上海古籍出版社，2014年，第507頁。

〔註80〕（明）高濂：《遵生八箋》，浙江古籍出版社，2017年，第484頁。

〔註81〕（宋）陳亮：《陳亮集》，河北教育出版社，2003年，第86頁。

〔註82〕（南朝·陳）慧思、（唐）希遷、（唐）薛幽棲：《南嶽佛道著作選》，嶽麓書社，2012年，第127～128頁。

境。莊子曰：「萬物無足以鐃心者，故靜也。」〔註83〕因此，洗心之靜是人與社會趨於自然之境的必要路徑。

（三）復性之樸

莊子曰：「性者，生之質也。」〔註84〕荀子亦曰：「生之所以然者謂之性。」〔註85〕二說雖不盡一致，但均於生言性，意指生而然的本質。佛家於南北朝時期立佛性之論，亦指認「性」與「相」相對，為事物的本質。此後，儒釋道三家雖於性各展其說，但對於性的這一根本意涵並無大的歧見。《廣雅》曰：「性，質也。」〔註86〕在中國古代文化語境中，性實為宇宙本體之道普散於天地萬物使其自性存在的內在本質。胡宏因此曰：「天命之謂性，性，天下之大本也。」〔註87〕

性作為萬事萬物存在的內在本質，因其抽象性而並不自顯。具體於人，則內潛於其意、知、情、欲等要素並浮現於其外顯性表象。「人生而靜，天之性也，感於物而動，性之欲也，物至知知，然後好惡形焉。好惡無節於內，知誘於外，不能反躬，天理滅矣。夫物之感人無窮，而人之好惡無節，則是物至而人化物也，人化物也者，滅天理而窮人慾者也。」〔註88〕中國古代小說通過對人及其現實生活的形象書寫，對人性及其演化的內在邏輯作了生動演繹。現以《儒林外史》中匡超人的形象塑造與故事書寫為例作簡要說明。匡超人原本是樸實農村青年，與馬二先生誠摯相交；天性孝順，在家經商讀書，盡力維持父母的生活，不避髒累盡心侍奉重病在床的父親。然而，當功名進入他的生活時，其道德缺陷便開始顯現。只認賞識他的縣令李本瑛為師卻不遵守法度拒不進見縣學教官，其勢利與狹隘初顯。李本瑛被人誣陷，匡超人怕受牽連竭力撇清關係，勢利的道德缺陷漸趨突出。其後逃離家鄉，結識假名士轉而不敬遜曾經傾力幫助過自己的馬二先生，是為名亦兼為利。結識潘三之後，利欲之心漸趨強烈而道德愈益墮落，冒名替考、偽造公文、包攬詞訟、設賭場抽頭得利，凡此種種無所不為。再後李本瑛冤情洗清升遷到京要繼續提拔匡超人，又不顧妻

〔註83〕陳鼓應：《莊子今注今譯》，商務印書館，2007年，第393頁。
〔註84〕陳鼓應：《莊子今注今譯》，商務印書館，2007年，第713頁。
〔註85〕熊公哲：《荀子今注今譯》，臺北商務印書館，1977年，第448頁。
〔註86〕徐復：《廣雅詁林》，江蘇古籍出版社，1992年，第258頁。
〔註87〕（宋）胡宏：《胡宏集》，中華書局，1987年，第328頁。
〔註88〕（漢）鄭玄注，（唐）孔穎達疏：《禮記正義》，北京大學出版社，1999年，第1083～1084頁。

子意願拘迫其去老家生活，圖謀功名富貴再娶李給諫外甥女為妻，並極其勢利涼薄地與潘三隔絕關係。「夫耳目口心，皆順其性也。不以順性命，反以傷自然。」〔註89〕意、知、情、欲源於性與物的觸發而動，若違背性之本靜的自然法則而無節制，則背離自然之途而趨於異化之境。另有《紅樓夢》中的夏金桂、《警世通言》中的桂富五等形象塑造與故事敘述亦可作類似之觀，茲不贅述。

性本靜且不自顯，須藉意、知、情、欲之動外顯，而四者之動卻又因其內在邏輯存在背離性之自然法則的現實可能。因此，如何在意、知、情、欲之動中順應自然法則是一個重要的實踐問題。「萬物以自然為性，故可因而不可為也，可通而不可執也。物有常性，而造為之，故必敗也。物有往來而執之，故必失矣。」〔註90〕於人而言，外不障於物，內不執於一己之意、知、情、欲等主觀追求，大體可通暢而順應自然之理。若進而據人之主體性衡判，所謂外內之分，究其根源仍在於人的主觀意識之調適，即必須反求諸己。「何謂反諸己也？適耳口節嗜欲，釋智謀去巧故，而遊意乎無窮之次，事心乎自然之途，若此則無以害其天矣。」〔註91〕老子曰：「道常無為而無不為。侯王若能守之，萬物將自化。化而欲作，吾將鎮之以無名之樸。」〔註92〕因此，復性之樸是人臻至自然之境的充要之徑。

三、自然之境生成的審美功用

中國古代小說的欲望書寫，是小說文體對人類現實生活圖景的形象再現，而其語境下生成的自然之境，寄寓了古人之於生存狀態及其進路的深刻思考。作為一種象徵，自然之境於小說文本的整體建構具有重要美學功用。

（一）完善建構形式提升建構效能

小說文本是有意味的形式。中國古代小說遵循人性及其現實表現的內在邏輯，對人的在世狀態作了形象化全息書寫。根源於人之性與意、情、欲、知、志等要素的內在聯繫與演化關係，異化成為人類在世的主體狀態，在這一現實背景下，人類進而或反向生發了對於自由、自在、自然生命狀態的追求與思考。

〔註89〕（魏）王弼：《王弼集》，樓宇烈校釋，中華書局，1980年，第28頁。
〔註90〕（魏）王弼：《王弼集》，樓宇烈校釋，中華書局，1980年，第77頁。
〔註91〕（戰國）呂不韋：《呂氏春秋》，上海古籍出版社，2014年，第59頁。
〔註92〕陳鼓應：《老子今注今譯》，商務印書館，2006年，第212頁。

基於四種生存狀態的內在邏輯，人類生存的異化圖景成為中國古代小說的主要書寫型態，而自由圖景、自在圖景、自然圖景則成為中國古代小說的非主體性或曰映襯性書寫型態。宗白華先生認為：「以虛為虛，就是完全的虛無；以實為實，景物就是死的，不能動人。」〔註93〕黃賓虹亦曰：「作畫實中求虛，黑中留白，如一燦之光，通室皆明。」〔註94〕自然之境，不僅與人類存在的異化圖景、自由圖景、自在圖景共同完成了對人類在世狀態的全息書寫，而且與異化圖景虛實相生相反相成有效強化了小說文本的建構效能。

若進而析之，自由意指人類追求欲望無障礙實現的主觀訴求，強調人對外在客觀制約因素的突破；自在意指安閒舒適，側重於人對外在客觀制約因素的規避而趨於主觀的適意；自然意指自性本然自然而然，側重於強調在複雜的制約與束縛中通過主觀的節制與調適而通向人性自然的狀態。因此相對而言，自然比自由、自在更少強調客觀外在因素的制約與束縛，而是更多基於物我一體的存在論立場更側重於強調主體內在的主觀節制與調整。就此意義而言，自然存在狀態是人類最具現實可能亦最為通脫的理想選擇，自然之境書寫比自由、自在圖景書寫亦更具重要價值。如若基於異化、自由、自在、自然的內在邏輯鏈條作深入分析，亦可進一步洞明自然之境書寫之於文本建構的美學功用。自由生命狀態是以異化為直接對標點、表現為反向應激運行軌跡的生命狀態追求，自在則是以異化為參照點、表現為規避型反向應激運行以求臻至人性之靜的生命狀態追求，自然則是以異化為直接對標點、分別於其正向驅進與反向回縮的複雜運行軌跡中反向應激運行以求復歸人性之靜的生命狀態追求。因此，相對於自由、自在人生圖景書寫，自然人生圖景書寫是更為複雜也更為高妙的書寫型態。也就是說，自然之境是中國古代小說作家於異化圖景、自由圖景、自在圖景的思考與層級探索之後，而最終臻至的審美表現形式。這一有意味的象徵形式，不僅扣上了小說文本全息表現人與現實世界的完整鏈條，而且居於頂端引領文本與讀者復歸於天地萬物存在與運行的終極之道。

（二）深化文本意涵昇華審美境界

自然是老子哲學最重要的觀念範疇，與道異名而實同體。「人法地，地法天，天法道，道法自然。」〔註95〕道作為化生天地萬物的本體，以自身的內因

〔註93〕宗白華：《美學散步》，上海人民出版社，1981年，第34頁。
〔註94〕黃賓虹：《黃賓虹畫語錄》，上海人民美術出版社，1961年，第62頁。
〔註95〕陳鼓應：《老子今注今譯》，商務印書館，2006年，第169頁。

為依據決定自身的存在與運動，而不必依靠外因。人、地、天拾級而上效法於道，亦以自然為根本法則。「自然已足，為之則敗。」〔註96〕中國古代小說通過繁複的欲望書寫生動彰顯了有為之害。個體如龐春梅因放縱肉慾而死、王子服因陷於情而病入膏肓、湯知縣與南昌太守王惠因貪財而喪失人性之真、杜少卿與虞育德因逼仄於人生志向而失落於現實生活，各因其欲、情、物、志等因素的驅動而求之，亦均因行動的持續挺進而陷於異化狀態，背離自然人性之樸真。此亦為導致社會背離自然之境的核心根源。《三國演義》中的社會動盪是由於群雄意欲問鼎中原的野心，《儒林外史》中道德墮落世風敗壞的社會狀態根源於世人對功名富貴的汲汲以求，《金瓶梅》中普遍的人性醜陋是因為世人對聲色利欲的赤裸追求。人與現實社會異化存在狀態的正向書寫生發強大的心理撞擊力，激發讀者對欲、情、意、志等人性表現要素的理性思考，並由此反向生發之於自然生命狀態的心理渴求。朱熹曾曰：「心統性情，性情皆因心而後見，心是體，發於外謂之用。」〔註97〕心作為應接外在客觀世界、調節主觀內在世界的關鍵樞紐，對人與現實社會存在狀態具有決定作用。中國古代小說之於自然之境的正向書寫對此亦有反向印證，如《西遊記》中孫悟空無欲無念之前在花果山「山中無甲子，寒盡不知年」樂享天真的生命圖景、《三國演義》中諸葛亮隱居隆中時的自然生命圖景、《紅樓夢》中第四十九回琉璃世界白雪紅梅的自然之境。王弼曰：「聖人達自然之性，暢萬物之情，故因而不為，順而不施。除其所以迷，去其所以惑，故心不亂而物性自得之也。」〔註98〕其所言之迷與惑於人而言，只有順應本然的情性而不刻意有為保持心體之靜，才能居於生命的自然狀態。

自然是客觀存在的屬性與法則，於人而言則是主體化的自然，它既不離於人而存在，又是人必須復歸的狀態。因此，自然之境作為人化的象徵，沉潛了對人之主體性的深刻理性思考。「無心外之性，無心外之理，無心外之學，無心外之道。故即心即性，即學即道，是一統工夫。」〔註99〕對於主體的人，自然在本質上是心的自然。「文學的目的是綜合地表現人生。」〔註100〕中國古代

〔註96〕（魏）王弼：《王弼集》，樓宇烈校釋，中華書局，1980年，第6頁。
〔註97〕（宋）朱熹：《朱子語類》（卷九八），上海古籍出版社，2002年，第3304頁。
〔註98〕（魏）王弼：《王弼集》，樓宇烈校釋，中華書局，1980年，第77頁。
〔註99〕（清）陳確：《陳確集》，中華書局，1979年，第620頁。
〔註100〕茅盾：《文學和人的關係及中國古來對於文學者身份的誤認》，《小說月報》，1921年1月10日第12卷第1號。

小說遵循人與世界的內在法則與邏輯，於欲望書寫語境中創設的自然之境，不僅對人與社會的現實存在狀態作了全息生動表現，而且寄寓了之於生命自然存世狀態的理想訴求。就此意義而言，自然之境書寫不僅深化了中國古代小說文本的意涵，而且同時昇華了其審美境界。

欲望內在於人，其作為根源性驅動力是決定人與社會存在狀態的先在基礎。自然亦內在於人，然而卻因欲望的異化而使人與社會遠離自然之境。中國古代小說作家通過對人、欲望與社會的形象書寫，對三者的內在邏輯關係作了生動揭示。讀者於此，即可洞明人與社會的現實狀態，亦可循此調適自我精神世界與在世方式以臻於自然之境；而小說文本，則藉此有效實現了其審美的激勵與教化效能。

小結

中國古代小說對人類欲望及其在現實世界的境遇與表現作了形象生動的全息展示，於此詩性書寫，人類既可透視種屬存在的現實狀態，進而反向檢視欲望及其在現實條件下應激反應的缺陷，又可循此發見修正自性、完善生命境界的進階之徑。藉此，中國古代小說不僅有效實現了其審美教化的文體功能，而且遵循本體之道的化生法則、運行邏輯以及路徑返歸於自然狀態。

結　語

本書基於對欲望審美的基本判斷，從「文學是人類欲望的審美言語圖式」這一立場出發，對中國古代小說欲望書寫的實際表現進行全面觀照，從社會表徵與審美演進、圖景類型、思維邏輯運演與操控方式、動力結構與心理審美圖式生成、審美維度、核心要義與進階之境六個方面進行多維解構，初步實現了對中國古代小說欲望美學的系統與深度闡釋。概而言之，本書從三個層面作了較為深入的思考並進行了具有一定深度的闡釋。在宏觀層面，印證了老子的本體之道與人類的文學實踐即文學文本生成的內在邏輯關係。人類之所以進行文學創作，就其深層的本質根源性原因而言，是本體之道賦予人類的靜衡之性與擴張之欲內在矛盾衝突而生發的行為，即由性之靜至欲之動最終又返歸性之靜，這對道生法則及其演化運行邏輯與鏈條作了明確印證。在中觀層面，提出了「文學是人類欲望的審美言語圖式」這一命題。文學是人類於現實世界實踐的範疇之一，欲望是人類存在與發展演進的根源性驅動力，就此邏輯而言，文學是人類欲望與客觀外在制約觸碰而致欲望阻滯之試圖突圍行為的產物，是人類基於實用目的而創設的具有審美質性的事物。在微觀層面，圍繞中國古代小說代表性文本的實際書寫表現，對其欲望書寫的啟動、藝術化構建及其審美表現作了深入細緻的剖析，並於此發明文學文本的仿生質性，揭示了文學文本、人、現實生活內在的同質異構關係。總之，本體之道、人與文學文本三位一體，內具相通循環之理而聲同氣應。

客觀而言，中國古代小說欲望美學研究對於拓展中國古代小說研究以及文學研究的視角與範疇、助益中國話語體系的欲望美學研究，均具重要價值。

然而，若基於對中國古代小說欲望美學進行系統與深度闡釋的目標作全面考量，本書在三個方面還需要進一步完善。第一，在宏觀層面，對本體之道、人與文學文本生成之內在邏輯與機理的闡釋，因缺乏充分聚焦而導致不夠完整深入；第二，在中觀層面，對「文學是人類欲望的審美言語圖式」這一命題的闡釋，還不夠豐富深入；第三，在微觀層面，對中國古代小說欲望審美的闡釋，因明顯聚焦於代表性文本而稍顯文本的全面性不足。這些方面的問題，都需要在之後的研究中加以改進。

欲望美學，或者說欲望及其審美，是一個宏大且深刻的學術話語體系。基於拓展並深化中國古代小說欲望美學研究的需要，首先應在本體之道的宏觀認知框架之下，洞明性、情、欲、理、志等人類內在質素的所指與本質，並釐清其聯繫與區別，進而形成對人類內在質素的系統與深刻認知。其次，分別對中國古代小說之於人類之性、情、欲、理、志等內在質素的書寫作系統深入的闡釋，經此可實現對文學與人之內在仿生同構關係的深入發明。再次，在前述工作的複合基礎之上，對本體之道、人、欲望、文學的關係進行深入解構，構建並完善宏觀闡釋的邏輯閉環。如此，可極大拓展並深化中國古代小說欲望美學研究的體系建構。

參考文獻

B

1.《抱朴子內篇》，（東晉）葛洪著，王明校釋，中華書局，1996 年。

2.《白居易集》，（唐）白居易著，顧學劼校點，中華書局，1979 年。

3.《卜辭通纂》，郭沫若，科學出版社，1983 年。

4.《扁舟一葉——理學與中國畫學研究》，朱良志，安徽教育出版社，1999 年。

5.《巴甫洛夫全集》，（蘇聯）伊．彼．巴甫洛夫著，馮小川譯，人民衛生出版社，1962 年。

6.《悲劇的誕生》，（德）弗．威．尼采著，周國平譯，三聯書店，1986 年。

7.《被遺忘的語言》，（美）埃里希．弗洛姆著，郭乙瑤、宋曉萍譯，國際文化出版公司，2007 年。

8.《〈白水素女〉「偷窺」母題發微》，《華中師範大學學報》（社會科學版），1999 年第 2 期。

C

1.《春秋左傳正義》（十三經注疏本），（周）左丘明傳，（晉）杜預注，（唐）孔穎達正義，北京大學出版社，1999 年。

2.《春秋繁露》，（漢）董仲舒，中華書局，1991 年。

3.《陳亮集》，（宋）陳亮，河北教育出版社，2003 年。

4.《傳習錄》，（明）王陽明著，吳光、錢明等編校，上海古籍出版社，1992 年。

5.《船山遺書》，（清）王夫之，北京出版社，1999 年。
6.《船山思問錄》，（清）王夫之，上海古籍出版社，2000 年。
7.《陳確集》，（清）陳確，中華書局，1979 年。
8.《禪詩一萬首》，韓進廉主編，河北科學技術出版社，1994 年。
9.《重校八家批評紅樓夢》，馮其庸纂校訂定，江西教育出版社，2000 年。
10.《殘唐五代史演義》，（明）羅貫中編，上海古籍出版社，1994 年。
11.《春秋列國志傳》，（明）余邵魚編集，上海古籍出版社，1994 年。
12.《創作心理研究》，魯樞元，黃河文藝出版社，1987 年。
13.《禪與文化》，季羨林，中國言實出版社，2006 年。
14.《陳忱〈水滸後傳〉雜議》，蕭相愷，《明清小說研究》（第一輯），中國文聯出版公司，1985 年。
15.《從軀體與出身中看人類性格》，（英）弗尼奧克斯．喬丹，倫敦出版社，1896 年。

D

1.《道德經集釋》，（漢）河上公、（唐）杜光庭等注，中國書店，2015 年。
2.《道教義樞》（傳世藏書本），（唐）孟安排，海南國際新聞出版中心，1996 年。
3.《都城紀勝》，（南宋）灌園耐得翁，《東京夢華錄（外四種）》，古典文學出版社，1956 年。
4.《杜詩說》，（清）黃生著，徐定祥點校，黃山書社，1994 年。
5.《第三思潮：馬斯洛心理學》，（美）弗蘭克．戈布爾著，呂明、陳紅雯譯，上海譯文出版社，1987 年。
6.《動機與人格》，（美）亞伯拉罕．馬斯洛著，許金生等譯，華夏出版社，1987 年。
7.《當代學者視野中的馬克思主義哲學》，袁貴仁、楊耕，北京師範大學出版社，2012 年。

E

1.《二十四詩品》（歷代詩話本），（唐）司空圖，中華書局，1981 年。
2.《二程集》，（宋）程顥、程頤著，王孝魚點校，中華書局，1981 年。
3.《二刻拍案驚奇》，（明）凌濛初，上海古籍出版社，1985 年。

4.《兒女英雄傳》,(清)文康撰,松頤校注,人民文學出版社,1983 年。
5.《二十年目睹之怪現狀》,(清)吳沃堯撰,張有鶴校注,人民文學出版社,1981 年。
6.《二十世紀中國小說理論資料(1897～1916)》,陳平原、夏曉紅編,北京大學出版社,1989 年。

F

1.《法言》,(東漢)揚雄著,韓敬注,中華書局,1992 年。
2.《爾雅注疏》,(晉)郭璞注,(宋)邢昺疏,北京大學出版社,1999 年。
3.《焚書·續焚書》,(明)李贄,中華書局,2009 年。
4.《馮契文集》,馮契,華東師範大學出版社,1996 年。
5.《佛經精華》,李淼、郭俊峰主編,時代文藝出版社,2001 年。
6.《費爾巴哈哲學著作選集》,(德)路德維希·費爾巴哈,商務印書館,1984 年。
7.《弗洛伊德十講》,蘇隆,中國言實出版社,2003 年。
8.《佛教淨土思想與南朝崇尚潔淨文風》,李炳海,《江海學刊》,1996 年第 3 期。

G

1.《高僧傳》,(南朝·梁)釋慧皎,中華書局,1992 年。
2.《過庭錄》,(清)宋翔鳳,中華書局,1986 年。
3.《古詩源》,(清)沈德潛,吉林人民出版社,1999 年。
4.《古今小說》,(明)馮夢龍編著,上海古籍出版社,1987 年。
5.《官場現形記》,(清)李寶嘉撰,張有鶴校注,人民文學出版社,1979 年。
6.《管錐編》,錢鍾書,中華書局,1979 年。
7.《公孫龍子譯注》,龐樸,上海人民出版社,1974 年。
8.《廣雅詁林》,徐復,江蘇古籍出版社,1992 年。
9.《古代文論名篇詳注》,霍松林,上海古籍出版社,2002 年。
10.《廣義敘述學》,趙毅衡,四川大學出版社,2013 年。
11.《古希臘羅馬哲學》,北京大學哲學系外國哲學教研室編譯,商務印書館,1982 年。

12.《國外社會學參考資料》，中國社會科學院社會學研究所編譯室，1985 年第 5 期。

H

1.《黃帝內經》，姚春鵬譯注，中華書局，2010 年。
2.《黃帝內經靈樞三家注》，王玉興編，中國醫藥出版社，2013 年。
3.《韓非子集解》，（清）王先慎，中華書局，1954 年。
4.《韓非子今注今譯》，邵增樺，臺北商務印書館，1983 年。
5.《淮南子》（諸子集成本），（漢）劉安，中華書局，1954 年。
6.《淮南鴻烈集解》，劉文典，中華書局，1982 年。
7.《漢書》，（漢）班固，中華書局，1999 年。
8.《後漢書》，（南朝・宋）范曄撰，（唐）李賢等注，中華書局，1973 年。
9.《漢魏六朝詩選》，余冠英，人民文學出版社，2012 年。
10.《漢魏六朝筆記小說大觀》，上海古籍出版社，1999 年。
11.《漢魏六朝文》，臧勵和選注，崇文書局，2014 年。
12.《韓愈集》，（唐）韓愈，嶽麓書社，2000 年。
13.《胡宏集》，（宋）胡宏，中華書局，1987 年。
14.《黃宗羲全集》，（清）黃宗羲，浙江古籍出版社，1985 年。
15.《蕙風詞話》，（清）況周頤，人民文學出版社，1960 年。
16.《胡適文存》，胡適，華文出版社，2013 年。
17.《黃賓虹畫語錄》，黃賓虹，上海人民美術出版社，1961 年。
18.《後哲學文化》，（美）理查德・羅蒂著，黃勇編譯，上海譯文出版社，1992 年。
19.《後形而上學思維》，（德）於爾根・哈貝馬斯著，曹衛東、付德根譯，譯林出版社，2001 年。
20.《紅樓夢》，（清）曹雪芹著、無名氏續，人民文學出版社，2019 年。
21.《紅樓夢資料彙編》，朱一玄編，南開大學出版社，2001 年。
22.《海上花列傳》，（清）韓邦慶撰，典耀整理，人民文學出版社，1982 年。
23.《漢語大詞典》（縮印本），羅竹鳳主編，漢語大詞典出版社，1997 年。
24.《〈海上花列傳〉敘事的近代轉型》，姚玳玫，《學術研究》，2003 年第 12 期。

J

1.《嵇康集校注》，戴明揚，人民文學出版社，1962 年。
2.《金剛經集注》，（明）朱棣集注，上海古籍出版社，1984 年。
3.《剪燈新話》（外二種），瞿佑等著，上海古籍出版社，1981 年。
4.《濟濤律師遺集》，濟濤律師著，釋廣化編，臺中南普陀學院，1993 年。
5.《接受美學》，（德）萊納・瓦爾寧，威廉・芬克出版社，1975 年。
6.《結構主義和符號學》，（英）特倫斯・霍克斯著，瞿鐵鵬譯，上海譯文出版社，1987 年。
7.《菊與刀》，（美）魯思・本尼迪克特，商務印書館，1990 年。
8. John・Dewey. A Common Faith. Yale University Press, 1931.
9.《潔淨與危險》，（英）瑪麗・道格拉斯著，黃建波等譯，民族出版社，2008 年。
10.《濟公傳》，（清）郭小亭，中華書局，2001 年。
11.《警世通言》，（明）馮夢龍編著，上海古籍出版社，1987 年。
12.《金瓶梅資料彙編》，朱一玄編，南開大學出版社，2002 年。
13.《江南社會歷史評論》，唐力行主編，商務印書館，2016 年。
14.《經濟控制論和管理自動化原理》，金小明，吉林大學出版社，2009 年。
15.《簡明心理學辭典》，楊治良主編，上海辭書出版社，2007 年。
16.《價值哲學研究的生活轉向》，趙潤琦，《甘肅理論學刊》，2012 年第 2 期。
17.《淨土法門盛而梅花尊——宋代梅花詩及其與佛教的因緣》，李炳海，《東北師大學報》，1995 年第 4 期。
18.《〈金瓶梅〉研究十年》，劉輝，《中國社會科學》，1990 年第 1 期。
19.《〈金瓶梅〉身體書寫的文學價值》，劉衍青，《名作欣賞》，2012 年第 2 期。
20.《〈金瓶梅〉諷刺筆法中的冷熱對書——透視李瓶兒、西門慶、潘金蓮的死亡悲劇》，竇苗，《黑河學刊》，2013 年第 12 期。

L

1.《老子集成》，熊鐵基、陳紅星主編，宗教文化出版社，2011 年。
2.《老子今注今譯》，陳鼓應，商務印書館，2006 年。
3.《老子集注匯考》，李若暉，上海辭書出版社，2015 年。
4.《列子注》（諸子集成本），（晉）張湛，中華書局，1953 年。

5.《呂氏春秋》,(戰國)呂不韋,上海古籍出版社,2014年。
6.《禮記正義》(十三經注疏本),(漢)鄭玄注,(唐)孔穎達正義,北京大學出版社,1999年。
7.《李商隱詩集》,(唐)李商隱著,葉蔥奇疏注,人民文學出版社,1985年。
8.《龍川文集》,(宋)陳亮,中華書局,1995年。
9.《李煜全集》,(南唐)李煜,崇文書局,2011年。
10.《李贄全集》,(明)李贄著,張建業等注,社會科學文獻出版社,2010年。
11.《蓼園詞選》(詞話叢編本),(清)黄蘇,中華書局,1986年。
12.《歷代詩話》,(清)何文煥輯,中華書局,1981年。
13.《梁啟超文集》,梁啟超,北京燕山出版社,1997年。
14.《梁啟超古典文學論著》,梁啟超,上海書店出版社,2013年。
15.《梁啟超國學論著二種》,梁啟超,安徽師範大學出版社,2014年。
16.《魯迅全集》,魯迅,人民文學出版社,1981年。
17.《梁漱溟先生論儒佛道》,梁漱溟,廣西師範大學出版社,2004年。
18.《羅時憲全集》,羅時憲,中國社會科學出版社,2010年。
19.《論文學》,(俄)阿·托爾斯泰著,程代熙譯,人民文學出版社,1980年。
20.《歷史研究》,(英)阿諾德·湯因比,上海人民出版社,1986年。
21.《林中路》,(德)馬丁·海德格爾著,孫周興譯,上海譯文出版社,1997年。
22.《論人的使命》,(俄)尼·亞·別爾嘉耶夫著,張百春譯,學林出版社,2000年。
23.《論美國的民主》,(法)阿·德·托克維爾著,馬麗儀譯,國家行政學院出版社,2013年。
24.《論道德自由》,覃青必,光明日報出版社,2012年。
25.《聊齋誌異》(會校會注會評本),(清)蒲松齡著,張有鶴校注,上海古籍出版社,1978年。
26.《綠野仙蹤》,(清)李百川,人民文學出版社,1987年。
27.《老殘遊記》,(清)劉鶚撰,陳翔鶴校,戴洪森注,人民文學出版社,1981年。
28.《兩漢文學史參考資料》,北京大學中國文學史教研室編,中華書局,1990年。

29.《聊齋誌異資料彙編》，朱一玄編，南開大學出版社，2002 年。
30.《論中國傳統思維方式的基本特徵》，蒙培元，《哲學研究》，1988 年第 7 期。
31.《論神秘》，徐岱，《文學評論》，1997 年第 3 期。
32.《論中國古代敘事文學的深層結構》，高小康，《中山大學學報》，2005 年第 2 期。
33.《論市井文學〈金瓶梅〉敘事範式中女性經典形象的生命意蘊》，張鵬飛，《中華女子學院學報》，2011 年第 1 期。
34.《論「三言」的反諷敘事》，呂逸新，《社會科學家》，2007 年第 2 期。
35.《論晚明小說對生命意識的思考》，李安民，湖北大學，2006 年。

M

1.《穆天子傳》，（晉）郭璞注，（清）洪頤煊校，商務印書館，1937 年。
2.《毛詩正義》（十三經注疏本），（漢）毛亨傳，（漢）鄭玄箋，（唐）孔穎達疏，北京大學出版社，1999 年。
3.《墨子今注今譯》，李漁叔，臺北商務印書館，1976 年。
4.《孟子今注今譯》，史次耘，臺北商務印書館，1978 年。
5.《孟子字義疏證》，（清）戴震，中華書局，1982 年。
6.《夢幻居畫學簡明》，（清）鄭績，中國書店，1983 年。
7.《明清史料》，國立中央研究院歷史語言研究所編，上海商務印書館，1936 年。
8.《馬克思恩格斯全集》（第一版），（德）卡・馬克思、（德）弗・恩格斯，人民出版社，1955 年。
9.《毛澤東選集》，毛澤東，人民出版社，1966 年。
10.《毛澤東論文藝》，毛澤東，人民文學出版社，1992 年。
11.《美學散步》，宗白華，上海人民出版社，1981 年。
12.《美學》，（德）G・W・F・黑格爾著，朱光潛譯，商務印書館，1996 年。
13.《美學史》，（英）B・鮑桑葵著，彭盛譯，當代世界出版社，2008 年。
14.《沒有地址的信，藝術與社會生活》，（俄）格・瓦・普列漢諾夫著，曹葆華等譯，人民文學出版社，1962 年。
15.《美在創造中》，蔣孔陽，廣西師範大學出版社，1997 年。

16.《明清小說資料選編》，朱一玄編，南開大學出版社，2006 年。

N

1.《南嶽佛道著作選》，（南朝・陳）慧思、（唐）希遷、（唐）薛幽棲，嶽麓書社，2012 年。
2.《納蘭詞全編箋注》，蘇纓，湖南文藝出版社，2011 年。

P

1.《平山冷燕》，（明）天花藏主人，上海古籍出版社，1994 年。
2.《拍案驚奇》，（明）凌濛初，上海古籍出版社，1985 年。
3.《蒲松齡集》，（清）蒲松齡，中華書局，1962 年。
4.《判斷力批判》，（德）伊曼努爾・康德，北京出版社，2008 年。
5.《批評的概念》，（美）雷・韋勒克，中國美術學院出版社，1999 年。
6.《普通心理學》，曹日昌，人民教育出版社，1979 年。

Q

1.《全晉文》，（清）嚴可均編，商務印書館，1999 年。
2.《群書治要》，（唐）魏徵等編，鷺江出版社，2004 年。
3.《全唐五代小說》，李時人編校，陝西人民出版社，1998 年。
4.《勸學文》，（宋）柳永，建寧府志，卷三三。
5.《清詩話》，（清）丁福保輯，中華書局，1963 年。
6.《全浙詩話》（外一種），（清）陶元藻輯，浙江古籍出版社，2017 年。
7.《清朝野史大觀》，（清）小横香室主人編，上海書店，1981 年。
8.《清代小說史》，張俊，浙江古籍出版社，1997 年。
9.《清代文論選》，王運熙主編，人民文學出版社，1999 年。
10.《七綴集》，錢鍾書，生活・讀書・新知三聯書店，2004 年。
11.《覃子豪詩選》，覃子豪，中國友誼出版公司，1984 年。
12.《歧路燈研究資料》，欒星編，中州書畫出版社，1982 年。
13.《淺談意識及其特性》，張粹然，《成都大學學報》，1983 年第 1 期。

R

1.《人性論》，（英）大衛・休謨著，關文運譯，商務印書館，1980 年。

2.《人論》,(德)恩斯特·卡希爾著,甘陽譯,上海譯文出版社,1985 年。
3.《人口原理》,(英)托馬斯·羅伯特·馬爾薩斯著,朱泱等譯,商務印書館,1996 年。
4.《人的潛能和價值》,(美)亞伯拉罕·馬斯洛等著、林方主編,華夏出版社,1987 年。
5.《人的全面發展——歷史、現實與未來》,扈中平,四川教育出版社,1988 年。
6.《儒林外史》(臥閒草堂評本),(清)吳敬梓,人民文學出版社,1981 年。
7.《儒林外史資料彙編》,朱一玄、劉毓忱編,南開大學出版社,2002 年。

S

1.《尚書正義》(十三經注疏本),(漢)孔安國傳,(唐)孔穎達疏,北京大學出版社,1999 年。
2.《山海經校注》,袁珂,巴蜀書社,1993 年。
3.《史記》,(漢)司馬遷,中華書局,1959 年。
4.《說文解字》(叢書集成初編本),(漢)許慎,中華書局,1985 年。
5.《說文解字注》,(漢)許慎撰,(清)段玉裁注,上海古籍出版社,1981 年。
6.《三國志》,(晉)陳壽撰,(南朝·宋)裴松之注,中華書局,1997 年。
7.《詩品》(歷代詩話本),(南朝·梁)鍾嶸,中華書局,1981 年。
8.《史通》,(唐)劉知幾,遼寧教育出版社,1997 年。
9.《史通通釋》,(清)浦起龍,上海古籍出版社,1978 年。
10.《四分律比丘含注戒本注釋》,(唐)道宣律師著述,學誠法師校釋,宗教文化出版社,2015 年。
11.《四書章句集注》(新編諸子集成本),(宋)朱熹,中華書局,1983 年。
12.《蘇軾文集》,(宋)蘇軾著,孔凡禮點校,中華書局,1986 年。
13.《蘇軾詞編年校注》,鄒同慶、王宗堂,中華書局,2002 年。
14.《宋史》,(元)脫脫,吉林人民出版社,1995 年。
15.《少室山房筆叢》,(明)胡應麟,中華書局,1958 年。
16.《詩藪》,(明)胡應麟,中華書局,1962 年。
17.《三袁集》,(明)袁宗道、袁宏道、袁中道,山西古籍出版社,2008 年。

18.《四庫全書總目提要》,(清)永瑢等撰,中華書局,1965 年。
19.《詩廣傳》,(清)王夫之,中華書局,1981 年。
20.《十三經恒解》,(清)劉沅著,譚繼和、祁和暉箋解,巴蜀書社,2016 年。
21.《莎士比亞全集》,(英)威廉・莎士比亞著,朱生豪譯,中國畫報出版社,2012 年。
22.《十八世紀法國哲學》,北京大學哲學系外國哲學史教研室編譯,商務印書館,1963 年。
23.《釋義的效度》,(美)E・D・小赫希,耶魯大學出版社,1967 年。
24.《斯坦尼斯拉夫斯基全集》,(蘇聯)康・謝・斯坦尼斯拉夫斯基,中國電影出版社,1979 年。
25.《生命的悲劇意識》,(西班牙)米・德・烏納穆諾著,蔡英俊譯,北方文藝出版社,1987 年。
26.《實踐理性批判》,(德)伊曼努爾・康德著,韓水法譯,商務印書館,1999 年。
27.《社會契約論》,(法)讓—雅克・盧梭著,何兆武譯,商務印書館,2003 年。
28.《詩性正義:文學想象與公共生活》,(美)瑪莎・努斯鮑姆著,丁曉東譯,北京大學出版社,2009 年。
29.《三國志通俗演義》,(明)羅貫中編撰,上海古籍出版社,1980 年。
30.《三國演義》(毛宗崗批評本),(明)羅貫中,嶽麓書社,2006 年。
31.《三國演義》(會評本),(明)羅貫中著,陳曦鍾等輯校,北京大學出版社,1985 年。
32.《三國演義資料彙編》,朱一玄、劉毓忱編,南開大學出版社,2002 年。
33.《隋唐兩朝志傳》,(明)羅貫中編輯,楊慎批評,上海古籍出版社,1994 年。
34.《隋煬帝豔史》,(明)齊東野人編演,上海古籍出版社,1994 年。
35.《水滸全傳》,(明)施耐庵、羅貫中著,鄭振鐸、王利器、吳曉玲校點,人民文學出版社,1954 年。
36.《第五才子書水滸傳》,(明)施耐庵著,(清)金人瑞評改,上海古籍出版社,1994 年。
37.《水滸傳》,(明)施耐庵,人民文學出版社,1997 年。

38.《水滸傳資料彙編》，朱一玄、劉毓忱編，南開大學出版社，2002 年。
39.《水滸後傳》，（清）陳忱，上海古籍出版社，1994 年。
40.《三松堂全集》，馮友蘭，河南人民出版社，1986 年。
41.《十四朝文學要略》，劉永濟，中華書局，2007 年。
42.《宋詞鑒賞辭典》，夏承燾，上海辭書出版社，2013 年。
43.《生存智慧的當代闡釋》，譚大友，社會科學文獻出版社，2007 年。
44.《小說敘事研究》，格非，清華大學出版社，2002 年。
45.《詩評易注紅樓夢》，徐緒樂、高鐵玲，知識產權出版社，2004 年。
46.《蘇童研究資料》，孔範今，山東文藝出版社，2006 年。
47.《師造化，法前賢》，黃苗子，《文藝研究》，1982 年第 6 期。
48.《身體的敞開與性別的改造——〈金瓶梅〉身體敘事的釋讀》，馮文樓，《陝西師範大學學報》（社會科學版），2003 年第 1 期。
49.《「說鐵騎兒」與興起時的章回小說》，李舜華，《明清小說研究》，2008 年第 4 期。
50.《書寫欲望緣何會畫蛇添足——〈賣油郎獨佔花魁〉與〈魯濱遜漂流記〉對讀札記》，孔建平，《名作欣賞》，2009 年第 4 期。
51.《「四大名著」身體敘事的三種形態》，齊林華，《中國文學研究》，2012 年第 4 期。
52.《「三言」情愛故事的書寫原則及明代市民的社會心理》，汪注、秦曉梅，《安徽商貿職業技術學院學報》，2012 年 4 期。

T

1.《唐會要》，（宋）王溥，中華書局，1955 年。
2.《太平廣記》，（宋）李昉等編，中華書局，1961 年。
3.《苕溪漁隱叢話》（萬有文庫本），（宋）胡仔，上海商務印書館，1937 年。
4.《檮杌閒評》，（明）李清，時代文藝出版社，2001 年。
5.《唐人說薈》，（清）陳世熙，掃葉山房石印本，宣統三年。
6.《譚嗣同全集》，（清）譚嗣同，中華書局，1981 年。
7.《唐詩鼓吹評注》，（清）錢牧齋、何義門，河北大學出版社，2000 年。
8.《唐書志傳通俗演義》，（明）熊鍾谷編次，中華書局，1994 年。
9.《唐人小說》，汪辟疆，上海古籍出版社，1978 年。

10.《唐五代志怪傳奇敘錄》，李劍國，南開大學出版社，1993 年。
11.《唐詩鑒賞辭典》，周汝昌、蕭滌非主編，上海辭書出版社，1982 年。
12.《唐宋詞簡釋》，唐圭璋，人民文學出版社，2010 年。
13.《唐傳奇敘事視角形態的文化表徵》，祖國頌，《漳州師範學院學報》，2010 年第 3 期。

W

1.《吳越春秋》，（東漢）趙曄，時代文藝出版社，2008 年。
2.《王弼集》，（三國·魏）王弼著，樓宇烈校釋，中華書局，1980 年。
3.《文心雕龍》，（南朝·梁）劉勰著，范文瀾注，人民文學出版社，1962 年。
4.《文選》，（南朝·梁）蕭統著，（唐）李善注，中華書局，1977 年。
5.《王臨川全集》，（宋）王安石，上海世界書局，1936 年。
6.《武林舊事》，（南宋）周密，《東京夢華錄（外四種）》，古典文學出版社，1956 年。
7.《王廷相集》，（明）王廷相，中華書局，1989 年。
8.《五雜俎》，（明）謝肇淛，上海書店出版社，2001 年。
9.《王畿集》，（明）王畿，鳳凰出版社，2007 年。
10.《晚清小說史》，阿英，安徽教育出版社，2003 年。
11.《王國維全集》，王國維，浙江教育出版社，2009 年。
12.《五經譯注》，孔令河，山東友誼出版社，2001 年。
13.《吳江雪》，（清）佩蘅子，春風文藝出版社，1986 年。
14.《文學理論》，（美）雷·韋勒克、奧·沃倫著，劉象愚等譯，生活·讀書·新知三聯書店，1984 年。
15.《文化模式》，（美）魯思·本尼迪克特著，張燕譯，浙江人民出版社，1987 年。
16.《文化心理學》，（美）J·R·坎托著，王亞南等譯，雲南人民出版社，1991 年。
17.《外國理論家作家論形象思維》，外國文學研究資料叢刊編輯委員會編，中國社會科學出版社，1979 年。
18.《吳階平文集》，吳階平，山東科學技術出版社，1999 年。
19.《文學寫作與詩性空間》，邢海珍，黑龍江大學出版社，2012 年。

20.《魏晉南北朝文論全編》，穆克宏編，上海遠東出版社，2012 年。
21.《文學和人的關係及中國古來對於文學者身份的誤認》，茅盾，《小說月報》，1921 年 1 月 10 日，第 12 卷第 1 號。
22.《文章的立意》，朱伯石，《華中師院學報》，1979 年第 3 期。
23.《我的真實》，余華，《人民文學》，1989 年第 3 期。
24.《欲望的復活》，徐岱，《學術月刊》，1996 年第 9 期。
25.《「物慾」敘事：中國古代小說研究的新視角》，李桂奎，《復旦學報》，2008 年第 3 期。

X

1.《西京雜記》，（東晉）葛洪，中華書局，1985 年。
2.《小窗自紀》，（明）吳從先著，郭征帆評注，中華書局，2008 年。
3.《閒情偶寄》，（清）李漁，上海古籍出版社，2016 年。
4.《惜抱軒詩文集》，（清）姚鼐，上海古籍出版社，1992 年。
5.《續修四庫全書提要》，王雲五主編，臺北商務印書館，1972 年。
6.《荀子今注今譯》，熊公哲，臺北商務印書館，1975 年。
7.《小邏輯》，（德）G · W · F · 黑格爾著，賀麟譯，商務印書館，1980 年。
8.《心理學綱要》，（美）D · 克雷奇等著，周先庚等譯，文化教育出版社，1981 年。
9.《小說修辭學》，（美）韋恩 · 布斯著，華明等譯，北京大學出版社，1987 年。
10.《現代小說美學》，（美）利昂 · 塞米利安著，宋協立譯，陝西人民出版社，1987 年。
11.《想象心理學》，（法）讓—保羅 · 薩特著，褚朔維譯，光明日報出版社，1988 年。
12.《小說的藝術》，（捷克）米蘭 · 昆德拉著，孟湄譯，北京三聯書店，1992 年。
13.《敘述學：敘事理論導論》，（荷蘭）米克 · 巴爾著，譚君強譯，中國社會科學出版社，1995 年。
14.《心理學史導論》，（美）B · R · 赫根漢著，郭本禹等譯，華東師範大學出版社，2004 年。

15.《敘述學詞典》,(美)傑拉德·普林斯著,喬國強、李孝悌譯,上海譯文出版社,2011 年。
16.《西方哲學原著選讀》,北京大學哲學系外國哲學史教研室編譯,商務印書館,1982 年。
17.《西方哲學英漢對照辭典》,(英)尼古拉斯·布寧、余紀元編著,人民出版社,2001 年。
18.《西洋倫理學史》,楊昌濟,中國畫報出版社,2010 年。
19.《敘述學與小說文體學研究》,申丹,北京大學出版社,1998 年。
20.《先秦兩漢文論全編》,郭丹編,上海遠東出版社,2012 年。
21.《先秦儒道心性論美學》,余開亮,北京師範大學出版社,2015 年。
22.《西遊記》,(明)吳承恩,人民文學出版社,2005 年。
23.《西遊補》,(明)董說,上海古典文學出版社,1957 年。
24.《西遊記資料彙編》,朱一玄、劉毓忱編,南開大學出版社,2002 年。
25.《新刻金瓶梅詞話》,(明)蘭陵笑笑生著,戴洪森校點,人民文學出版社,1985 年。
26.《新刻繡像批評金瓶梅》(影印本),(明)蘭陵笑笑生著,北京大學出版社,1988 年。
27.《醒世恒言》,(明)馮夢龍編著,上海古籍出版社,1987 年。
28.《新列國志傳》,(明)馮夢龍新編,上海古籍出版社,1994 年。
29.《型世言》,(明)陸人龍,上海古籍出版社,1994 年。
30.《西湖二集》,(明)周清源纂,上海古籍出版社,1994 年。
31.《醒世姻緣傳》,(清)西周生,上海古籍出版社,1994 年。
32.《〈新世界小說社報〉發刊辭》,《新世界小說社報》第一期,1906 年。
33.《小說小話》,黃人,《小說林》第一卷,1907 年。
34.《小說原理》,夏曾佑,《繡像小說》第三期,1903 年。
35.《新詩向何處去》,覃子豪,《藍星詩選》1957 年 8 月 20 日獅子星座號。
36.《新編馬克思主義哲學原理》,汪華嶽,高等教育出版社,2011 年。
37.《現代漢語詞典》,中國社會科學院語言研究所詞典編輯室,商務印書館,2006 年。

Y

1.《燕丹子》,程毅中點校,中華書局,1985 年。

2.《酉陽雜俎》,(唐)段成式,中華書局,1981年。
3.《雲麓漫鈔》,(宋)趙彥衛,中華書局,1996年。
4.《隱居通議》,(元)劉壎,商務印書館,1937年。
5.《虞初志》,(明)陸采,上海書店,1986年。
6.《藝概》,(清)劉熙載,上海古籍出版社,1978年。
7.《越縵堂讀書記》,(清)李慈銘,遼寧教育出版社,2001年。
8.《飲流齋說瓷》,(清)許子衡,山東畫報出版社,2010年。
9.《幽夢影》,(清)張潮,中國青年出版社,2008年。
10.《藝術論》,(俄)列夫·托爾斯泰著,豐陳寶譯,人民文學出版社,1958年。
11.《原始思維》,(法)列維·布留爾著,丁由譯,商務印書館,1981年。
12.《藝術文本的結構》,(蘇聯)尤·米·洛特曼著,王坤譯,中山大學出版社,2003年。
13.《藝術與視知覺》,(美)魯道夫·阿恩海姆著,滕守堯等譯,中國社會科學出版社,1984年。
14.《藝術知覺中的認知過程》,(英)W·R·克勞澤爾、A·J·查普曼編,北荷蘭出版社,1984年。
15.《袁中郎文學研究》,田素蘭,臺北文史哲出版社,1982年。
16.《藝術類型學資料選編》,陸梅林、李心鋒編,華中師範大學出版社,1997年。
17.《由〈浣玉軒集〉看夏敬渠生平、著作及創作〈野叟曝言〉素材、動機》(下),王瓊玲,《明清小說研究》,1997年第1期。
18.《欲望的凸現與調控——對「三言」「二拍」的一種讀解》,王宏圖,《中州學刊》,1998年第2期。
19.《壓抑與反抗:身體美學及其進展》,代迅,《西南師範大學學報》,2006年第5期。

Z

1.《周易外傳》,(清)王夫之,中華書局,1977年。
2.《周易正義》(十三經注疏本),(魏)王弼注,(唐)孔穎達疏,北京大學出版社,1999年。

3.《周易外傳鏡詮》，陳玉森、陳憲猷著，中華書局，2000 年。
4.《莊子集釋》，（清）郭慶藩輯，王孝魚整理，中華書局，1978 年。
5.《莊子今注今譯》，陳鼓應，商務印書館，2007 年。
6.《中華大藏經》，中華大藏經編輯局，中華書局，1994 年。
7.《貞觀政要》，（唐）吳兢，中州古籍出版社，2008 年。
8.《資治通鑒》，（宋）司馬光主編，文淵閣《四庫全書》本，上海古籍出版社，2012 年。
9.《張載集》，（宋）張載，中華書局，1985 年。
10.《朱熹集》，（宋）朱熹，四川教育出版社，1996 年。
11.《朱子語類》，（宋）朱熹：中華書局，1986 年。
12.《醉翁談錄》，（宋）羅燁，上海古典文學出版社，1957 年。
13.《增廣賢文》，鄒斌編譯，北京線裝書局，2010 年。
14.《遵生八箋》，（明）高濂，浙江古籍出版社，2017 年。
15.《肇域志》，（清）顧炎武，上海古籍出版社，2004 年。
16.《在園雜志》，（清）劉廷璣，中華書局，2005 年。
17.《脂硯齋重評石頭記》（庚辰本），（清）曹雪芹，文學古籍刊行社，1955 年。
18.《張竹坡批評金瓶梅》，（清）張竹坡，齊魯書社，1991 年。
19.《醉茶誌怪》，（清）李慶辰，齊魯書社，1988 年。
20.《中國十大禁燬小說文庫》，（清））雪樵主人等著，百花洲文藝出版社，2011 年。
21.《鄭振鐸書話》，鄭振鐸，北京出版社，1996 年。
22.《插圖本中國文學史》，鄭振鐸，花山文藝出版社，1998 年。
23.《中國純文學史》，劉經庵，東方出版社，1996 年。
24.《中國小說史略》，魯迅，上海古籍出版社，2006 年。
25.《中國禁燬小說百話》，李夢生，上海書店，2006 年。
26.《中國詩學縱橫談》，黃維梁，臺灣洪範書店，1977 年。
27.《朱光潛美學文集》，朱光潛，上海文藝出版社，1982 年。
28.《朱光潛全集》，朱光潛，安徽教育出版社，1983 年。
29.《中國近代文學大系 1840～1919 散文集》，任訪秋主編，上海書店，1992 年。

30.《中國心性論》，蒙培元，臺北學生書局，1990 年。
31.《中國上古神話》，劉城淮，上海文藝出版社，1988 年。
32.《中國敘事學》，楊義，人民出版社，1997 年。
33.《中國古代美學範疇》，曾祖蔭，華中工學院出版社，1985 年。
34.《中國文學史》，袁行霈主編，高等教育出版社，2000 年。
35.《中國小說通史》，李建國、陳洪主編，高等教育出版社，2007 年。
36.《中國文學史》，江西大學中文系編著，百花洲文藝出版社，1991 年。
37.《中國文言小說參考資料》，侯忠義編，北京大學出版社，1985 年。
38.《中國歷代小說序跋集》，丁錫根編著，人民文學出版社，1996 年。
39.《中國現代作家論》，葉維廉編，臺北聯經出版事業公司，1979 年。
40.《張賢亮選集》，張賢亮，百花文藝出版社，1995 年。
41.《中國歷代小說論著選》，黄霖編，江西人民出版社，1982 年。
42.《中國古代小說散論》，杜貴晨，山東文藝出版社，1985 年。
43.《致死的疾病》，（丹麥）索倫·克爾凱郭爾著，張祥龍、王建軍譯，中國工人出版社，1997 年。
44.《真理與方法》，（德）漢斯—格奧爾格·伽達默爾著，洪漢鼎譯，上海譯文出版社，2004 年。
45.《中國封建官僚政治研究》，葉林生、丁偉東、黄正術，南京大學出版社，2009 年。
46.《中國之科學精神》，鞠曦，四川人民出版社，2000 年。
47.《哲學》，肖明，經濟科學出版社，1991 年。
48.《中國心理諮詢大典》，章志光等主編，天津科學技術出版社，2008 年。
49.《哲學大辭典》，金炳華，上海辭書出版社，2001 年。
50.《中外小說林》，1907 年，第十五期。
51.《小說林》，1908 年，第九期。
52.《直指人心的人性善惡論》，舒遠招，《哲學研究》，2008 年 4 期。
53.《中國古代小說中「離恨天」釋意》，曾禮軍，《中華文史論叢》，2010 年第 1 期。
54.《中國古代小說「人狐戀」情節的文化透視》，龔玉蘭，《學術論壇》，2013 年第 3 期。

後　記

校對完整部書稿的這一刻，一種複雜而又莫名的感覺驀然湧上心頭，五味雜陳而又難以言說的情緒漸次彌漫於胸間，隨之又升騰於腦際且漸漸明晰起來：該結束了，到了告一段落的時候了。

這本書從起筆到完成，歷時七年，確切地說，是用七年的寒假和暑假撰寫完成的。平時忙於教學和行政工作，無暇動筆；期間又經歷出國研修、省委巡視抽調等事，耗去半年多的時間。所以只能在學校放假之後，鑽進辦公室成一統，閉門碼字。假期的文科教學綜合樓悄無聲息，不見人跡，尤其是在黃昏時刻，當黑暗慢慢地融化到寂靜裏，步行下樓的時候，即使膽量比常人稍大的我，也不由地暗自從心底升起一絲緊張之意。至於暑期的乾熱和寒假的冰冷，是靠一缸一缸的煙蒂、一杯一杯泡過的茶葉，還有一盒一盒的泡麵，慢慢消解掉的。雖然寂寞，還有點辛苦，但是每天走在回家的路上，我的心情是頗為愉快且放鬆的。尤其是一篇篇文章發表的時候，還稍有短暫的激動與興奮。

讓我更為觸懷的是《中國古代小說欲望美學》這個選題的醞釀過程及其內容的寫作。我的博士論文寫的是《中國古典小說意境論》，在寫作過程之中，因為從哲學領域對意境之「意」進行的深入探索，以及博士求學期間因人生不如意狀態而導致的精神痛苦，二者互為映射相激，引領我趨向對欲望的思考。博士畢業之後，我用一年的時間舒緩身心的困頓，同時用心審視現實社會生活，深入反思體悟中國古代小說經典文本，最終形成了關於《中國古代小說欲望美學》的系統研究框架。基於提升研究能力的考慮，我計劃去山東大學從事博士後研究工作，並經慎重斟酌，通過電子郵箱向曾繁仁老師發出了入門求教的意願。曾老師是我國生態美學的奠基人、文藝美學研究領域的大家，還曾先後任山東大學的黨委書記和校長，能否入門求學，我是既期冀又忐忑。出乎意料而又讓我驚喜的是，曾老師不僅對我的研究課題給予了肯定並且囑我盡快辦理入站手續。我至今還清晰地記得，當我辦完所有手續去曾老師家裏看望他時，不僅沒有第一次見面的陌生感，而且曾老師還開門見山地直接說起多年前他曾與章培恒先生關於「文學是情感書寫」的討論，並說我的「文學是人類欲望的審美言語圖式」這一提法，不僅更為大膽更為深刻也更切中要害，希望我能對這一問題進行系統深入的研究。先生的隨和與包容，成為我潛心於欲望美學研究的巨大動力。

本書內容，不僅是對中國古代小說欲望書寫的審美闡釋，亦是我對人類欲望及其因之而致的社會現實、人類現實存在狀態以及理想生存狀態期望的思考，更是我自身因苦悶而進行精神探索的生動寫照。大學畢業之後三年的工作與生活經歷，讓我對所從事的工作產生了較為嚴重的懷疑與厭棄，並進而意識到此非個別現象，而是普泛的人性缺陷又開始漫溢，並且由於缺乏必要的引控與制約，導致我們賴以生存的環境出了問題。此時，大學期間曾經接觸到的康德、叔本華、休謨等人的哲學思想，再次浮起並佔據了我的精神世界，而在現實面前的無力與無奈，也驅使我決定去尋找一隅安靜之地，以安頓精神的苦悶。碩士求學期間，導師的引領以及自己深入鑽研學術的純粹感，不僅讓我體驗到了精神上的富足，而且讓我堅定了畢業後進入高校從事學術研究的決心。然而自而立之年進入高校，一路走來，凡目力所及之處，加之種種切身經歷，讓我刻骨銘心地意識到，「日光之下，並無新事」。二十餘年來，我對現實人世的審視以及關於精神探索的思考，歷經階段性變化卻又最終輪迴。這一切，不僅在中國古代小說尤其是明清時期六部經典文本的欲望書寫中得到了明確且充分的印證，而且中國古代的哲學家亦有繁富言說。我現已漸近知天命之年，終於在對經典文本與現實塵世的複合觀照中獲得了人生在世的清醒認識：人生在世，其要在於修煉心性；在世之難，亦莫難於心性修煉。

多年來，撰寫發表學術論文 30 餘篇，雖然數量不多，但多具哲學與美學色彩。2018 年，我在文學院任院長時，曾經為文學院擬定了「求真育德　勵行濟世」的院訓，現在想來，可能那時我就已經確定了自己人生在世的志向。2021 年，我又買了一套宗教文化出版社出版的《老子集成》。可能最初只是本能或者嗅覺使然，但時歲至此，業已清晰了然，逐漸成為理性之志了。生於塵世，時時處處受現實環境之束縛，只有秉自然之心，不為時尚潮流所拘，勿為名利官位所限，勤盡人生在世之責，力行育德濟世之志，在實踐中去欲之虛、洗心之靜，方能復性之樸而不負此生之所願。

述往思來，卻不能細言；個中況味，大體如此，暫為此記。

癸卯年乙丑月甲申日書於白城棲鶴齋